文化生活叢書

翠柏長春集
——臺師大五八級國四甲通訊二十八帖

翁以倫　撰述
姚榮松　主編

照片集錦編輯說明

一、圖檔旨在呈現本班同窗長達一甲子的戶外活動史（包括聚餐活動），故不含課堂的一鱗半爪，二十八帖的旅遊活動，只是七個展廳之一。

二、為了更具故事性，將手中掌握的歷來同學聚會（從大一起）的留影，依活動標的，進行分類節選，當作「影片展覽館」來經營，共分成七個廳展示，打破時空的框架，進行簡易導覽，記憶並不完全可信賴，所以不能免於錯愕之感。

三、七個展示廳分別為：

（一）太初廳：從洪荒初遇（大一、二）到實習之旅（大四），呈現首尾，肢體茁壯、師顏漸露。

（二）參商廳：取杜甫「人生不相見，動如參與商」的畢業前二十年，翁府婚娶完成，兒女忽成群，民國七十八年八月的東勢林場夜話為界。

（三）喜宴廳：九十年代，家家辦喜事，可惜我手中除了翁家之外，僅握有呂榮華、蔡廷吉、陳碧蓮三家，作為代表。

（四）旅遊廳：以民國九十一年迄九十九年老翁任召集人的班訊二十八帖為軌跡，展出的僅九牛一毛，但精采有餘。

（五）驚雁廳：以民國八十一年張連康學長首次回臺的驚艷雅集、返校、登上師大背後的姚家客廳。綴以日本同窗深澤俊彥的全家福（2019-2025），和遠在加拿大的江喬麗一家。

（六）思源廳：以民國五十七年謝冰瑩師與《青青文集》編輯委員諸生的合影及民國八十四年艾弘毅師八秩晉五壽宴，諸

生祝嘏，重溫師道。民國九十五年師大六十周年慶集體回娘家（國文系）並由丙班王學長開府主任接待，迄民國一〇八年畢業五十周年慶，三班雲集水源會館，我班與應邀出席的兩位師長及兩位前後主任合影，可謂山高水長。

（七）閒雲廳：零星版的個別同學召集之雅聚與漫步。包含民國百年以來，「人間重晚晴」的延長賽，其中有人陸續離隊，更見天上人間共遊。最近一次的聚會是民國一一三年七月的春天素食午茶，紀念老翁羽化三周年。

四、照片來源主要是編者平日積累整理的珠璣殘留，每張皆偶然倖存，而旅遊篇的照片反而最少，幸好老翁文筆好，人人可以按圖索驥，照片可以映襯。部分由同學提供，如沈鴻南、林漢仕、廖蓮珠、宋玉芳、黃逸韻、呂榮華等。所以提供照片者出現率就高，但編者一心想讓所有同學皆能露臉，庶無遺珠之憾。待到重陽日，同學或已讀遍《翠柏長春集》，就可以考慮另出一本以照片為主軸的補篇或續篇，曷興乎來。

　　　　　　　　　　　　　榮松　二〇二五年四月八日
　　　　　　　　　　　　　夜央於羅斯福路車喧樓

照片集錦

走入洪荒初遇的「太初廳」(1965-1969)

(一) 新鮮人看海到故宮止步

金山野柳行，民55年3月22日

*為展示五八級國四甲同窗一甲子的戶外活動史，照片分七個展示廳呈現。分別是：太初廳、參商廳、喜宴廳、旅遊廳、驚雁廳、思源廳、閒雲廳。詳參「照片集錦編輯說明」。

六條好漢在一班（上圖）；走難路，挑重擔（下圖）

上圖前排左起：陳忠本、沈鴻南、禤裕康、秦贊桐；後排左起：姚榮松、翁以倫、陳春坦、蔡榮昌、吳仁懋、李振興、杜勝雄；以上照片由沈鴻南提供。

婀娜多姿、千姿百態

(二) 國五八甲的大四實習之旅，民58年5月

下圖左起：吳仁懋、黃婉麗、王淑惠、黃逸韻、戴麗珠、黃麗麗、楊愛珍

照片集錦 ❖ 5

明潭留影（上圖）；雲深不知處（下圖左）；揚帆待發（下圖右）

仰瞻師道（上圖）；山高水長（下圖）

畢業二十年後的「參商廳」(1969-1989)

(一) 二十周年同學會

昔別君未婚（上圖）；兒女忽成行（下圖）

民78年8月13日，攝於東勢林場。

綠樹蔭下合影（上圖）；林漢仕、姚榮松、沈鴻南三家合影（下圖）

(二) 翁府囍事

緣定三生，老翁、翁嫂之喜宴，民59年1月3日

長子宸九、佳莉之喜宴，民90年1月14日，攝於永福樓

次子其羽、淑菱之喜宴，民92年9月14日，攝於豪鼎飯店。
姚榮松代表男方貴賓致辭，見第三帖附錄。

翁府三代與師大、彰中摯友的「春天雅集」

後排左起：翁宸九（長子）、楊佳莉（長媳）、翁雨婷（Sherry，長孫女，中排左三）翁雨翔（Isaac，長孫）；

前排左起：翁其羽（次子）、張淑菱（次媳）、翁光栩（次孫）、翁宇澍（次孫）；

中排正中：翁乃忻（長女）、劉賢凱（女婿）、劉沛蓁（外孫女）、劉恩齊（外孫）。

摯友五家與主人合影（上圖）；相片背面題字（下圖）

九十年代　家有喜事的「喜宴廳」(2007-2009)

(一) 呂榮華公子一中之喜宴，民96年11月24日

(二)蔡廷吉公子紀澤之喜宴，民98年3月1日

上圖左起：新人、主婚人、王開府、金允中夫婦；
下圖右起：林漢仕、翁以倫、呂榮華、姚榮松

（三）陳碧蓮二公子郭澄祐之喜宴，民98年3月7日

姊妹淘上首桌

上圖左起：何麗雲、戴麗珠、林雲燕、李淑貞；
下圖左起：溫美雲、宋玉芳、黃婉麗

照片集錦 ❖ 17

同為臺北人的呂榮華、楊秀合伉儷（上圖）；
主婚人郭進銘、陳碧蓮偕新人送客（下圖）

依二十八帖通訊導覽的「旅遊廳」(2002-2010)

（一）三峽滿月圓一日遊，民95年8月17日

呂榮華、陳碧蓮主辦；翁以倫（第十五帖）導覽；二十二人出席；
享受森林浴、李景文先生解說李梅樹的畫作；林漢仕提供照片。

(二) 十二天的東北二人行，民95年8月23日～9月3日

◀上圖於旅順口合影；下圖於瀋陽故宮前。
▼左：翁以倫；右：沈鴻南，參見通訊第十五帖。

（三）嘉南鄉村之旅，民96年1月30～31日

烏山頭水庫勝景；下圖右起：王振東與蔡廷吉

照片集錦 ❖ 21

美哉水庫　君子駐足

林雲燕、蔡榮昌主辦；夜宿於尖山埠江南渡假村；
通訊第十七～十八帖導覽；林漢仕提供照片。

上圖：江德勝、馬汝芬賢伉儷跳恰恰；下圖：那一夜誰來伴唱

照片集錦 ❖ 23

關子嶺：水火同源恁多對

◀前頁上：翁以倫、廖蓮珠伉儷
◀前頁下：吳震寰、宋玉芳伉儷
▶上　圖：林漢仕、吳秀柑伉儷
▼下　圖：陳忠本、許絹絹伉儷（中坐）；
　　　　　蔡廷吉（左立）、沈鴻南（右立）

照片集錦 ❖ 25

◀上圖：老翁有所思兮碧雲天
▼下圖：阿松第一次與老大姐
　　　　林雲燕合照

（四）花東金針六十石山三日遊（第二十帖），民96年8月15～17日

美麗的金針花海的饗宴（上圖）；
花蓮七星潭魚場前攬古，背景是大理石堆砌成的飛機模型（下圖）
蔡廷吉（中排右一）、袁新勇（中排右二）、宋玉芳（中排右四）主辦。

（五）桃園源仙谷——鬱金香觀賞之旅（二十一帖），民97年1月24日

(六)畢業四十周年慶太平山松柏館的晚會,民98年6月3日

天意憐芳草　人間重晚晴

呂榮華、陳春坦主辦:翁以倫拾錦(請細讀第廿六帖)。

太平山晨曦中合影（上圖）；翠峰湖觀日出（下圖）

孤雁入群的「驚雁廳」（1992-2025）

（一）張連康第一次返臺的驚宴，民81年11月22日

攝於羅斯福路三段北京樓

▶上圖：重返母校
▼下圖：松窗小憩

(二)張連康、安紀馨賢伉儷再度返臺的雅聚，民84年2月14日

(三) 青山依舊在

▼九十二歲的張大班偕夫人攝於北美

（四）日本同學深澤俊彥全家福，2019年

伉儷情深（2025）

二〇一九年六月為畢業五十周年同學會，榮松與深澤的通信見帖外集通信之八、九。深澤於二〇二五年二月十七日來信：「榮松先生，我們都保重身體吧！」

（五）我們的大一公主江喬麗自加拿大來訪，民98年10月

大一同窗的倩影，請回眸「太初廳」首張合照前排左二
相關報導參見通訊第廿六帖

永懷恩師的「思源廳」(1968-2019)

(一) 謝冰瑩老師

**翁以倫（後排右二）與謝冰瑩老師及其帶領的
《青青文集》編輯委員合影**

前排右起：秦貴修、林秀燕、丁慧蓮、謝老師、高惠宇、姚嬿娜、黃瓊華；
後排右起：姚榮松、翁以倫、黃癸楠、李豐楙、鄒文薰、鄺侃元、王開府；照片由李豐楙提供。

（二）艾弘毅（任遠）教授

翁以倫、廖蓮珠偕女兒乃忻與艾老師、師母攝於五指山翠柏村寓所，民79年

八十四年老師八秩晉五壽誕，與國文系五八級甲班同學合影於彭園湘菜館，後排左起呂榮華、戴麗珠、溫美雲、林漢仕、翁以倫、姚榮松、蔡廷吉、謝瑋寧
前排左起廖蓮珠、師母、老師、王淑惠、王振東

艾任遠師八秩晉五壽誕，師生聯歡，民84年4月

(三) 母校六十周年校慶系友回娘家，民95年6月3日

由國文系主任王開府（五八級國四丙）主持系友茶會
下圖：林漢仕（左三）、蔡廷吉（右一）、王新華（右二）等
聆聽高惠宇（左六）的發言；姚榮松攝影。

簡明勇教授展字吟詩（上圖）；羅悅玲老師（丙班）山歌繞樑（下圖）

（四）畢業五十周年五八級國文系三班於臺大水源會館聯歡

甲班師生合影，民108年6月5日

前排左起：邱燮友師、李鍌師、王開府前主任、賴貴三主任；後排左起：
王振東、呂榮華、謝瑋寧、王淑惠、黃婉麗、林漢仕伉儷、袁新勇、姚榮松；
賴前主任貴三提供照片。

偶成蹊徑的「閒雲廳」(2000-2024)

(一)陽明山賞櫻,民89年2月11日

王淑惠召集;下圖左起:王振東、林漢仕(二老)、李振興、姚榮松、吳仁懋(雲林三劍客)、王淑惠(高雄王)、黃瓊華母女

於陽明山午宴

(二) 北市文學森林

某年某月某一天，落腳城南紀州庵

(三)宋玉芳老師退休（民84年）後，於西門町開設松年族音樂茶坊

▶上圖：歡迎艾師母和銘益教授
▼下圖：邀約同學共享銀髮第二春，民89年10月。宋玉芳主唱；吳金娥（左一）、姚榮松（右二）合唱。

▶上圖：與艾師母和銘益教授合影
▼下圖：宋玉芳主唱；溫美雲（左一）、王淑惠（右一）合唱。

(四)新北市坪林茶鄉漫步,民101年11月13日

翁以倫召集;姚榮松攝影,見帖外集:通信之六。

卻顧所來徑、蒼蒼橫翠微

(五)聚於重慶南路鼎富樓,民103年8月28日

呂榮華召集

(六) 王校長贈書會於秀山街德立莊自助餐廳，民108年1月15日

班之大老王振東校長（後排中坐）宴請同學（上圖）；王校長新書《飛鴻留痕九十誌感》出版，九秩肖像及題簽（下圖）

(七)新冠疫後首聚:從大安森林公園漫步到鼎泰豐,民112年3月

左起:沈鴻南、黃逸韻、黃婉麗、林漢仕伉儷、呂榮華;餐桌上又增二位:王淑惠、姚榮松;黃逸韻提供照片。

（八）和平東路春天素食下午茶（紀念老翁逝世三周年），
　　　民113年7月17日

王序

王振東

　　去年（2024）七月十七日下午，我們師大國文系五八級甲班在臺北市和平東路的「春天素食」進行疫後第二次聚會，我當時足部受傷，下肢浮腫，不良於行，本已請假，但禁不起召集人姚榮松教授的一腔熱誠，仍抱病出席。

　　這次同學雖然祇來了十一位（連同眷屬十三人），每個人仍然精神抖擻。距離二〇一九年六月五日的畢業五十周年三班聯誼會，已有五年，中間經過長達三年的新冠疫情。不幸班上最有活力的召集人翁以倫，也悄悄與我們永別了。多虧姚班長主動接棒，而且寫了一篇追悼老翁的長文〈遇見百分之百的翁以倫——敬悼半世紀真情的同窗摯友〉，刊於《中國語文》（八〇五期），我才驚覺老翁辭世已經三年。我今年九十七，虛長老翁五歲，老翁如在世，今年也九十二了。當年他如生龍活虎，我則忙於生計，半教半讀，弄到生了一場肝病，花光了半生的積蓄。老翁相對比我遊刃有餘，一直在彰中任教，還出了《教學手札》五書。我自師大畢業後，健康日漸恢復，先在師大附中任教，四十三歲結婚成家步入平凡卻穩定的教育生涯，考取督學，任職臺北縣教育局，其後接掌了新泰國中、重慶國中、永和國中的校長。半生忙於教育行政，就腳踏實地把學校辦好。永和國中在我任內，有一年考取建中三個班。引起媒體震撼。對我而言，祇是對自己的生命盡一份責任，三十年的教育工作，大致尚稱順利愉快。而上天厚我，竟讓我活到九十七歲，對老翁有些不公平。

姚教授不愧為國四甲永遠的班長，他在紀念文中披露老翁在二〇一四年九月的一封信，希望把他整理好的當年（2002-2010〔民九十一～九十九年〕）當召集人的同學會通訊，凡二十八帖，加以編輯出版，七月的聚會姚班長宣布這個出版計畫（由《國文天地》月刊的東家萬卷樓圖書公司出版）。並向在座的同學徵稿，以便踵事增華，與老翁同樂。這就是本書的第三部分「磨刀集」，凡三十六篇，我們除了感謝姚班長的敬業樂群，尤其要感謝老翁在那九年間，重振同學聯誼，定期召集有計畫的班遊，除了指定排班（二人一組）的主辦人，在通訊中把規畫好的行程預告，並進行同學的近況報導。旅行足跡遍及寶島北、中、南、東四區。會後有出遊記勝或拾錦，通過其生花妙筆，儼然是大二「新文藝習作」的復刻本，讓同學回到五十多年前的「時光隧道」。我們非常慶幸，有老翁的召集和呼喚，留下珍貴的記錄，又有熱心的姚班長的精心編輯，把二十八帖擴充為四個部分，容納同學的書信，序文及自傳等作品，把一本遊記文學擴充為我班畢業五十五周年的同學錄。編者不但選了我《飛鴻留痕九十誌感》的序文，又收入〈談談我的辦學理念〉一文。更要感謝老翁在通訊第二十二帖中預告「班之大老王振東校長八秩誕辰之慶祝方式」，並引來馬汝芬學長撰成〈我所認識的王振東校長〉一文，對我美言有加，還記下我們旅遊中的對話及同學在北京樓為我八十賤辰聚餐的回憶。前幾天我打電話要向馬學長致謝，卻始終連繫不上，心中悵然，祇好在這裡向馬汝芬及一路厚愛我的同學一併致謝。感恩的序，就此擱筆。

本文由王校長口述，姚榮松整理，林漢仕校訂

林序

林漢仕

　　翁學長以倫先生是我們國四甲同學大家的寶，他是一條龍，過去我尊稱他為彌勒菩薩，福相也。今由博士師，教授，所長，我們大家真真實實的大家長，老班長——姚先生上榮下松親手將老翁自九十一年來，以本班召集人身分撰寫的記錄——師大國文系五十八年次甲班通訊二十八帖編輯成書，它可以勾起同學回到從前，當我們青春年少，加上：帖外集、磨刀集。既有阿松、張學長連康、日本深澤俊彥同學、褚裕康夫人的信，又有全班同學的著作序文集錦，我們國四甲班同學真的又回來了，凝聚了我們大家垂垂老矣的青春回憶，放翁先生說：「壯心未與年俱老。」果然，「寂寞已甘千古笑」了。感謝姚所長同學的編輯，感謝老翁的二十八帖誘因，開出我們大家——師大國文系五十八年次甲班的碩果。

林漢仕恭述

張序

張連康

　　世間事事物物凡是超過九十年的都可以稱之為「古董」，古董是越老越好的，這是人自己訂下的價值觀，人是忘我的，不自私的！因此被視為萬物之靈！

　　唯獨人例外，越老越不值錢，因為值錢的想法太過唯物了，也太不自我了！自我是人的專有意識和自我價值，與他人，他物無關，這是老人所應珍視和應該持有的！

　　這是我活到九十才有的覺悟，我有好多九十以上的老朋友——王振東，林漢仕等等，都活得有滋有味，神采奕奕，也是由這幾位「榜樣」老哥的實際生活中領悟出的生活道理！

　　與其好高騖遠地崇拜古人，何不實實在在地學習身邊有大成就的學長們，並以此與學弟妹們共勉之！迎新送舊！祝福大家二〇二五健康自在平安！

張連康於美國德州遙賀

李序

李豐楙

　　年假期間翻閱老翁留下的二十餘帖，尤其他的散文敘寫女保鏢，隱約就是一篇自敘傳，在垂老之年寫來，平淡中帶點感傷，讀後恍然大悟：原來老翁就是這樣到臺灣的；且是歷經波折才能進入師大校園，既能完成得來不易的大學頭銜，也找到一生的最佳伴侶。這才解開這位老室友之謎／迷，當初得入師大就讀，初步完成老爸的願望：離開政治紛擾，傳承「教師之子」的身分。被分配到一樓寢室，乃是臨時清理出來的，雖是陋室而可棲身。當時看到一位年長我們的「老翁」，還有氣喘不已的王開府。從新鮮人之眼所見，心想：這就是大學四年的第一印象！南部囝仔總算覓得一個棲身之所，不必花錢在校外租屋，雖說簡陋，於願足矣！記得有一次寢室大掃除，我們這一間先天條件欠佳，之前作為儲藏室，一看紗窗敷上一層灰，怎麼刷也刷不乾淨。有一天陳教官踏進來，一眼就看出紗窗問題，立即嚴肅對著老翁說：「你當過兵，難道不會領導大家想辦法解決嗎？」這句話驚醒他老，即刻率領大家，一不作二不休，乾脆就拆掉重作，花錢換上新的。這就是我對他老的印象：一種被隱藏的領導才能！

　　當時三班同學並非住一起，而是與學長雜厝於宿舍，若想換房就需「人脈或人和」，想辦法結交學長而能被接納，就可離開一樓而上昇二樓。所以與老翁僅有大一在同一寢室，大二後就各覓新宿舍，我被秦老大貴修接納，又是另一位「老翁」，室友還有丙班的鄒文薰他老，比較沒有機會相處的是張連康。這些軍中退伍前來就讀的，雖說

半路折節成為「教書先生」，沒在部隊混個一官半職；但平心來說，年長的優點就是走過江湖，方便帶著一群小毛頭：秦老大帶我們搞新詩社：「噴泉詩社」，而老翁則帶頭搞讀書會，在當中必有三劍客：姚榮松、王開府及小弟豐楙。那時節還不知作學問的天高地厚，只要老翁帶著：選書、選議題……，我們就忠實參與其會。大二以後雖說不同班，但在選課班上仍有機會相處。所以大學四年的學生時代，雖說談不上轟轟烈烈，卻也出入於古典與當代：特別要強調的是，不議論政治、反而被安排參加「黨國」，在戒嚴時期動輒危險，不碰為妙。但參加老翁的讀書會可以放心，退伍軍人的身分招牌，多少是安全保證，並非搞聚眾，而是勤讀多聞；其實當時吸引我的，卻是另一類現代思潮：存在主義、殷海光論著之類。回想當初雖有些冒險性，但啟發性甚高。老翁代表的則是安全、可靠，不必怕課外活動組找麻煩。

　　二十餘帖的計劃、推動，活生生地浮現老翁其人其事，每班畢業後、尤其邁入退休階段後，班上若有一「熱心人士」，這個班就會有凝聚力。就像翁以倫在甲班，而乙班則有黃癸楠一樣：熱心出面、樂於付出，也就成為良好的黏著劑。除此之外，輔佐的也很重要，這是國中老師的一大特色；甲班還多一位在校服務大教授：姚所長，辦起活動更加方便。從書帖後所附資料，可以感覺活動都辦得有聲有色，連國外的也不放過；後面所附的諸多資訊，份量還超過來往書帖，根本就是成果展示。在那個年代成長的，號稱「戰後世代」，就是戰後才紛紛出生的：在臺灣如此、跨海降生臺灣的、或因緣來臺的，真是有緣「萬里」來相會：當時口中習稱的「僑生」，到臺灣「留學」的韓、日同道。往昔如此聚會在一起，共同渡過戰後臺灣，雖說不平靜卻也不礙事，嚴格來說大家都屬二戰後嬰兒潮，而老翁經歷的就特別辛苦。這些回憶被收集在一起，就像一個時代之鑑，鑑照那個共同的年代。這些生活歷練遺留在文集內，無論書帖、或是雜記，乃至著述序跋，薈萃在一起，記錄一個值得紀念的時代。

見賢思齊焉,從老翁一人間關渡海,身上雖說留下許多烙印:戰亂、亂抓人、人才流動……,這些活過來的經驗,外表看起來是痛苦,但在老翁筆下雲淡風輕、一點遺憾俱無,這就是活過那個年代的淡定。記得有一次與秦老大閒聊,他的故事與老翁互有同異,同樣歷練:在臺灣退役、娶了臺灣姑娘;最為重要的就是子女俱佳。我們五八級的,大多數比大老年輕許多,但現時都歸屬行將八十之人,在文中傳達的訊息中,多會觸及下一代。整體印象就像敝班一樣,教子有方、各有成就,這些才是倍感欣慰之事。當初之所以選讀師大,原因之一就是考慮家計,考上師大後,既有宿舍可以棲止,也有維持「最低消費額」的公費,想起當年模樣少見胖的。當時國中教育剛剛舉辦,人人有書可教、有薪水可拿,條件就是安貧樂道,而後家道有成,這段人生遭遇是幸抑或不幸?其實並無任何滿意的答案。但眼前所見的明證,就是歲月遺痕,諸大老早就年過九旬,一般情況也逼近八十大關,這就是漫漫一生的良好寫照。在快讀所有文稿後,希望大家參與大合唱:願意圖繪我們一代:坐看黃昏,彩霞滿天,歌聲繚繞,餘韻繞臺。在可預見的一、二十年終將結束,我們幸運見證一個時代:平凡、平靜中暗潮起伏的轉型年代,而今準備鄭重交棒,託付的是必將比我們輝煌的下一代!

乙班　李豐楙

廖序

翁嫂　廖蓮珠

　　讀完整本的遊記，改正了很多錯字，思緒卻停滯於「光陰之過客」這個詞。以往遊記寫好之後，以倫會交給我訂正錯字，再騎自行車去打字行，最後郵寄給同學。往昔是如此的花時間，現在，我也同樣要看錯別字。而時間，毫不留情，瞬間即逝。雖然整本都翔實記錄出遊的各項安排，如氣候、風景、活動趣味等。而如今，歲月如同挖土機，把記憶連根拔起，一切的情景都不復再現，捕捉不到從前的形影，想不起旅途的點滴。自問並非是健忘的本性，然而，沒辦法回到從前，在時光兄面前，自己唯有俯首稱臣。也幸虧有這些文字，藉此得以再三向大家致謝。

　　個人最記得的是老翁在太平山公園走步道階梯時，跌落旁邊的沙石且被一棵大樹擋住，旁邊有我和婉麗姐的扶助，他才能站起來。當天由於氣候寒冷又下雨很潮濕，所以，路滑難走。十分感謝婉麗姐相助。

　　在多次的旅途中，除了感謝大家參與以外，也感恩策劃的榮華兄，夫婦兩人都先去場勘，這種愛護團體的心，千金難買。

　　彼此的聚會，也包括子女的婚宴，彷彿我們是在開另一次的同學會。多次的旅行，子女的喜事，串成一圈燦爛的光環，在人生的道路上，閃閃耀眼。再晚一點的年代，也有聚餐等活動，大夥兒的情誼始終相繫相連，每憶及這些，嘴角堆起笑容，心底滿溢愉悅，我們真是很幸運。

以倫常念及忠本嫂的慷慨大方，積極捐款支持國四甲。我後來多次留意，她真是值得敬愛。在旅行或聚會裡，感覺到班上都有幸福的另一半，很棒。像漢仕兄的嫂子，像好幾位常參加的同學的先生，都是敦厚樸實，可說我們這群人福報厚重。

　　年底到了，瑣碎的感言，祝福大家再次相聚同樂，飲那不老的泉水，唱那動人的歌曲，學汝芬的舞步，直跳到廣場。感恩再感恩。

　　祝福大家
　　平安健康

蓮珠
寫於二〇二四年冬天

主編序

姚榮松

一　緣起

　　這是一本以班級通訊為基礎，以班遊記勝為賣點的紀念集。作者翁以倫是臺灣師範大學國文系四年甲班民國五十八年畢業的高材生，曾任教彰化高中二十八年，屆齡退休。由於先有十二年的軍旅生涯，入學時就在班上排行「老字輩」，同學習稱他「老翁」。其人樂觀豁達，頗受同儕愛戴。畢業二十周年曾擔任班刊紀念集《沿根討葉集》的主編，從此以班訊召集人自任。所以他實際上是我們五八級國四甲班的靈魂人物，沒有他及另一半（廖蓮珠學長），我們這一班早已煙消霧散，可就在畢業四十周年之前九年，他發出了第一帖「願聞」的規劃與建議，建議大家放開心胸，邁開腳步，一同結伴，天涯地隈，看大千世界的月落與日出，於有生之年，留下一抹綣綣底人生餘暉。

　　就這樣我們這一班樂活起來了，老翁自任召集人，定期發通知，籌劃班遊地點，排定主辦人的次序，他不但是吹哨者，監督人，還是班遊記錄的太史公。每篇遊記都是老翁六十八歲以後的「新文藝創作」。為了不藏私，在卸下召集人後的第四年（2014年9月），他把手邊的通訊稿依序整理成二十八帖。正經八百地寫了信（參見本書帖外集：通信之一：召集人給阿松的信。）連同書稿和幾封珍貴的同學信函一併交給我。委我兩件事：為本書訂個響亮的書名；並在編輯後寫個編後語。因為沒有電子檔需要重新打字，於是信末特別提及：「文

稿如何分配,(寄給吳金娥和王淑惠),也請你費神了。」吳是我班畢業時的狀元,留系任助教的,王是出遊活動的策劃師,大二曾任登山社長。似乎先有默契,或因三人皆可電腦打字、分工以節省人力,或許還有集思廣益,共同督責之意。

　　老翁與我自大二(1966)起同住一間學生宿舍,就已緣定三生、稱兄道弟、情同手足。老翁應該是很放心將此事託付給我,但偏偏本人是超級的慢工出不了活的散仙,一個班上出遊時經常在遊覽車馬達啟動時才上車的人,那堪承受老翁不可承受之重。事實上,當老翁逸氣風發,密集召集旅遊時,同學多已退休十幾年不等。我卻是任教師大最後十年,二〇〇三年因緣際會轉任臺文所負責臺灣語文課程規畫,並擔任三年所長,同期又擔任過兩個學會的理事長,忙於主編教育部《臺灣閩南語常用詞詞典》,也是個人出席國際學術會議的高頻期。到了二〇一四年九月,我已退休兩年,並非分身乏術,而是視此為「不急之務」,反正老翁還能呼風喚雨,上山下海,還怕等不及?沒想到遇到新冠疫情,七年的黃金歲月飛逝,老翁也不再當年的健康,我相信老翁也許想到所託非人,莫可奈何,也沒再催促我,我也警覺性地開始編排這些稿,可是時間不留情,二〇二一年七月老翁也被捲入死亡之旅,我才驚呼熱中腸,自知雖九死也還不了兄弟的道義了。我在心裡乞求老翁寬恕,因為我的慢性他早已了然於心。但我一定得完成這本書的出版,而且要編得讓老翁在天上也捻髯而笑。

二　啟動

　　二〇二四年七月,我準備把三年前未完成的追悼老翁的文稿發表在《中國語文》,祇有這個刊物才是理想的園地。三年前我有意發表,但尊重蓮珠嫂的佛學信仰,何不讓大家真空。他暗示我暫勿發表,我也不想觸痛老大姐,就這樣,她也慢慢走出來了。於是我把一篇題為

〈遇見百分之百的翁以倫──敬悼半世紀真情的同窗摯友〉(《中國語文》805：頁44-61）刊在七月號。然後向月刊社訂了四十本，準備送給同學。

我的啟動式，是接替老翁的召集工作，用電話聯絡好七月十七日下午在臺北市和平東路一段的「春天素食」喝下午茶。先讓翁大嫂指定她喜歡的這家素食，時間敲定了，就向王振東、林漢仕兩位大老學長邀約，最後聯絡到十個北部的同學準備出席，最難得的三事：王校長（振東）本因兩腿浮腫無法與會，卻仍抱疾出席，令人肅然起敬。林漢仕賢伉儷則無役不與，可謂老而彌堅，此其一。最遠的陳忠本夫婦從竹南趕來，夫人知道此會有重大議題，竟暗中樂捐萬元交給財務長呂榮華；而蓮珠嫂也主動捐了四千元做為班費，此其二。長期掌櫃的呂榮華好像也意識到我該接替老翁的召集人棒子，當天就把手中經營多年的班費一萬三千二百四十五元，當面拱手交給我。因為出版需要頭寸。我向出席的九位同學（有照片為證）宣佈這個出版計畫，當場獲得全員一致支持，書名及編輯內容希望大家集思廣益，並建議同學也能各交一篇書序，或可以分享的稿件。

經過兩個月的整理，我初步完成三項進度。

（一）書名：翠柏長春集──臺師大五八級國四甲通訊二十八帖

（二）內容：三大區塊：

　　Ａ：通訊與班遊紀勝。共二十八帖。每帖均沿用或新增一～二行標題，類似章回小說。

　　Ｂ：帖外集。收二十八帖以外的同學通信，凡十封。

　　Ｃ：磨刀集。同窗著作序文集錦。積極催稿，有些部分用我手中有的贈書，如張連康、蔡廷吉、戴麗珠，包括老翁五本教學手扎中的師友代序（五篇）及自序（二篇）。其他陸續徵詢，最後共得三十七篇。

（三）出版社：萬卷樓圖書公司

（四）出版時間：預定半年

書名靈感來自第二十六帖太平山之旅拾錦。二〇〇九年六月四日夜大伙兒下榻海拔二千三百多公尺的太平山莊「扁柏館」，那是我們畢業四十周年的友誼的頂峰，期待友誼長存，故用「翠柏長春」，帶有紀念這一宿成永恆之意。

帖外集是老翁保存的同學來函，例如遠在日本的深澤俊彥、執教豐南國中至退休的褚裕康，他們都未曾出席旅遊，就放在帖外報導，褚學長的遺墨與身影是張惠珍大嫂在他身後寄來的。寓居美國德州的張大班的信，是阿松激出來的。

磨刀集則展示班上同學教學著述兼長，最初只徵序跋。沈鴻南與陳忠本首先交稿，四位大老的著作皆在手上，另外蔡廷吉、吳金娥都是二度師範生的典範，均取其書序。戴麗珠亦著作等身，可惜聯絡不得回應，我主動取其博論自序及樂府詩論文一篇。吳金娥的《王荊川先生研究》取自圖書館。既然以書序為主，就取王振東校長的九十自傳《飛鴻留痕》的自敘，加上〈談談我的辦學理念〉一文。張連康自傳體的《不應有恨——為兩岸中國人說幾句話》自述，還有經典巨構《二十一世紀的當家思想：論語》自序及姚榮松、翁以倫、廖蓮珠三人的代序或謙稱「讀後」隨其後，所以這連續四篇是環繞張書發揚《論語》的。不禁令人想起大一教我班「論語」課是國文所第三位國家文學博士王忠林教授（我一九八二年獲得的博士，排到第六十位）。林漢仕教學之暇孜孜矻矻寫了十本易傳，總名「易學都都」，也取其自序。加上那本解嚴後的遊記加雜文集《錦繡河山見聞》的自序，以下各篇，自老翁教學手扎五書中，取其首書自序、艾師序及姚序，其後各書分別由丙班王開府、乙班李豐楙、乙班楊仁志各有一篇代序，劉正浩老師則為其手扎之四《藝術化中國字》寫了序，為了突顯老翁在文字學上的功力，同時也收此書的自序。這本書是老翁有關中國文字的代表作。由於大老們勝義太多，各收兩篇，個人也以《古

代漢語同源詞研究論衡》（一九九一年升教授論著）自序附驥尾，沈鴻南西班牙語會話教程中的〈西班牙語世界〉一文博大精彩。陳忠本在聯合報經營多年趣文妙語，附錄公開說笑秘辛。又加上一篇母語創作集的作者序，我們真是臺語的道友。為了不見笑於阿本，也斟酌增收了拙作〈教育部《臺灣閩南語常用詞詞典》總編輯序〉一文，作為我的第二篇。在我旁敲側擊，鼓勵慫恿之下，意外獲得黃逸韻、王淑惠掏心的生活筆記或遊記，讓我信心大增，於是想到在雲林病榻的李振興校長與北港高中退休的書法家吳仁桃。透過李夫人亞青女士的寄贈李振興的《古籍校釋‧今註‧今釋評介論集》一書（2001），又從網路買到另一本早期（1983）東大圖書的《現代文學評論》，由於研究深入，從現代回溯古典，因此收二〇〇一年的後記及一九八三年的一篇標竿作品〈試評陳映真的「第一件差事」（因第二本書由人間出版社出版，發行人正是陳映真）。又發現他後期寫了兩篇有關魯實先老師的文章，一博一約，就取其〈學海奇人魯實先〉一文，不取其專論說文正補與假借溯源那篇，讓大家可以回味大二上文字學的況味。最後敬邀吳仁桃為本書書名題簽，使全書觸處皆見國四甲，這樣愛熱鬧的老翁一定大喜過望。在我三呼四喚中，吳仁桃也交來一篇書法論述〈汪中書法線條美的「追求」〉作為壓軸。日籍窗友深澤俊彥先寄贈友人的日譯本〈醒世姻緣傳〉（深澤是發行人），後來透過網路得到他二〇〇五～二〇〇六年連載的專欄「新‧新中国いろはたとえ歌留多」，選了二篇有關中國諺語的日文原作（No.31/No.42）。作為「磨刀集」壓卷之作（第三十四～三十五篇）。必須補充：蔡榮昌教授的博論雖已出版，但未有序，因聯繫稍晚，最後，商其同意改刊當年（1974）紀念老杜（杜勝雄）的懷念文，情深意摯，那麼我們的「先知」老杜也回來了。

更令人拍案驚奇的事，四月下旬書成之後，我帶著書稿去北投中央北路呂榮華新居請他過目，順便請他為本書寫個跋，閒聊下才發現

呂家客廳懸掛的一幅老翁歲次已卯年（1999）代表國四甲寫的赤壁賦橫幅，墨色燦然，是全班唯一保存翁氏書法的瑰寶，因此呂榮華最後也完成了「磨刀集」中真正壓卷之作的那篇跋文。與阿懋同樣醉心書法的老翁，也留下重要遺產。

所以本書或可以改名為《翁以倫及其同時代的友人》，因為乙班的李豐楙學長（道教權威）的序也寫成了，這是什麼樣的時代見證呀，因有「磨刀集」，不能沒有「行述篇」，所以又補了第四卷，收文五篇，含老翁大二「新文藝習作」寫的散文〈渡假散記〉（收在「青青文集」，謝冰瑩老師主編），晚年自傳小說〈我的女保鑣倪二姊〉。加上拙作〈遇見百分之百的翁以倫〉。最後想到我的大二小品〈暖意〉，寫的是老翁和乙班大老秦貴修在寒假的校園蹀躞，補上去可與第一篇呼應。看起來老翁的浮生掠影，似已包羅萬象。

第五篇卻是編排後期才補進來的。為什麼要補乙班大老秦貴修總編輯的這篇〈青青文集編後〉？純粹是呼應「照片集錦」頁三六「思源廳」首幀由秦貴修親筆以隸書題字的「青青文集編輯委員合影留念」。這是最珍貴的合影，集合三班編委菁英，謝冰瑩老師成為眾星拱月的啟蒙導師。這幀照片竟是我在搜尋李豐楙院士簡歷資料時，無意中在師大校刊的傑出校友報導檔案中出土，如獲至寶，及時置入「思源廳」之首，卻苦無足夠空隙說明編輯委員的芳名，於是插入秦老大的「編輯後語」，最後列出編委的名單，也就順理成章。總編輯就坐在前排右側，而前排左一、二是黃瓊華與姚燉娜，後排右一、二是我與老翁。編委名單有五人代表國二甲（照片中朱新雲缺席，待考）。我們都是雀屏中選的編委文青，而秦老大的「編後」，現在讀來就有點「閒坐說玄宗」的詩意。

三　淚痕

　　誰來寫序？我第一位想到寓居德州的張連康大哥，因他當過大四班長，且學富五車，博通中西。繼而一想：我們國文系有一個敬老尊賢的傳統，猛然醒悟，這個班（四甲）真是天選之人，竟然一班之中有了「商山四皓」：王振東（九十七歲）、林漢仕（九十六歲）、翁以倫（九十二歲）、張連康（九十二歲）。如果三位在世的長老都寫一篇序，他們的年齡加起來就有二百八十五歲，他們不但是教育家、思想家、翻譯家、易學家，所有世界的美好他們都找到了。我們何其幸運與他們同班。受到他們長期的薰陶，稱兄道弟，何等幸福。三皓的序，漢仕學長一馬當先，張大班（曄稱）連康，千呼萬喚也到稿，王校長自去年七月以來，出入醫院較頻，我們希望此書可以作為他九十七歲的禮物，所以序就由他口述，榮松筆記，林老校正。

　　有了三老的序，其他三篇就是：同輩當事人廖蓮珠大嫂、三班中的學術泰斗乙班的李豐楙院士（2023年新科）以及編者本人。豐楙兄和老翁交情忒好，去年十一月師大歷史系邀李院士演講，我趁聽講的機會，私下當面邀請李兄為此書作序，他慷慨答應，因有香港之行，因此等到開春後，才收到其情文並茂，讀之可以當歌的新禮讚，我不覺汗涔涔而淚潸潸了。最後我才能把這本足足編了七個月，連夢中都在想念老翁及其同時代的友人的「編後記」也擠出來了。在校稿中，老翁的文字不時在腦海跳躍，彷彿我們都還在一個時空，祇是老翁因行動不便，被困在中和區廣福路那個巷弄裡三樓的家。

　　「三老」的序與「三小」的序，代表世代交替，豐楙兄說得灑脫：「在可預見的一、二十年終將結束。我們幸運見證一個時代：平凡、平靜中暗潮起伏的轉型年代，而今準備鄭重交棒，託付的是必將比我們輝煌的下一代！」我們且拭目以待。天下事沒有絕對完美，如果曾任國文系主任的王開府兄能離開眼前的困頓，靈光乍現，代表丙

班為我們寫一篇序多好。但事實並不能如願，我們仍盼這個集子的出版，能獻上我們五八級甲班同學對他的祝福。萬萬沒有想到，三月二十日本書初稿底定，中午我突然撥一個電話給戴麗珠，想確認收文是否合意，卻獲得她友人告以戴已於昨日完成樹葬，所以這本書也成為「滄海月明珠有淚」的同學錄了。

四　感恩

　　感謝國四甲同學的協助，提供這麼充裕的稿源與精彩的照片，感謝編輯中同學不斷鼓勵與催促，尤其王振東與林漢仕二老的督促，容忍我的慢工細活，編了整整一年終告塵埃落定。尤其要感謝吳仁懋學長為本書封面的題簽，及提供汪師、譚師的墨寶。更要感謝萬卷樓圖書公司慨允出版，梁錦興總經理知道我們以同學捐款出版，特予最優出版折扣，張晏瑞總編輯安排優秀的編輯丁筱婷小姐，耐心接受我無數次的更張與創意的修版，容忍我的「不按牌理出牌」，似乎是對八旬老校友的尊敬與特惠。每次致歉，她總是笑臉以對。沒有丁小姐的無私奉獻，這本書是不可能以這個形式出版，在此感謝深深，至於編輯中存在的不完美，完全是我主編的責任了。

二〇二五年二月十二日凌晨四點於師大路厲揭齋
四月二十日增補修訂、七月十五日增補定稿
姚榮松

目次

照片集錦編輯說明 ································· 1
照片集錦 ··· 1
王序 ··· 1
林序 ··· 3
張序 ··· 4
李序 ··· 5
廖序 ··· 8
主編序 ··· 10

第一卷　通訊與班遊紀勝二十八帖

第 一 帖　願聞——規劃與建議 ································ 3
第 二 帖　天意憐幽草，人間重晚晴 ···························· 6
第 三 帖　翁其羿之喜宴，感念殊深 ···························· 9
　　　　　附錄　姚榮松學長代表男方貴賓致辭 ············ 11
第 四 帖　畢業四十周年大陸旅遊草案。苗栗之旅行程預定表 ··· 14
第 五 帖　四則公告，毋忘九寨溝 ······························ 17
第 六 帖　淡水漁人碼頭一日遊。九寨溝之旅報名截止 ······· 20
第 七 帖　漁人碼頭紀行。宋佩錚小姐文定。王友俊六秩畫展。
　　　　　班友的六秩同慶 ···································· 22
第 八 帖　張連康大班長返臺相見歡。聯誼會簡章出爐 ········ 26

第 九 帖	苗栗怡情之旅兼慶六十甲子諸君。同窗近況、永懷朱矞貞	28
第 十 帖	九寨溝重新啟航。晚霞、漁火、夜泊，歡迎七月來酬和	32
第十一帖	戴麗珠教授書法展。悠悠七小時，記翡翠灣漁火點點遊	34
第十二帖	九寨溝之旅臨時成「畫餅」！王鳴韜兄精神抖擻彷彿五十許	37
第十三帖	東眼山賞楓、日月潭遊湖知性之旅。琉球四日遊。新春故人來	41
第十四帖	三峽滿月園一日遊預告	50
第十五帖	三峽一日遊玩得盡興。十二天的東北行（三人隨團）	52
第十六帖	宜蘭一日遊預告	60
第十七帖	敬邀二日一夜嘉南鄉村之旅。喜宴載歌載舞，人生幸福莫過此	62
第十八帖	回味「北中南」聯誼大串連。師大國文系同學會正籌備中	65
第十九帖	東臺灣三天兩夜、繽紛陸離花東行之構思	68
第 廿 帖	花東（金針山六十石山）三日遊	69
第廿一帖	金鼠行大運，談身心保健。桃園仙谷鬱金香觀賞之旅	84
第廿二帖	歲末聯誼餐聚，達成五點協議。預告班之大老王振東校長八秩誕辰之慶祝方式	91
	附錄　我所認識的王振東校長　　　　馬汝芬	97
第廿三帖	春節聯誼通訊	99
第廿四帖	幕起：李商隱錦瑟詩。公告：四十周年聯誼會兩天一日遊	100

第廿五帖	畢業四十周年歡聚改期（六月四～五日）易地（宜蘭太平山）二天一夜定案	104
第廿六帖	太平山之旅拾錦——畢業四十周年慶	106
第廿七帖	歲末感懷	122
第廿八帖	美的饗宴	127

第二卷　帖外集：《通訊》以外的通信

通信之一	召集人翁以倫給阿松的信	133
通信之二	老翁為次公子其羽喜獲博士學位的信	135
通信之三	張連康學長應阿松之邀寫給國四甲的懷念文	137
通信之四	深澤俊彥學長給老翁的信	139
通信之五	恭喜！恭喜！張連康給大家拜晚年啦！	140
通信之六	褟裕康學長夫人張惠珍女士給老翁的兩封信	142
通信之七	聯誼通訊（可作第廿九帖）	145
通信之八	深澤俊彥給阿松的信——為不能出席五十周年同學會致歉	147
通信之九	阿松給深澤學長的回信	148
通信之十	深澤俊彥回覆阿松有關徵稿的事	150

第三卷　磨刀集：同窗著作序文集錦

《飛鴻留痕——九十誌感》自敘、行文動念		王振東	153
《飛鴻留痕——九十誌感》談談我的辦學理念		王振東	156
《易傳都都》自序		林漢仕	161
《錦繡河山見聞》自序		林漢仕	174
《不應有恨——為兩岸中國人說幾句話》自序		張連康	176
《二十一世紀的當家思想：論語》打開話匣子　自序		張連康	179

正視儒學在美國滋長的土壤，且待儒學天外歸
——《二十一世紀的當家思想：論語》序 ……………姚榮松 209
「未能事人，焉能事鬼」談《論語》
——《二十一世紀的當家思想：論語》讀後 …………翁以倫 223
好家庭與《論語》
——《二十一世紀的當家思想：論語》校後感 ………廖蓮珠 228
《國字辨識》（教學手札之一） 艾序……………艾弘毅教授 231
國字辨識的立體綜合模式——序《國字辨識》
（教學手札之一）……………………………………姚榮松 232
國字辨識淺說　代序 ……………………………………翁以倫 236
翁以倫《誰來愛我》（教學手札之二）　王序…………王開府 251
翁以倫《巧笑倩兮話修辭》（教學手札之三）　李序…李豐楙 255
翁以倫《藝術化的中國字》　劉序………………劉正浩教授 258
《藝術化的中國字》（教學手札之四）自序……………翁以倫 260
翁以倫《文辭之精品——語詞》（教學手札之五）　楊序
　　……………………………………………………楊仁志 266
　　附錄　教學手札書影及書法作品 …………………翁以倫 269
《唐荊川先生研究》序 …………………………………吳金娥 273
連音變化的規律及練習 …………………………………吳金娥 276
《賈誼研究》序言 ………………………………………蔡廷吉 288
《趙孟頫文學與藝術之研究》序言 ……………………戴麗珠 290
漢樂府詩與曹植樂府詩的比較 …………………………戴麗珠 293
此情今已成追憶 …………………………………………蔡榮昌 304
《古代漢語詞源研究論衡》增訂本自序 ………………姚榮松 308
教育部《臺灣閩南語常用詞詞典》總編輯序 …………姚榮松 314
《最新實用西班牙語會話》自序 ………………………沈鴻南 320
西班牙語世界 ……………………………………………沈鴻南 322

《樂在其中——趣文妙語大放送》自序 ················· 陳忠本 334
　　附錄　剪報之一：五大天王愛說笑報告書 ················· 336
　　　　　剪報之二：「解頤篇」與「新聞眉批」 ············· 337
《母語園地不拋荒》自序 ··································· 陳忠本 340
蘇州遊記略 ··· 黃逸韻 342
筆記二〇二二冬季象岡話頭禪十 ······················· 王淑惠 345
學海奇人魯實先 ··· 李振興 355
試評陳映真的「第一件差事」 ···························· 李振興 365
《古籍校釋・今註・今釋評介論集》後記 ··········· 李振興 371
汪中書法線條美的追求 ··································· 吳仁懋 375
吳仁懋書法作品集 ··· 吳仁懋 392
　　附錄　譚淑師、汪中師贈吳仁懋墨寶 ····················· 398
小皇帝、ああ小皇帝 ······································· 深澤俊彥 404
謙虛第一 ·· 深澤俊彥 407
　　附錄　ネット中国性文化博物館　開館の辭 ············ 409
跋翁以倫學長留給五八級國四甲的兩項遺產 ········ 呂榮華 411

第四卷　行述篇

渡假散記 ·· 翁以倫 419
我的女保鑣倪二姊 ··· 翁以倫 428
遇見百分之百的翁以倫
——敬悼半世紀真情的同窗摯友 ······················ 姚榮松 438
暖意 ·· 姚榮松 456
青青文集編後 ··· 秦貴修 459
　　附錄　翁以倫學長暨賢伉儷三次造訪斗南溫厝角及出席
　　　　　晚輩婚禮照片集 ·· 462

第一卷
通訊與班遊紀勝二十八帖

第一帖
願聞
──規劃與建議

學長：

　　暑假於熱潮滾滾中下檔，讓我們先道一聲祝福、珍重！

　　駝鈴叮噹，時光的陰影，似乎於鳴沙山（敦煌近郊頗享盛名的沙漠山）千古不變的稜線中未曾挪移；但卻又悄悄地溜走了。

　　假如從民國五十四年入學開始捏指算算，我們從相識而相知，不覺匆匆走過近四十載寒暑了！這是人生一甲子三分之二，回憶當年青春年少、瞬即已屆白髮蒼蒼、齒牙動搖黃昏之年，據走告相聞，同儕中已有一大半從傳道解惑工作崗位中交了棒，且有幾位學長享受著含飴弄孫，月白風清的美好生涯。

　　儘管今日醫學再發達、醫術再高明，我們絕不可能再有第二次四十年後的相聚，趁著目前大夥兒眼可視、耳可聞、口可啖、胃可蠕、心可動以及腳可走的情景下，何不放開心胸，邁開腳步，一同結伴、天之涯、地之隈，看看大千世界的月落與日出，繁華與滄桑，於有生之年，留下一抹縴縴底人生餘暉。

　　　　人生不相見，動如參與商。今夕是何夕，共此燈燭光。
　　　　少壯能幾時，鬢髮各已蒼。……昔別君未婚，兒女忽成行。
　　　　怡然敬父執，問我來何方。……主稱會面難，一舉累十觴。……
　　　　明日隔山岳，世事兩茫茫。

　　　　　　　　　　　　　　　　　　　──節錄杜甫〈贈衛八處士〉

茲就我們初步的規劃與建議要點如下：
　　一、旅遊
　　　　（一）時間：暫定九十二年暑假（十二天～十五天）
　　　　（二）地點：①美國□A美東□B美西□C其他地區
　　　　　　　　　　②歐洲□A北歐□B東歐□C中歐
　　　　　　　　　　③大陸□A江南水鄉□B長江三峽
　　　　　　　　　　　□C滇桂貴地區□D華北東北
　　　　　　　　　　　□E絲路（外蒙古西藏）□F其他地區
　　　　　　　　　　④□紐加地區
　　　　　　　　　　⑤□日本
　　　　　　　　　　⑥□東南亞
　　　◎請在前往地點打✓記號。其他地區請寫明地名，如黃山、西湖、揚州等，法、義、瑞士、波蘭、匈牙利等。
　　　◎剪下這一欄請寄回。
　　　◎歡迎攜眷
　　二、重新登記家庭（通訊）狀況
　　　　（附表格請一一寫明家屬成員，讓彼此了解下一代前進軌跡）
　　三、請繳交班費一千元正（付班費收支一覽表）
　　　　郵政劃撥帳戶〇二八一九一九一號　翁以倫收
　　四、請大家告知大家失去聯絡的學長近址：
　　　　名單如下：廖其福　趙愛群　何志屏　葉均進　秦贊桐
　　　　　　　　　梁淑賢　陳廣基　姜雅敏　朱新雲　郭慶珠
　　　　　　　　　梁芙蓉　黃金宗
　祝
　　闔家安樂

推動小組：姚榮松　呂榮華　王淑惠　宋玉芳　翁以倫
敬啟

總聯絡人　翁以倫

民九十一年九月一日

第二帖
天意憐幽草，人間重晚晴

學長：

新春又降臨大地，願新的一年帶來新的好運！

今後通訊上，做了一次新的嘗試，不再是靜止的告知，而是動態的報導，讓這塊幾近荒蕪的園地，有一天能成為大家同譜樂章閒話家常的憩息處。

我的新構想準備開闢二則專欄：

一　「家有喜訊」專欄

緣起：本（三）月十五日與六位同學邀赴馬汝芬學長嫁女的喜宴。酒過三巡後只見丈母娘的馬學長汝芬，穿著一襲大紅的旗袍，容光煥發地隨著伴唱機的旋律，在禮臺上儀態萬千的載歌載舞，那種陶然自樂渾然忘我的情景，真羨煞了臺下天下父母心。

回想起近幾年來，我多次參加了同學們為子女所舉辦的大小喜宴，不管是迎娶或是送嫁，做父母的掛在臉龐上的，總是如此的興高采烈、喜氣洋洋，似乎在暢懷地告訴著：人生最大的報酬，莫過於此了。

結為秦晉之好，是人生二登科之一，古人也有「君子之道造端於夫婦」之鼓舞。所以，我想，若能將子女締結連理的概況，由身為父母者作扼要的介紹，想必別有一番滋味，而人間美事願天下人終成眷屬，讓大家分享；也許還會重拾撩撥一些往昔的少女少男的情懷。（包括男女當事人的姓名、學經歷、結婚的地點與時間等等，還有小倆口子的憐愛……）

當然,「家有喜訊」,並不侷限於「鳳凰于飛」之嫁娶,也不計較於「功成名就」這一觀點上,其實,平淡、平凡與平實的生涯,往往是最幸福的人生。比如,上次陳金治學長寄上一幅近照——她懷抱著小孫女,那副怡然自得含飴弄孫的神采,彷彿擁有整個世界了。

　　所以,「家有喜訊」它的方向是廣義的,凡是自堪告慰的一言一行、一顰一笑、均請洋洋灑灑諸訴筆端,我自己是年屆七十古稀之歲了。雖無孔老夫子「七十而從心所欲,不踰矩」的智慧與境界,但我尚能自適於目前碌碌庸庸的生活,我於「七十自詠」道:六秩晉十古曰稀,怡情逸志彩毫揮,早時豪興已成夢,眼下欣然堪映暉,院前芳草參差綠,堂上兒孫相偎依,自在人生朗朗日,小園坐看亂花飛。儘管離理想尚遠,但心頗響往之,亦堪可自慰了。

　　想想同學們也近「一甲子」之年,且泰半已退休。正是「委心任去留」之時光,遙對天邊的晚霞,內心是何等的自在,不妨敞開心胸,述一述自己曾擁有過的賞心悅目的事。李商隱在「晚晴」詩中寫道:「天意憐幽草,人間重晚晴。」好一句「人間重晚晴」!值得我輩玩味咀嚼。

二　「海外來鴻」欄

　　一方面報導他(她)們身在異鄉的情景;一方面傳遞我們活動的訊息,值此短短的片言隻語,讓彼此的心珠串聯在一起,更期待有一天再相聚。另外:

　　(一)相識四十載的旅遊活動,正積極展開中,待「草案」完成,即寄發大家圈選定案。

　　(二)「通訊錄」快三十年未整理了,由於同學們泰半已退休了,地址、電話等均有所更動,請來函將新址、電話、手機、傳真等一一載明,俾便即刻印製寄發,以利連繫。

（三）班費一千元尚有部分待繳，凡未在本欄且未寫「已收」字樣，請勞駕郵撥帳戶〇二八一九一九一號　翁以倫收。

順　祝
心想事成
闔家安康

召集人　翁以倫　敬啟
民九十二年三月十八日
彰化市南校街五十五號四樓

第三帖
翁其羽之喜宴，感念殊深

敬啟者，是次小兒其羽喜宴，值此炎炎暑秋，承學長們不棄，親臨觀禮道賀，並貺賜厚禮，愚夫婦倆均感榮寵，同窗之情誼，於茲益見凝篤。

其中倍覺興奮銘感的：

其一：遠居豐原而多年不見的褚裕康兄偕情感彌篤的嫂夫人，於觀禮前駕臨，不僅給予我們倆莫大的榮幸，也帶給先來賀喜的學長們無比的驚喜，大家一擁而上、互道別後，綿綿情愫、溢於言表。

其二：王淑惠學長，在我告訴喜訊前，曾歉意地說：她一家人將於八月十一日出國旅遊，返抵國門將是九月十三日深夜，（我們喜宴是九月十四日中午），因時差關係，恐不克前來道賀，我當時稍稍有感於多年良伴（我和她只要同學會有聚會或喜慶，幾乎是無役不與）未能共享喜悅之遺憾外，也祝福她們闔家旅途愉快，所以對於她能否克服時差，出現觀禮現場，只是抱著一份「奇蹟」心情。

就在觀禮前五分鐘：同學告訴我，王淑惠的夫婿王友俊教授來了，但卻未見他身畔另一半王淑惠活潑開朗的身影。我趕緊前去迎迓，經友俊兄稍後告知，淑惠在一次旅遊途中，被莽撞的外人開車撞倒了，所幸並無大礙，只是皮肉受到了小小的擦傷，行動稍微不便，只好請她的夫婿——也是我們夫妻的好友來與會了，（經查詢本人，這次撞得不輕，可能傷及脊椎了，目前正在治療中）。

這真是一份「庭院深深深幾許」的友情，我們的內心，於感紉外，願這一份喜氣，祝福她早日康健。

此外，還有多位學長，或臨前有事，或事先早有安排，均來函或

來電致意，且寄來賀儀，也一併申致謝忱。

基於同學們相聚不易，喜宴後同至鄰樓四樓茶聚，大夥兒一邊啜飲茶點，一邊閑聊今後同學會行止，經交換意見，決定了二項議題：

其一、四十周年旅遊，決定去大陸觀光景點、一為「九寨溝～成都」，一為「青島～旅順、大連」，寄上資料請大家任選其一。（時間為明〔九十三〕年暑期，因尚有同學尚未退休）。

其二、每半年舉辦一次「壽星」慶祝，（上半年為一～六月份出生者，下半年為七月～十二月份出生者），或旅遊、或餐聚，由當屆壽星推舉一人承辦之，由班費每人補助五百元。聊表祝賀之忱。

附註

（一）是當屆壽星者，意欲參加活動者，不在補助之列。

（二）未繳班費者，不在補助之列。

（三）每位學長寄一份出生年月日來，或來電告知也可，來電請撥（04）7253251：翁、（02）28952808：呂

（四）於九十三年一月起實施。

召集人　翁以倫　敬啟
民九十二年九月十五日

附錄
姚榮松學長代表男方貴賓致辭

　　新郎、新娘、雙方主婚人,各位佳賓:

　　今天是翁以倫先生、廖蓮珠女士的二公子翁其羽先生和豐原市張玉柱先生、陳梨花女士的大千金張淑菱小姐完婚的黃道吉日,百年嘉禮選在新店臺北江陵矽谷的豪鼎飯店舉行。本身就有意義,因為新郎翁其羽,是任職於新竹科學園區的瑞昱半導體園區的 IC 設計工程師,飯店所在為什麼號稱江陵矽谷,恐怕跟半導體有關連吧!新娘張小姐是新郎在臺大的學妹,園藝系所畢業,曾任開平高中老師、臺大教育學程助教、臺大校園規畫小組幹事等多職,剛修過政大心理輔導第二專長文學分班,是一位老師。新郎的家庭正好是個教育家族,父親翁以倫是彰化高中的退休教師,母親廖蓮珠女士是在職的國小老師。兩位是我師大國文系五八級同班同學,也是甲班的唯一「班對」。自然成為本班同學會的永遠的聯絡人。翁老師是我們班的長字輩,同學口中的「老翁」,之所以要我代表同學說幾句祝福的話,只是因為我當過大一的班長,另一方面我看著其羽長大,知道他們家的「幸福秘辛」比較多而已,並非我有什麼頭銜資格,另一個理由,據新郎告訴我,瑞昱半導體是上市公司,員工有六百人,他的直屬長官吳昌璉經理,也是工程師,只管開發 IC,不負責公關,據他說工程師的特質就是跟他一樣,不善於在大庭廣眾講話,我看這是吳經理客氣的話,可是我們其羽先生就當真的,所以不勉強他,祇好有勞我這位姚叔叔,我也推薦了其他幾位和翁老師齒德同尊的老同學,但是老翁仍堅持要我代表。我說:吳經理和翁其羽都是科技的新貴,因為他們年輕,又掌握臺灣電子工業的先機,因為是 IC 設計師,所以我要向

新娘父母張先生說：你們釣到了竹科的金龜婿，是一本萬利的，臺灣選誰當總統，您的女婿永遠不會失業，而且薪水只有增加不會減少。不但如此，翁其羽是一位沉默如金，個性體貼的好女婿，好丈夫，我觀察他二十幾年的結果，他永遠面帶微笑，樂觀進取，從小不用父母操心，一下子就唸到臺大電機系，電機研究所，他父母只管提供豐富三餐，就可以教養出「科技新貴」的模範生，令人羨慕。

至於新娘淑菱小姐，秀外慧中，多才多藝，本是一位園藝專家，更是充滿愛心的教師，相信會把他們新店的家佈置得像世外桃源。新郎說她活潑熱情，善長交際，剛好與其羽先生的精誠專默，柔和內煉的性格相補，這是一種完美的組合，我相信經過他們認識十年、交往三年的愛情長跑，已奠定美滿家庭和基礎。（據我觀察，新郎的聰明承自母親的多，北一女畢業的廖老師，曾考上臺北工專，後來才考入我們師大國文系甲班。新娘長得麗質天生，真感謝張家父母將這麼優秀的女兒，放心交給其羽，一定會得到同樣有氣質的翁老師一家人的疼惜。

用我們現在流行的話語來看這對新人，他們祇差一歲，同是六年級Ａ段班學生。這個年紀的孩子小學上才藝班，上國中後能力分班。Ａ段班到老師家補習，Ｂ段班則放牛吃草。教育是永無止境的替學生分類，老師愈教愈累。其羽是個沉靜的小孩，從小討人喜愛，品學兼優，是屬於「恬恬吃三碗公半」（一鳴驚人）的類型，高中就讀彰化高中，在父母的調教下，大概國文和數學一樣好。有三篇高中模擬考的作文被選入翁老師出版的教學手扎《誰來愛我》一書，內容有古文名篇賞析也有四十篇學生的代表作。其中翁家兄妹三人作品有九篇，其羽佔三篇。翁老師不愧為作文名師，把子女的文章拿來賞析、評介。顯然是一種激將法，使孩子們力爭上游，也出盡鋒頭。

以翁其羽高三模擬考的佳作「論競爭」為例，他開宗明義說：「競爭是進步的原動力，卻往往也是嫌隙猜忌以至於仇視對立的開

始。」接著說：「人類因競爭而推動了社會文明的巨輪，卻也因競爭引起了戰爭？究竟是好的開始，還是災禍的開端？」我們現在看到社會上擾攘不安，藍綠兩大陣營為二〇〇四年的執政，吵鬧不休，究竟是「爭一時還爭千秋」？這些都是其羽這篇文章的深意所在。

我們看到翁老師教育子女成功的原因，就是尚友古人，把自己孩子當朋友看待。所以三個孩子都栽培得相當成功。老大翁宸九清大原能核工系畢業，後來改學電腦，現在美國從事工作。

我們的新郎其羽是老二，臺大電機系學士、碩士，服完兵役，進入瑞昱半導體任工程師，一定也是深得老闆賞識的工程師。老三翁乃忻，靜宜中文系，紐約州的電腦碩士。現在在師大任職。翁家定居彰化，離我們雲林斗南老家很近，新郎的母親廖老師祖籍雲林西螺，更是同鄉近親。三位孩子都在姚叔叔的探視中長大。新郎與新娘是在學生時代的臺大中友社服團認識，長期愛情慢跑，這樣的愛情具有社會基礎，現在成家立業，正是珠聯璧合，幸福美滿，我們一起祝福他們早生貴子，也期待兩位新人，結婚以後，除了繼續經營愛情，並且孝順父母翁姑，彼此容忍缺點，記住對方的優點。這樣就能長長久久，綠樹成蔭，造福社會，也祝福出席的佳賓，身心健康，萬事如意。

第四帖
畢業四十周年大陸旅遊草案。
苗栗之旅行程預定表

一　畢業四十周年大陸旅遊草案

畢業四十周年大陸旅遊經廣泛交換意見決定如下：
一、地點：九寨溝（詳情見上次印發的九寨溝資料）
二、時間：九十三年九月。（據旅行社告此時楓葉正紅）
三、歡迎攜家眷參加。

報名表

稱謂	姓名	年齡	備攷
本人			
家眷			
家眷			
家眷			

四、報名表請寄彰化市南校街五十五號四樓翁以倫收

並賀
新禧

召集人　翁以倫　敬啟
民九十三年元月十二日

二　苗栗旅行程預定表

　　一、時間：九十四年三月三日～四日（星期四～星期五）
　　二、地點：苗栗泰安鄉騰龍山莊
　　三、行程：

第一天

時間	行程
09：30	竹南車站
10：10-11：00	獅頭山
11：30-13：00	南庄老街（午餐）
13：40-14：40	向天湖（矮靈祭場所）
15：40-16：10	獅潭仙山
17：00	騰龍溫泉山莊（住宿洗溫泉）

第二天

時間	行程
08：00	出發騰龍山莊
08：40-09：00	法雲寺
09：20-10：20	大湖草莓園
11：30-13：00	勝興老車站（午餐）
13：30-13：50	龍騰斷橋
14：20-15：20	三義木雕街（賦歸）

四、費用
（一）用餐
　　　　早餐（包含在住宿費用）
　　　　午餐：南庄（中）一千五百元起（每桌）～三千元
　　　　晚餐：騰龍（晚）兩千五百元起
　　　　午餐：勝興（中）客家小吃（一百元～一百五十元／人）
（二）住宿（騰龍山莊）
　　　　雙人房：三千元　　　　六間
　　　　三人房：三千五百元　　五間
　　　　四人房：四千兩百元　　三十二間
　　　　六人房：五千兩百元　　九間
　　　　八人房：五千六百元　　四間
　　　　十人房：七千元　　　　三間

若非例假日該山莊有七五折優惠
☆　本表行程方案為陳學長忠本精心編排　☆

第五帖
四則公告，毋忘九寨溝

一　別忘了，「九寨溝」旅遊日子已近！（五月八日截止）

　　各位學長，上次通訊告訴大家，本班相知四十周年慶祝，經協調決定，將於八月組團前往大陸「九寨溝」觀景（九寨溝海報已函發送），由於時屆四月，時間迫近，四月四日起報名，願大夥兒攜手同行，杜甫有詩云：「人生不相見，動如參與商。今夕復何夕，共此燈燭光。」「共此燈燭光」彼此相憶的朋友，曷興乎來！

　　回憶起當年是青春年少，如今已是白髮蒼蒼，齒牙動搖，不勝唏噓之黃昏之期了。

　　這將是二個截然不同的歲月，也將是二種迥然互異的情景，老友們！這該是多麼令人驚悸的時空，它，應不是一聲聲無奈的嗟嘆；而是一重重的祝福與珍惜，唐詩人李商隱在他一首「晚晴」詩中說得好：「天意憐幽草，人間重晚晴。」「幽草」「晚晴」，想想看，該是多麼閒適恬淡的意境。讓我們在好山好水中，盡情一起來留下這美好的片段吧！

二　淡水漁人碼頭之旅再度出征

　　二月十二日淡水漁人碼頭，緣於連日來陰雨不斷，又加上濕冷，而同學們於預定之日前一天尚未有人報名，與承辦人呂榮華學長商討結果，只好說一聲「對不起」暫停了。

　　五月八日（星期六）是立夏，「淡水之旅」重新啟動，該日上午

九時在淡水捷運站結集後出發，四月底前向呂榮華電話報名：02-28952808。

三　戴公錦秀老先生告別式

戴學長麗珠，尊翁戴公錦秀老先生日前往生，享年八十有六高壽，戴學長未發訃文，僅以電話告知，翁以倫、廖蓮珠哀傷之情，溢於言表。

四　我的終生痼疾──「雞眼」終於藥到病除了

報告大家一個好消息，五十年來跟隨我的腳疾「雞眼」，終於在前日根除了，拜賜今天醫學之昌明，從今以後，我可以輕輕鬆鬆、自由自在地去遊山玩水了。

我的「雞眼」萌生於我當阿兵哥時，由於當時資源貧乏，鞋襪大小均不適中，經年累月我的右腳趾長起了一個小紅疱，不久，形成了「繭」，起初我並不在意，後來。漸漸長大，走路頗為不便。期間，我曾不斷用「土法煉鋼」──刀片削麵法以及大蒜腐蝕法加以醫治，但效果不彰。

退休後，由於外出遊歷頻繁，為使行走方便，幾乎都穿運動鞋，可能包紮過緊，有一天，發現這個「小繭」駸駸然長大渾然如豆了，而且紅腫加劇，無法穿鞋，更奢談每日「快走一萬步」的功課了。

經我妻廖蓮珠多方打探，據告可去「皮膚科」用「冷凍療法」診治，頗有效果。

起初我對這「治療」缺乏信心，但念及除此之外，別無他法，抱著「當死馬醫」的心情，以盡人事。醫師用狀似鵝毛管帶著熱熱氣燄，對準我的「雞眼」擠壓，來回約六、七次，就算一次治療完畢。

開始一、二次，由於我「繭」皮很厚，並未感到疼痛。「治療每星期一次」，到了第四個星期，醫生用刀片削去，然後「冷凍」治療，這時，我才感覺陣陣刺痛，療畢不能即刻舉步，必須休息十分鐘後才可行走。

　　如斯又三星期後，一天我穿拖鞋散步，發覺整個「繭」皮鬆動脫落了，我喜出望外，凝視著長在腳趾上乳白色的新肉，有著一種滿滿的快意感！

　　短短的二個月，束縛我五十年歲月的「腳鐐」——雞眼，終於解脫了，我很感謝這日新又新、高明發達的醫術。

五　又訊

　　去年十月去美國東岸探親，曾與張連康、黃麗麗等學長電話連繫（姚微娜未接通），邀請他（她）們來一同「九寨溝」旅遊。多麼渴望旅外的同學歸來，重溫當年畢業旅行「山頂放歌、水隈促膝」歡樂之融融情景。

召集人　翁以倫
民九十三年四月四日

九寨溝旅遊報名表（五月八日截止）

稱謂	性別	年齡	姓名	電話	備註

第六帖
淡水漁人碼頭一日遊。
九寨溝之旅報名截止

學長：

　　其一：下（五）月十五日（星期六）淡水漁人碼頭一日遊，若未下雨，如期舉辦，請欲參加者於三天前，以電話與承辦人**呂榮華**學長連繫是盼。

　　其二：本班四十周年「九寨溝之旅」原約於八月底前舉行，著眼於尚有少數同學未退休，暑假期間，俾便於大家參與。

　　唯近二日來，時接熱忱的同學來電，對於是次旅遊頗為期待，唯對出團時間有些意見，我認為很有道理，歸納條列於后，請大家參考：

　　（一）國曆八月底前，正是農曆七月中元普渡時節，於遠行多少有點心理上負荷，希可能予以迴避。

　　（二）據曾遊「九寨溝」人士稱，十月月初與月中皆為楓紅最佳時段，好山好水，加之以飄舞著蓋天舖地的鮮艷紅楓，該是多麼令人賞心悅目的景象。

　　（三）最近 SARS 又在大陸蠢動了，日期延後，到時它消失無蹤了，我們大家就可以快快樂樂地出遊了。

　　這三項意見，著實值得思考，大家以參加者的立場，心思浮沉一下，改期十月是否比較好呢？

　　請將您的想法，寫在報名表上寄來為感。

　　報名截止日期改寫為五月十八日。

祝
事事如意

　　　　　　　　　　　　　　　　　　　　　　　翁以倫　敬啟
　　　　　　　　　　　　　　　　　　　　　　民九十三年五月一日

第七帖
漁人碼頭紀行。宋佩錚小姐文定。
王友俊六秩畫展。班友的六秩同慶

之一

　　籌劃近年的「九寨溝」之旅，由於未到達出團最低人數十六位之限度，只好對想參與的同學說一聲抱歉了。

之二

　　五月十五日淡水漁人碼頭之行，真是一個風和日麗的好天氣，可惜的來參加只有寥寥「北斗七星」之數。
　　王振東、**林漢仕**夫婦、以及**黃瓊華**和承辦人**呂榮華**等準時在淡水捷運站候駕，我與蓮珠抵達時已是九點過二十分了。
　　今天是星期六，可能都市人夜生活過慣了，這個時候來淡水走走的人不多，一行人由「阿華」帶領，循著淡水沿岸一直向淡水老街彳亍地走去。
　　「阿華」是領隊又兼導遊，一路上細數往日的淡水興衰風光，尤其對「馬偕醫院」來此設置的艱困歲月，以及「『糞』博物館」創建的淒苦愛情故事，繪聲繪形，大家聽了為之感慨不已。
　　中午一行七人在老街的「紅樓」用餐，這是一棟歐洲造型的中西合璧的餐廳。
　　由小巷蜿蜒拾級而上，約有四層樓高，最高層為「咖啡室」走廊

上設有雅座，男女情侶卿卿相訴，鳥瞰淡水景色盡在眼底，上次我和小女來此小酌，正是華燈初上時分，一抹夕暉輕輕地映照在粼粼綠波上，流連徘徊，好一個天上人間。

飯後我們搭船去「漁人碼頭」約十五分鐘路程，這裡的建設是人為的工程，一座橫跨在沙灘上的虹形拱橋，看起來頗為別緻，可惜整座碼頭都是污泥瀰漫，無有國外如「邁阿密」般米白色的細柔沙灘，缺乏一種「藍天碧海白灘」的情致。

現在遊客增多了，碼頭上來去的遊客川流不息，我們又搭渡輪去一趟「左岸八里」（巴黎），它與「漁人碼頭」相隔不遠，規模較前者小多了，除了擁有幾座如碉堡般的男女廁所外，只有一條長長人行步道，此時正是午後二、三時之間，天氣炎熱非常，大家年紀一大把了，無此雅興探幽攬勝，好在明天要參加宋玉芳學長嫁女喜宴，就此分別打道回府。

之三

宋玉芳學長之二女公子**佩錚小姐**，於五月十六日中午假福華國際文教會館舉行文定之喜，賀客盈門，喜宴開有四、五十桌之多，我班來賀的計有：王振東、林漢仕、袁新勇、沈鴻南、呂榮華、吳金娥、王淑惠、黃瓊華、溫美雲、陳碧運、何麗雲、馬汝芬，以及我與蓮珠一夥兒；臨時有事不克親來而代致賀儀的計有姚榮松、王麗君等（若有遺漏尚請見諒），同學們相聚在一起，暢談往日種種，真是無限歡欣，尤其目睹了兒女輩們的娶的娶，嫁的嫁！綠枝滿庭，彷彿展覽的是，大氣磅礡，淋漓盡致的山水國畫。

之四

　　恣意吮吸了**王友俊**教授為慶祝六秩壽誕所展示好山好水奇石奇松的精心巨作，驀地「六十壽慶」的話題，不禁令人興起「大江東去浪淘盡……」歲月無情時光不再的驚悸與嗟嘆！

　　看看眼前銀髮滿頭的快樂阿華，頗有雍貴福態的小碧蓮、憶及四十年前少女俊男模樣，依稀中是如此地遙遠，但又多麼地逼近呀！

　　就我所知，除了**我**和**張連康、王振東、林漢仕、王鳴韜、陳金治**等年齡較長外，其餘的男女同學，大多為民三十四、三十五、三十六等年次出生，其中尤以民三十五年次佔比例為高，古稱「六十為一甲子」，似有遙不可及之感喟！

　　但以今日醫學科學之昌明，人有「人生七十才開始」之達觀，所以，大家眼前應是「雲淡風輕近午天」的好時光！（附去（九十二）年七十賤辰題「七十偶成」聊供談興）

　　　　七十偶成
　　　　六秩晉十古曰稀，怡情逸志彩毫揮。
　　　　早時豪興已成夢，眼下欣然堪映暉。
　　　　院前芳草參差綠，堂上兒孫相與依。
　　　　自在人生朗朗日，小園坐看亂花飛。

　　我們有幸同窗四年，又有幸共同擁有四十年來美好生命的吟咏，如今何其有幸，同賀六秩甲子之壽讚。老友們！不可能再有一次「四十生涯」的謳歌，珍惜今日，讓彼此在這當下好好的美美的慶祝一番吧！

　　由於國人祝壽宜先不宜後的禮俗，明年（九十四）七月期間應是最適切的日子（讓三十四、三十五、三十六年次的同為壽星，多麼令人芬芳陶醉的場景）

「草案」簡略如下，請大家提供寶貴意見：

慶祝壽辰意見表

一、時間	1.☐九十四年七月（部分同學尚未退休）
	2.☐九十四年八月
	3.☐九十四年九月
二、地點	1.☐國外（請寫明國名及地點）
	2.☐北部
	3.☐中部
	4.☐南部
三、相聚	1.☐一夜二天
	2.☐二夜三天
	3.☐三夜四天
	4.☐一星期以上（以上均圈選一項）
四、其他	請寫出你的思考具體「方式」與「辦法」。

附註

一、請於七月底前將高見寄來。

二、部分待連繫同學，準備在國內大報與香港時報刊登尋人啟事三天。

三、請提名籌備小組五～七名名單。

　　提案人：

召集人　翁以倫　敬啟

民九十三年六月一日

第八帖
張連康大班長返臺相見歡。
聯誼會簡章出爐

學長：

　　寒冬將過，又是盈盈的明媚如畫的春天迎面來了。

　　春神捎來了期盼的訊息，旅美已近二十載的老班長**張連康**兄，已於上（三）月廿五日抵臺。他來電告訴我，他這一次是專程來參加同學們（一甲子──壽辰）苗栗怡情之旅。可惜天公不作美，連日綿綿淫雨，山區道路濘淖難行，為顧及安全，不得已延一月後舉辦，而他本月十日又將匆匆離臺返美，因而臨時決定八日晚上假福華會館（新生南路三段）宴請，電告臺北市同學們來個相見歡，總算同硯情深，當晚出席者計有姚榮松、呂榮華、王淑惠等十六位（漢仕兄還偕夫人來更見盛情）之多，以茶代酒，大夥兒於「驚呼熱中腸」之餘，談及彼此相見不易，正如杜甫於「贈衛八處士」詩中所言：「人生不相見，動如參與商，今夕復何夕，共此燈燭光？」新任國立臺灣師大臺灣文化及語言文學研究所所長**姚榮松**兄臨時提議發起：組織一個聯誼會，每隔二個月，由同學分組舉辦，聯誼性質或餐聚、或郊遊……，由當值的同學負責策劃辦理。此話一出，立即獲得與會同學們一致的贊同。

　　聯誼會固然為了增進情誼，但更重要的，能多一次彼此見面的機會。李商隱詩說得好：「天意憐幽草，人間重晚晴。」想想大家都是「一甲子」以上的人了，心中不免有「夕陽餘暉，近鄉情怯」之感。

　　順祝　　春禧

聯誼會簡章如下：
一、自今（九十四年）五月份開始舉辦：
　　（一）以月中第二個星期內為舉辦期（星期一～星期日）這七天
　　　　　中由承辦同學決定其中一天辦理。
　　（二）歡迎其他未列名同學（中南部）隨時向該承辦同學報名，
　　　　　也可依次承接為承辦的一組。
　　（三）承辦所支付的費用由班費津貼實報實銷。
　　　　　第一組：姚榮松、馬汝芬（九十四年五月份）
　　　　　第二組：翁以倫、王淑惠（九十四年七月份）
　　　　　第三組：呂榮華、陳碧蓮（九十四年九月份）
　　　　　第四組：林漢仕、黃婉麗（九十四年十一月份）
　　　　　第五組：蔡廷吉、黃瓊華（九十五年一月份）
　　　　　第六組：袁新勇、宋玉芳（九十五年三月份）
　　　　　第七組：王振東、吳金娥（九十五年五月份）
　　　　　第八組：沈鴻南、溫美雲（九十五年七月份）
二、隨函附送通訊錄一本。
三、九十四年班費一千元，自即日起收繳，請郵政劃撥〇二八一九
　　一九一號　，帳戶：翁以倫收（九十二年未繳者請補款）
附記：本簡章如有未盡事宜，請大家提供寶貴意見，使聯誼活動辦
　　　得更周延、更生動、更有意義。

　　延至四月十四、十五日舉辦「苗栗怡情之旅」，報名至本月底止，以便預訂食宿。

　　　　　　　　　　　　　　　　　　　　召集人　翁以倫　啟
　　　　　　　　　　　　　　　　　　　　民九十四年三月廿二日

第九帖
苗栗怡情之旅兼慶六十甲子諸君同窗近況、永懷朱靄貞

　　出發前一天，依然是細雨霏霏，一副「黃梅」時節雨紛紛景象。

　　我內心堪為憂慮，要是明（14）帶來一陣豪雨不僅擾亂了大夥兒徜徉山野的興緻，可能因山路崎嶇，恐怕難以成行。（上次就是因雨延後呀！）

　　早上八時前來到了集合預定地——圓山捷運站，發現氣候異常涼爽——淡晴而無雨，真是踏青的好天氣。

　　學長們幾乎如期到齊了，清點結果，未見黃瓊華身影，心裡想，前一天剛和她致電告知地點和時間，難道她有事不克前來。

　　打開手機連繫，原來她早半個小時來了，正在中山球場尋覓大家呢！

　　一部中型的遊覽車，載著呂榮華等一行十四人輕裝「好侶」直駛高速公路旅遊去也。

　　不到一個半小時，就抵達了我們與主辦人**陳忠本**兄的會合處。

　　只見阿本夫婦倆已鵠候多時，大家一陣掌聲，互道安好。阿本太客氣了，夫妻倆致送每人一大罐當地土產——「土豆」，以盡地主之誼，大夥兒也就在「謝了」聲中——「卻之不恭」領受了這份深深的情誼。

　　阿本嫂因事不克隨行，和大家道別，隨即阿本兄在大家殷殷期盼中登上「導遊」的榮座。

　　旅遊第一站是獅頭山，阿本真是一位煞有經驗的「好導遊」，一

路行來，妙語不斷，如數家珍般介紹了當地的風土情采，大家如在螢幕上看了一堂「繪聲繪影」的道地采風錄。

「獅頭山」不知是大學時代還是在流浪生涯中曾來此一遊，一切印象已不復記憶，只覺得眼前的佛殿和神像都較前宏偉、清淨多了。

微風拂面，走在山陰道上，頓覺神清志怡，儘管年歲已不輕了；又坐上半天的車子，大夥兒竟然毫無疲累，三三五五，說說笑笑，似乎又回到當年班遊的情境。

在山中停留了約四十分鐘，由於已近午餐時段，驅車前往於苗栗有名的「桂花園」席開二桌。享受了一頓風味極佳的「客家菜」。

用餐後，我們來到了「南庄」賽夏族住的力卦山莊（為有名的原住民的民宿所在地），然後步行約二十分鐘的路程，到達了賽夏人矮靈祭場所——向天湖（按：賽夏族總共約二千餘人，散居在苗栗南庄和新竹五峯一帶）湖旁有一棟新蓋的賽夏人的博物館，惜文物搜集欠缺，僅有農作物器具和編製的衣著等少量的展覽。

自向天湖至仙山，約十五分鐘車程。仙山靈九天玄女宮，位處仙山山巔，拾級而上，七百餘級石階，斯時山中已下起針松般的雨點，山腰望去，一片氤氳縹緲中彷彿置身蓬萊仙島。

儘管雨愈下愈大，氣溫也降低了。大夥兒都不服老，依然興致勃勃，撐起雨傘小心翼翼地拾級而上，稱得上老當益壯。

回到騰龍山莊，已近晚餐時辰，阿本要飯館擺了一桌可坐十六人的大仙桌，他還攜來二瓶酒（一為 XO，一為葡萄酒），祝賀大家四十年來難得的相聚。

觥籌交錯，大家盡情地享受著美食好酒，酒醉飯飽後，經總管理阿華安排來一場「KTV」歌唱大賽。

「KTV」設在大廳外的庭院裡，稱不上豪華，幾組不規則的椅桌，點綴於一株閃爍小燈光的聖誕樹和一排整齊的萬年青前，臨下就是一片極為險峻而開闊流著淙淙溪水的河谷，感覺上有著幾許幽靜典雅的情緻。

由班裡素稱「金嗓歌后」宋玉芳帶領開唱，她熟練的身段，清晰的咬字，以及似行雲流水般流暢的曲調，一曲「祈禱」，婉約安詳，明快悠揚。果然不同凡響，獲得了全場讚美的掌聲，所謂踏出美好的第一步就是歡笑和稱心的綻放。隨著麥克風在手連手，嘴對嘴一個接一個傳遞中，男聲沉穩，女聲清脆，滿耳是令人心曠神怡的旋律。快樂的氣氛，high 到最高點，餘音於寧靜山谷間迤邐縈繞。

　　第二天一大早，我們依依不捨地離開了騰龍山莊，驅車至大湖草莓園（惜今年雨水太頻繁，以致草莓長得不夠碩大艷麗）然後看看走一走已廢棄勝興老車站和頗有懷古幽情的站前街道，以及憑弔於一九三五年（民廿四年）大地震而中斷的龍騰斷橋。（惜我所攜帶的 V8 於早上出來時不慎出了一點小毛病，以致這一段寶貴而值得紀念的旅程，都未能一一拍攝下來，只好再待下一次了。更向與會的學長們說一聲對不起，我的 V8 裡，臨來前「記憶卡」因洗相片，年紀老邁，忘了再裝上，所以在路上所照的團體照和友好的個人照都成了一片空白，真是無限的抱歉！）

　　下午三時左右，於參觀三義木雕街後，大夥兒滿懷興奮賦歸。

同窗近況

黃麗麗、黃逸韻返國渡假

　　旅美多年的黃麗麗與黃逸韻返國了，並相告將於這次由**姚榮松、馬汝芬**學長新舉辦他五月份聯誼會中和大家見面，黃麗麗將偕同夫婿和心愛的么兒與會，歡迎同學們一起來共渡好時光。

首屆聯誼會將於近日內揭幕

　　首次舉辦的聯誼會將於五月份中旬舉行，由姚學長榮松兄匠心籌

劃，屆時將有一番盛況，敬邀大家共襄盛舉。

永懷朱靄貞

朱靄貞靜悄悄先走了

告訴大家一個令人感傷的訊息。

往日被大家稱為北一女金釵之一**朱靄貞**，不幸於九十四年三月十三日於北投和信腫瘤中心醫院走完了她人生的終站。

說起來靄貞還與我頗投合，六年前我們一直保持著良好的連繫，多年前，她由美國回來，我們約在師大前牛肉麵店咀嚼著往日的風味，當時她正向我透露很想結束在外流浪生涯，回國定居並期待能在臺找到一處教職的工作，但因離國太久，而教職崗位當時已上軌道有相當限制和必須參加甄選後才能擔任，以致未能如願，就這樣，以後一直未能接獲她來函（以前每年聖誕前都會收到她的賀年卡），使我為之掛念不已。

我也曾向在美的「四大金釵」之一**黃麗麗**和**姚嫩娜**打聽，結果依然杳然黃鶴。

最近通訊，我寄給她在臺北溫州街的家址，並希望她家裡能透露她近來的消息，想不到接到的竟是她往生的訃聞，真是感傷萬分！

四月二日**我**和**姚榮松、呂榮華**等一同前往設在和信醫院的靈堂拈香上祭，望著虛腫的臉龐往日的清麗已不復見，為之不勝唏噓！（據其弟告訴靄貞在美得病，歷時三年，回國療養一年。）

她是繼**杜勝雄**後第二位返回自然的同學，願大家珍惜當下，活得自在。

召集人　翁以倫　啟
民九十四年五月二日

第十帖
九寨溝重新啟航。晚霞、漁火、夜泊，歡迎七月來酬和

「九寨溝」重新啟航，即日起報名

我們邊啖邊談，盡情回味著享受著老同學的當年風光，和老朋友晚年情景，尤其和夫婿王友俊教授上過十一次以「古松、怪石、幻雲、奇峰」聞名的黃山的王學長淑惠，可謂走遍了當地每一寸山崖繽紛，看遍了每一處雲層變幻，她開口就是旅遊經，對好山好水的九寨溝，很想看看十月滿山滿水的楓紅奇景，也重新點燃去年（九十三）未遊「九寨溝」的構想。

經大家熱烈討論後，決定由**王淑惠和我**來承辦，以同學為主體組團一遊，十六人以上，並由同學邀約乙丙班同學一同共襄盛舉，在場有八人簽名響應，（後來加入了玉芳夫婦和阿南夫婦）已接近四分之三的人數了，期盼著有志一同的學長們報名。（按：六月底前完成報名手續，再接洽旅行社辦理出團事宜。）

晚霞、漁火、夜泊，歡迎來酬和

七月份的聯誼，是我和王淑惠主辦的，為了專心辦好「九寨溝旅遊」，經與**黃婉麗**協調，商定七月聯誼由她來接辦，定名為「翡翠灣漁火之旅」（按黃婉麗有一處別墅近翡翠灣，很早就想邀同學們一起去觀賞晚霞點點星光之美。）

既然十月份要旅遊「九寨溝」怕活動過於頻繁，以免勞師動眾，所以，「九月」與「十一月」的聯誼會暫定延後。

大家也想到由於同學們大部分都在北部，以致聯誼活動中南部學長們於有限時空間的不便，無法應邀與會，因此這次「九寨溝旅遊」（天數暫定八天至十天），期待中南部同學也能踴躍報名，來來來大家牽手一同去郊遊！

臨了，**姚學長**榮松提議，明（九五）年春暖花開，想去日本走走，假如**深澤俊彥**學長有空，我們順道去拜訪他和他的家人，只是「深澤」長年在大陸做生意，不知道何時有空暇，藉此通訊，願「深澤」能在百忙之暇，告知我們何時才是你的空檔？（有信為證）

聯誼於九時半融融氣氛中結束，斯時，雨也停了，大夥兒在門口互道珍重，並感謝黃婉麗學長七月翡翠灣的期約。

祝

時時快樂

附記

一、更正沈鴻南電話：02-87912469
　　李淑貞地址：忠孝東路一段八三巷五樓之一
二、尚未繳班費者請郵政劃撥帳戶：〇二八一九一九一號　翁以倫收

召集人　翁以倫　啟
民九十四年六月一日

第十一帖
戴麗珠教授書法展。
悠悠七小時，記翡翠灣漁火點點遊

戴學長麗珠教授書法展

　　任教於靜宜大學中文系教授**戴**學長**麗珠**女士，定於九月十三日（星期二）上午十時於校內舉辦首次書法展覽，她獨特且具有詩人氣韻的書法個展，期盼學長們屆時蒞臨觀賞，道賀與祝福之忱，北部同學將於是日晨八時正在圓山捷運站（中山足球場）前集合前往，由**呂榮華、王淑惠、黃瓊華**等三位學長親駕愛車助陣，也盼望中南部學長們一起來同享藝術之宴。（欲參加者請電告我或呂榮華學長。）

　　午餐後，我們一起去潭子探望因跌傷一直不良於行走的**王**學長**鳴韜**兄，並祝福他早日復建康泰。

悠悠七小時，記翡翠灣漁火點點遊

　　悠悠七小時七月二十日相約萬里之行，正是強烈颱風「海棠」狂風暴雨肆虐之後第二天，十九日晚上雨依然淅瀝瀝地下著，風依然瑟呼呼地颳著，承辦黃婉麗來電：翁大哥，明天「數漁火點點」照常舉辦，你能來嗎？既然風雨無阻，我能不來嗎！只是原打算和大家同行的「阿珠」緣於「身體」上的考慮，打了退堂鼓，由我ㄔㄨ地登上北上的國光號，去看看風雨中依稀的──昔日風情萬種輕輕柔柔的翡翠灣，經風吹雨打後究竟留下了什麼樣的風貌？什麼樣光景？

第二天一早醒來，想不到風雨停了，耀眼的陽光，滿室滿屋都在跳躍著閃爍著，真令人太興奮太令人喜出望外了。

　　這真是上帝賜與的禮物。

　　一路上，我們擔心「海棠」餘威不息，海面上風浪太大，不宜搭遊艇出海，準備以「野柳」尋夢作為備胎，但一到了萬里碼頭，才發現天空一片湛藍，萬里無雲，水波不興，大夥兒一聲「好爽」，立刻辦好了出海手續，一行二十餘人浩浩蕩蕩魚貫地登上遊艇——勝利號。（忘記了是我的杜撰）

　　年輕開朗的船長，一方面要我們穿戴好救生裝備，一方面滔滔不絕地簡介海遊的路徑和景點，馬達隆隆聲中，遊艇似飛矢般破浪前進，划起了一道道匹鍊般簇簇花隊。

　　女士們大半靜坐在船艙內觀望海景，只是不甘寂寞的老男人們（都六七望外了）依然不改當年好勇逞強的興致，紛紛地或坐或站於甲板上，頭頂著鐵青的天，面臨著無情的海，隨著洶湧的波濤婆娑起舞，一臉懍然，彷彿自身是力挽狂瀾一柱擎天的水中英豪。

　　船過「野柳」峽，一陣高越尋丈的浪潮撲來，遊艇在四濺的浪花中的翻騰起伏，真夠驚喜精彩，說時遲，那時快，海水自甲板透氣孔中一擁而上，可憐我和阿松來不及反應，已是半身盡濕，贏得了大家一串「幸災樂禍」的嘿嘿笑聲！

　　一個小時海灣餘興大家忘情中劃上快樂的句點，已是晚餐時刻，由承辦人黃婉麗帶領，一起去翡翠灣餐廳享受了一頓美味的海鮮大餐。

　　承辦人**黃婉麗**和她夫婿**陳先生**懇切熱情相邀，晚餐後我們步行來到了她們的愛巢——翡翠灣別墅，那是一棟位於十四層樓中樓的建築，室內甚為寬敞，在陽臺上俯瞰的翡翠灣，漁光點點歷歷在目，可惜是晚「海棠」屬色尚未褪盡，明月星光消失無蹤，無緣見到月色和漁火相輝映了。

　　那天正好是**吳學長金娥**的壽辰，主人甚為用心，準備了兩種不同

奶油和巧克力祝壽蛋糕，大家在「生日快樂」歌中，盡情享受了「賓主盡歡」的融洽氣氛。

這一次「海灣」聯誼，謝謝承辦人**黃婉麗**和**林漢仕**兄事先的周詳策劃，才能獲得如此美好的身心愉悅之旅，當然也萬分感謝黃婉麗夫婦倆「婦唱夫隨」全心全意的接待。

我有點樂觀的遐想，下次可能會在中南部來一次「南北」大會合的聯誼囉！

九寨溝楓江之旅終於要成行了

在承辦人**王淑惠**熱心規劃和熱忱相邀下，十月十五日至廿六日（十二天九寨溝旅程）終於在七月二十日（海灣之旅日）拍案定稿了，總共有姚榮松等十六位同學相偕同行，九寨溝之旅也可以說是一個「定點」的——全部景點以九寨溝為中心之深度之旅，很希望能擴大——中南部同學也能一起去看看楓紅的山、楓江的水以及楓紅的一切一切，那可是一個奇特的楓紅世界！

　　祝
　　暑期愉悅

附註

一、續收沈鴻南、謝瑋寧、蔡榮昌、林雲燕、李振興等學長繳來班費各一千元，併致謝意。

二、請繳九十四年班費一千元。

召集人　翁以倫　敬啟
民九十四年七月廿七日

第十二帖
九寨溝之旅臨時成「畫餅」！
王鳴韜兄精神抖擻彷彿五十許

九寨溝之旅臨時成「畫餅」！

學長：

　　滿以為經承辦人王淑惠熱心奔走和策劃，以及同學們踴躍的參與，嚮往和期待已久的「九寨溝」旅遊可以高高興性踏上旅途，可以一飽眼福——看盡好山好水在一片楓紅穿戴下，是多麼撩人的繽紛世界。

　　十月十二日是期盼的好日子，大家殷殷盼望著那美好的日子降臨！但一星期前承辦人王淑惠的來電，竟是美夢落空的宣達。

　　聽她傳來的口氣顯得有些沮喪和無奈。她說：「老翁，九寨溝去不成了……」她期期艾艾地道：「我們選定的日子，正好與大陸在九寨溝召開的一個國際會議撞期，沒有旅館可住，旅行社的林經理說，除非延緩，將無法成行！」，「延緩」不可能。一方面天氣到十月底已是肅煞了。最重要的楓紅屆時已是「繁華」落盡，「鵠的」已不在，當然無必要再走一趟了。

　　「九寨溝」之行前後籌措規劃已有長長二年時間，結果依然落空，看來是「謀事在人，成事在天」？我也只能黯然回答說：「我們已是盡力了，只好等待明年再看看吧！」不過前後想想，開始有一絲絲淡淡的失落感。

王鳴韜兄精神抖擻彷彿五十許

　　戴學長**麗珠**的書法展，如期於靜宜大學藝術中心二樓揭幕。

　　很抱歉的，九月十三日時本班同學僅有敝人我巍巍然獨自前往道賀。由於九月十三日是星期二，有些同學有課在身，以致無法親自致賀。而有些同學則困於雜務纏身，而要我代向戴學長致意之外，等一有便時一定會去書法展觀賞。

　　但來賓最令我特特書而書就是在我到達十分鐘，久未晤面的**王鳴韜**兄夫婦倆也翩然蒞臨了。

　　他們是坐計程車專程道賀，儘管我們已有三十六個年頭未曾見面了（五十八年我分發南投日月潭服務，恰好和王鳴韜兄他太太**黃裕美**女士同事，而他的大公子右文剛誕生不久）。他的模樣依然未變，尤其臉色紅潤，說話中氣十足，宏亮不減當年，真不像已近八十高齡的老人了。（他要我在此更正，上次報導他臥病在床，事實上近年來，他們夫婦倆是老來伴，常常做一日遊或三日遊，上次還跟友人們去澎湖散心吃海鮮呢！）他的太太黃裕美女士雖已是六十六歲了，可是身體硬朗腳力尤為矯健，是他溫柔的「牽手」，也是他依仗的「拐杖」。退休以後，相夫教子卓然有成。二位公子都是都是清大電機系的高材生，目前都是科學園區獨當一面的負責人。王兄每一次談到他的二位公仔，總覺得人生是如此美好和燦爛，愉悅而滿足溢於言表。

　　他幾年前因採一枝野生植物，不慎踏空摔落深溝，以致傷到頸脊椎。醫生以為可能癱瘓終生，想不到他意志力過人且樂觀奮鬥，終於能健康地站立起來，目前除了右腿神經有些不便外（走路稍有緩慢），一切生活起居如常人。尤其胃口甚佳，較廉頗老矣，尚能飯否尤勝多多。

　　我們於書法展裡和戴教授一起照了相，然後在「宜大」的戶外蔭涼休息區暢談別後的種種。他希望今後能在中部地區辦一次同學的聯

誼，想和多年未見的同學們見見聚聚，算是他一次期盼的心願！

我想他的心願一定很快實現，我盼望中部的同學們（自嘉義至苗栗一有人自告奮勇承辦中部聯誼的活動，我們的聯誼小組將會充分的協助和支援）。

中部的同學們，盍興乎來！

祝
愉快

召集人　翁以倫
民九十四年十月一日

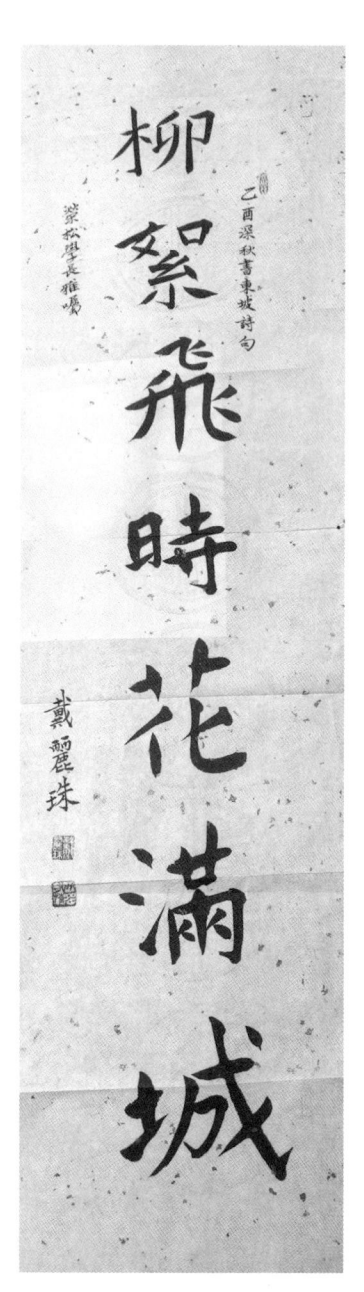

> 柳絮飛時花滿城
>
> 乙酉暮秋書東坡詩句
> 紫松學長雅囑
> 戴麗珠

編按：謹以此幅個人收藏紀念多才多藝的本班藝術女神戴麗珠學長。
安息吧，女神，我們永遠記得您。

第十三帖
東眼山賞楓、日月潭遊湖知性之旅。琉球四日遊。新春故人來

學長：

「通訊」輟線已有久久時日了，謹於此向大家拜一個晚年。祝福我們彼此「活在當下喜自在——福緣綿綿迎春來」！

金雞報捷走，錦犬送春來。匆匆新年，在大家祝福中歡欣地渡過了，又在萬頭鑽動燦爛奪目的元宵燈會裡道一聲「彼此珍重！」到處是一片笑咪咪的銀色狗狗，今年是開運「旺旺來」的狗年，歲屬「丙戌」，願皇皇之犬笑迎萬戶春，恭賀大家吉祥如意行大運的快樂情境之下，天天是健步如飛，青春常駐！

狗年旺旺來

平心來說，我是一個無神論者，但有時也是一位多神教的信徒！但兩者之間並不衝突矛盾，因為大多數的宗教，其宗旨是博愛，是為善，這與我們的儒家為中華文化中心的要旨是息息相關的，三字經中的人之初、性本善，再看童子軍的信條是日行一善，可見中西之道，原是一家，它是萬流競奔，殊途同歸。

據今年農民曆的運勢記載，東西為大利，北方犯太歲，而南方有小利可得。它在正月運勢有詩為證：本垣逢合瑞雲屯，逞秀三臺大雅存，甲第崢嶸揚令譽，營謀如意煥朱門。國人的習俗向來講究「趨吉避凶」或「造吉化凶」，我在此也未能免俗，所謂「和氣生財（才）」

祝賀大家新的一年為人要和和氣氣,做事是順順遂遂,自然是「吉星拱照嘉慶申,身安宅瑞合家樂」了。

「東眼山」賞楓與日月潭遊湖知性之旅

這次同學聯誼,是**我和王淑惠**所承辦的。地點安排在中部,原打算期待中南部同學也能趁「地利」之便,來一趟北中南串連大集合,也藉此回味十六年前(民七十八年)東勢林場大家彼此喁喁相聚的盛況。

由於去年「九寨溝」之遊因故未能成行,大夥兒對「楓紅」依然耿耿於懷,因而這次旅遊的景觀,將「楓紅」的勝景列為首選,經承辦人王淑惠在網站上尋尋覓覓的搜訪,終於皇天不負苦心人,於山明水秀中臺灣埔里,離霧社不遠處有一塊待開發的桃花源,以「楓紅」聞名稱為「東眼山楓林休閒農場」,自網站上所展現的風貌,好一派紅得閃爍的楓海,如洶湧浪濤般相擁澎湃而來。十二月正是「楓紅」季節、想像中的整片農場,似乎被婆娑般熊熊紅浪浮沈著、推擠著,以及熱情如火般擁抱著……

我和淑惠都被眼前情景所迷惘了沈醉了,也不約而同做出了決定,以「山紅」——「東眼山」與「水秀」——「日月潭」作為此行的二大指標。由我回去撰寫「通訊」,而她和景觀所在地預訂有關「食宿」等事宜。

旅遊時期定為十二月十六日~十七日兩天(星期五、六),由於日月潭「Spa House」旅館只有十間精緻套房(山景與湖景共十間),所以名額也限制為二十名(尤為歡迎夫婦檔參加),通訊稿於十月十三日發出,冀望在充裕的時間下期待著和有志一同者能充分交換有關行程的安排,使這趟旅遊,在知性和感性上達到平衡的滿足感。

通訊稿發出好多天了,但遲遲未接獲中南部同學報名參加的訊

第十三帖　東眼山賞楓、日月潭遊湖知性之旅。琉球四日遊。新春故人來 ❖ 43

　　息，十一月下旬，離旅遊日子愈來愈近了，而中南部學長依然乏人問津，打了好幾通電話去詢問，回答的總是興趣缺缺，最後於出發前夕敲定人數，僅為北部同學九人踏上旅途，我們雇一輛中型廂型車專車前往，還好這次同學參與僅有九位，要是依限額二十名都來了，包一部中型巴士，那就無法上「東眼山」了。

　　「東眼山」離霧社尚有一段距離，小廂型車實左轉就是一條狹窄的山路，值得慶幸的，這條山路寬度僅能容納我們這型車行駛，要是人多了改乘中型巴士，那就沒法上山，山路崎嶇難行，呈 S 型盤旋而上。要是下雨可能因土質鬆弛風險很高，也可能會中途知難而退。

　　從埔里至東眼山，行程約四十分鐘，當我們抵達目的地後，才發覺眼前景象，與網站所展現簡直是天壤之別。下了車，只見山頂是一片光禿禿的丘陵地帶，也無旅遊業者門口設置售票的門崗，更無旅遊景點的標幟。只見一位穿著隨便的年輕女子跑來，問我們要不要入場參觀，並告訴入場券是每人一百六十五元，大夥兒一聽，頓時有點傻眼了，內心頗有「若有所失」的惆悵感！

　　但老遠從臺北專程而來，總不能未入「寶山」空手而返，只好忍痛購票，稍後一回神，才發覺「東眼山」上空蕩蕩只有我們一票人，以及兩旁稀稀落落未變紅色的山樹，和梯田上種植幾畦茶葉樹的茶園。聽當地人說，由於這幾天氣溫低度不夠寒冷，又加上時間侵蝕度不長，達不到樹葉由綠轉紅的程度，要等「楓紅」看來要假以時日了。

　　大夥兒中有人說，這裡空氣倒也清新，這一百六十五元門票，就算吸一吸新鮮空氣的代價吧！一行人，在彎彎曲曲的山路上漫步，來到了一處稱為「望景臺」的平臺，據王淑惠說，對面隱隱約約瀰漫山嵐的峰巒，就是大雪山山脈的主峯。

　　近五時，擔心天色太暗山路不好行駛，我們就搭廂型車告別了這曾一度夢縈的「楓紅」片片的東眼山。歸途中，唯一告慰的，大夥兒在半山腰有幸目睹了渾圓蛋紅般的夕陽，緩緩地自綠色山稜線上滾落

……駕駛先生湊趣停車，讓大夥兒心喜滿滿的凝望和拍照！

回到日月潭旅館，已是晚上七時半了，依各人喜愛分配了有湖和山景的房間，晚餐後，自由活動時間，有的安逸地坐在近湖的沙發椅上，盡情賞覽著湖面上漁火點點，享受著。我則揹著數位攝影機，於湖畔的山徑上和碼頭步道上，恣意獵取被湖光山色所包圍的幽幽夜景，我深深感受到，這塊遠處中部的山城，有文明社會燿燦繁華的外衣，也有清靜深邃與世無爭的神貌，尤其在這喧鬧盡褪的夜晚，漁火與星光交輝，近山跟平湖一色，而街頭上不時的霓虹燈閃爍，這真是一處生趣盎然的天上人間。

清晨五點半，在鳥語聲中起床，信步來至湖畔，只見大小遊艇，排列有序靜靜地停泊在水灣中，近岸青山一脈，像一位睡意闌珊的俏姑娘，躺在碧油油藍色大床上載浮載沈；踩著輕盈步履的風少年，哼著歌曲自湖堤、樹梢、山坳直奔而來，漸漸地，整個日月潭好像在甦醒了，尤其當山頂曙光乍現，晨曦像一襲白色羅紗，將湖面襯托得更生動有效了。波光粼粼，由遠而近，當一輪旭日自東方徐徐升起，整座湖面，如同有萬道霞光在跳躍著、飛舞著，日月潭亢奮的生命力，也因而揭開了序幕。

上午九時正，大夥兒集合自湖堤步道倚山傍湖蜿蜒而上涵碧樓，鳥瞰日月潭盡在眼底，憶起當年「九二一」大地震，我曾來此憑弔，放眼望去，到處是敗垣殘壁、斷樹棄舟，猶如一片廢墟，如今岸上高樓林立，水隈白帆點點，恍如兩個不同世界。

午餐後乘遊艇遊湖，今天是星期六例假日，遊客絡繹不絕，遊艇生意特好，一船接一船經浪花翻騰下接踵而進，在光華島上，大夥兒拍了團體照，也遇到了大陸觀光客，他（她）們對日月潭的好山好水，讚不絕口可見臺灣名勝也有賣點呀！

四時半，我們乘回臺北的班車滿載快樂賦歸，抵達時已是萬家燈火。

琉球（沖繩）四日遊

　　為了慰勞小女兒工作上的努力和辛勞，並要求說動「媽媽」也要參加為條件前提下，一家人事先商定過年前後要出國觀光。起初擬定觀光地點為大陸昆明麗江一帶，但顧及大陸氣候寒冷，行李可能加重，加上外出不便，臨時更改為與臺灣同屬亞熱帶的日本沖繩。

　　「沖繩」有「熱帶海洋公園」之稱。以「櫻花前線」「陽光沙灘」「土產黑糖」等聞名於世。尤其於一九七五年舉辦海洋博覽會，在會場遺地建造了東北亞最大的「水族館」，又加上二〇〇〇年世界經濟大國——八國高峰會議也在沖繩舉辦，該地有「萬國津梁館」之稱，使沖繩成為當紅觀光勝地。

　　小女兒乃忻辦事能力超強，在網站上尋尋覓覓，不過一小時後，就敲定了自二月二日至五日的琉球四日遊。

　　沖繩為一百五十多個小島嶼所組成，其中有人居住的島約有四十個左右，島嶼總面積為二千二百六十三平方公里，約為臺灣面積十六分之一大。沖繩居臺灣東北三百海浬之外，航程需約七十分鐘，但奇怪的，在以前「沖繩」被人稱為大琉球，而臺灣則叫為「小琉球」，似乎名實不符。

　　琉球群島古為土著琉球王朝所統治，明朝洪武年間即為我國的藩屬，清光緒五年（1879）為日本所併吞，二次大戰結束後琉球由美軍託管（1945-1972），日本接收琉球後，將它歸級為縣，稱為「沖繩」。目前雖為日本所接管，，但它依然為美軍在東北亞最大空軍基地，駐軍有三萬八千人之多，美軍在沖繩當地的消費支出，實為沖繩島國經濟收入最大宗來源，「沖繩」有二大城市，一為「沖繩」，一為「那霸」，尤其後者「那霸市」，人口有三十二萬之多，佔沖繩總人口五分之一，為一個經濟商業大都市。

　　我們一行十六人，搭華航的班機，於下午六時許抵達素有「日本

夏威夷」之稱沖繩機場，在機場附近的餐館，品嚐了一客道地的自助餐，然後驅車去一家名稱「南方林克斯」觀光飯店。這座觀光飯店，有一半建築蓋在海灘中，行李收拾後，我們一家人曾在附近沙灘與碼頭步道上夜遊，由於晚風甚疾，且路燈幽黯，散步了一會，就回房安寢了，半夜，還可以聽到浪濤洶湧的拍岸聲。

第二天一早，我們參觀了一處在此地頗負盛名的「東南植物樂園」，它是亞洲最大的藥草花園，種滿了茂盛的亞熱帶植物，約有二千五百多種，將整個園區點綴得五彩繽紛。

下午造訪了琉球王朝的「首里城」，它是沖繩的國王所建的都城，地處在山丘上，四周築有圍牆，牆內有仿造中國官殿式以黃色結構的皇宮，守禮門內外陳設以萬年青紮成的巨大門官衛士雛像，拱手為禮，栩栩如生，頗為特殊且雅緻的景點，但皇宮面積甚為狹小，十分鐘就巡禮完畢，隨後搭車去玉泉洞，那是一個蘊藏千古鐘乳的山洞，離地有三層高，洞內甚為陰森，空氣不太流通，而「鐘乳」的質量和生態變化，較之廣西桂林所擁有的總總鐘乳，真是小巫見大巫有天壤之別了。

第三天按照旅遊行程，上午參觀萬國津梁館——八國高峰會議所在地，那裡有八國元首親自簽名紀念處，和當時日本首相——小淵端座銅像，靠會議室正前方，面臨視野寬闊的藍天碧海，心胸為之神怡氣爽，由於地處一塊平坦的狹谷丘陵，可以稱得上隱蔽幽靜，且通道僅有一條。只要百公尺遠沒有關卡，閑雜人等就無法窺觀究竟，真是一個開會的好場所。

下午我們就直驅國營沖繩紀念公園（亦即是一九七五年海洋博覽會和水族館所在地），我們先在露天秀場觀看了精彩「海豚」表演（五隻大小不同的海豚，其中有二頭是海獅）歷二十分鐘表演過程中，尤以高空翻騰，和魚貫躍龍門最令大家激賞，孩子們更是拍手叫好。

「水族館」建在二三層地底下，館中設有不同海域的巨大水槽，

匯集了世界魚類精華約有二百六十多種，槽內玻璃厚達六十公分，其水槽可從上面，旁邊或下面三方面欣賞，甚有立體感，常常會覺得大鯊魚和大海龜迎面撞來。

第四天是返回的時候，班機是近晚六時，我們還有大半天時間可遊覽，上午就到市區附近的孔子廟拜訪，據資料上記載，它是中國最早建造的（惜未說明何朝何代），但廟的面積不大，是長方形（約為六十公尺長，三十公尺寬）當中只有一間大成殿，設有孔子神位，兩廂各有二座殿堂，但左首的二殿，前為媽祖廟，後卻供奉的是關帝君。不過，離孔子廟不遠另一條大街一角，竟然有一座孔子站立的銅像（約一百八十公分高），石碑上記載是臺北市市長張豐緒於六十三年訪問琉球時贈送給當地僑民作為紀念的，上面還刻有「孔子廟遺跡」等字樣。

隨後我們參觀了市內有名的「福州園」，那是「那霸市」建制七十周年，與福州市結為姊妹市十周年而營建，面積共八千五百平方公尺，為一座純中國化的庭院建築風格，處處有亭榭、瀑布、小橋、水池和假山的景觀，尤其「李白舉杯」的塑像更為傳神，種植的樹木花卉，富有四季色彩，置身其間，遊目景物，塵囂倏然遠去。

離上機尚有一段時間，我們前往港口搭乘「潛水艇」觀光船，一探海底的神秘世界。那是一艘遊艇改良的「半潛水艇」，出海前半小時。我們都坐在甲板上享受著乘風破浪，御風而行的快感，不一會，船長下達了「下室」令，大夥兒都依次離開了甲板，走到下一層密封的室內，下舖有長板凳，兩邊是明亮的玻璃窗，可以明晰地觀看到窗外（海中）的一切，十分鐘後，船徐徐地下沉，海水已浮上船艙，不久，海底景物呈現眼前，有色彩艷麗的熱帶魚，還有絢爛繽紛的珊瑚，彷彿伸手可及，坐在我身旁的二歲大一位團員的小女孩，親切地望著我說，爺爺，我要摸魚魚，我笑笑回答，好哇，來！老爺幫妳抓抓，我作勢朝向玻璃揚一揚手，小女孩逗得哈哈地笑。

這小女孩長得伶俐可人，比我的孫女小，平常出遊，我和她父母都坐在同一排或前後位置，玩了好幾天，彼此都熟，她一點兒不怕生，從第二天出遊起，她就跟著她媽叫我為爺爺，我的內人為阿嬤，令我們為之忘勞開懷，美景當前，又有活潑小天使逗趣盡歡，此行真是其樂融融。

新春故人來

「人生不相見，動如參與商，今夕復何夕？共此燈燭光」每當我念著這首杜甫所寫的詩句，每每使我想起畢業分開將近四十年的大學同學。即使當時長得小鳥依人生得如小女生般的碧蓮她們這一群，現在也是鬢髮各已蒼的年齡了。試想想，人生能再有第二度四十春秋嗎？尤其遠隔山嶽重洋的故友，可謂世事茫茫會面難呀！

過年前聽說現住「德州」的**張連康**夫婦相偕返臺過年，我和阿松聞訊甚為欣喜，果然，他們倆於一月廿六日翩翩抵臺了。我們三人先在**阿松**家會了面，暢談別後的點滴，儘管彼此年齡已老邁，但有幸尚未到白髮蒼蒼，齒牙動搖，身健不減當年（當然不及昔日豪邁），只是阿松「童山濯濯」，我倆委勸他好好珍重，注重平時保養，尤其案牘勞頓工作不宜逾越午夜，及早睡眠才是健康之道。

鑒於年初二我們一家人要去琉球，而張連康夫婦和他家人也要再遊金門重溫往日的情景，所以，把盞言歡，只好待彼此返臺後再決定了。

由於連康自金回臺是二月十二日晚，而十五日他們夫婦倆就要搭機返回德州，時間甚為迫切，無暇再發通訊給所有同學，只好就近電告同學，還好，老同學們都很捧場，剛好十二人一桌，邀約於十三日晚六**時**在羅斯福路二段假老字號**彭園（湘菜）餐廳**餐聚，大家都能準時前來，彼此頻頻敬酒，互道自己近況，雖然事業上稱不上飛黃騰

達,但言及自我尚能加菜飯,子女們也有安定的工作,過著融融樂樂的日子,頗有「感子故意長一舉累十觴」的情懷。

離開了餐廳,**連康、廷吉、淑惠和我**,一行又到**阿松**座落在晉江街口路的書房再續話題,大夥兒看到了上下二層樓簇擁著滿室書香,讓人吮吸到書畫的芳郁氣氛,也見識到書海的窒息感,好在阿松有女念清大中文系,總算有人繼承衣缽了。

聯誼會將有新的構想和企圖心

這次聯誼的接棒,承辦人是呂榮華和陳碧蓮,以「阿華」長於規劃和愛出新點子的雄圖心,再搭配「阿蓮」縝密的構思與做事一絲不苟的原則性,真是一對好搭檔,據說聯誼活動將在四、五月間展示,大家請拭目以待!(註:下一檔是蔡廷吉和黃瓊華倆美好的組合)

拉雜寫來,似乎有「多而無當」的罪孽,希望多體諒,聊表我對大家「深深的懷念吧!」

順祝
春禧

召集人　翁以倫　拜啟
民九十五年三月一日

第十四帖
三峽滿月園一日遊預告

　　勞請**呂榮華**、**陳碧蓮**兩位學長主辦之聯誼活動，將於近日展開。動力的方向，定名為三峽一日遊。

一、日期：九十五年八月十七日（星期四）

二、開懷啟程點：上午八時正於古亭捷運站二號出口上車。

三、極目標站：三峽滿月園。

四、歡迎報名：即日起報名至八月十日截止，請電告呂榮華（02-78952808）或陳碧蓮（02-29775301）

五、視報名多寡租廂型車或中型巴士，費用由參加者分攤。

六、中午用餐自由或集體請主辦學長酌情決定。

七、參觀當地畫家李梅樹紀念館和三峽祖師廟。

八、下午四時賦歸。

附記

一、沈鴻南學長提議舉辦東北山水之旅，日期暫訂為八月二十二日起，旅遊天數為十至十二天，費用每人約為三萬～三萬六千元，歡迎報名。請電沈鴻南學長（02-879124690）。

二、戴麗珠學長八月五日（星期六）來臺北觀賞「天鵝湖」表演，中午期待與臺北同學餐敘，欲參加者，請與姚榮松學長（02-23677802）連繫。

敬祝

健康快樂

　　　　　　　　　　　召集人　翁以倫　啟
　　　　　　　　　　民九十五年七月廿六日

第十五帖
三峽一日遊玩得盡興。
十二天的東北行（三人隨團）

學長：

　　真是「光陰似火箭，日月如流星」，轉瞬間，九十五年又將消逝了，而九十六年新春又一如以往般翩翩蒞臨，真令人驚訝的，我們畢業的四十週年就這樣靜悄悄的出現在我們眼前，它、算起來，共有一萬肆千肆佰天的日子呀，四十年前的今天，大多數同學都是黃毛丫頭和楞小子，但現在呢，都成了爺爺和奶奶輩的人了，這是一個值得紀念的日子，和同學談起，大家都同意要辦，且要擴大和隆重的辦，但問題是：第一要推舉何人來承辦（或是以北部、中部、南部為單位）。　第二用何種方式來推動，使國內外同學都能來參與？想想這幾年來的聯誼會，不管是郊遊或餐敘，只有住在臺北縣市的同學響應，而且總是那幾張老面孔。（老面孔很親切也很熱絡，但總希望有更多的同學和大家見見面，問問好呀！記得前二次曾辦過中部旅遊，但僅有**陳**學長**忠本**兄和他好客的阿本嫂來歡聚，我渴望下一次聯誼會有南部的同學來接棒。並歡迎來電告知。）

　　第三，什麼時間聚會才是最適當呢？（離九十八年八月，只有二年多一點點日子，現在該是籌備的時間，同學們，請熱烈提供您的高見，所謂眾志竟成。）

　　也許該換一個輕鬆的話題，容我來報導三則旅遊的花絮。

三峽一日遊玩得盡興

由**呂榮華**和**陳碧蓮**兩位學長精心策劃的「三峽一日遊」於八月十七日上午八時準點出發，是次參與聯誼活動的計有二十二人之多。好久不見了，大家互道珍重，一起祝福在炎炎暑夏假期裡，一方面要有健康的身體，一方面能保持愉悅的心態，做一個好整以暇知足常樂的閒了翁。

十時許，我們抵達了第一個目標站——滿月園，大夥兒歡心地下了車，跟著主辦同學陳碧蓮的腳跡，循著山路往前蜿蜒挺進，滿月園位處三面環山的山谷綠蔭中，這時艷陽當空，園裡兩旁林木夾道歡迎，但覺涼風習習，透體爽快，絲毫感覺不出秋老虎的肆虐，只見斑駁的日影，像潑墨畫般隨意地舒展在山陰道旁，樹梢頂端以及彎彎細流的水澗畔，憑添了幾分山野情趣。大家儘情地享受著森林浴的芬芳。

這一段山路，來往需要一個半小時，不便行走的學長，就按自己的體能，或緩步、或停留，好在有**黃學長瓊華**開自己的轎車來，可以隨時予以接應和協助，使主辦聯誼的呂、陳兩同學，可以全力帶領，而無後顧之憂慮。

在回程的山徑上（來去不同路），偶然發現了自綿密的叢林望去，卻見遠遠的山岑，露出了如二顆圓圓的綠球，據說當月圓時，月姑娘高掛在藍空，月影的投射，使兩顆綠球，像翡翠般流落於寧靜的峰間，真是好看極了，這是大自然造物奇妙，也正是滿月園得名之由來。

午餐後，我們來到了當地畫家**李梅樹**的**紀念館**，紀念館佔地不廣，且只有一樓，區隔為三間，每間約六個榻榻米大展覽著李老先生在日本念書上的畫作，以及他返臺後，初期、中期和晚期的作品，畫作以油畫為主，其中以晚期的畫為其代表作，畫的風格細膩而閒適溫馨而自然，由於畫中的題材，都是以其妻小日常生活來呈現，由於朝夕相處，情景配合生動而逼真，以致畫中人一顰一笑舉手投足，甚至

眉目間一流眄一回顧，都能恰如其分，展示出一家人和和融融親親愛愛情愫的一面，何況又加上他的少公子**李景文**先生如數家珍的解說，將李老先生「淡泊以致遠」的人生境界，彷彿自畫像中栩栩如生般走了出來。

李景文先生的解說透徹精妙，於其父親的畫作，固然得天獨厚，無人望其背脊，而其於「寺廟」藝術的了解——尤其三峽祖師廟廟況娓娓道來，猶如江南「聽說書」「聽彈詞」一般的舌燦蓮花，令人拍手叫絕！

那天將近一小時的「祖師廟」簡介，等於上了一堂繪聲繪影「寺廟藝術概論」，他不但簡明扼要說明了呈現於外架構上的雕刻形態，計有浮雕、凸雕、凹雕以及銅雕等等不同的手法，且不厭其煩地道出寺廟地理位置和座落方向的精神取向，還有在欄杆間和棟樑中所描繪的人物故事，都是大家耳熟能詳的。如三國演義、水滸傳和封神榜等的民間傳說。但內容都離開不了「教忠教孝」的忠孝節義的情節，不知不覺中，對民間風俗的厚薄，產生了「激濁揚清」的教化作用。這可以說是「寺廟」的藝術觀，也可以說「寺廟」的文學觀，也不妨說它是一種深植民間風俗中不可須臾離的人生價值觀，由此可見我國文化與我國哲學包容之廣大以及「深入淺出」的活在當下。

十二天的東北行

八月廿三日東北之行，儘管**沈**學長**鴻南**天天打電話招徠，可惜乏人問津，結果，只有我和阿南夫婦倆成行。

想不到，這個東北行之旅遊團，團員竟有四十人之多，一看到這龐大而又烏合的同伴，我為之傻眼，想到自己大、小旅遊，有十數次之多，充其量最多一次也不過二十二人之數，現在，竟然多了一倍，以後的出發返回，光是點人數就夠領隊頭痛了！

東北，過去是九省，現在規劃為遼寧、吉林、黑龍江三省，由於這些地方，過去稱為關外，且長期在日俄統治之下，在中華文化和古蹟上,其貧乏自在意料之中。

　　這短短十二天中，幾乎一整天都在遊覽車上過日子，自某一點到某一點車程大多為三個半小時至四個半小時之間，而松遼平原何其廣闊，車行疾駛中，大都於平原和丘陵間奔馳，好在中共推動觀光旅遊，所謂：要發財，多造路。東北雖偏遠，但大多數都市和鄉村間連繫，都有平直的柏油馬路可貫連，所以一天的坐車並不如去「南北疆」在無路高原上顛簸之行來得疲乏了。

　　在東北三省行程中，多數「景點」並不如旅行社所寫的那般美好，語云：「耳聞不如目見」此行我一一得到了印證。是此東北之旅，我最大心願，是要看看長白山的「天池」，若能有幸目觀，那就一切就值得了。

　　我們是第五天去長白山，我們先在吉林省集安縣住宿，然後一清早七時半出發，經歷了五個縣市（其中最大的叫通化市）然後沿松花江往上溯，下午一時半抵達了長白山入口處——桓惠山莊，用過了午餐再前進，不久，遇到了滂沱大雨，加上這一條通長白山的唯一道路，卻是一條泥黃土路，現在，經過了雨水浸漬以及車輛的壓榨已成了一條泥濘不堪的如水溝般的凹凸路，我們曾二度下車，減輕重量，讓遊覽車通過，好幾次路況出問題，好擔心假如拋錨了，這一趟東北之行無形中就泡湯了。

　　好不容易駛過了這條看似絕望的路，到達了長白山下已是晚上七時了，據地陪講，明天能否開晴，要大家多祈禱，求老天爺幫忙了。

　　一個整晚都在巴望著明天有一個萬里無雲的大晴天，因為，據地陪一再叮嚀，就是山下是晴天，但海拔二千七百公尺高的天池，還是烏雲罩頂，大雨傾盆而下，無緣得見廬山真面目！

　　八月廿八日，我五時起床了，照例在飯店外看天氣，拍攝一下當

地的市容，真令人高興，一出店外，東方山巔已有紅光噴出了（東北五點天大亮了）這真是一個好消息。

七時用過早餐，我們準時出發，每個人都眉開眼笑，果然，太陽先生笑哈哈地向大家道喜，半小時到達了長白山入口處，火紅似的朝曦，已照遍全山谷了。

我們換乘了當地環保車，車子在原始長白叢林中直駛。四十分鐘後來到了一處較高且平坦的丘陵地，再轉搭六人坐具有安全設備的登山車，此時，只見山頭已無草木，光禿的山岩，全是灰黑色熔岩覆蓋著（長白山是一座休眠火山，可能在五十年後再爆發），山風也漸漸大了，已有人取出厚厚防風衣，準備抵禦橫蠻的山風。

登山車疾駛，依綠色圍杆呈 S 型盤桓迤邐而上，氣溫也愈來愈低，不過，稜線愈高而視線愈來愈開闊了，二十分鐘抵達「天池」入口，這時已有一群人拾級傴僂而上，也有在大聲招呼著人拍照。

風太大了，凄厲地狂吹著，似乎想將人推落沙岩，推落天池，但令我印象最深刻，就是那凜冽的山風，猶如刀刃般凌遲我的粗厚的臉龐，我這次去美國，買了一件既能防雨又能防風的超大夾克，正好派上用場，我用它緊緊裹住我肥胖的身軀，頂著強風，彎著身腰，吃力地向天池邁進。

長白山的「天池」，比我在新疆看過的二處「天池」還要大、還要綠、還要深，尤其天池四周，都是斷崖削壁，有些熔崖，像一支長劍直插天際，也有的像巨獸在張嘴怒吼，當烈風哀嚎呼嘯著，是多麼一副肅然之氣呀！

但來「天池」玩的遊客，不管是青年男女，還是老弱婦孺大家似乎都不理會這朔風的吹襲，和地形險要，一個個往高處前擁，一行行向低窪採幽，彷彿置生死於度外，精神抖擻，喜出望外般，似乎向天神攬手，宛如與愛人擁抱。

不過，當我聚精會神地拿出 DV（數位攝影機），對準目標要拍

攝時，頓時呆住了，發覺鏡頭裡的景物，一片白茫茫。什麼也看不清，我以為機器出了問題，只是左看右覓，前後搜尋，都理不出所以然來，正當我六神無主時，同行的一位提醒我是天氣突然寒冷，我的鏡頭受冷冒霧水所引起的緣故，看來 DV 暫時派不上用場，那我對「天池」之行的紀錄，豈不繳了白卷？

幸好，同行的一位小友，平常在一起還談得來，用她的相機，替我照了幾張「天池」的景照，答應我，回臺後再用網路傳送，才使我破涕為笑。

敬邀「九寨溝＋吳哥窟＋金邊」九日遊

敬邀：「九寨溝＋吳哥窟＋金邊」九日遊，它是一趟較高檔的旅遊，全程 No Shopping。

一、旅費：四萬八千元，內含兵險七千元，小費一千八百元，但護照臺胞證加簽要自理。

二、時間：十月廿四日至十一月一日楓紅時期（另繳二吋相片二張，高棉金邊加簽用）

三、簡單行程介紹（欲參加者可來電索取行程表，✈為搭機符號🚌為搭車符號）

第一天　臺北✈金邊✈成都　早晨七點十五分起飛（G6302），宿四、五級旅館，參觀大熊貓養殖基地～重點。

第二天　綿陽🚌乘車江油🚌平式🚌晚至九寨溝
　　　　參觀李白故居→紀念館沿嘉陵江河谷→摩天岺，一路江水淘淘山巒峰峰相連，宛似長江三峽。

第三天　九寨溝風景區遊覽（乘環保車）
　　　　尋覓「奇溝」、「海景」、「彩池」、「樹景」、「瀑布」等美麗如

童話世界。

第四天　參觀黃龍風景區🚌晚抵茂縣（享用茂縣羌族風味）
以彩池雪山峽谷森林四絕譽稱的黃龍風景區，酷似一條金色白龍蜿蜒於原始森林中，並搭纜車直上黃龍。（如因氣候因素不可抗拒改遊牟泥溝風景區）

第五天　茂縣🚌都江堰風景區🚌成都（欣賞成都自然風光略）
晚觀川劇變臉以及高難度的民俗技藝表演。

第六天　成都✈金邊✈吳哥窟

第七天　塔普倫大吳哥神殿🚌小吳哥
參觀九世紀當時盛極一時吳哥王朝所建立的都城，號稱為世界七大奇蹟之一。

第八天　吳哥窟（參觀藝術學校、吳哥西街以及 Tohe Sap 洞裡薩湖──最大的內陸湖）

第九天　金邊✈臺北
早餐後參觀（皇宮）波布罪惡館──中午乘船遊覽湄公河。晚搭一六三〇班機於二十一點到達臺北。

※欲報名參加者，請於九月廿五日前來電告知。電話：（02）2244-3492　翁

　祝
　健康　快樂

召集人　翁以倫　啟
民九十五年十月二十一日

喜訊特報

一、**呂**學長**榮華**之公子將於十月下旬（廿一日）舉行婚禮。

二、**沈**學長**鴻南**之千金將於十一月上旬于歸之禧。

附記

　　兩年一次的班費一千元，請即時起繳交郵政劃撥：〇二八一九一九一號　翁以倫帳戶。（臺北同學可在喜宴面交）

第十六帖
宜蘭一日遊預告

學長：

　　第五屆聯誼會將於近期內舉辦，由蔡學長廷吉和黃學長瓊華主辦。經兩位多日來精心規劃，擬定「宜蘭一日遊」，行程簡介如下：
　一、時間：九十五年十一月十日（星期五）
　二、地點：宜蘭
　三、集合地點：早上七點二十師大校門口搭車出發（二十二人中型巴士）
　四、行程內容：
　　　高速公路→濱海公路→佛光大學→林美磐石步道→中午在礁溪午餐（遠東海鮮）→下午二時參觀國立傳統藝術中心（六十五歲以上憑證優待門票）→宜蘭市→酒廠（設治中心）→落羽松（鑑湖祠堂）→玉蘭花園（員山阿蘭城）→晚七時返回（晚餐購福隆火車便當）
　五、辦理保險請填寫（每人二百萬平安保險）
　　　姓名
　　　出生年月日
　　　身份證字號
　　　電話
　　　住址

附註

一、費用：每人一千元（包括車費、門票費、午晚餐費、飲料費和保險費，多退少補。）
二、行程長時間匆促，請大家準時於早上七點二十分到達集合點師大校門口。
三、歡迎中南部學長一起來郊遊！
四、班費即日起郵撥〇二八一九一九一號　翁以倫帳戶（何麗雲學長與宋玉芳學長郵撥班費已收到，謝謝。）

請大家踴躍報名！
主辦人　蔡廷吉學長電話：02-22490948
　　　　黃瓊華學長電話：02-22001845
第六次聯誼會由袁新勇學長與宋玉芳學長主辦

召集人　翁以倫　啟
民九十五年十月二十三日

第十七帖
敬邀二日一夜嘉南鄉村之旅。
喜宴載歌載舞，人生幸福莫過此

二日一夜嘉南鄉村之旅

　　原定為「古都文化之旅」，經**呂榮華**與**林雲燕**倆學長多日來的商討和規劃，重新擬定改觀了原有再訪古都文物的省思：何不來一趟探一探嘉南鄉村古早風貌，於是就這樣的，一條樸拙拙地情悠悠然心嚮往之，且令人耳目一新的「行程」呈現於大家眼前了。

第一天（元月卅日　星期二）

　　早上八點於師大正門口集合準時出發：臺北→竹南火車站接阿本→臺中火車站接戴麗珠→臺南火車站接林、葉、蔡三位同學（約十二時左右）手機連繫（0935-881558、0912-491009）午餐請林雲燕學長代訂。餐後驅車至西拉雅國家風景區→烏山頭水庫遊覽→**尖山埤江南渡假村**（晚餐、散步、**住宿**、按：該渡假村由於雙人套房僅有五間，待報名人數決定後再作調整）。

第二天（元月卅一日　星期三）

　　早上八點早餐後自尖山埤出發→關子嶺景點（遊覽車邊載邊看）→後壁無米樂古厝→鹽水的臺灣詩路、武廟、八角樓等古蹟（購買當地特產意麵，並午餐）約下午二時半返回臺北（送南部同學至新營車站）。

人生幸福快樂莫過於此了。

　　今天（廿三日）中午前往基隆賀**馬汝芬**學長之二公子**江哲賢**先生新婚之禧。只見喜宴剛端上第一道菜，她的夫婿江先生登上主桌旁的禮臺，喜氣洋洋地熟練的拿起由飯店準備好的卡拉 OK 的麥克風，高歌一曲老歌──「秋夜」，渾厚而宛轉之聲調，不但中氣十足，且韻味深致，為別開生面的喜宴，揭開了溫馨馥郁的序幕。由男主婚人獻唱為新婚夫婦祝福，倒是我歷次參加喜宴以來，還是破天荒的頭一遭呢！

　　隨後，由祝嘉禮的男女賓客，自動地一個接一個如同接力唱般輪番上臺演唱助興，但見我們女主婚人──馬汝芬學長，穿著一襲紅色套裝，像一隻裊裊翱翔的太鳳凰，婀娜多姿地手舞足蹈起來。

　　她無視於觥籌交錯，只是款款地隨著不同的歌唱節奏，神情專注地怡然陶醉於美妙的旋律裡，一曲跟一曲無休止地哼著跳著⋯⋯

　　她已經不很年輕了，一位已屆六十歲的大婦人家，但今天看起來，她好像只有三四十歲中年婦女模樣，臉上綻放著滿足的笑容，還有那腰肢是多麼地柔和，多麼地輕盈，忘我地溶化喜宴的和樂氛圍裡。我和參與喜宴的同學們紛紛投以愛慕的眼光，凝睇她的一舉手一投足，肢體扭動搖擺中，似乎散發出享受著無盡的光和熱的青春氣息。

　　她，真是一位快樂的女人，一位幸福的媽媽和婆婆。我想，這人世間還有什麼情景，較眼前更能獲得愉悅和成就感呢！

　　善哉大焉，這平平淡淡和和暖暖的人生，不就是滾滾紅塵裡最明麗的一塊福田和仙境嗎！

　　祝

　　新年快樂

　　萬事如意

慶壽籌備小組：林雲燕、呂榮華

姚榮松　翁以倫　敬邀
民九十六年元月四日

附記

一、馬汝芬學長請來臺北師大搭車。

二、南部同學林、葉、蔡三位學長請勞駕至臺南火車站搭車（中午十二點左右）。

三、續收林學長雲燕、葉學長玉丸、謝學長瑋寧繳來班費一千元，謝謝！

四、收呂學長榮華聯誼結餘款一千三百元。

五、江南渡假村精緻雙人房四千八百元，打七折。

六、歡迎「與子偕行」即日起報名。0961-098311：姚榮松、（02）2895-2808：呂榮華、（02）2244-3492：翁以倫。

七、遊覽車費用由班費補助膳宿自理。

八、請繳班費，郵撥〇二八一九一九一號　翁以倫帳戶。

第十八帖
回味「北中南」聯誼大串連。
師大國文系同學會正籌備中

回味「北中南」聯誼大串連

學長：

　　期待已久的「北中南」聯誼大串連，終於和煦的陽光陪伴下，如期於元月卅日（星期二）舉行，共襄盛舉的總共有二十二位之多，其中最年長的，要推民國十九年次的**王振東**學長，屆近八十高齡，年紀算算最輕的，為卅七年次的**馬汝芬**學長，但她已擁有多位孫子的奶奶級的人了。中南部來參與的有四位，（占全部的五分之一）算是差強人意，大家見面時熱絡擁抱，尤其**林雲燕**學長和**蔡榮昌**學長在餐敘上竭誠的接待，帶給大夥兒有賓至如歸的溫馨。

　　二天一夜的相聚，真是其樂融融，卅一日清晨大夥兒在林雲燕學長帶領下，沿著「江南渡假村」那一泓波光粼粼的湖邊漫步，林間有花木的幽香、鳥蟲的輕啼，以及新鮮清麗的柔風迎面撲來，大家都有「偷得浮生半日閒」的怡然情懷。

師大國文系同學會正籌備中

　　國立臺灣師大國文系同學會在系主任**王開府**兄大力支持和竭心籌措下，展開了新的一頁，並定於三月卅一日（星期六）中午十二時假國文系語文視聽室舉行成立大會並票選理監事，選出理事十五人、監

事五人,使同學會業務得以順利推展。(籌備會已於六十六年元月二十七日召開)

其要點如下:

一、會員資格:凡曾畢業臺灣師大的日夜間部大學部研究所同學(包括專修科班)均得申請為會員。

二、入會費為新臺幣三百元,常年會費新臺幣二百元,共計五百元。一次繳足新臺幣一萬元,則取得永久會員資格。

三、大會工作分組:總務組、議事組、選務組、報到組、接待組、秩序和新聞組,共六組,設組員若干人。

四、聯絡處:暫設臺灣國立師大國文系辦公室(六樓)聯絡人:**石建熙**先生。電話:02-23630149轉225;傳真:02-23638871。

五、業務項目:A.系友書畫作品、B.系友返校參觀座談、C.傑出校友表揚活動、D.系史編撰與系友專訪、E.系友通訊電子報、F.其他

本班同學初任發起人之一計有:姚學長榮松、蔡學長廷吉和本人共三員,願有機會為大家服務。

新增兩位幹部

承大家錯愛,於「嘉南之旅」途中,依然推舉本人為本班召集人,並增設副召集人一人,和班費管理財務大臣一人。

經大家鼓掌通過:

副召集人:**呂榮華**學長

財務大臣:**宋玉芳**學長

(自九十八年起,兩年一次)班費繳納請送繳宋玉芳學長收,其帳號:中國信託商業銀行臺北城中分行(免手續費)

新通訊錄

　　九十六年「豬事大吉」新通訊錄隨函附上請收妥。是次通訊錄較上次「長寬」各縮小一公分，俾便於携帶。唯一遺憾的，失聯（地址不詳）同學迄今尚未有好消息，以致仍在努力查訪中。

　　　　　　　　　　　　　　　　　召集人　翁以倫　啟
　　　　　　　　　　　　　　　　　民九十六年四月三日

第十九帖
東臺灣三天兩夜、繽紛陸離花東行之構思

學長：

　　由於新春（元月三十日）南臺灣鄉村之旅在春風和柔陽光璀璨陪伴之下，同學們都玩得既愉快又盡興，因而有東臺灣——花蓮攬勝探幽之構思。

　　是次活動由聯誼會第六、第七兩組合併擔綱，並推第六組**蔡廷吉**學長總其成——統籌策劃，再商請聯誼會副召集人**呂榮華**學長居中協調和對外聯繫事宜。

　　經半個月積極蒐集有關資料和旅遊活動之單位，一再之洽談查詢，才擬定了這三天二夜既繽紛又陸離之行程表，以饗同好！

　　即日起報名，七月二十五日截止，歡迎大家一起來遊山玩水。

　　報名請電：02-22490948蔡延吉、02-28952808呂榮華

召集人　翁以倫　啟

民九十六年七月十日

第廿帖
花東（金針山六十石山）三日遊

學長：

　　八月十五日～十七日花東三日遊，於大家充滿期待又懷著一顆忐忑不安的心情下踏上「征」途！

　　「聖帕」強烈颱風將於十七日（星期五）下午登陸本島，這是三日前（八月十四日）繼另一個布帕颱風過門而不入，氣象局所發佈的颱風又來襲的訊息，由於前二個颱風雖未侵襲本島，但受旺盛西南氣流影響，南部連日豪雨釀成災害，多少會帶來內心的陰霾，何況「花東」地區歷年來都是颱風股股「枉」顧之常客，而這次「聖帕」颱風，由中度迅即轉為強烈巨颱，且登陸地點，正是花東秀姑巒溪一帶，看來，這位不速之客的「聖帕」，其「枉顧」是不可避免了，我們一定要有接受這場「驟雨急風」洗禮的心理準備與勇氣。

　　十三日和十四日晚間時有同學來電詢問，「花東三日遊」是否照常進行，我都堅定的回答——yes 或 ok，想想出遊的日子是經聯誼小組一月前再三討論決定的，誰會想到和這位「惡婆娘」狹路相逢呢？何況旅費已繳交宏元旅行社，又思量到「十七日」下午正是我們功德圓滿回程的時候，運氣不會那麼差，除非「她」提早十二個小時來報到，才會和她正面交鋒，所以，在我的「預算」裡，最多只是掃到一絲絲「裙帶風」而已。

風雨故人來──和陳金治夫婦相見歡

　　去花蓮自強號二○三班次是早晨七點半開，我和阿珠，清晨六點

十分出門，由公車再轉搭捷運至臺北車站，剛好是七點正，聯誼小組所預定的集合時間，先由承辦人之一**袁新勇**兄和我連繫，告訴同學已來了十多位，目前正好與一向姍姍來遲的榮松兄探詢中。

阿松是聯誼會的常客，他的「赴會遲到」是同學們見怪不怪的，由於他擔任師大臺灣文化及語言文學研究所所長，教學與行政兩頭燒，晚睡晚起成了他生活上的常態。有時，午夜十二時過後打電話去，但總是不會讓你失望，不是在批改作業，就是伏案操觚為文，我第一句話，就是勸他以身體為重，調整作息時間，睡眠是養身最重要之道，他回答我始終是笑笑連聲好好，過後我知道他又是我行我素，埋首案牘書堆中去尋訪他的新雨故舊了。

和早來的同學握手相見，突然，眼前一亮，多年不見的**陳金治**同學和她的夫婿**溫福家**先生竟然現身於火車站，這真是太意外了。

已有十多年了吧，自從有一次我和蓮珠去嘉義阿坦家拜訪，順道也造訪了離阿坦家不遠那座庭院寬敞又明淨且好客的陳金治學長的居所，我和她同窗又一度兼同事，她來彰中任教時，我的子女剛好是二、四、六的年齡，她送來的一套積木玩具，是她夫婿溫先生親手製作的，令人倍感親切，這套實用兼教育性的積木，一直是三兄妹鍾愛和把玩的。

我們快樂地握手言歡，她告訴我，多年來她一直希望和同學們聚一聚、玩一玩，但由於六年前她先生去大陸工作，她也「嫁雞隨雞」、夫唱婦隨去了大陸，所以，和大家失去了連絡。其實，她對於我每次寄去的「通訊」，她總是一讀再讀，從不錯過，這一次他先生退休，他們又回到了臺灣，見到了「花東三日遊」的通訊，馬上和承辦人蔡廷吉學長連繫，希望能成為旅遊的一員，現在，終於心願達成了，見到了這麼多長年不見的老同學，真是令人開懷！她還告訴我，當年坐在她的腿彎上的小外孫女，目前已是亭亭玉立的大學生了，小嬰孩長大成人，老同學健鑠又勝往日，這人生實在太可愛又多麼令人眷戀呀！

說著說著，不覺間列車時間快到了，同學們陸續到齊，「遲緩」的阿松，提前幾分鐘神采奕奕和大家見面。

這一次「花東之行」一共有廿六位同學與會（另加校友家人四位）其中**「姚榮松」**和**「吳金娥」**學長暑期有課，為了和大家相聚，想盡辦法請人代課，而**陳忠本賢伉儷**，這三天旅遊中，其間有一天有家事待辦，但他們夫婦倆為了和大家一起遊山玩水，毅然決然的擱置了家事。這番高情厚誼正應了李白一首詩：桃花潭水深千尺，不及汪倫送我情！

當我們離開火車站，向下欲搭車時，祇見天空一角，晨曦清發欲曙，大家會心一笑，感謝天公作美，此行應是欣欣生意，矯矯逸興。

林田山──原住民林業文化園區

長途旅遊，乘坐自強號列車，要較包遊覽車奔馳於國道與省道間來得平穩、快疾和安全多了。我們全體都坐在第十二節車廂裡，由於乘客只有六成，所以這一車廂可以說是我們的包廂，前後左右環繞著都是自己人，大家嘻嘻哈哈、談天說地，彷如進行一場其樂融融的同學會，快樂的時光，總是容易等閒度，轉瞬間，三個小時行程飛逝了，我們於十點半左右平安的抵達花蓮。

我們於花蓮車站稍會休憩一下，便改搭由旅行社僱用豪華遊覽車向今天旅遊第一站──林田山林業文化園區出發。

午餐時刻，我們抵達了目的地，「民以食為天」，由導遊戴先生帶領進林田山一家餐廳，號稱與萬巒豬腳同享盛名的「林田山豬腳風味」小吃店，品嚐一下代表花蓮的正宗「豬腳」。

當我們盛好飯要用餐時，飯店裡的女服務生正迫不及待地用誇大的語氣，渲染著這裡的豬腳是如何的道地，又如何的好吃，但當我睜大眼睛瞧著餐桌上一盤豬腳時，尚未嚐鮮，已是倒盡胃口，只見眼前

一堆豬腳，既無色又無香，像似燒烤的臘腸呈墨色無生氣趴著，當然我們不能以表面外相論斷其優劣，也許是中吃不中看，於是，我挾其一塊咀嚼，一入口頓覺無味極了。外皮似乎感觸不到鬆軟豐郁，也欠缺潤滑爽口，肉質生澀不夠熟透，顯然火候醬汁未到位……總之，我無從感覺這道「豬腳」的美味和特質，不知道「林田山豬腳風味」從何而聞名遐邇？

午餐後，我們就徒步走向不遠的「林業文化園區」參觀，它位於花蓮縣鳳林鄉，為林務局花蓮林區管理處所屬。地處萬里溪以南馬太鞍溪以北南投縣以東的河谷地形。日據時代因日本人發現萬里溪有溫泉，進而將泉水引出修建旅社經營管理，到民國二十八年開始探採紙漿原料，開啟了林業的發展，後來，政府規劃了萬里溪下游電廠的設置，以致有成立「林田山林業文化園區」的構想，據資料記載，一九六〇年的六十年代，是伐木的全盛時期，繁華景象，讓這裡擁有「小上海」之稱號。

不久，政策改變了，政府禁止伐木，林田山終於洗盡鉛華，回歸自然，它除了保留原始山川景觀與生態外，林場遺留的檜木房舍，運載的鐵道，全都保留原貌，由於現今的林田山風貌與瑞芳的「九份」相似，因而「花蓮的九份」美名，不脛而走。

果然，部分的檜木房舍，已無人居住，但歲月的痕跡，似乎不曾減損原有的神貌，一切還是完好如初。我們依次參觀「原住民生活型態陳列室」、「林業展示館」以及「木雕藝術館」，其中，我對「木雕藝術館」所展示的作品，留下了清新而深刻的印象，好幾幅原住民造型，只是輕輕的，寥寥幾筆的斧削，將粗獷的、厚重的、樸實的神貌，栩栩如生的呈現出來。

光復糖廠－舞鶴巨石－北迴歸線標誌

　　離開「林田山林業文化園區」後，我們驅車前往座落在全縣之中區──光復鄉內的光復糖廠。廠內派專人為我們簡報「糖廠」的沿革史，儘管，光復糖廠曾有一段輝煌的產業經營的風光史頁，但它現在是本土的「夕陽產業」，所謂「好漢不提當年勇」，我們不但聽了看了他們拍攝的影視簡報，也一一造訪了它的已生鏽且陳舊的機器設備，前後一共花費了將近三個小時，不過，留給我最懷念的還是告別時糖廠贈送的一盒冰品──多口味的冰淇淋，可謂獨樹一幟，有口皆碑。

　　原來的行程裡，離開糖廠後，要走訪一下阿美族所留下的「馬太鞍濕地」，可惜，據導遊戴先生講，這片「濕地」目前全破壞了，已不復原來景象。

　　由於離開糖廠已是四點多了，而我們必須在入夜七點前抵達這一次重頭戲─六十石山，以使第二天一早去「盛妝」赴會──金針花海的花宴。

　　「舞鶴」位於花蓮縣瑞穗鄉，地處花東臺公路交通要衝，「舞鶴石柱風景區」最著名的，就是一對造型獨特高聳的石柱，高二丈餘，據說是阿美族人開發東部之前的文化遺跡。其不遠處，矗立著白色建材北迴歸線標塔，綠色的山野，和不遠處粼粼一片澄藍的太平洋遙遙相對，這巨大的「白」與一望無限的「綠」相映襯、相結合，襯托對人生是多麼生意盎然，姣好契合，我們大夥兒在這氣勢磅礡的大自然投影下，留下一幀彌足珍貴的團體照。

　　「舞鶴石柱風景區」裡，也有一處名稱「舞鶴觀光茶園」，可供旅客遊賞和品茗，此處所焙製的天鵝紅茶，醇厚可口，芳香馥郁，別具一格。這種又名「瑞穗蜜香」的紅茶，每罐售價五百元，大家人手二罐，一幅「入寶山焉能空回」滿足感。

　　當我們「情投意合」聚精會神品茶時，六十石山的民宿，不斷和

導遊通話，希望能入夜前來到入山口的接駁處，要是太晚了，山路曲折多有不便，但事實上，我們一行離開觀光茶園時，已近七時了，遠處農家燈光明滅，大地早已籠罩上一塊大黑幕布，據說我們到入口處還有四十分鐘車程，想到行車安全，頗使人有些兒如臨深淵的驚悸。

六十石山──美麗的金針花海的饗宴

旅遊的第一天，雖有強烈颱風的警示，但我們這一群七老八十的銀髮族，慶幸的，整天來，除了短暫有絲絲細雨外，大半都是風和日麗，（烈陽都躲到雲層裡去了）現在是暑夏七月老虎天，想不到迎面來的是涼風習習，無有一絲暑氣逼人的感受，導遊說，這樣陰沈天氣，正是旅遊的好時候，要照現時季節，火焰般的炎日，不要說舉步行路，即使坐在有空調的遊覽車裡，也是酷熱難挨，看來是天公疼憨人──我們當老師的，是一門良心事業，當然是帶有獃氣的好人，好運當頭，應該是善有善報吧！

「六十石山」是屬於花蓮縣富里鄉竹田村境，它位於東海岸山脈西側突延而出的山嶺，海拔約八百至九百公尺，坡面峻陡，因頂面有巨石錯落得名為「六十石山」，這裡為臺灣三大金針花栽培區，（一處為玉里鎮東北部的赤科山，一處為臺東太麻里的金針山）每年七、八月間是金針花盛開的季節，高低山嶺上，一眼望去全是平蕪綠野，點綴著滿山滿谷的紅黃相映的金針花，真是一幅美艷富郁的畫面。

六十石山忘憂園的民宿，沒有空調設備，但半夜後溫度很低，必須蓋上輕薄的被子，才不會感冒受冷，這裡寧靜極了，只有鳥聲蟲鳴相應和，容易入睡，我十時就寢，一覺醒來，正好五點半晨曦微昧光景，盥洗完畢，順便喚醒我的另一半，由於今早是金針花海的饗宴，採取自由活動方式，所以，我期望我們倆能成為第一對捷足先登「山嵐氤氳，花影婆娑」宛如仙境的畫面人。

通往金針花開的山嶺共有三處步道，路面寬敞，可供小轎車對開行駛。

　　我倆六時出門，昨夜好像下過雨，原綠裡有雨珠閃爍，但從天空遠處看來，四周陰霾盡褪，曙光似露，應是一個靜朗的日子。

　　放眼四顧，盡是山嵐瀰漫，樹蔭搖曳，真是一個神清氣爽的早晨。尋花的遊客似乎還在夢鄉，當我倆來到第一個觀景亭——（此處每隔一段路設有一個觀景臺，全程一共有六個觀景亭，分別以「萱草亭」、「黃花」、「鹿蔥」、「丹棘」、「療愁」、「忘憂」等名稱命名，步行到最後一個觀景亭，大約需時一小時）已有早起的農夫農婦在採摘金針花了。

　　算算時辰，是日上高崗，惜雲層厚重，朝陽似乎被遮住了。步道兩旁丘陵，遠遠近近，高高低低，觸目所及，全是金針花明麗的秀臉。不過，她的一副慵懶斜偎的身軀，像似一位「藤床紅帳朝眠起，香臉半開嬌旖旎」的腼顏佳人，期待著陽光先生親切的召喚。

　　高山上的空氣格外新鮮，靜謐的步行道上，不時飄來幽幽的花香，支支的鳥鳴，以及栩栩的樹濤聲，徘徊流連其間，不覺有遺世而獨立，羽化而登仙的飄然。

　　當我倆行行重行行，走到第三段觀景「鹿蔥」亭時（正好二分之一的路程），但見萬道金光，舖天蓋地潮湧而來，雙目幾乎睜不開。我和妻高聲叫道，太陽出來了，多謝老天厚待！

　　燦爛的陽光，照耀得滿山滿谷亮晶晶，暖和和、欣欣然！啊！大地都已在復甦。

　　果然，一稜稜、一畦畦、一山山的金針花，在和煦朝陽輕撫下，猶如一針亢奮的興奮劑，快樂地醒了過來。

　　她們，肩併著肩，手牽著手，隨著金色的旋律，翩翩起舞，這是一場自由、自強和自適的大會舞。金黃色的光環，於大自然的舞臺上，隨著風雲的變幻，如燈光設備般，作各種色彩調整和轉換。所有

舞者頭戴著黃金與赭紅穗結的華冠，下著的是代表著詳和的翠綠衣裙，加上大舞臺的背景，一半是澄藍的天，一半是碧綠的地，融合成一片青青世界。

金黃是光明的代表，赭紅是希望的象徵，而青青是和平的指標，光明、希望、和平這三者的結合，締造了美好的人生樂園。

我趕快拿起手中的V8，將此情此景嫣然的畫面，一段段、一層層、一片片、巨細靡遺的予以捕捉、紀錄下來，六十石山的金針花，將是我生命史中最華麗也最愉悅的一頁。

回程途中，於第一觀景臺上，和同學們會了面，大家為眼前的佳景——「朝陽與黃花（金針別名）並艷，青山同藍天一色」讚美不已，也為旅遊第二天有如此明朗乾坤而同聲祝福。

花東海濱逐浪－車上同樂－鯉魚潭

上午十時，我們依依不捨地離開燦爛多姿的金針花海，乘四人座接駁車下山。

昨夜來時，由於天黑未明路況，今天重臨此境，儘管海拔近千公尺並不算太高，祇是山路陡峭，加上曲折迂迴的坡途過大，呈「S」形往下直直落，若是駕駛技術不夠高明，或路況不熟，其出事機會……實在不敢再想了！

憶起上次去遊長白山的天池，在入池口也是乘四人座接駁（越野）車上去，其高度為海拔二千八百公尺，其彎度落差地很大，據告共有十八彎，也呈「S」形迤邐而上，車道兩旁都裝有護欄，但車速太快，如風馳電掣般——猶如乘「雲霄飛車」俯衝，令人心驚膽顫，加上山巔朔風呼號（長白山為一靜止的火山口，離天池五百公尺周圍，一片焦黑山岩，寸草不生），凜冽外加驚險，個個被嚇得一身冷汗。

花東海岸公路北起花蓮市，南至臺東市，瀕臨太平洋，屬省道稱

第廿帖　花東（金針山六十石山）三日遊　❖　77

「十一」號公路。這是一條常令遊客流連忘返的景觀路段，沿途有：花蓮海濱公路、和南寺、長虹橋、靜浦北迴歸線、石梯坪，以及秀姑巒溪的入海口等等，但自午餐後，由於強烈颱風聖帕漸漸接近，天氣時晴時雨，且間歇不斷，因此，很多景點，往往因風雨只好放棄。

儘管，在遊覽車上，可以隔窗眺望海岸線上驚濤拍岸，浪花四濺的壯麗景象，但十一號海岸公路太漫長了，（自富里鄉西側之六十石山，前往豐濱鄉之磯崎海濱，再迴返至花蓮市壽豐鄉之鯉魚潭，來回約六個小時）既然出來玩，總不能讓時間在遊覽車毫無動靜的耗掉，於是，我們的副召集人**阿華**出來說：要和大家做做「康樂」活動，他率先以謎語一則：「什麼人不能當加油站小弟？打一句成語，經大家七嘴八舌，最後挖出了謎底：油腔滑調。」謎底甫一揭曉，麥克風就由**馬汝芬**接了過來，她是我們班裡數一數二能歌善舞的好手，上次我曾報導她在她二公子結婚宴客的禮堂，主動地助興，既歌且舞以饗賓客，賓主盡歡，High 到最高點！

現在「遊覽車」大多無「伴唱帶」設備，因「著作權」的限制，只好以「清唱」來娛樂觀眾。馬學長第一首「追夢」是國語歌曲，委婉纏綿的音調，頗有「繞樑」三日之回味。贏得大家一致喝采。緊接的第二首是「舞女」，是為大家所熟悉的「快板」臺語歌，馬學長本籍是山東，是韓國的華僑，想不到她唱得呱呱叫，沒有一點兒外省人的口音，她唱完自我調侃道：現在我唱的臺灣歌比國語歌還道地，我是愛本土的臺灣人！大家聽了，不禁呵呵地笑了起來。

跟著接唱的——是曾任「長青音樂室」老闆，現兼聯誼會財務大臣**宋玉芳**學長，將近二年「音樂室」首席主唱人，隨著「伴唱帶」練就一身好歌聲，只要「旋律」一起，她就能萬無一失地應聲而歌，臺語歌、國語歌皆難不到她，且臺風奇佳，頗有女歌手架勢。她大方的連唱了二首歌，一是「送君」，一是「可愛的早晨」，可能很久沒練唱了，前一首「送君」忘了一些詞，但後一首「可愛的早晨」立刻恢

復了常態，字正腔圓，唱出了其平日的水準，當然，大家又是一陣興奮的掌聲。

見二位女將聯手出擊，且又好評連連，身為「堂堂六尺」的男仕，自然不甘心示弱，首先「拍馬應陣」的是我們班上被視為才藝奇才的**「阿本」**，別看他現在發福了，肚大如「斗」，但他裝的可是如「曹子建」的八斗「墨水」呀！

他首先以歌仔戲腔，用「都馬調」唱出「狀元樓」一折，聽男仕仿歌仔戲唱，總是新鮮，而且用古音「都馬調」的旋律，更是令人叫絕，儘管大家聽得似懂非懂，也許有些人是第一次聽到，猶覺得不同凡響。

接著是李商隱的「無題」：「相見時難別亦難，東風無力百花殘，春蠶到死絲方盡，蠟炬成灰淚始乾。」用國語以「藍光調」演唱，音調低沈表達了人生遭遇的無奈。末後一首是李白「清平調」：「雲想衣裳花想容，春風拂檻露華濃，若非群玉山頭見，會向瑤臺月下逢。」改用閩南語以「花鼓調」試唱。「清平調」是樂府，用閩南語來重新詮釋，展現出臺灣佳人儀態如花如雲的情緻與風貌。

也許是熱情的感染吧，一向「謙遜」自持的語言專家**「阿松」**，未待大家敦促，上來接下阿本的棒子，他用「河洛話」說明閩南語言也有它的歇後語，不但幽默，而且用意常常雙關，他不厭其煩舉了好幾個語例，達到了雅俗共賞的地步，當場獲得大家齊心的讚美，可惜當時無錄音設備，而我對「臺語」又是一個膚淺的門外人，打電話和他連繫，始終未搭上線，是否又上大陸講學或開會去了。[1]

壓軸演出是我們副召集人**阿華**，他的蒼老悲涼的「陽關三疊」——

---

1 編者按：當日未有錄音，已不知所舉何例，今補三則，以饗知音。
 　一、烏矸仔貯豆油（莫測高深）
 　二、缺喙的食米粉（看現現）
 　三、十二月天睏屋頂（凍霜）

尤其反覆地低吟著末後兩句：勸君更盡一杯酒，西出陽關無故人。頗有一詠三嘆之古味。

　　花東海岸有多處的美好景點，但因風雨關係，我們只造訪了依山面海的「和南寺」，這座寺院建築得清麗樸素，沒有雕樑畫棟，只有幾間平凡的殿堂，唯一獨特的，為遊客們和作業漁民所膜拜的，是建於殿後約二丈餘的大佛像，那是民國七十一年，由當時主持傳慶法師與國際知名雕塑大師楊英風先生共同完成的著名「造福觀音像」。觀音坐像寶相莊嚴，平和慈悲的神態，眾生見了，禮敬之心油然而生，它是和南寺的地標，據說，夜間有光投射於觀音佛像，往往成為指示在附近海域作業漁民的明燈。

　　下午六時左右，我們準時到了鯉魚潭，準備晚餐後，大夥兒一同觀賞花蓮的「二〇〇七年鯉魚潭水舞嘉年華的主秀劇名『光幕幻影、花火鯉躍』」的煙火秀，想不到主辦單位因強烈颱風「聖帕」臨境，貼出告示，取消了原定的表演。

　　看不成煙火秀，又加上晚間風雨加大加疾了，大家只好窩在「統帥大飯店」緊盯著電視機看有關「聖帕」颱風的報導，以決定明天旅遊是否提早或按表操課的行止。

吉安慶修院─七星潭─鯉魚潭─賦歸

　　清早五時醒來，打開窗簾，發現風聲雨勢已無昨晚那般氣勢了，可能是「風雨前的寧靜」，由於「聖帕」登陸依然在下午五時之後，儘管登陸地點就在秀姑巒溪出海口附近，身為「召集人」的我，覺得還是「既來之則安之」，與副召集人阿華、承辦人蔡兄以及導遊戴先生等商議後，決定還是按照原旅遊走完「花東三日遊」的行程，一則，我們返回臺北的自強號的搭車時間是下午三點五十八分，較登陸時間提早一個小時，應該不會「火車停駛」或「安全堪虞」等的問

題，即使正好趕上颱風來襲，我們何其有幸，能遇上這場「風雨交加」、「風驟雨急」的盛會，且和相交近四十年的老同學們一起「櫛」風「沐」雨，這該是多麼令人難忘的日子呀！一則近三十人的火車票要更改時段且「自強號」班數有限，所以「行程提早」實在是一樁不可能的事。

八點半風雨稍停，我們登車前往吉安修道院。慶修院是一座花蓮市唯一保存完整的日式寺院，興建於民國六年（大正六年）原為日人川端滿二募建真言宗高野派「吉野布教所」，供做講堂課室與信徒靈修與療養病之用，臺灣光復後，由吳添妹女士接管，改名為「慶修院」廢棄原供奉之不動明王，改祀釋迦牟尼佛與觀音菩薩，現定為國家三級古蹟。

目前寺內留有神龕、不動明王石刻、百度石，以及八十八尊石佛等重要文物。據史料這八十八尊石佛是川端滿二遵循當年海空遺規，行遍日本四國八十八所寺院請回。

這八十八尊石佛，大小不一，雕塑得頗具藝術，佛像個個修眉細目、神來清麗自然，與我以前在日本寺廟裡所見到的如出一轍，可惜此時大雨滂沱，風勢也厲，慶修院面積不大，房舍不多，除了一間正殿外（未開放），就是戶外擺滿八十八尊石佛的院落，不要說無遮風蔽雨之所，就是連站站也無適當空間，大家也就像「走馬看花」般繞院一圈，就躲進遊覽車去避雨了。

接著，我們驅車前往池南森林遊樂觀光，到達目的地，經管理人員告訴，因颱風奉令不開放，我們又吃一記閉門羹，為了紀念到此一遊，大家就在遊樂區門口照了一幀團體照，為了不浪費寶貴的旅遊時光，我們臨時決定再去一趟鯉魚潭，以彌補昨晚未能一睹「煙火秀」的遺憾。

我上次來「鯉魚潭」，是卅八年前的**師大畢業旅行**，我依稀記得那時的它，一幅荒涼景象。除了淺淺的一潭湖水外，沒有亭臺樓閣，

沒有養生步道,更沒有設專人的管理,一切盡付闕闕如。但眼前的鯉魚潭就不一樣了。

它是花蓮地區著名的觀光勝地,設有經營管理單位提供服務,湖畔建有古色古香觀景樓可以憑眺潭之全景,沿湖都植有高大的樹蔭隨風婆娑,石砌的步道寬敞而雅緻,漫步其間,幽靜中更多了一份自在,它還設有騎自行車、露營、垂釣和遊艇等專屬區,而潭北還有一處綠地盎然的公園,潭的四周商店林立,產自鯉魚潭活跳亂蹦的魚蝦,深得老饕青睞,也是來此遊客的最愛。

粼粼碧水,萋萋芳草,上有藍天白雲為伴,後有層峰疊巒 相依,晨曦夕暉,冬去春來,我們是何等的有幸擁有良辰美景

實則,這人世間的悲歡離合,一如花開花謝,同屬自然定律。陶淵明說得好:「寓形宇內復幾時,曷不委心任去留?」看,木欣欣以向榮,聽,泉涓涓而始流,那正是撥動生命內心的樂章,涉趣於山水,黃昏情懷的豁達,於焉得到了載欣載奔的釋放。

近十二點,我們離開了優美的鯉魚潭,直駛「鮑鮮樓」用餐,好讓足夠的時間搭自強號返回臺北。

快到七星潭的時候,風雨加大了,看來「聖帕」颱風已尾隨而來,下車時,由於地勢低窪,必須涉水而過,大家小心翼翼,以防滑倒。

七星潭為一海灣的小漁村,村民多以捕魚為生,所以它設有防波堤,堤外就是白浪濤濤的大海。

午餐後,風聲挾著雨勢,「聖帕」加緊腳步向花蓮推進,波堤外的海濤形成一股澎湃浪潮,洶湧地拍打著沙灘。大夥兒頂著雨傘,無懼狂風猛浪,擁向防波堤,看浪頭一次比一次翻高,一陣較一陣兇猛,大概有六、七級陣風吧!

隨著時間消逝,陣風愈來愈緊,雨也愈來愈大,遠處海浪一波跟一波推擠著,一波隨一波追打著,如崩雪滾崖,飛絮凌空,帶著淒厲的呼嘯聲,真是來勢洶洶。只見同學們一個接一個高興地呼叫著,看

那邊的浪頭多高呀！瞧，這邊翻騰的浪花多奇妙呀！有人吟著蘇東坡的詞：「驚濤裂岸，捲起千堆雪，江山如畫……」。啊！值回票價了，有人對萬馬奔騰，也像金鼓齊鳴的大海，歡心地喊著。

由於要趕搭返臺北的班車，大家只好向難得一見的颱風天——千變萬化的海的世界告別，我想，應該又是一道美好的人生彩虹長憶心底了。

車子在赴火車站。我們的財務大臣**宋玉芳**女士報告，這次旅遊費用的收支，結果是收支相抵，尚餘兩百七十二元留作下一次聯誼之用，並告訴大家，從下次起班費與聯誼費分家，這時**「阿松」**站起來掏出兩千元給「阿芳」作為聯誼樂捐之費，一陣鼓掌聲後，湧起了「樂捐」聲後，計收到：

吳金娥：一千元、廖蓮珠：五百元、陳碧蓮：一千元、袁新勇：一千元、黃婉麗：一千元、蔡廷吉：一千元、陳金治：一千元、呂榮華：一千元、**曹昌彥**：一千元（何麗雲之夫婿）、陳忠本：一千元、**吳震寰**：一千元（宋玉芳之夫婿）、**江德盛**：一千元（馬汝芬之夫婿）、林漢仕：一千元

等共十四人捐了**一萬四千五百元**，連這次餘款兩百七十二元，共有一萬四千七百七十二元基金，作爾後聯誼支援之經費。

三點五十八分，我們準時登上一○五六號班車的第八車廂，安全了，當火車緩緩駛開了花蓮車站，我的身心獲得舒暢的解放，也圓滿結束了愉快的花東三日遊。

「聖帕」颱風，愈接近臺北，愈不見它的身影，當火車抵達萬家燈火臺北車站，它，是無風也無雨。

召集人　翁以倫
寫於九月一日夜

附記

一、自九月一日起，以後同學子女的男娶女嫁，一律由班費改送禮金壹千元，是為了權利與義務相當，凡未繳納班費者，則不在致送之列。

二、收陳金治學長補繳班費一千元正。

三、這次「花東三日遊」美滿成功，乃得力**蔡廷吉、袁新勇、宋玉芳**等三位合作無間，以及副召集人**阿華**辛苦的行程安排。

四、很抱歉，我又「碎碎唸」，我想「嘮叨」是老年人的通病，因之書之於文字，就下筆不能自「休」了。這篇通訊：

（一）我三謄其稿，精簡之後，字數還是近萬字，浪費大家時間，浪費大家時間，實在罪過。「通訊」應是「感性」多於「理性」的抒發。三日的遊歷，總要記述它當記的，而內容也不能寫成如公文式「一」、「二」、「三」……等等的條陳。

（二）同學們多時未連繫了（根本說不上見面）且多數人因故不克參加，總要寫些近況——人與事，使同學們留些「印象」好咀嚼。回憶，是老年人的快樂劑。

（三）「聯誼會」一次較一次成長和壯大，開始只在臺北附近聚聚餐聊聊天，最近幾次已向中部（苗栗、臺中）、南部（雲嘉南）推展了，現在終於來到花東地區，我們希望下一次（畢業四十周年擴大舉辦），能到大陸或國外旅遊，也期待更多的同學來參加，都是「上六望七」的斑斑銀髮了，我們能有幾次相聚呢？希望大家能提供寶貴意見！

五、下次聯誼會承辦同學為王振東與吳金娥學長，也請與副召集人「阿華」保持連繫。

第廿一帖
金鼠行大運，談身心保健。
桃園仙谷鬱金香觀賞之旅

白居易贈好友劉禹錫詩：

為我盡一杯，與君發三願：一願世清平，二願身強健，三願臨老頭，數與君相見。

學長：

金鼠行大運，祝賀大家新年新氣象，身心康泰，心想事成！

近月來，臺北氣候，一直是淒雨其其，朔風厲厲，尤其患有「關節」「心臟」「血壓」……等等諸疾之老年人，更是「身」「心」歷盡煎熬，而隨侍在側之子女，時時有「樹欲靜而風不止」之驚惶顫慄……儘管以現代之醫學昌明，但「花開花謝」「生老病死」，乃自然之定律，即使有億萬財產，面對「塵歸塵、土歸土」的人生法則，也是只有仰天長嘆，徒呼負負！

俗語道：預防重於治療，保健之重要法門，一為飲食、二為運動、三為心情。對年過五十以上的男女而言，飲食上切忌暴飲暴食，如飲酒稍酌即可，菜餚清淡為宜，每日三餐定時定量，尤其心愛的食物，更要適可而止。談年老者之運動，坊間有多種保健書籍之探討與著述，還有大小型不等健身運動或俱樂部的設立與推展，以及醫療運動器材等形形色色的展示與販售，總之，這人間有關「運動」的保健實在太多太多了，而其目的都是希望有助於人們「身」「心」的康

健,只是年老的人一隨著自身「健康」型態之差異,所以,往往適合「甲」的活動,不一定對「乙」有助益,應隨自身的「年齡」「健康狀態」以及「動作配合度」等等,作不同程度的選擇,這樣,才能日起有功使你(妳)的身心達到均衡的進展。古人說得好:人活著就要動,而時時活動、日日活動,才能抵抗老年退化和促進血液循環,進而發揮新陳代謝的效用。以我來說,我今年已是七十五歲了,從十年前退休時,我每天的健身活動,就是早晚快步健行一萬步,(大概為一小時左右),近幾年來腿力大不如前,目前改為快步競走五千步,覺得自己很有精神,沒有絲毫衰老不堪的感受。

　　最後來談談「心情」。我深感「心情」對人生很重要,尤其對「六十而耳順」的我輩而言,實在是維護「身心」健康的不二法門。民六十八年間,我因病住臺北榮總,一次閒話中,我的主治醫師陳大夫曾對我說過:根據他臨床體驗,百分之八十病患,所謂「疾病」都是由「心情」波動而引起,換句話說,一個人若心情好轉,病情就會轉輕,反之就會日趨嚴重,所以,意志力的堅強與薄弱,往往是「病況」健復和惡化的轉捩點,「醫師」與「服藥」並無決定性的關鍵。語云:「藥醫不死人」。是說醫藥只能救活意志堅定不想死的人,反過來說,若自己意志薄弱想一死了之,即使有靈丹妙藥,也無從救起。我自己就是過來人,三次病危,醫生也告束手,但每次都憑自己求生欲望強,化險為夷起死回生。我們不妨回想一下,每當自己心情大好時,是否有精神百倍,虎虎生風的現象?所以,「心情」好壞正是自己成與敗的寫照,而「飲食」時的胃口,與「運動」時的興致,也與「心情」呈相因相成的互動,朋友們,儘管「人生不如意時常八九」,但我們若能笑口常開,笑眼常迎,豈不是娛人亦自娛呢!艷陽普照,和風拂面,就會當下在我們周圍呈現,綻放!

桃園源仙谷──鬱金香觀賞之旅

　　九十七年元月廿四日，淒風苦雨，寒氣逼人，清晨八時正，大夥兒不避風雨，不畏凜冽，準時來到了師大校門口，乘坐著一輛豪華型大遊覽車，興高采烈地踏上一日遊──桃園源仙谷鬱金香觀賞之旅。

　　十時左右，我們在龍潭聖跡亭與自竹南開車前來的**陳忠本**學長和他夫人會合，阿本友情洋溢，特地致送每人一大罐苗栗名產土豆一長生菓，正是過節應景的佳品，大家飽以熱烈的掌聲聊表謝忱。

　　「聖跡亭」興建於清光緒年間（約1875）距今有一百餘年，當地政府核定為三級古蹟，目前亭閣廬舍已不復存，僅保留長長如燈塔般的燒字紙石爐，儘管「燒字紙」的盛況不再，但古人「敬字惜字」一敬愛讀書人的幽遠情懷，正如孔老夫子所言「爾愛其羊，我愛其禮」；表達了泱泱底中華文化之精緻。

　　近十一時，我們來到了此行目的地──鬱金香王國──**桃園源仙谷**。

　　入門處，並無顯著或引人入勝的牌樓和招貼，只是擺了一張甚為簡陋的購票的枱桌，門票每人為三百五十元，七十歲以上遊客優待票為二百元，由於我們預訂了中午在園內用餐（每桌以十人為限）可以免購入園遊覽。但我們成員為二十二人，超額的二人，依規定必須補購二張門票，這真是一種奇特的購（免）票章程，我心想，既然優待團體，何不全免以吸引遊客呢？

　　這是一條迤邐而上的山路，寬度僅能容納一輛小貨車單軌行駛，沿路的山坡地，種植了多種的林木，還好，此行，我們的副召集人阿華還帶來一位與他一起當志工的朋友──瞿安麗小姐，她對植物有豐富的智識，一路上她當起義務的解說員，為大家講解各種樹木的特性和成長過程，真是「三人行，必有我師焉。」想起了孔子在論語裡會提示學生學習詩經的重要！小子！何莫學夫詩，詩可以興，可以觀，

可以群，可以怨……多識鳥獸草木之名。看來，身為國文系的我們，值得學習的地方還多著呢！

在半山腰，我們終於見到婀娜多姿亭亭玉立的鬱金香花群了。

這是一塊頗為平曠呈梯形的畦地，培植了多種不同的鬱金香花朵，我數數顏色約有十種之多；有紅、紫、白、黃以及淺黃、粉紅、大紅等等，還有少見的鵝黃與酡紅相間分外鮮艷的鬱金香，只見一片花海，在山風柔和的吹拂下，（說來也奇怪，上午的淒風苦雨，早已消失了，換來的，是溫馨而暖意的驕陽）輕擺著盈盈的柳腰，款款起舞，同伴們互邀約著好友以及家人，在人嬌花嬌映輝下，用現代化的數位相機，留下了最美麗值得紀念的種種姿態，最後，大夥兒也按著地形，於鬱金香前擁後護花陣中，拍攝了相見歡的團體照。（按：我用「培植」而不寫種植主要原因，這裡的鬱金香，一朵朵被包裝小塑膠盆裡，它們每星期分類替換一次，現在我們就看到工人們忙著在替換，紙見萎謝的鬱金香棄置一旁，等待運走，新換的一朵朵在陽光閃爍中展現笑顏，這就是為什麼門票要賣三百五十元高價了。）

下午四時，我們走訪了復興鄉二座平行的但形式大不同的復興橋（高架橋）和羅浮橋（鐵索橋），一高一低，一現代一古老，令人有二個不同時代的交錯感。

儘管夜幕低垂，暮靄四合，但既來之則安之，大夥兒還是決定看看有「烏來」之稱的復興鄉「小烏來」。

二十分鐘的車程，「小烏來」於一片迷濛中呈現眼底，首先映入的，是倒懸在山間似匹鍊般的小瀑布，銀花四濺地散落谷底。我們一行人由路前的走道一石階，盤旋而下，約三層高來到河溪旁，不遠處就可看到復興鄉「國寶級」的「風動石」，它巍巍然如巨人般昂首矗立於河岸上。據標示說明，這塊圓形巨石，重達五十公噸，那龐然大物的身軀，只是側貼在僅五十公分見方的地面上，外表看起來，好像搖搖欲墜，但「九二一」大地震，它依然如故，紋風不動，被鄉民認

為天賜的「神石」，象徵著復興鄉未來將是一片欣欣向榮的世界。

回程已是萬家燈火的時節。

聯誼會的檢討——如何去舊迎新？

是次「鬱金香之旅」，**阿華**於遊覽車上有一段告白，言簡意賅，耐人尋味，他說：每一次辦一趟聯誼，他總覺得：和大家見面一次，好像在投資，又賺到了一票，希望大家以後多見面，語意頗帶些感傷，但不否認的，能快樂地面對「日薄河山」的晚景，值得我們深思。這也是我首段拉雜寫來的心內話，杜甫的「贈衛八處士」詩內：「人生不相見，動如參與商，今夕復何夕？共此燈燭光。」更是我三復斯言的感懷

我們的聯誼會，自九十五年元月初辦，到今天最末一組——**沈鴻南**學長與**溫美雲**學長接棒，剛好是二年整，期間，承大家捧場，和每一組承辦同學熱心策劃，一次比一次熱烈，一次較一次融洽，只是稍覺美中不足的，每次參加的同學們，總是老面孔居多，欠缺新活力的注入，為此，我與聯誼活動的小組成員，再三研討，尤其於活動內容的改變，比如：我們期待從未參與的學長以及中南部學長能共同來遊遊走走，我們在方式和景點上作重大調整，例如：活動內容著重於專題和多層次旅遊，而景點安排，也由北而移轉為中部，甚至走向為南部而東部以及觸角至大陸觀光……我們舉辦過，如「苗栗草莓之旅」「南投東眼山賞楓和日月潭遊湖之旅」，還有「二日一夜嘉南平原之旅」，不惜人力、物力大膽嘗試了「花東金針山六十石山」三日遊……等等，此外，在九十五年十月，活動小組成員之一**王淑惠**學長，會發起「九寨溝八日遊」的豪興，惜旅遊與大陸在該地開會撞期，只好悻悻作罷。

但這麼多趟的專題和地區性的旅遊，並未激起學長們的遊興（南部東部會蒙**林雲燕**學長**蔡榮昌**學長以及**陳金治**學長相隨相伴，一併致謝）身為召集人，不免有遺憾之感，我想：聯誼會的組織與活動內容，一定有從新檢討和改變的必要，誠懇期待大家提供寶貴高見，如何使聯誼會組織更健全，活動內容更充實，使同學們樂於參與，但願未來日子裡，參與學長一次又一次成長，盛會一次較一次壯大，讓我們「感子故意長，共此燈燭光」吧！

畢業四十周年的慶祝籌備

明（九十八）年八月，就是我們師大畢業四十年的紀念，想想大家目前已是「鬢髮各已蒼」的階段，不可能再有一次四十載聚會的機會。所以，下面表格，勞大家填寫，並提供寶貴意見。

五八級國文系甲班舉辦慶祝畢業四十周年詢覆表

籌備會七人小組名單（請每人填寫七人名單，以得票較多者組成之該名單，應今（九十七）年七月前組成，以便籌備慶祝事宜）

（一）我期待的七人小組

1.	2.	3.	4.
5.	6.	7.	

（二）明（九十八）年紀念慶祝以何種方式舉辦：（請在（A）（B）（C）選項上劃√）
　　（A）聚餐（B）旅遊（C）旅遊+聚餐合辦
（三）時間：
　　（A）九十八年五、六月間（B）九十八年七、八月間（C）九十八年九、十月間

（四）地點：
　　　（Ａ）臺灣：（Ｂ）大陸：（Ｃ）日本：（Ｄ）美國：
（五）其他：

填表人：（請簽名）

1. 以上各項均請說明自己意見
2. 請於四月底前寄回
3. 詢覆表請寄：臺北縣中和市廣福路五十三巷十二號三樓之一翁以倫收

敬祝

春節愉快

闔家平安

召集人　翁以倫敬　啟
民九十八年二月十五日

第廿二帖
歲末聯誼餐聚，達成五點協議。
預告班之大老王振東校長八秩誕辰之慶祝方式

歲末聯誼餐聚，達成五點協議

　　殘冬將離，又是一年新春來臨，祝賀大家好運當頭，事事如意。

　　歲次己丑，但願它是一頭「羴」牛，奮勇向前，牛轉乾坤，掃盡一切障礙，犁出一條開闊而光明的前景來。

　　元月十五日舉辦歲末聯誼餐聚，決定得有點兒倉促，何況它又離年關又是如此逼近，家家戶戶忙著辦年貨，心想，能否湊上一桌之數，也要看「天意」了。當阿華在電話上告知剛好是「十全」的吉利數字後，讓我頗感情份無限，承蒙大家對我錯愛，這也是我多年來一直享受著這份「雲淡風輕」的施報。

　　當我登上「北京樓」三樓王子廳時，才發覺來的學長還不止「十全」呀！末後一位——阿松出現後，竟是六男六女符合了「佛家語」十二因緣的相續[1]，大家舉杯祝福，願年年健康快樂。

　　事實上，根據以往相聚，基本「會員」應在十六～十八之際，祇是近年來，大家已到了「爺爺奶奶」的位階，古人說：「含飴弄孫」。

1　編者按：據翁嫂廖蓮珠學長校正備註：六個男生和女生與十二因緣無關。

據告,好幾位都在儘情地享受著這份「人間的美景」而「重孫」「輕友」呢!(其實,我自己何嘗不是呢!每個星期六、日的例假,我都擺脫一切俗事,搭車去豐原兒子家和孫子倆「小」無猜地各不相讓作相互的追逐!)

席間,未見觥杯交錯,只是快樂的交談和解人的關注,二個多小時輕酌慢嚼下,為今後的聯誼,達成了幾項將要付諸實施的協議。

一、隆重舉辦畢業四十周年聚會:

(一)成立籌備小組:**由翁以倫、姚榮松、呂榮華、宋玉芳以及黃婉麗**等五人為籌備小組、**翁以倫**為召集人、**呂榮華**為執行長。

(二)舉辦時間:九十八年五月或六月期間辦理,二天一夜,並於三月十日前提出完整策劃。

(三)舉辦地點:中部或北部,勞請呂執行長做好實地查看,擇一二處由籌備小組投票決定。

(四)費用:由同學自行負擔。

二、「分組聯誼」活動暫時停辦:今年重點如何辦好「畢業四十周年」,使來參與同學都能感受四十年來同窗之誼之可貴,使同學們彼此間體會到情份彌堅的溫馨,小組成員必須集中意志,責無旁鶩,使畢業四十周年這項活動永遠活在大家內心之中。所以,原分組聯誼活動只好暫停,待四十周年舉行後再決定是否有持續之必要。

三、「班費」存廢之檢討:有同學認為「班費」只是同學們提供了按規定繳納定額的費用,作為「班會」所需各項活動的支應,是一項並無多大意義的「不樂」之捐,認為有廢置的必要。但另一派人認為「班費」的繳納,是團結人們一種意識型態向心力的表現,也是一種意志力外在的展示,假如未有這一塊「臍帶」(班費)的聯繫,成員常無所依附,久而久之,由輕忽而淡忘,未後勢必導致蕩然無存的步。

當然,在目前多元化的社會裡,見仁見智,各有所執。《論語》裡,有一段孔老夫子和弟子子貢的對話。頗能值得回味。

子貢欲去告朔之餼羊。子曰：賜也，爾愛其羊，我愛其禮。（八佾第三）「羊」與「禮」，何者孰重？何者孰輕？實在難加以定論，好在我們都是「老夫子」的信徒，自然是「我愛其禮」了。

　　據九十六年班費收入為廿四人，全班共三十七人，百分比為百分之六十幾，若扣除國外的學長五人，百分比高達百分之七十幾，自畢業迄今，已屆近四十載，尚有如此高「同在一起」的比率，真是很不容易呀！大家應該珍惜這份緣分，尤其在這人生再無一次——四十周年的前夕，（尤其部分同學，自畢業後至現在，一直無緣相見）多麼渴望「落日照行塵，一繫故園心」的期盼！

　　好了，不能離題太遠了。所以，九十八年「班費」依慣例每人繳納一千元，勞請「郵政劃撥○二八一九一九一號　翁以倫帳戶收。」（這裡稍加說明的，班費原移交宋玉芳同學管理，但現在為了支應方便起見，「班費」和「聯誼基金」有分開的必要，宋玉芳學長專管聯誼基金費）的規劃，而「班費」屬於靜態性的支付，其經常開支為「通訊」的寄發，每次金額不多，報帳和請領甚為瑣碎，頗為不便，宋玉芳學長認為不如回歸與以前一樣，她專管「聯誼基金」，班費再由召集人兼理，所以，趁這次歲末餐聚，又將班費結餘一萬一千四百十三元移交給召集人去支應了。（有關班費權利和義務準則，仍依照九十六年三十通訊辦理）

　　四、九十八年新同學錄的印製，對於以前印製的同學錄，其形式是否作「更新」的設計，請大家於一月內提出寶貴的建議；更具體的，能簡易地畫出「形式」，規格可依循的樣品，作為下一次印製的改進和參考，若有地址變更、或電話、手機等號碼已換新了，勞請來函告知，最好能填寫出生年月日，作為「七十歲」壽誕的聯誼。

　　五、這裡要補充的，「畢業四十周年」聚會地點的確定，希望能在二月底前獲得結果，期待我們籌備小組「執行長——阿華學長多辛苦了。」唯有這樣，我的有關聚會的「通訊」，可提早在三月初寄發，

那麼，這在國外的學長，就可以提早準備作返國的打算。我深深記得，以前我們每次舉辦旅遊，大半全賴擔任副召集人的阿華，他的每一個「景點」都是事先在網路上作上窮碧落下黃泉的搜尋，當他發現一個理想「景點」以後，他就會開著車（有時偕其夫人相伴）親自作實地的考察，看看網路上所描述的有否夸夸其詞──名實不符，為此，他不惜多跑了幾處不同的景點，作相互的比較，務使我們這群已是「耳順」的銀髮族，有一個安全而美好去處，使大家於「身心」上充分獲得舒展與恬適，因此，我們每辦一次旅遊，他不但毫無怨言的付出了辛勞，於金錢上，也多了一筆油費的支出，尤其在前時油價高漲的時候，我曾說給他補貼，他總是笑笑婉辭了。他的熱心服務，成為「聯誼」的大忙人。這一次盛大而隆重的「畢業四十周年」聚會，當然又得借重他的大力，我想，他又得「上山」「下海」四處奔走，我和財務長宋玉芳學長經商討後，決定在他未動身前，決定以班費貳千元，作為油費小小的補貼，我想同學們都會欣然同意我們的方便行事吧。

對了，差一點忘記告訴大家一個「喜訊」了，大家還記得大一迎新時有一位俏麗活潑、天生一對圓圓大眼睛的**江喬麗**同學吧，那天，她跳著青春洋溢的西班牙舞作為和大家的見面禮，她平常上課休閒，都和**姚嫩娜、黃麗麗**二同學在一起作息；被同學稱謂「三嬌娃」。她是第二年（五十五）將升上大二而辦理休學出國，只有一年同學情份，距離現在足足有四十三年之久了，不知大家有否勾起回憶的觸角，也許早已淡淡遺忘了。想不到去（九十七）年十月底我接到她打來的電話（從黃麗麗的通訊裡得知訊息），希望找一天時間約同學們喝喝茶見見面，而她在臺的時間有限，由於倉促，**我**只約了**姚榮松、呂榮華、沈鴻南**以及**馬汝芬**共五人在武昌街一家**明星咖啡館**座談，時間應是十一月一日晚上七時。說來也夠緣份，相隔四十多年未曾碰面，一到場一點兒沒有陌生感，大家如老友般暢談別後的種種，她依

然有一對大眼睛，開朗、豪爽以及生性活潑一如當年，歲月的痕跡，似乎很難在她臉上和心態上找到一丁點兒牽掛，她還是當年在大學時那般健談，毫不隱瞞她曾有二次婚姻的歷程，現在跟隨的是一位從事自由業的美國人，她擁有跟前夫所生的二個兒子，都已大學畢業了，她有足夠的空間，可以作她生活上自在的調配，她說，將來有機會還會常來臺北玩，也期待「四十周年」和大家歡樂的相聚，離別前和大家合照了相聚歡。蘇東坡在其「水調歌頭」詞裡說得貼切：人有悲歡離合，月有陰晴圓缺，此事古難全。但願人長久，千里共嬋娟。但願這一次「畢業四十周年」聚會，讓天南地北的同學們再度能夠齊聚一堂，無讓歲月留下一絲絲憾事，未後，錄一則李商隱「夜雨寄北」的七言絕句：「君問歸期未有期，巴山夜雨漲秋池。何當共剪西窗燭，卻話巴山夜雨時？」聊表我相邀的寸衷！

　　敬祝

新春如意
闔家歡樂

召集人　翁以倫　啟
民九十八年元月二十日

附記：王振東學長八秩嵩的慶祝方式

　　九十八年五月五日，是**王校長振東學長八秩嵩壽誕辰**，他是我們班邁入耄耋之年的第一人，他平常精神矍健，安步當車，每日游泳，風雨不輟，對於班裡餐聚或旅遊，從未見他缺席，始終是第一個報名，成為聯誼會最忠實的擁護者，且上山尋幽下鄉訪古，不輸參與人士，總可謂老當益壯。今值壽誕之慶，同學們均有與有榮焉之感。還

有**姚**學長**榮松**提議，準備為王學長**出刊紀念文集**以誌慶，所謂秀才人情紙一張，凡與王校長相識相知的同學們，於其隻字片語的嘉言懿德或介以鴻文，或寄情於詩詞，於三月底截稿，文稿請寄姚學長榮松或我彰化住處，敬請大家熱忱參與，以光篇幅是荷。（壽宴準備於四月底前舉辦，欲恭逢盛會者，請電告呂榮華學長）

又附

「聯誼基金會」專責提供平日同學間之旅遊與餐敘服務，由宋學長玉芳為大家竭誠支援：「基金」多由同學之慷慨解囊——自由樂捐，目前樂捐之基金共有一萬七千七百七十五元，敬請大家踴躍輸將，捐款請至「中國信託商業銀行臺北城中分行　宋玉芳帳戶」或郵撥「〇二八一九一九一號　翁以倫帳戶亦可」。黃逸韻學長上次班會多繳一千元，這次不必再繳了，謝謝。

附錄
我所認識的王振東校長

馬汝芬

　　一幌,自師大國文系畢業四十年了,回憶四年的大學往事,一一浮現在眼前,想到剛踏入國一甲時,抱著滿懷的抱負與理想,開始我人生的新旅程,但一切不如想像中愉悅,學業的壓力,使我不堪負荷,整日戰戰兢兢,無一日歡樂,每日獨來獨往,可說「不合群」,如今想想,真是又嫩又稚,不可言語。

　　這種膽怯畏縮,無所適從的日子,過了兩年,直到大二時,有二位插班生,進入本班就讀,其中有一位王振東學長,他是從大陸離鄉背井的流亡學生,聽說他是白天在師大附中兼課,課餘時間,才來上課,他給我很大的啟示,他的處境比我艱困很多,為生活,半工半讀,為前途進師大進修,令人敬佩,我的境遇比其好百倍,從此我不再膽小,打起精神,振作奮發,為美好前途努力,因王同學白天在學校教書,來上課時皆來去匆匆,很少交談,對其無深刻印象,只知他是毅志力堅強,好勝上進的年輕人。

　　畢業後,同學分發全省各角落,各奔前程,就像斷線的風箏般飄向各處,同學鮮少聯絡。

　　直到民國七十八年由姚榮松、呂榮華、翁以倫三位熱心同學,舉辦東勢二日遊,同學二十年未見面,難得相聚一堂談論二十年教書的得失、家庭生活的快樂,彷彿又回到往日時光,遺憾的是王校長這次剛好得肺炎無法參加,據王校長敘述本次生一場大病,肝腎心臟併發而來,真是鬼門關走一趟,這種痛苦無人能忍受,靠王校的堅強,終

於克服一切困難，恢復健康，俗語說：「大難不死，必有後福」，我深信「衝過逆境，學本領，禁得起考驗，擔大任，悲觀者，機會當困難，樂觀者，困難當機會」王校長就是在逆境中向前進的強人，痊癒後繼續在教育界貢獻，不計名利、地位，作育英才。

　　退休後，王校長雖然雲遊四海，過著閒雲野鶴的悠閒生活，但有時也與退休校長開會、討論關心國家教育，真是退而不休。

　　我記得九十五年花蓮三日遊，這次大伙玩得非常高興，在回程的途中王校長講了一番話，告訴我們人生分上半場及下半場，上半場若無虛度光陰，努力打拚，下半場就會得到人生快樂的享受，教大家盡情享樂不要太拘謹，更警惕我們，老來要保四本「一、保老本，二、保老伴，三、保健康，四、保老友」，我認為四種都很重要，但最重要的是健康，因為有健康，才有本錢，人生過得才快樂，不拖累子女，才做到為人父母的最大欣慰，老朋友們平日多運動吧！

　　去年（九十七年）一月，北部同學在北京樓聚餐，王校長很早就到，大家看到王校長近八十高齡，容光煥發，身體健朗，三小時的餐敘，王校長談笑風生，談他人生經歷，開朗的人生觀，使我們受益良多，不愧為後生晚輩的榜樣，只見校長毫無倦態，大家心中感到無限快慰，心中也祝福王校長永保健康，精神愉快，生活如意，壽比南山，福如東海。

民九十八年三月十五日
馬汝芬　敬撰

第廿三帖
春節聯誼通訊[*]

學長：

　　冬盡春來、新年將屆，於焉在此先拜一個早年，祝大家好運當頭，闔府安泰。

　　茲定於國曆二月十一日（農曆正月廿一日）舉辦春節聯誼一日遊，屆時歡迎大家一起來參加為盼。

　　暫定活動內容如下：

一、若天晴，上午九時於淡水捷運站門口集合，淡水老街→渡船→八里→漁人碼頭（午餐）下午四時返回。

二、若天陰，上午九時於新北投捷運站門口集合，活動內涵當天再決定，主要節目為北投泡湯（午餐在北投）

附註：（一）天雨活動取消。（二）費用自備。（三）歡迎闔家參加。（四）報名電話連絡即日起（02）28952808：呂榮華領隊。（五）願中南部同學也全來一聚。

---

[*] 編者按：此函原在「通訊新之二」（民98年1月20日）之後，「通訊新之三」（民98年3月10日）之前。介於本編通訊之二十二與通訊二十三之間，雖未有翁召集人之署名及日期，時間正好為二月，故依時序定為「通訊之二十三」，以存當年召集人之密集活動之見證。

第廿四帖
幕起：李商隱錦瑟詩。
公告：四十周年聯誼會兩天一日遊

幕起——

> 錦瑟無端五十絃，一絃一柱思華年。
> 莊生曉夢迷蝴蝶，望帝春心託杜鵑。
> 滄海月明珠有淚，藍田日暖玉生煙。
> 此情可待成追憶，只是當時已惘然。

——〈錦瑟〉李商隱

　　這是一首千古傳頌的名作，是晚唐抒情浪漫詩人李義山之匠心之撰，他托物起興，用象徵手法寫出他自己對人生理想和身世感愴的起滅，將美麗而動人的悲歌表達出來。

　　莊周夢蝴蝶，望帝寄春心，如幻似真，紛乘沓來，構成一幅複雜而曼妙的藝術意境。

　　儘管這首謎一樣的好詩，千年以來，多少學者費盡心思，欲想探求此詩的深義；但始終都沒有一種被公認是精確的解釋。我認為該詩第二句「一絃一柱思華年」，已開宗明義地標示出作者對以往綺麗華年的追懷，那是無容置疑的一條明徑。而第三節「滄海月明珠有淚，藍田日暖玉生煙。」那是象徵著美好的人和事。李善注：「月滿則珠全，月虧則珠缺。」「明月」以示淚珠大滴而圓瑩。而「藍田日暖，良玉生煙。」正是對以往美妙人生的讚嘆，試問人世間比擁有「朦朧之美」更令人感人心脾呢？

所以末句「此情可待成追憶，只是當時已惘然。」當時惘然，正是「微妙心事」——真實和夢中情景的混沌結合。他的另一首「晚晴」：天意憐幽草，人間重晚晴。「晚晴」二字，我將它意謂「人生要好好地珍惜無限的「黃昏」。我們都已到「古稀」之年，有老伴相偕，有老友相知，還有「老本」無後顧之憂。面對：「人生不相見，動如參與商」的飄忽歲月，活在當下，快樂當下，放開襟懷，大步向前，前景仍是一片如錦如繡的璀璨人生呀！

各位學長：

慶祝畢業四十周年聯誼，經籌備小組執行長**呂**學長**榮華**多次奔走以及網上查詢資料，終算皇天不負苦心人，尋覓到一處既可以快樂地談天又能使身心獲得舒適地解放的地方，那就是離新北投捷運站不遠——被大家公認為「泡湯快活林」——地熱谷溫泉。其流程預定如后：

一、時間：

民國九十八年四月卅日（星期四）和五月一日共二天一夜之遊。（晚上住宿或回家自理均由各自行定之。）第二天——五月一日旅遊地點為基隆和平島，按人數多寡租遊覽車前往，請大家按照下列格式填妥報名：參加人（一）姓名。（二）年齡。（三）戶籍地址。（四）出生年月日。（五）身份證字號。以便辦理平安保險。

二、地點：新北投美代溫泉會館四樓。

三、交通：

（一）捷運新北投站下車（須在北投站轉車）。

（二）公車二一八、二二三、二二六新北投公園站下車。

（三）往前經公園（現有綠籬圍住）循左中山路或右光明路往前直走約十分鐘即可抵達會館。

（四）自行開車者會館門口可停車。
四、費用：四月卅日中午聚餐每人一千元。
五、報到：
　　（一）四月卅日上午十時起至會館四樓辦理報到手續。
　　（二）報到後可先自由聯誼。
　　（三）可免費泡湯（稀有珍泉鐳溫泉）泡湯時至少二人一組，裸湯、毛巾可自帶或向櫃臺購買。
　　（四）可免費唱（KARAOK）
　　（五）中午十二時用餐。
　　（六）餐後聊天、唱歌、泡湯自行選擇。
　　（七）下午四時前結束當日遊程。（歡迎攜另一半與會）
六、旅遊：五月一日旅遊上午八點二十分集合——圓山捷運站一號出口。即乘遊覽車遊基隆和平島。中午至澳底午餐，下午前往貢寮飲咖啡。興盡經平溪石碇回臺北，結束難忘的四十週年畢業之旅。

祝
萬事如意

　　　　　　　　　　　　　　　召集人　翁以倫　敬啟
　　　　　　　　　　　　　　　民九十八年三月十日

附記

一、前通訊曾告知欲補貼執行長呂學長的油費二千元，因呂學長堅決婉辭而作罷。
二、**蔡學長廷吉**令公子三月一日完婚，按例送禮金一千元，承蔡學

長轉送「聯誼會」作為聯誼基金，由財務長宋學長玉芳收存。
三、「通訊錄」九八年新版已準備印製。凡地址、電話等有變動請來電話告知，以便訂正是盼。
四、五月一日旅遊，午餐及包車等等之費代收每人二千元（多退少補），繳給呂執行長。
五、請繳九十八年班費一千元，郵撥〇二八一九一九一號　翁以倫帳戶。

第廿五帖
畢業四十周年歡聚改期（六月四～五日）易地（宜蘭太平山）二天一夜定案

學長：

　　很抱歉「四十周年畢業歡聚」，時間要延後了。由於國外同學訂購機票有問題，無法於四、五月間成行，不得已祇好延至六月舉辦，敬請見諒為荷。

　　經執行長阿華學長多天來網路上搜尋，和籌備小組再三會商，並勞阿坦賢伉儷提供寶貴意見，終算獲得一致的決定前往湖光山色綠蔭舖地的避暑勝地─宜蘭太平山旅遊。（由於即速寄發通訊，故無法詳加描述），茲就聚會的時間與地點簡介如下：

一、時間：九十八年六月四～五日（二天一夜）

二、地點：宜蘭太平山

三、集合時間：六月四日上午八時

四、集合地點：臺北捷運圓山站出口

五、行程簡介：

第一天

　　臺北出發經雪山隧道到宜蘭，首站參觀傳統藝術中心或漫步林美石磐步道，午餐後即直接上太平山莊，步道漫遊，晚餐，月下夜談，住宿（詳情於遊覽車上由阿華向大家報告）。

第二天

自太平山莊搭九人座巴士到翠峰湖，森林浴後回至太平山莊搭大車下山至三星農會午餐，飯後專人導覽參觀宜蘭名勝、酒莊、買紀念品，約下午五點啟程回臺北約六點。

七、交通：租用大型遊覽車，至翠峰湖改租九人座小車。

八、費用：

（一）太平山莊夜宿，兩人房兩小床，附晚餐及隔天早餐，每房二千四百元，即每人一千二百元。

（二）車資、司機小費、過路費、停車費每人約七百元。

（三）兩天午餐每人約七百元（加第一天早餐）

（四）保險、門票、飲料每人約四百元。

（五）綜上預定每人收費三千元，若有結餘，納入同學會基金，若不足，由基金補貼。

（六）為鼓勵中南部同學參加，由基金酌補助每位同學旅費一千元。

（七）即是日起報名或來電：宋玉芳學長（02-23119610）、呂榮華學長（02-28952808）。

附記

一、吳金娥學長和王鳴韜學長郵撥班費一千元收到，謝謝。

二、九十八年班費一千元請郵撥帳戶〇二八一九一九一號　翁以倫。

順祝　春光期媚

召集人　翁以倫　敬邀

民九十八年四月廿一日

第廿六帖
太平山之旅拾錦
——畢業四十周年慶

〈樂遊原〉李義山
向晚意不適,驅車登古原。
夕陽無限好,只是近黃昏。
　　　　——一抹黃昏,多麼綺麗。美好情景,剎那即永恆。

又云:天意憐幽草,人間重晚晴。(〈晚晴〉)
　——珍重自我,愛惜時光,莫辜負這無比壯美的黃昏好景。

學長:

　　當執行長**阿華**告訴我,參加畢業四十周年旅遊之同學已有整整「卅」之數後,對於大夥兒的熱烈支持與捧場,使承辦的籌備小組為之雀躍不已!

　　臺北天氣放晴已有多天了,多麼希望六月四日宜蘭太平山之行,也能有艷陽高照的好天氣相伴,但根據氣象當局的預測,受鋒面接近影響,四日當天天氣應該是百分之一百有局部性大雨或豪雨,尤其身處於北臺灣的宜蘭,而太平山森林國家公園,海拔有二千至三千公尺之高,篤定會送給大家一次「沐風櫛雨」的洗禮。

　　想想我們這一檔高齡組合的旅遊團,最年輕的也有一甲子六十以上的古稀之軀。而最年長的已達八十「耄耋」之年。冒著「淒風苦雨」的衝擊,步履彳亍地行走於山陵崗阜之間,崎嶇不平,山路泥

滑，想當然耳，也為未來的行程不覺而猶豫躑躅！

但繼而又想及，臺灣地區自開春以還，不知怎的，雨水稀少，桃園的石門水庫蓄水已近最低額度了,若老天再不及時滋潤，恐怕又到了「休耕」和「用水限制」的難關，如果那天旅遊團出發了，果然是大雨滂沱，甘霖普及，我們正好是恭逢其盛，何嘗不是「借花獻佛」一點兒的「見面」禮呢！

六月四日，太平山旅遊之日子到了，從三日晚上開始，臺北的「雨」就淅淅瀝瀝的下個不停，一如氣象局之預報。早上五時醒來，果然雨敲窗簾來一個確切的回應，我和阿珠匆匆地用過早餐，趕搭捷運至圓山，正好是八點集合時間。

承辦的阿華早就到了，一輛豪華的遊覽車就停在圓山站左側，赴會的同學們幾乎全到齊了，大家都坐在自己選定的座位上和左鄰右座高興地交談著，我向大家道一聲早安，瞥見後座上遠自美國返臺的連康兄和他的太太紀馨以及他的小姨子安小妹妹（早期時我的印象）也精神奕奕地在座了。

連康兄多年不見了（十年前我曾舉家前往德州拜訪過他家）和我一樣也是屆近八十之數的邊緣了，他的健康，一如他的談話高昂、嘹亮不減當年，而神采飄逸，尤勝往昔且內涵益發豐富了。紀馨嫂依然是清麗情懷，歲月的齒輪，似乎並沒有留下些許痕跡，說起話來還是嬌羞猶如小鳥依人，但語氣裡對人世有著融融的深切關懷！（我想，她在美國數十年來，一直充任著「南丁格爾」的神聖工作，不覺中流露著「視病如親」—人飢己飢，人溺己溺的親和情懷）

至於**安小妹妹**（她也有五十開外了）還是那副活潑可愛的模樣，說話依然是直爽的大嗓門，不過，語氣已較以前婉轉和貼心多了，短短的二天相聚，她的開懷笑聲，使我心胸為之開朗，更添加了新、新、新如許的青春活力！

出發的時間，是八時整，但現在已過了二十分鐘，阿華說，**阿松**

未到,和他通過電話,已在來此的途中。

　　提起我們這位姚教授,每次聚會,他總是姍姍來遲的最後一位,只要他一到達,不須要再清點人數,就可以歡天喜地的啟程了。

　　他之所以「晚」來,大半和他的「工作狂」以及他「夜貓子的生涯」有關連。

　　打從學生時代起,他就習慣於夜「生活」了。住在宿舍裡,每天他始終是晚睡的一個;有時為了怕影響同寢室的好夢,他於熄燈後,總是獨自一人靜悄悄去學生餐廳讀書或整理筆記。當了教授後,為了寫書或準備教材或批改作業,每晚到了清晨二三點還在挑燈夜戰呢?所以,午夜過後,去電話和他連繫,無疑問的,他會欣然和你談天說地聊個不停呢!

　　由於本班聯誼會的同學,百分之九十多都已退休了,所以,聯誼的時候,總會訂定在「一」至「五」的上班時間,(「六」「日」的例假日儘可能避開,以免人車擁擠)每次邀約,他一定會想盡一切辦法與會。這一趟太平山之旅,六月五日他有一堂研究生的課,他事先將課延後至下午六時,準備下山後,將他送到羅東車站,獨自搭車趕回臺北……,他一方面顧全了同窗之誼的情義;一方面又盡到做老師應有的本分,可是,他自己呢,可苦了;由於長時間的睡眠不足,加上年紀已不是春秋鼎盛的四五十歲青壯之年,如此長途跋涉,來回奔波,如果心中未有一股熱情和責任心,怎能保持這份雍和有度談笑自若的心情啊!

　　還要一提的,這次畢業四十周年太平山之旅,新加入遠自嘉義來的**阿坦夫婦倆**,每次的聯誼會,由於舉辦地點多在北市(縣)的景點(按!同學們落腳在北部約佔全數百分之八十幾,抱歉的只好遷就多數同學的意願了)所以,居住南部的同學當然不克前來與會了。我們多麼期待中南部同學能撥冗和大家聚聚聊聊,但總因種種如家庭、身體、個人規劃等等而心有餘而力不足之嘆了。

阿坦夫婦這次成行，除了和大家見見以償多年的心願外，還是這趟「太平山」之旅，發起和籌備小組之一員呢？蓋因阿坦的太太**李貴英老師**，他是道地的宜蘭人，還有她的妹妹**李小姐**，以及妹夫**葉老師**，在宜蘭地區的旅遊界是頗享盛名帶隊的夫妻檔，這趟「太平山之旅」全程之規劃，如景點的選定、住宿的預訂、用餐的張羅……全仗他們老馬識途與以精心策劃，才能一路上平平安安、快快樂樂地按出發前的藍圖順序漸進的完滿地劃上美好的句點。

由於不是星期例假日，通往宜蘭的雪山隧道，未見車隊長蛇逶迤，雨聲不斷；但雨勢不大，遙望那深藏在縱谷巒峯間臺灣的第一長隧道，於一片迷茫冥濛山嵐氤氳飄忽中，彷如一條見首不見尾的神龍，騰雲駕霧般在眼簾下出沒隱現，行程約半小時，出了隧道，羅東就笑臉迎人向我們招手了。

十一時左右，我們就到了旅遊第一站—位於宜蘭五結鄉**國立傳統藝術中心**。首先映入的，是一座大紅且金壁輝煌的二層高的舞臺，四支油漆發亮的皇皇圓柱，如四位天兵神將，耀武揚威般高高舉起了向四方延伸張羅的飛簷，由於舞臺採用西方開放式的建築，讓人覺得整個舞臺好像是一座開闊自如會活動的表演場所。舞臺正中著一幅福祿壽三仙圖像，前方上端用篆字書寫著「粉墨乾坤」的橫匾，彷彿又在告訴著人們，那是一塊「中西合璧」的表演天地。

不久，一陣鑼鼓喧天，又歌又舞的歌仔戲登場了，吸引了來參觀的阿公阿婆們，戲臺下擺放著一條條長凳，不需對號，可自由入座。

這個「傳統藝術中心」，導覽重點稱謂「拜一廟」、「賞二舘」和「逛三街」。

其謂「拜一廟」，是指本中心的「文昌祠」，它是臺灣目前唯一的由政府所籌建的廟宇，主要供奉文昌帝君，另配祀戲曲之神田都元帥，工藝宗師魯班等不同守護神祀，每到考試季節，供桌上擺滿青葱、粽子與准考證，蔚為奇觀。

「賞二館」是指其一為「展示館」，傳藝展示館，是見識臺灣工藝之美的最佳櫥窗，蒐藏具有文化、藝術與歷史價值的傳統工藝品，把臺灣過去的記憶留下來，勾起你塵封已久的感動。另一為「戲劇館」，園區中央建築群裡暗藏可容納四百餘位觀眾的戲曲館，不定期邀請一流團登臺獻藝，有京劇、豫劇、原住民樂舞、歌仔戲、偶戲以及南北管音樂及戲曲等等，索票方式請撥打本館服務電話就可。

「進三街」是採「動靜態」並具，且是品賞臺灣小吃南北兼味好所在。

一是「傳習街」，為國內首屈一指的工藝互動教育新天地，舉辦大師講座，手工 DIY、達人現場示範秀以當代名家特展，所謂「傳藝心，新藝傳」，讓您親炙工藝大師的藝術風範。

二是「民藝術」，街坊共有三十餘間店舖，邀請工藝家進駐現場試做，有陀螺、布袋戲、捏麵人、冰糖葫蘆等等市井手藝，那天，我們觀賞了名為「千絲萬縷春仔花」的製作，用緞帶創作了千件百樣既靈巧又實用的手藝品，如胸針、杯墊、香袋、戲偶、綉鞋等等，真是匠心巧手，無奇不有。

三是「臨水街」，那是臺灣式點心專區，是民以食為天口福補給站。「臨水街」顧名而思其所在。那是靠內河水岸整排水鄉風的街屋，有南方水鄉的風雅情致，大多數店家，都有一處鄰近波光瀲豔的水榭所在，涼風拂來，水影搖曳，而對佳肴，能不食指大動，那天，我們夫婦倆，加上阿松，和張連康賢伉儷以及他小姨子安小妹妹，一邊品味著本土臺菜，一邊閒話家常，真是得其所哉，得其所哉……

午後二點整，大夥兒遊罷了整個的傳藝中心，對整體既傳統又現代化依水傍山就地的建築群，和各領風騷種類繁多且豐富神采的先民的藝術結晶—不論是金工的細、木工的活、竹編的巧，或是雜技的精、藝陣的熱；以及偶戲的真，無不為之驚奇和讚嘆，一次精神生活上的大豐收，套一句廣告詞：傳藝風華，美不勝收。

雨水依舊嘩拉嘩拉下個不停，但大家遊興不減反濃，稍加休憩片刻後，就在馬汝芬學長的夫婿江德盛先生嗓音高亢音質寬厚的帶領下，揭開了「KTV」歌唱的序幕，車輛轆轆，歌聲時而激越，時而婉約，隨著，「蘭陽溪」蜿蜒迤邐而上，二個小時後，我們抵達了書寫著，「**太平山國家公園**」的入口處，山勢愈高，雨勢也愈大。

　　「入口處」位於太平山的山腰間，濛濛雨滴，加上濛濛之霧氣，山巒峯層之中，極目所致，盡是白茫茫一片，車行其間，如登雲端，也似墮壑底，頗有蘇東坡〈赤壁賦〉所指述「飄飄然如遺世獨立，羽化而登仙」之感受。

　　遊覽車是「S」形向上爬升，騁目四望，霧氣更濃也更多也更厚重了。它，是霧亦非霧，是雲亦非雲，是霧嗎？它卻如雲般向上又向下的游移騰飛；是雲嗎？它卻如霧般只能見到眼前五公尺的景物，我們右手緊挨著巨靈般的高可接天的層峯疊巒，而左手處竟是面臨著深不見底黑黝黝的千丈斷崖……。這時，我發覺，我們的座車似乎被上中下三道白鍊似的山嵐包圍著，游走著，烘托著，忽上忽下，上升下降，……我終於體會了成語中「騰雲駕霧」的境地。我們的「KTV」早在「太平山國家公園」臨界處就停唱了，諾大的卅人乘坐的遊覽車裡，寧靜的可以聽到均勻的呼吸聲，有些人在閉目養神；有些人如我一般的安謐，也享受著這「飄飄然」造物者的恩賜。

　　五點鐘左右，我們安抵了海拔二千多公尺高的太平山會館，分配住宿後，離晚餐尚有一個小時，兼導遊的葉老師告訴大家，趁開飯尚有一段時間，這個時辰，正是高山上散發「芬多精」的好時段，大家何不趁此空檔，撐著雨傘，不妨上森林步道漫遊，也許別有一番情趣。

　　我們所住宿的地方，名叫**扁柏館**，海拔為二千三百多公尺，是所謂霧帶區，雖是盛夏，但因山高又加上風雨淋漓，還是有些兒寒氣過人的索索然。館前有一塊不算大的中庭，正前方約有一塊十五公尺長方形的園圃，綻放著粉紅色和白色的高山杜鵑花，旺盛而挺直的枝

芽,似乎不畏風雨的吹打,好像招手在歡迎著我們的蒞臨,沿路的山坡上,到處張舞著美麗的一串串的「地黃」(又稱鈴鐺花)和鮮艷的黃苑,似乎在告訴我們,這是一個盛情而快樂的季節,放開胸襟,大家一起來歡唱。我們所處的賓館,就是森林步道的起站,步道是用寬十公分長六十公分的五塊條木所拼成,木階隨山勢拾級而上,行走其上,覺得柔和而踏實。

記得在大三時,我們一夥人——阿華、阿南、阿坦等有志一同,擁**王淑惠**學長為**登山社社長**,曾有聲有色地辦過多次的登山旅遊,遊遍了臺北鄰近的高山,其中還舉辦了一次令人懷念陽明山線的夜遊,那天正好是細雨綿綿,又是月黑風高之夜,我們幾位負責的同志,手裡晃著不很光亮的手電筒,來來回回,前前後後奔走著,照顧著幾十位「男女登山客」,生怕一失慎,讓同學有箇閃失,那就「代誌」大條了,由於路徑不熟,山上泥路又滑,我們幾個人,幾乎成了泥人,好在托福上天保佑,儘管辛苦了一晚,但大家都能安全返回。

現在年邁了,體力大不如前,最顯著的印證,三年前我的「快走」,一小時尚能行萬步,如今只剩下四千步尚感吃力得很,還有,膝蓋關節已「老化」了,平常爬四層樓梯,走走停停,似有不勝負荷之嘆。

今年伊始,我離棄了四樓住家,搬進了只有平房的學校宿所,為了不使膝蓋爬坡太勞累,我已打消了「上山」的念頭。

因而,近年來,除了每天早晚各一次在運動場的快走(醫師曾叮囑我,希望我多走路,促進血液循環,以緩慢「老化」的速度)不曾再上陽明山賞看櫻花了。

儘管,我已垂垂老焉,且膝關節退化,登山之趣已成明日黃花,但對登山之心,猶如老驥伏櫪,壯志未死,尤其太平山之旅如對太平山扁柏和檜木參天之森林步道,心實嚮往之,既然「寶山」就在眼前,怎能失之交臂呢?而原木搭成的步道,厚實而雅致,一步一步地

延伸而上，幽邃而煙嵐，加上雨勢迷離，使人幻覺如入蓬萊之境。我想：目前的我，即使未能巍莪而行，但緩步而登，應該游刃有餘吧，這次路徑走熟了，說不定明晨一早，我還要興致勃勃登山巔觀日出呢？

年屆八十高齡的**王振東**學長，由葉老師帶領隨扶，我與老伴阿珠尾隨跟進，拾級而上，頓覺兩腿乏力，好在大夥兒志在漫遊，隨走隨憩，毫無心理壓力，尚能勉力而行，如此走走停停，眼看夜暮低垂，葉老師決定折中返回，以免有所閃失。

回程是下山，俗語說：「上山容易下山難」，現在我深深地體會到這句話可謂經驗之談。

年邁力衰，印證這段山路的顛簸於焉表露無遺。剛才登山只是有點兒氣喘，如今下山時下盤顯得顫抖不穩，我運用以前爬山時的經驗，左腳放慢橫跨，與右腳呈「八」字形亦步亦趨，讓上身儘可能保持平衡，右手讓老伴在後牽著，使心理上有著依靠的憑藉。

天光漸漸黯淡了，雨滴兒還是浙瀝浙瀝下個不停，我的腳步更緩慢了，由於木條上有落葉，步行其上，時常有打滑的動靜，我腳上穿的是新購不久的登山鞋，售貨小姐保證說，有百分之百免滑的效應。下山快近半山腰的時候，在一塊近十五度傾斜左轉的木條上，我的左腳剛剛邁出，正好踩在一張落葉上，說聲遲那時快，右腳尚未跟上，左腳頓失重心，向前如飛滑去，整個身軀不聽指揮朝前仆去，眼前就是呈九十度的傾斜山坡，要是摔下去，不死也得去半條命，好在福星高照，就在我滑下去一剎那，正前方有一株拳大頭的檜木巍巍然擋住去路，我直覺反應，兩手迅速抓住樹身，在劇烈的搖晃中，我身子終算挺住了，但一身冷汗直冒，我楞楞地呆立著，像一尊泥塑的驚嚇雕像。

我妻也被剛才一幕嚇呆了，緊緊的拉著我的身子，也許在滑動中，我有驚叫聲，離我們約五尺遠的黃婉麗學長似乎驚覺到了，回頭一望，看著我們倆怔怔地站立著，一動也不動，問：「翁大哥，怎麼

啦？」我回神說：「我走不動了！」「我來扶你好嗎？」我點點頭，她回身走來，她拉著我的左手，配合著我妻牽著我的右手，一左一右，就這樣牽動著緩步地走回賓館，結束了寫文時尚有餘悸的一幕。

晚餐後，按照事先的安排，於八時正假扁柏館客廳舉辦「四十年回顧」座談會。

阿華執行長準備了豐富的零嘴和飲料，還備有兩瓶高粱酒助興。

客廳設備簡易，只有兩張呈 L 形的沙發，和長長一條茶几，女同學們集體坐在一座狀似屏風的櫃臺上，緊伴著沙發，男同學們除少數站立外，全部緊併著坐在兩張沙發椅裡（按：實到的男同學有張連康、王振東等七位、女同學有黃琼華、陳碧蓮等八位，其餘均為家屬），唯一湊巧的，大學時期四年的班長，像有默契似的全到齊了：如一年級**姚榮松**、二年級**黃瓊華**、三年級**陳春坦**以及四年級**張連康**，象徵著國文系五八級甲班精神凝結情誼上，永遠長春。

客廳正中掛著一副對聯，用行書書寫，頗有太平山大氣磅礡的氣勢。

「天與水相連，人龢花競好」。上聯所謂「水」指那裡呢？太平山附近並無「河」和「湖」的灩瀲風光，明天一早要探的「翠峯湖」，距離此處有長達四十分鐘的車程，未免太遠了，寫實來說，應是「山」才對，還有「連」雖是動詞，但感覺上不夠「熱忱」，不如改「逢」字來得生動，還有上聯收尾應用「仄」聲字，所以，整幅對聯上下聯要對調一下，其上下聯應是「人龢花競好，天與山相逢」。這樣，上聯用「人」居先，有「人」才有「情」的感應，才會產生出「花好」「天」「山」相逢的擬物為人的生活趣味來。這裡還要補充的，原聯用「水」也有道理，「花」與「山」都是平聲字，採用「仄」聲字的「水」，平仄也就協和了，但「太平山」主角兒不見了，這幅字聯就無所附麗了。

好了，附題不能扯得太多，還是要找主題「四十年回顧」來持撐

場面了。

　　主持人執行長**阿華**的開場白:「感謝宜蘭的雨水清濯,使大家在旅途來受暑氣凌人的肆虐,精神反了清爽生氣多了,來到這裡,又接受森林「芬多精」的調適,對我們健康應是獲益良多。這裡,入夜之後,氣溫要較平地低四、五度,睡時蓋好被子,免得受涼。」

　　他又將明天行程作一個簡明的報告,今晚的主題——「四十年回顧談」,就正式宣佈開鑼了。

　　但不知怎的,時間一分一秒地在一片靜默中輕輕的溜過,卻未見有人開講,似乎,四十載悠悠歲月,悲歡離合,感觸與緬懷,恰似一江春水向東流,給予人一種如同車行駛於山道上迤邐而上,白雲悠悠,青山悠悠……

　　東坡居士於其「水調歌頭」詞裡說得好:但願人長久,千里共蟬娟。年紀大了,人老了,不知怎地,總是喜歡沈澱在往事回憶裡。「回顧往事」不能說是不好,不過,人一老邁,如日薄西山,來日不多,若回味過去,就會被瑣碎的情景而糾纏不休,精神一消耗,就會消極而不振作起來,而大多數的學長們,都升格當上爺爺奶奶,阿公阿嬤,含飴弄孫,過著「雲淡風輕,逸興忘形」的日子,自然對陳舊往事興趣缺缺了。

　　看看女學長們,三人一小組,或成雙共徘徊,各自相伴相從,輕聲而語,促膝而談,儘管未能聽清她們談話的內涵,但從她們快樂的語氣裡,心滿意足的神情中,不難而知她們是多愜意她們的「家」事呀!

　　廳外雨聲依然淅瀝,加上呆坐了一整天的遊覽車,大家顯得有點兒疲乏,原來以為可以「秉燭夜語」,就在執行長阿華明天一早還要遊「翠峯湖」的提示下,結果是,只聽樓梯響,未見人影來,「四十年回顧談」在聲聲呵欠下「無疾」而終了。

　　第二天清晨,雨依然淅瀝淅瀝地在滴著,但雨勢顯得委瑣滯遲多

了，看來是放晴的預兆。

　　前往「翠峯湖」，都是非常狹窄的崎嶇山路，必須乘太平山會館指派專車，那是狀如中型吉普的廂形車，每輛車可乘坐八人，我們一行剛好三十二人，分乘四輛車浩浩蕩蕩地向「翠峯湖」進發。

　　車隊沿山路遞降蜿蜒而行，太平山漸行漸遠，不久，雨停了，我們抵達寫有「翠峯湖」的入口處。

　　這裡離翠峯湖尚有十分鐘的路程，一條專設的便道，是由一級級一塊塊原木搭成的，行走其上，頗覺輕便和柔，若細雨霏霏，情侶們相擁撐傘偕行，著實地有耐人尋味的詩情畫意。

　　可惜的，雨停了，又加上目前是枯水期，原不甚遼闊的「翠峯湖」，近岸也未有翁鬱婆娑的呵護，一眼望去，只見一邊是「竭澤而漁」的沙灘，一邊是靜止而欠缺滋潤的湖面，看來昨天一陣雨，未能夠使「翠峯湖」容貌增色，我想，假如今天如昨日般下著濛濛迷迷的雨，「翠峯湖」猶如戴著面紗的女郎，情景將會呈現一種朦朧之美了。

　　一方面是行程的迫切，中午十二時前一定如期趕到宜蘭三星鄉農會的午宴，大家在「翠峯湖」照了一張團體照，再回到太平山會館，提著行李，搭上遊覽車直奔三星鄉農會，因為，下午二時左右，我們要送**姚教授**上火車回臺北，免得耽誤他授課的時間。

　　提起宜蘭三星鄉農會，這幾年來，它的名氣，在全省可謂響噹噹，人們只要提到做料理用的蔥，就會自然而然的想到三星鄉農會，自民國八十九年起，三星鄉就以種蔥產蔥行銷蔥而名聞遐邇，三星鄉農會也就成為「知蔥的達人」，三星鄉在地人也就靠賣蔥而起家，其間也造就了不少人因蔥而成為百萬富翁。農會還在辦公室所在地，闢了一間寬敞的「蔥的故鄉」海報室，將「蔥的種植」「蔥的營養價值」和「蔥的副製品」以及「蔥的行銷網」等等繪製圖作，拍攝照片，用實際的操作，將殷實的成果，簡單明瞭告訴大家，「蔥」原在大家心目中，是個不起眼作為料理的龍套，現在經三星鄉農會大肆宣

揚和實地成果展示下，成了「小兵立大功」的英雄，可見「事在人為」，只要用心認真去做，真所謂「行行出狀元」呀！

午宴是在三星鄉農會旁「田媽媽美食店」用餐，食材道地新鮮，菜餚無論蒸、炒、煮、紅燒等都講究色香味俱全，該紅的就紅，該白的就白，該青的就青，不尚取巧，而火候到家，原質原味，直鑽五臟六腑，喫得大家大呼過癮，帳單上是三千元一桌，實際上即使要價壹萬，也不嫌貴，想是宜蘭人待客之道也。

送別阿松教授上火車後，我們先在羅東公園蹓躂一會，就到家頗享盛名「威士忌」酒廠去參觀，承該廠熱忱招待，又派專人導遊，其間，還品嚐一下「威士忌」酒的醇味，頗有不虛之行之感。

我們於下午五時半返回臺北，大家在彼此「珍重再見」祝福聲中，期待下一次再相聚。

「訊」後語

這一通訊，斷斷續續寫了有二個月之久，緣於小女生產，隨侍天使般小外孫女，人生之樂盡在其中焉！

禤裕康學長往生將近二年了，近接遺孀**張惠珍**女士來函，並附禤兄生前之真跡與心志，茲一併影印如後（詳照片），聊誌懷念（函見帖外集：通信之六）。

原以為「畢業四十周年」之旅，當大家互祝「珍重，再見」之後，我的半自封半加身之「召集人」頭銜，可以輕輕鬆鬆地卸下了。（聯誼會聯歡，自七十八年東勢林場夜話迄今，悠悠然有二十載寒暑了。）但回程路上，看到學長們於「聯誼基金會」的踴躍輸將，不禁令我一則以喜一則以憂（憂之不知以後以何種方式舉辦以善其後？）另外，部分學長對班費繳交之遲疑，我亦為之卻步，目前繳來之班費僅達上期（九十六年）二分之一強，是否「班費」刻板之形象，使大

家望之生厭？……唯一可以預定的二年後之民國一〇〇年「班費」就讓它「壽終正寢」吧。

收到「黃瓊華」學長和黃逸韻學長繳來班費一千元，謝謝，祇是黃逸韻學長重複繳了，將在下次聚會時退還。

九十八年通訊錄已全部寄發，若有未收到的，請來電告知，俾便補發。

按聯誼會基金自九十六年八月成立迄今，已有二年了，大家愛戴，目前基金捐助累積已有三萬五千元之多，樂捐計有**姚榮松**等二十一人，最近準備發函給捐助人餐聚，商談今後聯誼會應以何種方式，如：參觀、觀光、郊遊及邀宴等舉辦之，使聯誼人盡其歡，事盡其善，物盡其用，彼此相惜，彼此關注，彼此激勵，友情如松柏長春。

「通訊」脫稿打字之際，正是八八世紀水患「莫拉克」颱風暴肆狂虐之時，三天雨量，如屏東、高雄、嘉義等縣市，竟高達3000毫米之多，有氣象主播宣告，這雨量之大，相當於臺灣三年雨量之總和，可謂百年來罕見之世紀水難。南半島一片汪洋，只見惡水洶湧，所到之處、廬舍田園，摧枯拉朽，俱滅頂漂流於如猛獸撲羊般於滾滾濁流中，南臺灣剎那危如纍卵成為一孤島焉。

從電視機前播放這悽慘之畫面……或埋沒於土石，或葬身於斷橋，或苦候於沙洲，或槁立於危樓；哀鴻遍野，慘不忍睹，令人為之鼻酸！

老子說：天地不仁，以萬物為芻狗，聖人不仁，以百姓為芻狗。造立施化，應適性而為，違背自然，災難並生，不要怨嘆命運，只要知足，自然清風明月，耳得之為聲，目遇之而成色。而取之無盡，用之也就不竭了。

有感於「莫拉克」之襲臺──有些錢、也有閒，才是活力銀髮時代的養生之道。

△附送四十周年太平山之旅帳目明細表
△請繳班費郵撥 ○二八一九一九一號 翁以倫帳戶

祝
萬事如意

召集人 翁以倫 敬啟
民九十八年八月十日

附記

聯誼基金帳目明細報告

日期	摘要	基金結餘
96.8.17	（收入）花東旅遊平安險結餘	$272
96.8.17	（收入）同學樂捐$14,500	$14,772
	姚榮松$2,000　陳忠本$1,000	
	陳金治$1,000　吳金娥$1,000	
	林漢仕$1,000　陳碧蓮$1,000	
	馬汝芬$1,000　袁新勇$1,000	
	何麗雲$1,000　黃婉麗$1,000	
	呂榮華$1,000　蔡廷吉$1,000	
	宋玉芳$1,000　廖蓮珠$500	
97.1.24	（收入）同學樂捐$4,500	$19,272
	陳忠本$1,000　溫美雲$1,000	
	王振東$1,000　翁以倫$500	
	謝瑋寧$1,000	
97.1.24	（支出）補貼桃源仙谷之旅$1,497	$17,775
97.4.24	（支出）補貼呂榮華多年來旅遊沖洗照	$16,775

	片（象徵性）$1,000	
98.1.15	（收入）臺北北京樓聚餐結餘$438	$17,213
	（收入）將班費餽贈兒女婚喜之賀禮轉 捐基金$3,000	$20,213
96.11.24	王振東$1,000	
98.3.1	蔡廷吉$1,000	
98.4.6	陳碧蓮1,000	
98.6.4		總計結餘$20,213

附件一

四十周年太平山之旅帳目明細

日期	摘要			基金結餘
98.6.4	（收入）參加人數二十九人，每人$3000元	$87,000		$87,000
98.6.4	（支出）傳統藝術中心門票	$2,850		$84,150
98.6.4	（支出）購早餐包及礦泉水	$1,140		$83,010
98.6.4	（支出）太平山風景區門票	$3,040		$79,970
98.6.4	（支出）購高粱酒及紅酒	$600		$79,370
98.6.4	（支出）住宿費$2,400x15	$3,6000		$43,370
98.6.5	（支出）遊覽車費二天	$24,000		$19,370
98.6.5	（支出）租車四部（九人座）	$2,000x4	$8,800	$10,570
98.6.5	（支出）三星鄉豐盛午餐	$3,500x3	$10,500	$70
98.6.5	（支出）遊覽車停車費及司機誤餐費		$550	$-480
	※總計：收　　入　$87,000 　　　　　支　　出　$87,480 　　　　　不足額　　$480由聯誼基金補貼			

聯誼基金帳目明細報告

日期	摘要	基金結餘
98.6.4	結餘	
98.6.5	（支出）補貼師大國文系四十周年太平山之旅	$480
98.6.5	（支出）太平山之旅伴手禮一箱三十包（三星蔥油餅）	$480
98.6.5	（收入）同學樂捐　$19,000 廖蓮珠$1,000　溫美雲$1,000 **黃瓊華**$2,000　**陳春坦**$3,000 姚榮松$1,000　**張連康**$2,000 王麗君$1,000　馬汝芬$1,000 陳碧蓮$1,000　黃婉麗$1,000 宋玉芳$1,000　王振東$1,000 何麗雲$1,000　蔡廷吉$500 呂榮華$1000	$14,772
98.6.5		**總計結餘**$35,733

第廿七帖
歲末感懷

〈春日偶成〉程顥
雲淡風輕近午天，傍花隨柳過前川。
時人不識余心樂，將謂偷閒學少年。

學長：

　　一年春風又等閒度了。一恍眼又屆「一元復始，萬象更新」的季節。

　　在此美好的良景美辰，我要深深地欣欣然向大家拜一個早年，祝福你我彼此於寅年祥光普照引領下，「虎虎生風，好運常駐。」過著一個平平安安、快快樂樂的健康年。

　　人似乎是一個奇怪又矛盾的動物，當年輕的時候，從來無有「光陰」飛逝的感覺；但在面對年邁力衰的光景，天天老是想抓住「歲月尾巴」而念茲在茲，可是「歲月的尾巴，像是一條滑溜溜的泥鰍，不管你多麼想抓住它，想留住它，總是日復一日，月復一月，年復一年，不經意地從自己手掌裡指縫間掙脫快閃而消失無影無蹤，徒留一絲絲的惆悵和一聲聲的嘆息而抑鬱不已！

　　但大家都明白，「生、老、病、死」是人生無可避免的自然定律。人，來自自然，又復歸自然，猶如花開花謝，草枯草榮，屬於一種生生不已周而復始的歷程。

　　放眼天地宇宙間，已有億萬年春來冬去的歲月痕跡，從中國現有的歷史文物記載，也有五千餘年皇皇的源遠流長的燦爛和顛沛的印證。它，不管是帝王將相，抑或是販夫走卒，也不論是聖賢和豪傑，抑或是愚鈍和不肖，無一不是「光陰」的過客。

自上次宜蘭太平山旅遊回來後，發覺自己不僅體力已大不如前了，連心境也蒼老了幾許，頗有「廉頗老矣，尚能飯否」的無力感。

首先想到的，我的**「聯誼會」召集人**頭銜，該是「新陳代謝」換人做做了。

憶及「聯誼會」的成立，肇始於民國七十八年「東勢林場」的聚會。那天與會同學計有二十三位之多，還加上導師艾教授一家人，由於多數同學都帶著家人同來，尤其活潑開朗的後起之秀男女小朋友們，童言童語，穿梭其間，溫馨洋溢，熱鬧非凡。起初，「聯誼會」的組成，並沒有一定的組織和有完整的章程，只是幾位熱心的同學，如姚榮松、沈鴻南、呂榮華、王淑惠、黃瓊華、黃婉麗和筆者我因緣於「東勢林場」夜話的餘興，而有了編製**「沿根討葉集」**紀念冊—以家為單位（取名為愛之船，其中以彩色「合家照」為主軸），彙集成冊的念頭，且由我負責總其成──集「催稿、設計、編撰、校對以及找印刷廠印製」於一身。其間，幾經曲折，且時輟時續，歷時四載，終於在民國八十二年秋大功底成，一本深綠色絨製封面的**「沿根討葉集」**的紀念冊（**如附圖**），擁有三十七位（含導師艾教授一家），滿載著幸福的彩色愛之船於大家熱烈期盼下緩緩地駛進了安全之港。筆者於冊後聊抒「七絕」，詩曰：**林場夜話情倍融，又見兒曹相擁從，鴻爪雪泥堪惦念，低徊盡在不言中。**

從七十八年迄今至九十九年，又是匆匆地過了二十一個年頭了。在這麼長的一段時間裡，聯誼會雖辦過幾次小型聚會，如慶祝艾老師八十五壽誕（如彩頁38），和歡迎張連康學長自美返臺（如彩頁31-33）等等，但它只是單一的，或為特定的對象而舉辦，並無設定有計劃或持續的活動，直到九十四年年初一次聚會，計有姚榮松、馬汝芬、蔡廷吉、黃瓊華、袁新勇、宋玉芳、呂榮華、陳碧蓮、王振東、吳金娥、林漢仕、黃婉麗、沈鴻南、溫美雲、王淑惠、翁以倫等十六位餐敘，大家不拘形式，邊吃邊談，才有「聯誼會」定期舉辦活動的構思，並約定二人一小組，為該次活動承辦人，每隔半個月中舉辦一次餐敘或郊遊，當然也可以餐敘後與郊遊一併辦理，先由姚榮松跟馬汝芬二位學長中標搶得先機，獲選為第一順位承辦人。

　　自九十四年至九十八年之間，我們曾密集地舉辦各種不同類型的大型活動，茲就日期先後一一簡述如下：

（一）九十四年五月十四日「苗栗怡情之旅」陳忠本主辦。

（二）九十四年七月二十日「萬里海上之旅」黃婉麗、林漢仕主辦。

（三）九十四年十二月十六至十七日「東眼山賞楓與日月潭遊湖知性之旅」王淑惠、翁以倫主辦。

（四）九十五年八月十七日三峽一日遊，呂榮華、陳碧蓮主辦。
　　（另九十五年十月活動小組成員之一王淑惠學長曾發起「九寨溝八日遊」之豪語？參與同學甚為踴躍，惜旅遊與大陸在該地開會撞期，而悻悻作罷）

（五）九十六年元月卅日「二日一夜嘉南鄉村之旅」林雲燕、蔡榮昌主辦。

（六）九十六年八月十五至十七日「花東金針山六十石山三日遊」蔡廷吉、袁新勇、宋玉芳主辦。

（七）九十七年元月廿四日「桃園源仙谷——鬱金香之旅」王振東、吳金娥、呂榮華主辦。

（八）九十八年六月五日畢業四十周年「宣蘭太平山國家森林公園之旅」呂榮華、陳春坦、宋玉芳主辦。

值得欣慰的每次活動的舉辦冥冥中似乎都有「基本會員」的加持，只要活動項目一公布，每次參與的同學，都有二十位左右的大力支持，這使得每組聯誼承辦人，以及協辦的聯誼活動小組成員，覺得辛苦沒有白費，內心為之開懷，而一次較一次辦得更有勁，也就更賣力了。

這將近五年來「聯誼」活動的舉辦，最辛苦的要算聯誼會執行長呂榮華學長了，每次活動景點的選定，全賴他在網路上「上窮碧落下黃泉」的尋尋覓覓的搜查，有時，還要偕同太太楊女士一起駕車去實地考察，務必達到「名與實」相符，這種出錢出力的帶領下，使每一次活動玩得興高彩烈，獲得大家一致的讚賞。

但歲月不饒人，大家都是坐六望七的銀髮族了（有幾位還是期期艾艾已來到得耄耋之年了）今後的生涯，對於「上山下海」趴趴走已不是體力所能負荷了，應是享受者「含飴弄孫」的情景，過著「閑雲野鶴」的日子，宋程顥「春日偶成」說得好：雲淡風輕近午天，傍花隨柳過前川，時人不識余心樂，將謂偷閑學少年。一方面要放開心胸過著「雲淡風輕」的生活；一方面要放下身段，追隨著「年輕人」的心境，儘量使自己維持心情的「年輕」，這樣生理上雖然年邁了，但心境永遠如同十六、七歲的少年仔，這是一粒「防老」的金丹妙藥，人生自然就安詳快樂了。

所以，我想：我們的「聯誼會」應是功成身退的時候了，俗云：天下無不散的宴席。何況；我們祇是，暫時讓「聯誼停工」，未來形形色色的機會還是很多，只要大家有好主意有好興緻：我們還是會應命提供服務。過年後，我和阿華決定將有一次擴大的餐敘，期望大家都能一起來，自自在在豁豁達達，互道祝福，神情像「虎虎生風」般的愉悅。休憩為了走更長遠的路，讓我們平和地迎接近黃昏的夕陽吧！

祝
新春如意

召集人　翁以倫　敬啟
民九十九年二月一日

附註

一、年後敘餐選好地點、時間，我們將發函告知，也希望大家能提出高見，使餐敘辦得更美好更愜意

二、九十八年所繳一千元班費，於餐敘時一一退還。

三、我要感謝聯誼活動小組的伙伴們他（她）們熱心參與提供高見，如姚榮松、呂榮華、沈鴻南、陳忠本、王淑惠、宋玉芳、吳金娥、陳碧蓮、黃瓊華等全心的付出和支持，讓我能安心加以決斷。好友們，謝謝您們的相互牽手相予提攜，珍重再見了。

四、於多次活動舉辦中，有兩位老哥不管是餐敘或郊遊，即使是風雨，他們倆從來不缺席，他們就是大家所熟知的王振東和林漢仕學長，另外繳班費永遠是第一名，王鳴韜和黃逸韻學長，更要特別感謝的遠在太平洋彼岸張連康兄，祗要有機會，他都會風塵僕僕不遠千里而來，真令人為之感動。

五、每次活動的舉辦，一定有很多未盡人意的地方，但我聽到的都是溢美之辭，萬分感謝大家的善意和包容。

第廿八帖
美的饗宴

學長：

　　我於「歲末感懷」通訊裡曾言道：「聯誼會」將於近期內告一段落，但應如何劃下一個「美好而圓滿」的句點，將是聯誼會小組成員念茲在茲常縈在心頭的一個綺麗之夢。

　　四月三十日大陸在上海黃浦江上風起雲湧所展示氣勢磅礴，璀璨無比的「世博會」揭幕盛典，拜「科技昌明」之賜，將近長達四十分鐘之萬紫千紅集「光、聲、影」大成之煙火秀，滿眼是「火樹銀花，迷離詭譎，江上翩翩帆影，宛如花瓣舞」，真是盡感官享受的極緻。隨著黃浦江面起伏波動，所有的光影於悠悠江面交錯重疊，這種將江面當畫布的創意手法，點綴了黃浦江沿岸，也照亮了大上海，將「千里洋場」東方之珠上海之美，生動而活躍地裸露在全世界的人眼前，真是一場大中華文化兼美且善的表現呀！

　　大陸中共曾於二〇〇八年舉辦蜚聲中外盛況空前的北京奧運，現在不到短短二年時間，又堂堂皇皇，熱熱鬧鬧，於萬眾歡騰，舉世期盼中美聲美景的「世博會」，終於在中國最具國際觀的上海市，具有震撼感隆重地登場了。從京奧到世博，一北一南，相互映輝，讓我們拋開「政治意識」，生為中華兒女、炎黃子孫，有幸目睹「允文允武」的兩大文化盛事，想想百年來被外人譏笑為「東亞病夫」的華夏，如今像脫胎換骨般，一躍而成為同儕之天之驕子，真是有榮焉生為中國人！

　　語云：「讀萬卷書，行萬里路」，過去曾有環遊世界八十天的電影，看電影後有畫餅充飢自慰感，這次「世博會」的展示，有「二四六」

個國家和地區的參與展覽,等於應是全世界精華的縮影。「逛玩世博,如遊全球」。據報載,有五天行程的安排,就可以將設在上海的各國精美會館一覽無遺。試想想,從臺灣可以直航,只要不到二小時的飛行,就可抵達目的地,以往認為「環遊世界」,是一種奢侈的夢想,尤其對於我們這一群「銀髮族」來言,連「做夢」也不敢存有此念頭,但現在呢?「環遊世界」就如此輕易地展現在眼前,只要我們輕輕一抬步,就能「省時又省錢」由咱們恣意地遨遊盡心地歡賞了。

「世博會」的主題,城市,讓生活更美好。同學們,讓我們敞開心胸,邁開腳步,去看看這個「規模最大,展示最現代感」熠熠生輝的博覽會吧。

我想,若能成行,將是我們「聯誼會」劃下了最美好最完滿的句點!

同學們,曷興乎來!

祝

闔家快樂

召集人　翁以倫　敬邀

民九十九年五月九日

附註

一、時間:暫定為九月初(據一位辦旅行社老朋友告訴,目前前來參觀的人太多了,承辦單位剛起步,擁擠與雜亂,是「世博會」的常態,而旅館床位不易訂,故延後三個月就好多了。(六月太急促,七、八月又是放假期間),天數暫定為七天,上海世博會三天,蘇州太湖城二天,(如周庄、木瀆等江南水鄉杭州西湖一天)。

二、行程：有高見請來函告知。

三、費用：暫定三萬至三萬五千元（包括門票費、小費、機場費等等）

即日起電話報名：翁以倫（04-7279051）、
　　　　　　　　呂榮華（02-28952808）、
　　　　　　　　宋玉芳（02-23119610）

＊人數以三十人為限（以同學組團為主），正確行程待報名後確定敲定。

召集人　翁以倫　敬邀

民九十九年五月九日

第二卷
帖外集：
《通訊》以外的通信

通信之一
召集人翁以倫給阿松的信

阿松：

　　我自「召集人」退休後，很少為文塗「雅」了，但每天還是寫日記，希望記一些雜事不使自己留白而已。

　　祇是近年來，即使一些平常字，似乎也不嘗記憶，常常停筆查一查辭典方可，覺得自己的「筆」已生鏽了，常懷念自己往日下筆自有「神」的情景，（現在是下筆常「失神」了）。

　　這二天把自己寫的「通訊」「報導」重新又讀了一遍，覺得這些「文稿」也頗有值得懷念的日子，再把它重新整理、彙集裝訂成冊，倒也有令人思思幽幽「懷舊」的氛圍存焉！

　　我已把整理好共有廿七件文稿（我用一、二、三、……以時間先後排列）：

一、九十一年至九十四年（訂立聯誼章程後）所有文稿均以「通訊」為主，（當然有紀念性的函告）

二、九十四年下半年以後至九十九年（美的饗宴）一文，大多以「報導文」姿態呈現；（有一篇長達萬餘字）──還有「九寨溝」的海報值得複印存真）

三、林漢仕與黃婉麗合著的「翡翠灣記敘」帶回彰化，找不到了，是否請她倆再寫一篇嗎？

四、請你綜合這些文稿定一個響亮「書」名

五、有勞你為這本「記錄」寫一篇編後語。

六、統一「編排」「字數」「直橫」等等順序。

七、褟裕康夫人張惠珍女士的信函，請複印存真，以及褟裕康手抄的「驢懷頌」一詩，以誌紀念。

八、深澤俊彥，二〇〇五年的網址是否有效，你來「斟酌」。

九、文稿如何分配，（寄給吳金娥和王淑惠），也請你費神了。

寫於二〇一四年九月二日午後

通信之二
老翁為次公子其羽喜獲博士學位的信

阿松：

　　我多年未接觸過「詩」，更談不上賦詩寫詩了。

　　這次「其羽」喜獲「博士」學位，我感觸很大，一時興起，就寫下這首「七絕」──不算是詩的「律詩」！

　　語云：家有喜事，好友應當同享的因緣，算是你我兩家一起同歡吧！

　　賀我兒其羽十年有成喜獲博士學位。詩曰：

　　　　功不唐捐讚丁酋，天道酬勤賀乘龍，
　　　　求真求是終無悔，水到渠成還初衷。

註：當十年前（九十七年）其羽告訴我倆他對「環保」這門功課很有興趣，決定改讀這一相關課程，並表示意志堅定一往直前的決心，從此自「碩士」而「博士」這條漫長且崎嶇的路，每天都是「夙興夜寐」，孤軍奮戰（最近一年來，我的思維腦子有點兒退化現象，常常想不起普通的文辭，上面二句成語有寫對嗎？）有時看他寫報告一直到通宵達旦，覺得心有不忍，想動口勸他適可而止吧，但又不忍心讓他半途而廢，茲有默默地陪他煎熬向前。唉，這也許是天下父母心吧！

翁以倫
於八月一日

祝福你天降騏驥,有這樣一位「天庭飽滿」的孫子,從此可以天天笑飴弄孫,過著美滿的生活了。

這個「飴」字也有問題?

「飽滿」二字也想不起來,查字典才知道,還有「騏驥」二字。

通信之三
張連康學長應阿松之邀寫給國四甲的懷念文

主旨：張連康（Anna Chang）的來稿
時間：二〇二四年七月十五日清晨六點

阿松：

　　我是大時代或是動亂時代的幸運兒，最幸運的就是進入師大五八級國文系，尤其是被分到甲班與該年榜首姚榮松同班！這話絕不是空洞附會之詞！我考過兩次大學聯招，第一次是全國大專院校和軍校聯合招生，我被分到政治作戰學校，一年後又參加了大專聯招，這才到了師大國文系，這是不是緣定十年！這一生做過最大的官就是當五八級畢業班的班長，至今仍是懷念不已，侃侃而談！本來選我為三年級班長，不知是那位仁兄賢妹建議將我改為四年級班長，令我感激又佩服同學們的「高瞻遠矚」。

　　在軍中學的是軍護，讓我有一些基本醫學知識，談不上濟世救人，維護自身健康卻是有餘！入師大之前，也進入軍官外語學校，外文有一些基礎這和後來的翻譯工作實有助益！一生所見全是良師益友都在五八級甲班，實在是肺腑之言！奇中之奇！巧之又巧的是在臺灣和翁以倫同享「金榜題名」，我的「蜜月之旅」，特別趕到彰化也受到以倫夫婦的熱誠招待和祝福，他們夫婦來美探訪公子，特別繞道德州看望我們一家，又享受了「他鄉遇故知」之情，我們同享了人生三大樂事，我一個知足的人，夫復何求！

今年整九十,五八級甲班教室,同學之間的爭論!考試時互相提醒,交換筆記!老教授和以倫的鄉音多麼親切,許多許多歷歷在目,如今只是懷念更深更切!

　　逝者如斯,不捨晝夜!念念!

通信之四
深澤俊彥學長給老翁的信

老翁你好！

　　你寄來的「通訊錄」收到了。看了一下子，想起過去的一一呢。每次你辛苦了！謝謝你了！

　　我還是「老」的樣子。但是，還是經常去大陸。你不玩電腦嗎？如果有網址，請你讓我知道。我的網址如下的，中文繁體字、簡體字都能收的。

　　f-hiko@tasco-intl.co.jp（辦事處的）

　　f-baku@mvc.biglobe.ne.jp（家里的）

　　fttp://www.shuntaro.net（我網站）

　　好了。順祝

　　安康！

深澤俊彥拜上
二〇〇五年三月二十九日

通信之五
恭喜！恭喜！張連康給大家拜晚年啦！

各位學姐、學長，大家好：

　　大年初四，收到《通訊》，這些年孤處海外，不知覺中，我們已經畢業「四十」年了！真的是有些「不知天上宮闕，今夕是何年？」的味道。

　　不管如何慶祝，都要算上我一份兒！

　　為首先進入八字頭的**王校長**出紀念專集，我十分贊成！難得同學們有此心意。但我有一點小之又小的建議：專集可用「為王校長壽」之類的標題字眼，但內容卻不一定要與王校長有關，學術性的專著、散文……均可收入，只要冠上一個**「恭祝王振東學長八秩大壽」**的副題，便足以表達尊敬之忱。這樣一來，內容就豐富可觀多了。也比較容易「竣其功」。第一砲打響了，就不擔心「後繼無力」。

　　我之所以有此建議，也是出於一己之私。同學之中，像王校長這樣有豐功偉績者，畢竟是少數。我擔心的是，過幾年，我也將進入八字頭了，如果各位的熱心不減，要為我出一本篇篇與我有關的「專文集」，那就苦了！

　　文稿收集、審定妥當後，寄給我，我可以做「輸入、版面編輯」工作。

　　張連康　給大家拜晚年啦！

二〇〇九年元月三十日

編者按：檢視大班張連康學長歷年來函，原來二〇〇九年一月他已經為王振東學長的「八秩大壽」徵文規劃了版面，只惜當時只收到馬汝芬投來的〈我所認識的王振東校長〉一文（已收入本書第一輯第二十二帖附錄。）這本《翠柏長春集》作者以翁以倫學長領銜，我又拓展了帖外集（老翁交給我六封，我又增加與深澤俊彥與張連康的通信四封）、磨刀集（凡收同學作品、互序、劉正浩師的序共三十六篇），又補了行述篇。看似展示我班同學學術及創作成果，其實我似乎是按照二〇〇九年張大班的指示在編輯，使之成為一本可以向我班的商山三皓（王振東九十七歲、林漢仕九十六歲、張連康九十二歲）祝壽的論文集，特此說明。

通信之六
褟裕康學長夫人張惠珍女士給老翁的兩封信

一

　　翁以倫老師，您好，謝謝您寄來著作，但我不得不告訴您，外子已於前年十一月六日去世。

　　是我的鴕鳥心態，不願承認他已離開，故很少告知朋友，即使是鄰居，我一樣隱瞞，因此除兩家之外，都不知我們家已無男主人。

　　雖然很不願意告訴您這壞消息，但承蒙您好心惠寄書籍，所以無論如何不能再躲避，除了謝謝您，更要請您原諒這遲遲拌來的訊息。

　　目前有兩個兒子陪我，心情還算平靜，我與康兩人心意相通，一同生活三十六年，上天已厚待我，我很感激，不用替我擔心，再次謝謝您，並請代問候尊夫人。

惠珍　敬上

二〇〇九年四月二十七日

附錄　褟裕康學長夫人張惠珍老師給老翁的親筆信

> 翁以倫老師：您好，謝謝您寄來著作。但我不得不告訴您，外子已於前年11月6日去世。
>
> 是我的鴕鳥心態，不願承認他已離開，故很少告知朋友。即使是鄰居，我一樣隱瞞。因此除兩家主外，都不知我們家已無男主人。
>
> 雖然很不願告訴您這壞消息，但承蒙您好心惠寄書籍，所以無論如何不能再躲避。除了謝謝您，更要請您原諒這遲遲捎來的訊息。目前有兩個兒子陪我，心情還算平靜。我与康兩人心意相通，一同生活三十六年。上天已厚待我，我很感激，不用
>
> 替我耽心，再次謝謝您，並請代問候尊夫人。
>
> 惠珍　敬上
> 2009.4.27.

二

　　以倫學長，謝謝大家的關心。裕康離開之後，我將想念的心一一寫入日記中，生活則一切如常。晨起打太極拳，九點半至十一點社區活動中心排舞。晚上隨林清潭老師學氣功。所以每天的生活充實愉快，你們真的不必替我耽心，更不用來探望我。如果未來我真有需要，我一定會向你們這些老朋友尋求協助。隨信附上裕康手寫的一首詩，希望您也像我和裕康一樣地喜愛它。

惠珍　敬上
二〇〇九年五月五日

附裕康手抄：

驗穗銘　學養操

木訥寡言貌肅莊，一生服務為人忙；
只知盡責不鬆重，最耻言酬計短長。
絕意人宜情耿介，獻身世用志堅強；
不尤不怨行吾素，力竭仍妨死道旁。

通信之七
聯誼通訊（可作第廿九帖）

各位老同學安好快樂！
　　由於多位老同學聲氣相應，決定於由秋入冬之際，大家到郊野走走，聯誼會草擬如下：

時間：二〇一二年十一月十三日（星期二）上午九時於圓山捷運站集
　　　合，搭遊覽車。
地點：新北市近郊坪林。
費用：乘車與午餐，每位收臺幣一千五百元交呂榮華同學（多退少
　　　補）

歡迎老同學偕牽手一起來同樂

翁以倫敬邀
二〇一二年十月卅日

連絡人：
　　一、宋玉芳同學（23119610）
　　二、呂榮華同學（28952808）
　　三、黃婉麗同學（27053453）
※據「坪林」推薦人黃婉麗簡告：
　　「坪林」有可遠眺且悠閑的「銀髮族步道」；還有美味可口的風味茶可啖！

編者按：這是民國九十八年六月四、五日畢業四十周年歡聚太平山之後，再一次舉辦的坪林之遊，邀請人仍是老翁。除了不掛召集人之外，老翁的熱情不減，這次到會的同學及眷屬，多達二十二人，可見老翁的號召力及推薦景點的黃婉麗學長的熱心。有照片（頁43-44）為證。因此，這封信可視為「通訊第二十九帖」，但礙於體例，只能依時序置於此。

通信之八
深澤俊彥給阿松的信
——為不能出席五十周年同學會致歉

姚榮松兄：你好！

　　感謝昨晚接到你的長途電話。我平時早睡早起的習慣，來電話時，被老婆叫醒。我還有點迷糊，你告訴我你的郵件地址都沒記清，也沒跟你明確地答覆之故，提筆寫信給你就是。請諒。

　　關於五十周年同學會之邀，抱歉，想來想去，我來不了了。

　　我認為沒資格來參加。當時，雖然你在考試時幫個忙不少，但，我沒耐心去繼續讀，半途而廢，怎麼說，我是個「降班生」「逃遁生」，果然，沒畢業。實在是沒臉見你。感到慚愧。

　　另，經過好長時間，翁以倫學長老遠寄給了我「通訊」錄，但，我一直沒及時跟他打個招呼。如見了他說一聲道歉。

　　主要來不了的原因是家庭經濟情況就是。去年七月份裝修破舊的住房，九月份作我母親一周年忌日的佛事，今年一月份做我父親十三忌辰，二月份我老婆脫稿「自己史」（回憶錄）自費出版等等，去年到今一直開支大。該要節省之故。

　　哀悼蔡廷吉。問候戴麗珠和蔡榮昌。

　　我 E-mail: f.bakull@gmail.com（baku 後面的11是數字的十一）很高興接到你的電話。你也多保重！

　　祝
　　安康

深澤俊彥拜上
二〇一九年三月二十日

通信之九
阿松給深澤學長的回信

深澤俊彥吾兄：感謝！想念！

　　很抱歉，我和您相反，是個夜貓子，十天前的電話吵了您的睡夢，可能害到您次日的作息。明知臺日時差一小時，我卻因急於通知您，以免耽誤您買機票的時間。因此要鄭重向您道歉。

　　但因一時的莽撞行為，換來您的來信，實在太興奮了，太感謝了。海外同學本來就少聯繫，也不方便老遠教人買機票只回來開一天的同學會，應該設計一個環島之旅，由同學分程招待。讓您只負擔機票，又有幾天的旅行。

　　您來信提到的經濟因素，讓我有些不捨，令堂去年一周年忌日的佛事，想必已享高壽，從您寄來的全家福照片，子孫眾多，真令人羨慕，而您今年又為令尊做十三年忌辰，足見您是個孝子，平日子孫繞膝承歡，您的退休生活一定非常福氣，我已把您的信和照片上傳到我們班上最近成立的網路群組（半世紀真情五八國四甲），一定會引起同學的話題。

　　至於您提到的另一個不來的理由：「你以為沒資格來參加」並不能成立，因為您確實在一九六五～一九六九學籍是在臺灣師範大學國文系甲班，沒有人（包括我自己）知道您未卒業，而且也沒有人會計較您是否畢業，所以我還是建議等您經濟稍好時，例如明年四月底春暖花開時節，帶著夫人或加上小金孫，來臺一遊，看要到陽明山、北投、淡水，或去日月潭、阿里山、或花蓮、高雄皆可由我們安排行程或導遊，因為我們大四的班長**張連康**（近九十歲）夫婦向我們預約二〇二〇年四月底回臺北相聚，我們還會召集一次同學會，不知道您是

否願意考慮？人生七十古來稀，何況又有半世紀的同學情！

　　還要恭喜夫人完成回憶錄出版，如有可能寄一本讓內子**林麗月**教授拜讀，她也退休了，還在歷史系兼授一門課。時光過真快，我已是七三老人，幸好身體無恙，還能騎自行車到處逛，最近我會寄幾張近照及一本我的雜文集請您指教。

　　很高興接到您的信，**翁以倫、戴麗珠**和**蔡榮昌**等人我會轉達您的問候，並請代我向夫人及家人問候，也祝您身心健康，萬事如意！

　　　　姚榮松　拜上

　　　　　　　　　　　　　　　　　　二〇一九年三月二十一日晨

通信之十
深澤俊彥回覆阿松有關徵稿的事

姚榮松兄

　　來信收悉，我八十二歲、老了、但、還好。我六個孫子都大了。

　　在二十二年前跟我要好的朋友一同翻成日語出版的《醒世姻緣傳》。明天先寄贈送你這日語翻譯書。正在我試試能做到寫出這本書的腳本、劇本。不知什麼時候能做好，天天忙些這兒。

　　請向同學的**沈鴻南、黃逸韻、王淑惠**問好。

　　敬祝愉快！

深澤　敬上
二〇二五年二月二日

第三卷
磨刀集：
同窗著作序文集錦

《飛鴻留痕——九十誌感》
自敘、行文動念

王振東

　　我出生於貧困敗落的農家之中，成長於顛沛流離的戰亂之時，經歷過抗日、內戰等大時代的洗禮，嘗試過血淚煎熬的滋味，曾在生死邊緣中掙扎，在貧病交迫中度日。

　　然而，人生無常，禍福相倚，所謂「生於憂患死於安樂」，正因這些異乎常人的經歷，卻也充實了我多彩多姿的生命內涵。一幕幕往事圖騰，就像電影一樣時常呈現在腦際，每次與朋友聊天或電話中，總是嘮嘮叨叨忘記時間，他們共同的結論是——寫出來！

　　「寫出來？」談何容易！九十老人提筆忘字是其一，想到痛苦往事，引發情緒失控，甚至失眠惡夢，豈不自尋苦惱，就算勉強成書，終歸野人獻曝而已，有誰會看呢？不過我的姪孫王建說，至少他會看！

　　一語驚醒夢中人，使我想起　國父孫中山先生一段故事，據說他在童年時期，常聽一位鄰居老兵講述洪秀全的歷史，啟蒙了他的革命動機，正如英國詩人柏克萊的名言：「一砂一世界，一花一天堂，手中常握無限，剎那便是永恆」。自忖：我這個打不死的蟑螂，在我九十歲生日，完成一本一生的總結：留一點具體的形象給後代晚輩，說不定也有正面的意義。

　　難得永和國中老同事張玉台女士，慨允義務協助，以張女士流利的文筆，熟練的電腦技巧，義氣誠懇的態度，更激勵了我動筆的勇氣

與信心。除此之外，在諸多督促我動筆的親友好友中，最殷切的是我的同班同學林漢仕老師與姚榮松教授。

　　林老師是我經常「倒垃圾」的對象，常常在電話中給我很多勉勵。至於姚教授有一天對我說：「記得汪中老師說過一句話，現在我老了，人生就要結束了，生死不足惜，可惜的是滿肚子學問，不知道要傳給誰？」，姚教授接著說：「我現在也有同感。」我當時不加思索回答說：「你可以寫書呀！」。

　　午夜夢迴，輾轉反側，數年前的對話，反覆在我腦海中激盪，「美人遲暮，英雄氣短」，老人們對生命眷戀的無奈，於我心有戚戚焉！我在想：雖然我不學無術，幾年大學及研究所，只靠「一混天下無難事」過關而已，雖然沒有汪老師、姚教授等專家學者滿腹經綸需要傳授，但是我從事教育行政工作三十多年，其間歷經波折，亦不乏生命火花激盪之處，俗語說：「人情練達即學問」，而且對自己的人生過程，也該有個結論交代纔對。

　　前幾天，姚教授又寄來一篇陶淵明寫給自己的祭文，其用心良苦，催我動筆的誠意，不言可喻。我當然不敢妄自尊大，附庸陶淵明的風雅之作，但是卻加重了我在生命結束前，見賢思齊，做一個總結的意念。

　　寫回憶錄一類的文章，概有三種體例，即：編年體、紀傳體、記事本末體，編年體以時序為先後，紀傳體以人物為中心，記事本末體以事情的發展過程為依據。而拙著本書，既非嚴謹的學術論文，亦非名山傳世的文藝創作，乃隨興所之，信筆成篇。

　　內容共分三章，第一章九十回顧：是在我九十歲生日前，敘述一生的歷程身世及感想；第二章學校經營，闡述從事教育工作、辦學的經驗心得；第三章校園雜文，乃收集以往在職時的遺墨隨筆，東拉西湊，共成一冊，僅供至交好友及晚輩後人留個紀念而已，敝帚自珍，不成章法，且多謬誤，幸勿見笑。

──原刊於王振東《飛鴻留痕——九十誌感》
（新北市：財團法人南山學園教育基金會，
2018年10月）。

作者簡介

  王振東，曾任教師大附中；並曾擔任新北市新泰國中、重慶國中、永和國中三校校長、新北市教育局督學、視導等職。

《飛鴻留痕──九十誌感》談談我的辦學理念

王振東

國民中學之教育目標，在於「繼續國民小學之基本教育，發展青年身心，陶融公民道德，灌輸民族文化，培育科學精神，實施職業陶冶，充實生活機能，以養成忠勇仁愛、德智體群美均衡發展之健全國民，並奠定就業或升學之基礎。」，根據上述目標內容，歸納國民中學之教育功能，約分七項。

《永中青年》是學校定期發行的刊物，也是全校師生藉以溝通的重要管道之一，負責編輯的同仁，請我在此談談我的辦學理念，好讓大家了解，以便建立共識。但是我們知道任何一個決策者，其思維的基礎包括：

一、他的哲學觀。
二、他的價值觀。
三、對問題認知的程度。
四、心理習慣等多方面因素所形成。

因此若想利用短短的篇福，就能闡述清楚我的辦學理念，幾乎是一件不大可能的事情，不過我盡量試試看，先從對國中教育的認知方面著手，從本校所面對的問題起筆。

首先我要談的是國民教育的功能：我們做任何事情先要有一個目標，所謂「做甚麼像甚麼，賣甚麼吆喝甚麼！」我們從事國民中學的教育工作，當然以達到國民中學的既定目標為依據，國民中學的教育目標掛在本校的川堂中，上面寫著「國民中學的教育目標，以培養德、智、體、群、美五育均衡發展的健全國民為目的⋯⋯。」根據目標內容，歸納國民中學的功能有下列七點：

　　一、生長的功能──學校提供優良與設備，使學生身體健康的成長發展，養成良好生活習慣，成為健全的國民。

　　二、心智啟發的功能──教育就是引導、啟發，透過一種情境、歷程，有計畫的課程設計，把人性中真善美聖，這些高境界的素質引導出來，使之發揚光大，孟子認為，人之初，性本善，孟子曰：「惻隱之心，人皆有之；羞惡之心，人皆有之；恭敬之心，人皆有之；是非之心，人皆有之。」

　　人性當中先天具有這些善端，我們教師的責任，就是設法把這些善良的天性引發出來，這與福祿貝爾的教育理念完全一致。國中生可塑性高，好奇心強，所謂「近朱者赤，近墨者黑」，正是心智開發的黃金時段。

　　三、文化傳承的功能──「人之異於禽獸者幾希」，人類之可貴在於能夠積累前人的知識經驗，一代代傳承下去，有人說，文化陶冶是高中教育的功能，知識傳承是大學的責任，但是愚意認為高中、大學各科的基礎，應從中小學開始打造，人生短短幾十年，青春幾何，豈容虛擲，所以中小學仍然是奠立學術基礎的好時光。

　　四、社會化統整的功能──國中生來自不同家庭、不同遺傳、不同成長環境、人心不同各如其面，但是進入社會卻要群居共處，如何使「自然人」轉化為「社會人」，正是國中教育最重要的一環。舉凡生活習慣、同儕相處、人際關係、情操氣質等等，人之所以為人的教育，在國中階段具有決定性的影響。

五、性向試探的功能——人非全才，各擅所長，但是國中生在年齡上尚未定性，所以不宜分科施教或分枝設校，但須作性向試探，從各種課程中試探未來發展的方向。俗話說：「女孩就怕嫁錯了郎，男孩就怕選錯了行。」其實不論男女，都應該正確選擇人生發展的方向，知人難，知己更難，因此試探性向也是非常重要。

六、升學或就業準備的功能——在就業方面，正如前述國中階段只做興趣陶冶與性向試探，作為職業選擇的參考，在升學方面就需要面對升學競爭的準備了，這一點也是目前一般家長所特別重視的，不作贅述。

七、培養環境適應功能——任何生物都有適應環境的能力，人為萬物之靈，適應環境亦是先天具有的本能。所謂「蓬生麻中不扶而直，白沙在涅，與之俱黑。」，在有形無形，優良環境中成長的孩子，纔能導向人生康莊大道，邁向正途發展。

綜上所述，可知國民中學之教育功能，絕非只是讓學生讀書而已，如何纔能達成以上目標？一位校長正如一輛汽車的司機，轉彎抹角的駛向既定目標。我常勉勵同學：「你今天坐在這間教室裏，這不是一間房子，而是公共汽車，你只要像大家一樣，按部就班的生活、學習，假以時日，這輛公共汽車會把你帶向了人生里程的另一個境界」。那麼我駕駛的這輛汽車，要具備些甚麼條件，才能發揮功能達成既定目標呢？

一、美麗的校園——境教不但可以陶冶性情，啟迪美感，對情緒的導正、情操的發展、潛在課程的發揮，都有正面的作用。

二、優秀的師資——永和國中的老師不但學有專長，俱皆飽學之士，最為難得的是認真負責的傳統，這也是造成大家一窩風爭讀本校的原因，偶而也有家長對某些老師不滿意的事情發生，但是天下沒有絕對的優劣，然而可作相對地比較，就拿教學成效來說，去年本校考取建中第一志願一百一十六人，北聯五百多人，國中工藝展覽全省團

體成績第一名，最近臺北縣中上運動會，本校囊括籃球、游泳、桌球、跳遠冠軍及精神總錦標。舉一反三，由此可以證明本校老師誨人不倦的精神與學養，遠優於一般學校。雖然如此，但是「為學有如積薪」，後來居上，學術折舊，自古有之，於今尤甚，因此本校大力提倡老師在職進修，校內舉辦各種社團講習，研討活動，力求精益求精百尺竿頭更進一步，藉以提升教學品質。

　　三、充實的設備──本校建設已有二十五載歷史，校舍老舊，設備簡陋，這是不爭事實，因此也正是目前校務上正在大力改進的工作。深望全校同仁共同努力，早日完成校園重劃、校舍重建的工作。所謂後來居上迎頭趕上，必定指日可待。

　　四、優良的校風──所謂「君子德之風，小人德之草，草上之風必偃。」班有班風，校有校風，如何導正次級文化之正常發展？如何培養溫馨和諧的好風氣？校長以身作則責無旁貸。舉凡教職同仁之間的氣氛，負責盡職的工作態度，學生同儕之間的相處，勤學讀書熱愛運動的習慣等，都是我們群策群力努力的方向。「愛心耐心同理心，心心相印；歌聲笑聲讀書聲，聲聲入耳。」謹以這副對聯作為全校師生的指引，但願校園中看到的是一片花草樹木，聽到的是歌聲繞樑笑聲盈耳。辦學之要無他，所謂「詩書禮樂」而已。

　　五、有效正常的教學──「道可道非常道，名可名非常名」，正可說明教育的功能，有些是無法有效而具體加以評量的。因為有些影響是在若干年後甚或一生受用，形而上的觀念，是看不到摸不著的。

　　因此一個教育工作者，應有「只問耕耘不問收穫的精神」，而事實上天下也沒有只耕耘不收獲的道理，只要鍥而不捨地遵循正規發展，久而久之，必可修得正果。

　　我常以老母雞孵小雞的例子說明教育：老母雞用牠的體溫日以繼夜的孵化雞蛋，時間到了，小雞則破殼而出。但是如果母雞孵了一半就棄之而去，等蛋冷了，重新來過，如此還能孵出活生生的小雞嗎？

我們從事教育工作，如爐煉丹，如雞孵卵，急不得，慢不得，不慍不火，嚴釘溫磨，才能正常有效。「治大國如烹小鮮」，治校允同亦然，一艘大船要慢慢掉頭，導正了方向，才可乘風破浪勇往直前，航向成功的彼岸。

　　　　——原刊於王振東《飛鴻留痕——九十誌感》，第3章〈校園隨筆〉，頁158-163。

《易傳都都》自序

林漢仕

從民國六十一年八月自費出版「說文重文彙集」，及六十七年二月出版「孟子的故事」以來，因為工作忙，書商屢催送書，讀者索書信件無法交代。加上新兼了一個頗負盛名的書局編輯工作，只好將再版的事暫擱一旁。直到認識了文史哲出版社老闆彭正雄先生。商得彼同意再版。沒想到因而衍生創造出一系列不可思議的——林漢仕易傳輯評——長跑的空間。民國七十二年十一月第一本「易傳評估」問世。我在自序裡說：「竊嘗為眾傳所困，極思作一明經文之大體，使守而有本，述不失其祖之易傳。聽二千年來學者心聲，冶漢宋於一鑪。」是書共收了咸、恆、遯、大壯、晉、明夷、家人、姤、萃、歸妹、豐等十一卦。傳注以王弼、孔穎達、虞翻、程頤、蘇軾、張載、項安世、朱震、李衡、朱熹、梁寅、來知德、王夫之、李光地、毛奇齡等為主軸。毛奇齡說如夢如囈，前後迷貿，一往鶻突。而作推易之贊。丁壽昌「讀易會通」亦欲融漢宋為一家，合理數為一學。以見宋儒易即漢儒易，即孔子文王易。前輩斧跡斑斑。置冰炭於一鑪也者，欲活潑其生命，相生相成如水火之濟而為用也。否則，如之何謂易學為第一修身哲學？如咸卦卦辭：咸、亨、利貞、取女吉。林漢仕案：君子之道，造端乎夫婦。鄭康成解貞有籠統美。貞則正，是吾輩行為超乎禮法之上。告子云食色性也。設不以禮防則濫矣！咸卦發乎性情，止乎禮俗，正是關雎德化之始。毛繪感象，一幅活春宮躍然見意。昔齊宣王以好色自喻，孟子讚王惟恐不好色也。蓋能與百姓同

之。舉天下無曠男怨女矣。故必娶是女而后吉也。

臺灣被日本佔領了五十年。振興國學，正靠你我。於是採用淺近的文言作為抒寫工具。為了理念，就這樣踽踽而行，已踏出必須孤獨的第一步。

民國七十七年十二月，「乾坤傳識」出版。只收乾、坤、睽三卦。我在序裡說：「本書無門派可依，祇在蒐羅舊聞，恣君臧否，賢者識其大，不賢者識其小。」書名傳識。識，音義同誌，即含賢者識大識小之義。傳注另加彖、象、文言及近人屈萬里、鄭衍通、高亨、傅隸樸、黃慶萱、程兆熊等以壯大其聲勢。譬如說乾卦初九，潛龍勿用。徐世大說指童年小龍未發育，未到男性特徵。有人說：占得潛龍，天子傳位。林漢仕案乾為純陽。孤陰不生，獨陽不長，龍類滅矣！潛龍，其猶水氣潛藏地中尚未化氣成雲乎？勿用者氣候未成熟也。故各家以德業未備，時機未至勉養晦俟時。孔子都須相機行事，謂見行可、際可，時哉時哉！孔子所以為聖之時者也。乾卦六爻皆陽；初九，卦之一爻耳，占得潛龍就得傳位，置九二……九五何如？初潛龍即退位，是不明處低處下養晦之義，一憤亡身匹夫匹婦之行也。再言位已傳如何其飛龍在天？政治不能兒嬉，權力一旦移轉，再掌權機率有多少？身且不保矣！如何去彌綸天地！是夢囈之言乎哉！潛龍正乃處約之時也。舜耕歷山，西伯處岐，劉邦亭長，時舍行藏，其理不至明乎？

民國八十年十一月第三本「否泰輯真」出鑪。是書含屯、需、師、泰、否、豫六卦。例如泰九三爻辭云无平不陂……。俗稱三陽開泰。豈處此即達巔峰？過此，方中方仄乎？史記引書曰成功之下不可久處。書經皇天无親，惟德是輔。老子禍兮福所倚，福兮禍所伏。易理亦彰明變動不居，通神明之德者，明持盈守闕。古人戰戰兢兢，宿夜匪懈，即知創業維艱，守成尤不易也乎。荀子之勝天克天，修道不貳，天不能禍；人謀而臧，天不能貧、不能病。大哉人謀，可參天地

化育萬物。故女當自問盡力了多少？求之在我，盡其在我了嗎？世間萬物如轉圜。佛家有超出六道輪迴妙方，發阿耨多羅……正等正覺。彼岸可渡，即回頭亦是岸。事在人為，可以長保富、長保貴者其權握在女手中。否則，乃人謀鬼謀不善之戒辭，善則長平不陂，不善其剝矣！方中方仄矣，我在自序裡提到否泰輯真為新鑄，而綜理廣玩，匯真將陸續鋟版。並期易經文字之詁訓，集兩千年大賢於一處，強迫出席，共議其宏旨，撂得其涯岸。並期盼讀者諸君，發願古今同唱。無懼少數必須服從，无權勢壟斷，無人情包庇，唯理徵信。是理也，間有發現，不待達旦即披誠心作河東白豕之獻。路遙任重，盡用坐堂餘暇，不知老之將至，其可圖乎？是則為吾憂也。

　　民國八十一年九月，「易傳綜理」印就。是書共取蒙、訟、比、大有、蠱五卦。我在序裡提到：學術究探，不引則人疑杜撰，全引又有塗卷充數之譏。是以妄意「鴻裁」，得其旨而止。歐陽修以河圖洛書為妄。東坡云著之易，見於論語，不可誣也。曾南豐以非所習見果以為不然，亦可謂過矣。可見古人早已實踐「吾愛吾師、吾更愛真理。」本書共收五卦。例如訟卦卦辭訟，有孚、窒、惕、中吉……。林案：文明未生，弱肉強食之時無訟。訟為文明進化之產物。從爪牙、力之決勝至口舌折衝，邏輯理學大明。訟得仲裁，化不親為親、不和為和，訟得溝通則理明氣順，無睚眥之恨。涉大川謂盲目賭運氣，蔽不知勝負皆險也。聖人愍之故示之機先，此訟卦之所以多吉也。孔子作春秋，亂臣賊子懼，訟於歷史也。訟使无訟是訟之本旨乎？

　　民國八十三年十二月，「易經傳傳」鑄成。我在序裡提到受老師程夫子上發下軔，魯夫子上實下先之啟發。妻孥的鼓勵，為生存競爭者卅年，今得放下，是全力投入——閉門造車——專業易傳整理的時候了。這本書共收小畜、履、同人、謙、隨、臨、觀、大畜、頤等九卦。例如小畜九三、輿脫輻、夫妻反目。車輪鬆脫喻危險；夫妻反目喻家不成家。古人欲治其國者先齊其家。故戒統治者刑于寡妻，至于

兄弟。齊家、治國，想非必要條件。然聖人深知「唯女子小人之難養。」故禮：妻者齊也，看成家齊然後國治為必要條件。天底下唯一能明察秋毫，知良人斤兩者妻也。「貴花封幅員遼闊，汝小子肆應多疏。」良人亦甚知之。狀元郎不如一根 XX 亦乃千真萬確不爭事實。取其遊戲規則在兩造能尊重對方多少？動用三從四德七出條例者，袛見男子一面之怯。仗權勢煮竿未熟可休、私室更衣可休。與今日臺北一上將夫人自求下堂，轉嫁服勤士兵者，非上將軍銜不可愛，上將不多金，妻子自有盤算。拿破崙深愛著奢侈、行為不儉、終致離婚的妻子約瑟芬，常嘆她才是世上唯一真正的女人。學習調和，與一最難糾纏角色周旋，是男人，或為統治階層必須面對及必修之功課。輿脫輻可以膠、釘、組合使不脫，夫妻二人點滴在心頭，雖聖如孔子、孟子、曾子，不免休妻寂寞以終。男尊女卑，賢陽賤陰。易教多少有關。梁鴻舉案齊眉，未聞治國；冀缺妻敬如賓，亦未聞曾有多少建樹平治天下。家齊造端夫夫婦，齊家亦未必為治國平天下必然要件。然其直接影響生活心理層面其巨。老子之「知不知、上，不知知、病。」從御妻至御于家邦道理則一致無可疑也。

　　集釋在攤開各家底牌，是明爭。雖然理不專屬，而各山之高，不就霄漢則不易辨其優劣耳。

　　民國八十七年十二月，「周易匯真」初版行銷。我在序裡自言生於異邦，長於窮壞。家祖父上學下鳳林公生前四子以元、亨、利、貞取名。家藏古經書甚多，林漢仕知天命之年後始食易果，著手噬點前賢，又大言不慚謂不知老之將至。其書含噬嗑、賁、剝、復、无妄、大過、小過等七卦。茲例舉大過九五爻辭：枯楊生華，老婦得其士夫，无咎、无譽。林案：作易及傳易者伏羲、文王、孔子、施、孟、梁丘、京、費馬鄭王……皆男士，女卑男尊定矣！佛以五漏垢穢稱女人，去女即男難。我作佛時，國無婦女命終隨化男子。女身非法器，女出家師傅在比丘團中其職掌不可凌駕任一比丘，否則犯墮惡道戒。

男、女對決,由來久矣!以曹大家之才,不能廢祖先家法。以呂后、武則天、慈禧之力,不能改變現實。女性之無知,乃我男性共同塑造者。老子弱勝強、柔勝剛。牝勝牡。玄牝之門謂天地根。不爭故莫能與之爭。柔不能勝剛,牝被牡壓制久矣!易之尊陽抑陰也。女子之德,處常履順、親蠶治生、敬舅姑、助夫長子、議酒食、操井臼、黽勉於內。女子名不出戶限,男子志在四方。女人家生於環堵之中欲與男子競逐,比權量力,不可同日語矣!「夫老妻幼,尚有生育之功。」「老婦得士夫為可醜。」傳易者黨老男而醜老婦。徐世大云:「喜也相宜,嗔也相宜。」描寫老男、或老女包容豆蔻少女與少男心態!老婦得士夫,无咎、无譽。作易者知兩性心理乎哉!倘士夫與老婦海誓山盟,兩相情願,朱邦復譯作「無所謂得失。」無吉凶是即无咎、无譽矣!老婦少男相愛故事中外皆有也。

又例剝卦上九碩果不食,君子得輿、小人剝廬。剝善小人,為眾所賤。彼小人猶以貞榦自居,不卜亦知其凶也。上九自導自演,成也蕭何、敗也蕭何乎?碩果未必中食,碩果亦言其所存者寡。不為君之王佐也。小人道長,小人建立新秩序,新社會,一宗澤如南宋何!一李綱如金人何!欠鮑叔力薦,欠渭濱車轍,碩果老於山林矣!小人繼續剝善類。大廈將傾,白蟻無庇覆之慮;癌細胞之擴散,無靠山倒矣,乏新鮮血食之饑!是小人特性。時未至言而不信,至則俱覆矣!成群小人營鑽,言上九德備,夢囈乎?不仁者可與言,則何亡國敗家之有!選小人為王或為王佐,猶自居貞榦,予及女皆亡矣!蔑貞凶,勉貞凶也。

民國八十八年十一月,「易傳廣玩」秀出。我在序裡表揚拙荊吳秀柑氏,說她無故罹患頑疾免疫性類風濕病,嚴重時穿脫衣褲都需要幫手。病情稍好轉即「家事、國事、天下事」一肩挑。照料夫子及子女。尤其疼愛長孫林宏鎮。的的確確,是她提供了我向前衝的動力,三百萬字的長篇大著,二十幾年歲月的長跑,路遙知馬力。果真路遙

知「媽」力，媽子阿扁就是我的座騎「馬」子。她領航使我生活無憂，使我產生一股傻勁——莫名的激昂。用拾得的耐心創造出每天清晨三四小時可用來單獨馳騁而無中斷之虞的易傳整理。此時產生奇遇：晨五點案前一坐，振筆疾書，異香滿室，似蘭非蘭，欲追無蹤，如此者前後一個半月之久。從前曾聞禪子精進修行，天女獻花，百鳥朝奏天籟。一退精進，幻像全寂。我以怪力亂神批之。今異香親吮，全由不得自己，暗地追查無著，來無蹤去無影，乃責問嬌妻是否設計陷我迷思，妻笑以平生皆以本來面目處世，天生 X 質嘛，卅年來責我可曾購買任何化妝品媚奴？而所謂異香者滿室者，彼亦全無同感。唉！我知之矣！彼易學前輩大家某，冥冥中親臨鼓勵監督毘勉乎？一笑，讀者諸君亦以怪力亂神目之可也。「易傳廣玩」共收坎、離、損、益、既濟、未濟六卦。例坎初六、習坎，入于坎窞、凶。林案曰日研習變化多端水文，先輩經驗之傳授，囑初六小子不可輕忽，大河易渡，暗流難防，以不入窞陷為上也。日知其所亡、月无亡其所能，流砂、暗礁、惡水、凶魚其奈我何？故初六研習坎險，能避免入坎窞之為上，蓋知其可畏也。又未濟初六濡其尾、吝。程子以其終未濟為可羞，蓋或時有不可邪？又益卦初九，利用為大作，元吉、无咎。林案初九潛龍也，利用潛龍之位而大作，無乃不可乎？猶合抱之木，生於毫末，毫末非合抱之木，令擔當有為，無乃奢而過望矣夫！初之欲速則不達也。猶駑馬著猛鞭，行必不遠。潛龍宜養羽翮。寄作大望，僨事無過於是。易家於是轉化初之不能，大其有為之能耐，謂吾家千里駒可也，謂吾家之龍種可也，許其日後無窮希望乎？

　　民國九十一年一月，「易傳廣都」殺版。我在序裡自述母酰父棄，由祖父鳳公隔代恩養。其及門弟子對我的競相「棒負」，少小時即不以「失怙恃」為憾。祖父設館授徒，常年門庭若市。今鳳公涅槃極樂已四十有八年。蕉岭縣誌有傳。遂準作林學鳳公傳補及補補。在此擬再作三補如后：

鳳公父喜瑯公亦嗣子，從英芳公以下五世單傳。喜瑯公及鳳公又為外入嗣子，家業遂遭堂叔伯兄弟覬覦唾涎，甚而明目張膽白晝追殺，欲躲迫害惟恐不及。自鳳公習武有成，其風漸戢。而明善暗害動作仍不斷。有人將鈀頭置大門上方，開門鈀尖順勢下插，中者非死即傷。鳳公平生謹慎，寧被人欺而不欺人，凡事忍讓，冀與族人和平相處。設計佈局者約公入室，至門，虛為禮讓，縮足不前，鳳公自推門入，利齒鈀頭從天而降，鳳公一指托住鈀尖，電光火石，第聞呼嘯聲，鈀已拋出直中門前庭桂已入木數寸。拱手乞眾鄉親相容，並言吾輩既為叔侄兄弟，何苦苦相逼如此？……至裔孫南生漢仕，與族人已融為一體血濃於水矣。族人亦以鳳公成就為榮，每津津樂道鳳公軼事。（林茂元先生提供）

　　鳳公常說：習武者無散漫之時。拳家手腳眼耳之用如神，可隨機應變。隨時隨地出手，百不一失。故不懼任何人任何暗器偷襲，終其一生亦未遇偷襲者幾曾得逞。乘勢、出擊、拳腳起落一氣呵成，渾然無缺。不必矯柔造作，自然天成。防弊乃自救，不制於人才能制人。我曾親見宗叔道梅用同樣技倆：以桶水置虛掩之門楣上，當時年少，第知捉狹而已！待桶水轟然急瀉，不見人影，道梅知事敗，第喁喁自言不欲他人騷擾清夢耳。其心不平，於此可見。然鳳公欲栽培乃侄成材，一如往昔。奈何道梅好賭一如乃父乃祖。自殘手指，立誓戒賭，血止未乾，又參與賭局矣！

　　鳳公從未抱兒孫。可以怒斥諸兒，而善待諸媳如女。漢仕髫齡有幸，嘗聞祖父講古：橫腸吊肚，門前掏馬鼓；半夜三斤狗，天亮三叔公；李文古戲弄村姑等葷素不拘故事。小孫子搧扇，老祖父妙語如珠，一幅夏夜天倫行樂圖，距今已六十七八年矣！而我亦已垂老矣，記憶猶新宛如昨日事。

　　據林氏家譜載：學鳳公、名拳師，在鄉及平遠，開館授徒。組醒獅團迎春。二十年間，廣東憲兵司令林時清中將禮聘為國術教練。

（民國六十八年林華編）又據一九八八年編蕉嶺峽裡林氏族譜載：學鳳公，著名少林派拳師，在鄉及平遠東石開武館授徒。力耕釀酒製跌打丸為副業。再轉載蕉嶺文獻──林學鳳傳（七○七頁）一八七五──一九五五。長潭鄉白馬村倉樓下人，身材瘦長結實，年青時，在白馬村下峽擺渡。后拜蕉嶺八郎公館著名拳師林阿俊習武。練成一身好武藝。民國初期，軍閥連年混戰，地方不寧.林學鳳擔任過私人標師，由蕉嶺長潭至福建，替人押運銀貨，往來於長潭、普攤、下壩、武平、上杭等地。由他掛名押運的銀貨，總是平安無事。在蕉嶺武林高手中，繼林阿俊之後頗負盛名。林學鳳擅長鳳眼手功。即右手食指與中指練成鐵鉗般的功力。還有疊骨術和鐵砂掌術，雙掌齊發，有千斤巨力。他走路時擺八字腳，四平八穩。若趁其不備，從背后猛推其擎的大紙傘，恰似蜻蜓碰上石柱，其卻若無其事。民國廿年（1931）至民國廿三年，國民黨獨一師長黃任寰駐防蕉嶺、梅縣一帶，曾聘請林學鳳為該師武術總教官。在蕉嶺鍾家祠、黃家祠大禾坏等地設館教官兵練習拳腳、大刀、劈殺、拼刺刀等武功。

　　林學鳳一生，從不恃武欺人，為人正直、善良，晚年在家釀酒、養豬。一九五五年病逝。（以上見蕉嶺文獻七○七頁）

　　鳳公裔孫，有留在老家的：保生、烈發、忠保、文保、登保、及晚一輩向文、向榮、關朋、關友、志峰、志堅等是；有旅居馬來西亞的：烈福、烈春、參天、介友及其子傳揚、凱揚等是；有旅居臺灣的：南生及其子林湛、俊佑、玄孫宏鎮等是。彼等孫又生子，子又生孫，子子孫孫，將永續祖德，萬世流芳。而鳳公孫女或曾孫女如海燕、海英，旅深圳；介秋，旅巴西，介華、越圓，旅馬來西亞；貞慧，旅臺。或作事業，或傳神旨，或襄助夫子，或從事出版編輯工作，皆一面創業一面兼課子孫，是唯婦德、婦言、婦容、婦功存心。敬順禮義，咸能柔弱慈寬自屬。

　　「易傳廣都」共收蹇、解、夬、升、困、井、革七卦，如蹇卦卦

辭：蹇，利西南，不利東北；利見大人；貞吉。林案：八卦以象告。故君子居則觀象玩辭，動則觀變玩占。上水下山，失水流之性故曰蹇。孟子云今水搏而躍之……激而行之，可使在山，是豈水之性哉？人無不善，水無不下，今在山上，正是人可為不善，其性亦猶是邪？蹇之言跛也，不順也。難也。彖言蹇之時用大矣哉，從反面激勵蹇者內自省，反身修德，不可破釜沈舟，千萬人吾往矣，傷勇。王弼云西南地，東北山；胡樸安云殷紂在諸侯東北，文王西南故利往；是文王自署利見我，不利參見國君于東北也。以臣仇君背君，何足為天下後世法？據文王圖西南坤地，東北艮山；王夫之謂西南高山危灘，行者畏慎。東北衍博可快行忘蹇故不利。三說中謂文王自導自演利己見，則文王其姦也；易為君子謀也者亦一圈套、一陰謀乎？據文王圖則與中國地理相背，所謂安危利災者是。去就之義，有阻不得不往，安不得不舍，蓋占者當如是乎？況經千萬難，苦盡甘來矣？（說見本書是卦卦辭輯釋）又雷水解卦，有人從常態言雷雨作百果茂；象云君子赦過宥罪；折中謂聖人窮理盡性之書，繫辭要危平易傾。先儒馳騁智慧空間，各自對號入座，無礙「各自表述」之創作境界。又困卦，林案以困為逃。如論語不為酒困。正見酒食之多也。不為酒亂表示有節，似不及不為酒逃豪邁，蓋有量也。困卦上兌下險，以悅處險，冒險家不險不悅，目的不在出險，乃在挑戰險。挑戰困，向困挑戰。「朕為大地山河主，不及僧家半日閑。」據云皇帝小子不知所終，敢情出家當和尚去也。愛德華不愛江山愛美人，寧放棄王位，終老法國異邦，不正困于赤紱，逃于赤紱最佳詮釋？

民國九十一年秋「易傳彙玩、易傳都都」同時送印，好友陳沅淵老師給我的賀辭是：混沌初闢，天玄地黃。二氣交感，變化无方。森羅萬象，不離陰陽。聖人作易，幽贊神明。上達天道，下通物情。前脩疏注，室滿架盈。窮蒐簡策，爰集大成。杜門謝客，覃思研精。心光朗照，眾妙畢呈。董生下帷，後先媲美。異說紛如，折中林子。探

蹟索隱,尟有其比。學者肄習,津梁在是。並不憚煩一一為之註釋,此處略。陳老師乃詩家另有其個人詩集行世。彼五七言律絕置唐宋詩群中並不多讓。惟陳子言集大成,尟有比,實不敢當。而本書從九家易,漢易十三家,李鼎祚集解、李衡義海撮要、釋智旭禪解、納蘭德成大全、李光地折中等網羅漢宋百餘大家易注共議其宏旨,得三百萬言則非子虛。六十四卦評詁、傳識、輯真、綜理、傳傳、匯真、廣玩、廣都,至彙玩、都都於焉告竣。名稱雖殊,而為易傳都都,輯真則一也。「易傳都都」含五卦:巽、兌、渙、節、中孚。約二十餘萬字。爰舉數例如后:渙卦初六用拯馬壯,吉。林案。渙是先知先覺者,值國事頹唐,上下乖離。假廟聚天下人心。前有喪邦,後即立國。生死似同源。此死彼生。馬有良駕,天子馬曰龍、曰騋。驊騮駃騠皆駿馬。孔子問人不問馬,可見馬賤人貴。為龍為騋皆為人所乘,為人財物、籌碼。廟聚則又起另一股「希望工程」,彼崩此立。拯取物資,充實財源,值天下渙散,表當前政治之無能,亦無奈也。不仁者可以言,則何亡國敗家之有?初以柔弱待時畜勢,有心哉!李衡引石介云:「初出民於塗炭。」則初不只待時畜勢,不只有心哉!初已有行動,欲出斯民於水火矣!渙之言為離為散,序卦雜卦為前導也。繫辭之謂刳木為舟以利天下,蓋取諸渙,則渙為發明家,先知先覺者,其勞心聚民畜財皆順時勢也。

又巽上九巽在床下,喪其資斧、貞凶。林案:九二巽在床下不得不耳、兵家謂「為將亦有怯懦時」,況面對者是君上。尉遲恭聞太宗之嘆:功成後殺功臣,有時候不得不也,而立矯飛揚跋扈為謙順有禮,此之謂識大體,能為天下用,用為天下之必經也。今上九方君為不切,受制於人之無奈,從前當斷不能斷、勢去時移、轉欲化柔比附,其有不可得矣夫!或謂服中,巽在床下,可,服除之初,戒貞正亦有所失,況不正乎!

又兌九五孚于剝、有厲。林案:孚于制,因剝而孚乎?信於陰柔

小人乎？因信小人而被剝裸自損乎？九五以大中至正君，處至尊必須從反面獲取教訓，抑作易者在傳授十六字心傳？人心惟危、道心惟危乎？九五可以孵化牽成小人一股勢力，如宇文化及之言「今臣不少順，雖貴為天子何聊？」太宗能兼聽、能救已形之荊棘不使侵奪芝蘭也！九五真一代天驕，九五孚剝之占其如是乎？

又節上六、苦節、貞凶。悔亡。林案苦則枯、枯則苦、過火候，如禮敬聖賢使能之際，過則病，用心太過則察，王夫之云人情之所不堪。苦節者所以長養也。而上六過則變，日方暮矣，猶孜孜正念正施為，其占難免有疏失，然問心問跡無所愧疚也。

又中孚、六四、月幾望、馬匹亡、无咎，林漢仕案帛書馬必亡，今本易馬匹亡，程子覷定匹字有文章，張立文必匹相假，六四盡馬力奔馳乎？亡之為言奔，見國語晉語，又見呂覽審己，時近夜半，盡力馳騖，冀拔頭籌，此其時矣夫！占必无咎也。

卅年前，魯老師實先怒彼大弟子缺席一重要餐會充場面而欲全盤否定彼多年經營建立之甲骨鐘鼎文字辨識條例，我當時私底下很不以為然。既是理路，豈容建立又否定。可左可右、或左或右，祇見是理有未安未妥故搖擺耳。今廣玩易傳亦在女一念之間，確然可左可右、或左或右，吾師怒言非妄也。有個故事說：姜石帚嘲林可山自稱為和靖七世孫。「和靖當年不娶妻，因何七世有孫兒？若非鶴種兼龍種，定是瓜皮搭李皮。」（見宋稗類鈔卷六詼諧篇）民歌、無老婆：「別人笑我无老婆，你弗得知我破飯籮淘米外頭多……。」有勞你考證彼林可山可真是梅妻鶴子冒牌貨？清人黃鈞宰著金壺七墨卷五三頁言：「讀書不習醫，此大蔽也。」讀書不習醫，果然大蔽乎？天下之醫者皆庸乎？為保女百年體而輕珠玉，不欲委庸醫而自醫乎？行道皆醫之習者，斯蔽在不知性向與分工，社會結構層面是多元化也。天下果然理无常是，事无常非乎？賢者行不得道，不肖者得行无道乎？金人瑞（喟）聖嘆名滿天下，可拋棄本姓名張采改姓金。臭豆腐配花生米有

火腿味，後人何不直接吃火腿不更具足火腿味？岳飛有一經堂。江文通言豎儒守一經，未足識行藏。王摩詰豈學書生輩，臆間老一經。高逢夫一經何足窮。岳飛可是實至名歸之武聖，終其一生用兵堪稱常勝。佛經三藏大典五千八百多卷，不論是楞嚴、勝鬘、乳光、華嚴。一如四十二章經言中邊皆甜。一經通、百經通，條條道路直詣佛前。要兜率有彌勒，要極樂有爾陀，要琉璃有藥師、要華藏有毘盧遮那、娑婆則釋迦。如每條經絡皆通任督奇經八脈。問題在自誠明、自明誠否？誠則明、明則誠矣！合一其知行。使六經注我，我注六經。我輩行為皆在禮法之上矣！願與讀者諸君共入「易經注我、我注易經」領域，和易經傳注打成一片。清，蔡澄雞窗叢話云：「易經，孟子不能過海。」孟子的不孝有三，无後為大。外國人可真的「狗不理」，不在乎大不大，有女有兒一樣好。彼重陽抑陰，嘉君子抑小人。士女為先。自為提倡保護之通用文化，從反提倡保護中，賴物質文明似乎西風壓倒了東風！然而孟子、易經還是飄洋過海來了。通行臺灣、世界，無遠弗屆矣！只要中國夠強，不必假於時日，立即流通「星際」。蔡某之言甫笑而知「鐵不可為舟。」「山有薤必有金，有蔥必有銀。」（宋稗類鈔卷三及雲溪友識五十九唐范攄言）「不可」，「必有」其妄類也。猶今日以前的人不曾想過水可以為刀，能切割數寸鋼板，開腸破肚，然絕不是老子的攻堅莫勝于水，對水最佳的注腳。

易傳評詁全套十冊約三百萬言，前後經過二十二年，文史哲彭老闆首允分段出版，林漢仕不敢保證必能完成這无形的使命。因為第一要命夠長、第二要信心毅力不退，您看今天總算有結果了，觀自在呀！五蘊皆空呀！空諸所有未嘗真有，空諸所無亦未始真無。謹在此向母氏致十二萬分的謝意，襟褓中沒有因您丈夫的不才，幾度要將他拋向大海。星星不能亮過月亮，但它將是一顆恆星，永遠立足在某一點上繼續發光，默默繼續貢獻，和千千萬萬的中國人一樣，默默的繼續耕耘……

原籍中國廣東蕉嶺長潭鄉白馬村倉樓下
客居臺灣臺北市溫州街七九號三樓之一
林南生漢仕署

——原刊於林漢仕《易傳都都》
（臺北市：文史哲出版社，2002年），頁5-19。

作者簡介

　　林漢仕，臺北市立成功高中退休教師。勤於著述，其易經有：《易傳評詁》、《乾坤傳識》、《否泰輯真》、《易傳綜理》、《易經傳傳》、《易傳匯真》、《易傳廣玩》、《易傳廣都》、《易傳彙玩》、《易傳都都》等十種。另有《孟子探微》、《重文彙集》、《錦繡河山見聞》等三書。

《錦繡河山見聞》自序

林漢仕

　　偶然整理囊篋,把大學讀書時代的隨堂習作翻閱一過,腦袋裡突然閃過:「奈何任埋沒?」的歹念!謝冰瑩老師在稿上批:「可發表」。並給 A 加高分鼓勵,一幌眼,鎖在故紙堆中已有二三十年。時代都改變了,辜負了謝老師一片美意。今我已退出道場多年,當然:「不自求騰軒。」應是真話,也是老來心態。事事漸不掛眼,但仍然不免偷笑黃山谷太死心眼,黃老先生說:「老來日上面,歡悰日去心;今已不如昔,後當不如今。」人生嘛,有生就有長,有老有死,雖孔聖人,老真人,也必遇到「不堪容易少年老」的遊戲規律!嘆什麼落花流水春去也!其實明年花裡又逢君呢?你看春色正滿園,落英已繽紛,何況還有後年,二十個或更多後年呢!老了,學學混同人物、齊一是非。六道中既是以人為貴,雖老,該,不該;不該,該了。還是好過仙佛百倍,因為生死大事,你還來得及作主當家呀!五十者衣帛,七十者食肉,有事弟子服其勞,因此我覺得閒煞!因為閒煞,不免又造了些「業」!竟然排比出二十三篇和稀泥新舊稿子;激蕩、翻騰,不見血,不見激;粗糙、癡愚,一點溫,一點火。前後三十年,事泛兩大洲:大陸見見聞聞,萬五千字;美西去來,三萬多一點。零星整合,十萬有奇,我自己在讀,並不斷產生錯覺:「被褐懷金玉」,是邪?非邪?結果又可能「蘭蕙化為芻」,蠶績蟹匡,承虛接響而已,好比劍頭一咉,那有輕重!少年時真該養好羽翮,期能乘風搏扶搖而上九萬里。今老驥已伏櫪,亦頗服老,空懷偉志。從前緣木

去求魚，升山且採珠，無得無成，甭悔！六十年前家祖父林公上學下鳳親授予少年童子功，及「呵噓呼呬呹嘻」六字健康咒，老來回味溫故，足以健身；早起百十聲阿彌陀佛聖號；去妄少欲，足以健心。心健身健，雖不能上天入地找資料，總該動手動腳把未竟的易卦爻辭集釋串聯成套吧。偶然來個短篇小品，那是小菜，活水源頭。至若載道、明道嘛，「我今告爾以老。」不拒絕（寫），也不強求（讀）。沒有使命感，就不必刻意扭曲附會大道。明年今日周易廣玩應可付梓，文史哲彭正雄老闆一再保證：「你林某人稿來即付剞劂。」特殊禮遇，既老又懶的清閒自在身，臨淵久不羨魚，刀耕火耨，亦祇半間不界，夯雀先飛，大雅一笑可也！

——原刊於林漢仕《錦繡河山見聞》
（臺北市：文史哲出版社，1996年），頁1-2。

《不應有恨——為兩岸中國人說幾句話》自序

張連康

我是一個生於憂患,長於憂患,老於憂患的「滾石」。

我當過兵:二等兵、一等兵、上等兵、下士、中士。

我當過軍官:少尉、中尉、上尉。

我畢業於政治作戰學校:我知道甚麼是共產主義、社會主義、資本主義與三民主義。

我也了解一點點兒軍事戰略的皮毛。

政治鬥爭的策略運用是我的專長(並不是專家)。

我當過老師、訓導主任。是一位非常非常成功的老師,我的千位學生,個個都是我的證人。

我畢業於國立臺灣師範大學;我讀了不少經、史、子、集的「老東西」,因而略知中國文化為何物。

我受過軍官外語(英文)訓練:讀了不少西文經典著作,對西方文化也粗枝大葉的有一點膚淺的認識。

我翻譯過不少英文書籍,範圍龐雜,包羅「十」象:《傑克‧倫敦選集》、《亞當之前》、《世界科學發展史》(拾穗雜誌社)。

《波音傳奇》、《肺結核之戰》、《扭轉乾坤之戰》(二次大戰各主要戰役所犯的錯誤)、《納粹德國興亡史》、《華爾街日報傳奇》、《橫越死亡沙漠》、《幸運之子》(越戰軍人的慘痛故事)、《醜陋的資本家》、

《知識分子與中國革命》、《周恩來與現代中國》、《我們這一代的中國》、《冰淇淋闖天下》（兩個嬉痞的創業故事）……（絲路出版社）。

《周恩來與現代中國》的原作者韓素音女士讀罷我的譯作之後，特別來信致謝。她已有二十幾本著作被翻譯成中文，而她認為我的譯作最能「傳其神，達其意」。並表示將以本人所翻譯的《周恩來與現代中國》作為她今後作品的中譯範本。

我當過工頭（成衣廠）、送過報、擺過地攤。

我當過外銷績優廠商的負責人，為國家賺了不少外匯，自己卻落了個「破產」的下聲。

我是一個以「富而好禮」（我的辦公桌後面掛的匾額）自我期許的半調子商人。也幸好是這樣，在破產後雖有巨額退票，但沒有一個廠商告到法院。

依照中國傳統所慣用的農、工、兵、學、商五大職業分類法，我只缺沒有下田種過莊稼（兒時在田野裡玩兒過不算）。我一生吃農民的、喝農民的，卻從來沒有分擔過他們的勞苦。我覺得很對不起五民之首的農民，他們才是多數，他們才是國家的主人。

憑這些卑微的經歷，

我自認為我的看法是具有代表性的。

憑我的年齡，與遠離政治的處世態度，

我不懷疑自己說話的客觀性。

這也許是「野人獻暴」，也許是大多數兩岸三地華人的心聲，也許是凝聚全民共識的一個焦點，也許是我們起死回生，救亡圖存的唯一法門！

作者謹識於一九九七年立春
加拿大溫哥華

——原刊於張連康《不應有恨——為兩岸中國人說幾句話》（臺北市：絲路出版社，1997年），頁13-15。

作者簡介

　　張連康，曾任職於臺北市教育局、臺北市中等學校教師、訓導主任等。後旅居中美洲及美國德州。專職中英翻譯。譯過不少英文名著。包括《傑克倫敦選集》、《世界科技發展史》、《波音傳奇》、《納粹德國興亡史》、《華爾街日報傳奇》、《知識份子與中國革命》、《周恩來與現代中國》等。其代表作《二十一世紀的當家思想——論語》一書，體大思精，展露其當代儒學思想本色。

《二十一世紀的當家思想：論語》打開話匣子　自序

張連康

一　簡介《論語》在西方的發展

　　摘譯自史景遷（Jonathan Spence）的《真孔子》（*The Confucius: What Confucius Said*）

　　第一本西文版本的「孔子名言」（*Confucius's Sayings*，後來才改用 *The Analects*）是一六八七年在巴黎出版的拉丁文 *Confucius Sinarum Philosophus*，書的前頁還有一段向法王路易十四致謝的短文，謝謝他對該書出版的大力支持。一六八四年，該書的編輯之一 Philippe Couplet（耶穌會會員）帶著一位新皈依該教名叫麥可·沈（Michael Shen）的青年從中國回到歐洲（英國人認為他是將中國帶到歐洲的第一人）。他又帶著沈到凡爾賽宮去朝見「太陽王」（路易十四），毫無疑問的，這一次有計畫的朝見，大大的贏得了路易王的好感，他特別叫太子與太子妃出來與沈見面，並要求沈表演用筷子吃飯，當時所用的盤、碟全是黃金製的。

　　國王還向沈索求「墨寶」，並要求他用中文念一段「天主經」。國王為了讓沈盡興，特別下命將凡爾賽宮花園裡所有的噴泉全部開放。當沈向路易王行三跪九叩大禮時，行到一半，路易王溫和的予以阻止道：「夠了，夠了，我說夠了就夠了。」沈的禮貌行為更增添了君王們

對他的喜愛，一九八七年他到倫敦朝見國王傑姆斯二世時，所受到的歡迎更為熱烈。國王叫 Gold-freyKenller 爵士為他畫一幅穿長袍，真人大小的畫像，掛在國王的內宮。

　　Confucius Sinarum Philosophus 雖然是 Philippe Couplet 與另外三名耶穌會的編輯共同署名，但是這本書從編輯到出版，前前後後拖了將近一百年之久。早在一個世紀之前，耶穌會傳教士利馬竇（Jesuit Matteo Ricci）來到中國的時候，他就體認到中國的高級知識分子的「入門之學」就是「四書」，而《論語》乃其中之一。他認為耶穌會的傳教士若不能精通「四書」，就別想改變中國高級知識分子的信仰。於是利馬竇即著手策畫翻譯拉丁文《論語》的工作，從那以，耶穌會就開始研究，一代承襲一代，前後換了至少十七位編輯，全是耶穌會的傳教士，也都是受過拉丁文教育的一時之秀，而且精通中國語文，他們之中有法國人、葡萄牙人、熱那亞人、西西里人、比利時人、與澳洲人。

　　非常不幸的是他們「翻譯孔子學說」的拓荒工作，從一開始就捲進了論戰的漩渦，有些人（其中有一部份是翻譯者與編者）認為翻譯的內容，不必與基督教的教條相對比；他們的反對者在教堂裡強烈的評擊這種想法，認為放棄他們的基本信仰（基督教的教義）以迎合中國的迷信，是完全沒有意義的事。

　　可能就是因為這種痛苦的爭論，阻擾了將拉丁文的《論語》翻譯成其他歐洲語文，並廣為流傳。利馬竇的工作早在一六二〇年代就已經完成了。法國可能遲至一六八八年才有《論語》（*La Morale De Confucius*）與孔子其他的書籍（*Philosophe de la Chine*）出現。英國更遲，到一六九一年才有《孔子的倫理學》（*The Morals of Confucius*）與《一位比耶穌基督早五百年普受人民尊敬的中國哲學家的經典之作》（*A Chinese Philosopher, Who Flourished Above Five Hundred Years Before the Comingof Our Lord and Saviour Jesus Christ., Being One of the*

Choicest Pieces of Learning Remaining of That Nation)。其實這兩本書都不是直接翻譯孔子的《論語》，只是利馬竇拉丁文版本 *Confucius SinarumPhilosophus* 的節譯本。內容大部份是《中庸》(*The Coctrine of the Mean*) 與《大學》(*The Great Learning*)，涉及《論語》(*The Analects*) 本身的反而很少。這兩本書中引用《論語》的時候，也只是把它視作「老生常談」的格言處理，完全沒有注意到孔子本人的人格個性，與說話的旨趣，只是抄錄了八十條簡短而無趣的格言，絲毫激發不起人們進一步閱讀的興趣。

一六八七年，那時可能只有 *BibliothequeUniverselle et Historique*（這是當時在法國與阿姆斯特丹發行的拉丁文月刊）的讀者才看過拉丁文版本 *Confucius Sinarum Philosophus* 的全貌，才知道《論語》的優美與全部範圍。當年十二月份該雜誌花了六十八頁篇幅，介紹 *Confucius Sinarum Philosophus* 這本書，寫這篇介紹文章的作者 Jean Le Clerc 是一位新教徒學者，他非常詳細的介紹《論語》的篇章。他又將十六章拉丁文的《論語》翻譯成優美的法文。Le Clerc 對於耶穌會那些編輯們將《論語》本文與後代的註釋混為一談的草率態度感到極度的不滿，同時他也認為譯文中不能用中國字作補充說明，使某些「正文」及「註文」中的關鍵性詞字的真實意義，更趨「明暢而近真」是一大遺憾。

Le Clerc 的努力似乎並沒有引起英國人的注意，一七二四年 Oliver Goldsmith 與 Horace Walpole（兩人都是英國當時大名鼎鼎的文學家、詩人、劇作家）合寫了一本 *Moral of Confucius*，美其名說是「意譯」，實則是「胡謅」，將孔子的原意扭曲得面目全非。

到了十九世紀初期，基督教的傳教士們又回頭著手翻譯《論語》，首先是 Emerson，他又交給 Thoreau。站在學術的立場看，一般而言，由於西方人對中國的知識過於貧乏，或是編輯們受了強烈宗教意識的局限，這個時期的翻譯作品，可看性都不大。一八四〇年傳教

士學者 W. H. Medhurst 將《新舊約》的內容插入翻譯的《論語》，將道德與宗教作「聯線處理」。

　　一八六一年，蘇格蘭傳教士學者 James Legge 在香港出版了一本英文《論語》，是後來所有學術性《論語》翻譯的範本，他配合中文原文，逐字翻譯，還加了相當多的補注說明，對中國歷代兩千多年來各家的注釋也多所引用。將《論語》翻譯成 Analects 就是他的傑作。Analect 這個字是從拉丁文 analecta 與希臘文動詞 analegein 演變而來。analecta 是清理飯桌的人，analegein 是「收集」的意思。這本書的能夠出版，得力於 Joseph Jardine 的大力幫助，他是英國一家極有影響力的貿易公司的成員，賣鴉片給中國，買茶與絲綢回英國。James Legge 引用 Joseph Jardine 的話說：「我們在中國賺了不少錢，我們也應該為中國做點兒有益的事。」

　　從 James Legge 到我們今天，一直有人在努力的翻譯孔子的《論語》，都想翻譯得優美、簡要、易讀而不失真。最近完成這件大業的就是比、澳儒學大師、小說家、與文學批評家 Simon Leys（Pierre Ryckmans）。

　　為甚麼會有這麼多人孜孜不倦的要翻譯孔子的《論語》呢？Simon Leys 為甚麼要費如此大的精力來一個「錦上添花」呢？不只是因為《論語》本身的精微與美妙，更迷人的是它總令人有「仰之彌高，鑽之彌堅，瞻之在前，忽焉在後」的魅惑，總覺得自己沒有抓住它的核心，翻譯起來心中總有言不盡意的遺憾感。就像許多能夠令人「樂以忘憂」，並「豐富我們生命」的東西一樣，孔子的《論語》並不是一看就能心領神會的。全書共分二十篇，計五百一十二章，每一章都是寥寥數語，很少長篇大論的章節，有些話還不是孔子說的，而是他的學生說的話與當時人的一些評論，前後章幾乎完全沒有連接性。但是，當你讀之再三之後，你又覺得它似乎是一個前呼後應的整體，每當我們讀《論語》的時候，就像在與一位睿知、威嚴、而又和

善的朋友在交談一樣，每當我們懂了一點兒之後，就情不自禁的想繼續鑽研下去，真的就與顏回所說的一樣，「欲罷不能」！

　　有這種感覺的不只 Jonathan Spence 一人，Simon Leys 也說：「當我閱讀《論語》時，就好像孔子在與我談現代的問題一樣。」

二　《論語》英譯比較與欣賞

　　最先動腦筋要翻譯《論語》的是基督教的耶穌會（溝通文化的先驅，似乎都是宗教，引起戰爭的也是宗教），目的是為了傳教。因為他們認為傳教士若不能精通「四書」（《論語》是最重要的一本），就無法打入中國高級知識分子的層面，不被知識分子接受，他們的「教」就不能在中國生根茁壯。但是傳教士們辦事，太過「以我（教義）為主」了，所以吵鬧了一兩百年，翻譯的成績一直不好。

　　事實上「傳教工作」不只是一件很辛苦的事，更是一件危險的事。我說的危險，不是個人生命的危險，而是「宗教生命」的奇險。「低文化」與「高文化」相接觸的結果只有一個——被同化。佛教傳入中國後，很快就本土化（「同化」的美稱），中國現存的佛教不但「中土化」，而且已經「無家可歸」（印度已經沒有佛教）了。

　　中國人也許是受儒家的影響太深，對宗教的興趣一直不大，唱唱詩歌，領領救濟品無所謂，要他們為宗教拼命，沒這先例，他們不幹。因為我們在觀念上認為宗教（神）是為人服務的，而不是人為神服務的。既然是這樣，那麼甚麼教會的活動辦得熱鬧、提供的服務較多（如校園團契的活動，免費教英語，免費旅遊，廉價宿舍等），參加的人（年輕人）就多，一畢業就「再見」了。本來信佛教信的好好的，忽然某教會幫他解決了一次「三點半」危機（跳票危機）讓您的事業能夠繼續活下去，那當然是感激不盡的事，中國人講的是「有恩必報」，最好的報答方式就是「以身相許」，在中國「改變宗教信仰」

就像「換鞋子」一樣。

　　孔子講的是「敬鬼神而遠之」，講的是「不知生，焉知死」，「不能事人，焉能事鬼？」這就是說「生比死重要」，「人比神重要」。這才是「人道」，沒有人道，那裡來的「人權」？如果他們接受了孔子的這些想法，他們的「《聖經》」往那裡放？這是他們不能不與孔子爭的苦處，又不能不理孔子（不翻譯他的《論語》）的矛盾處。在這種氣氛，他們當然翻譯不好《論語》。西文《論語》比較可看（近真）的版本，還是擺脫了宗教拘束以後的事。

　　《論語》西譯直到逐漸「學術化」之後，才有可觀的作品出現。文字上的障礙，信仰上的隔閡，風俗習慣的差異，形成思想方式的南轅北轍。要想把這本中國文化思想的代表作品，翻譯成另一種文字而不失真，當然不是一件容易的事。

　　下面節譯幾段 Jonathan Spence 的文章，看看《論語》西譯的演變與進步：

　　近一百五十年來，西方人講孔子思想的人多如牛毛，這裡只引比較知名的六大家，也只能略舉數例，並不加評，由讀者自己去玩味。依出版年代為序：

　　　　一八六一年 James Legge（蘇格蘭傳教士）
　　　　一九三八年 Arthur Waley（英格蘭最了不起的中、日文翻譯家）
　　　　一九七九年 D. C. Lau（沒有資料）
　　　　一九九三年 Raymond Dawson（沒有資料）
　　　　一九九六年 Simon Leys（比、澳儒學家、小說家、文化評論家）
　　　　一九九七年 Chichung Huang（在美國多所名大學教授《論語》）

　　首先我們來看看他們對《子罕》篇第二十五章（英譯本的寫法是 9:25，9表示篇，25代表章）：「三軍可奪帥也，匹夫不可奪志也。」

這一句話中的「匹夫」與「志」是怎麼翻譯的。

  Legge: The will of even a common man cannot be taken from him.
  他把「志」譯成 will，將「匹夫」譯成 the humblest peasant。
  Lau: Even a common man cannot be deprived of his purpose.
  他將「志」譯成 purpose，將「匹夫」譯成 a common man。
  Dawson: An ordinary person cannot be robbed of his purpose.
  他將「志」譯成 purpose，將「匹夫」譯成 an ordinary person。
  Ley：將「志」譯成 free will，將「匹夫」譯成 humblest man
  Huang：將「志」譯成 will，將「匹夫」譯為 a common man

我們再看他們怎麼處理《子路》篇第十八章（13:18）中的那個「直」字：葉公語孔子曰：「吾黨有直躬者，其父攘羊，其子證之。」

  Legge：譯為 those who are upright.
  Waley：同上
  Lau：譯為 those who are straight.
  Dawson：同 Legge 與 Waley
  Leys：譯為 men of integrity

以上的翻譯有一個共同的問題：都將「直躬」譯為「複數」，將一個「特稱」的「人名」譯成「泛稱」的「代名詞」。如此一來，就成了「所有的『直者』的父親都有『偷羊』的癖好，同時，所有的『直者』都會告發偷羊的父親。這是不是有點兒荒唐呢？
  Huang：譯為 Straight Body 與 straight people。
  將 Body 大寫已有「特稱」人名的意思，而 straight people 則又是「泛稱詞」了。

我們再看一段比較文學氣氛的翻譯，《述而》篇第十八章（7:18）：子曰：「女奚不曰：『其為人也，發憤忘食，樂以忘憂，不知老之將至云爾！』」

Legge：譯為：Why did you not say to him, --He is simply a man, who in his eager pursuit （of knowledge）forgets his food, who in the joy of its attain-ment forgets his sorrows, and who does not perceive that old age is coming on?

Waley：譯為：Why did you not say "This is the character of the man: so intent upon enlightening the eager that he forgets his hunger, and so happy in doing so, that the forgets the bitterness of his lot and does not realize that old age is at hand. That what he is."

Lau：譯為：Why did you not simply say something to this effect: he is the sort of man who forgets to eat when he tries to solve a problem that has been driving him to distraction, who is so full of joy, that he forgets his worries and who does not notice the onset of old age?

Dawson：譯為：Why did you not just say that he is the sort of person who gets so worked up that he forgets to eat, is so happy that he forgets anxieties, and is not aware that old age will come?

Leys：譯為："Why did you not say 'He is the sort of man who, in his enthuse-asm, forgets to eat, in his joy, forgets to worry, and who ignores the approach of old ge'?"

Huang：譯為："Why did you not say: 'He is a man who, when absorbed, for-gets his meals; when enraptured, forgets his anxiety, not even aware that old age is drawing near' and the like?"

三　西方當代思想家心目中的孔子

　　James Lays（比、澳儒學家、小說家、文化評論家）說：「當我們看論語時，就好像親耳聽孔子在與我們談現代的社會問題一樣。」有些人（先是中國人自己，後來才有外國人幫腔，這就印證了孟子所說的：「人必自侮，然後人侮之」）根據孔子批評「樊遲學稼」一事（《子路》篇第四章13:4）而反孔子，說他是扼殺中國科學的創子手。中國人反孔的我不去提他們，他們都是因為科技（儒家視之為「君子不為」的末技。這裡所說的君子是指政治領袖）暫時落伍而崇拜外國的勢利小人，現在說也無益，只要等到我們在科技方面「迎頭趕上」（以太空船上天，航空母艦下海為第一個基準）之後，才會從「昏迷」中復甦過來的。這裡我只提一位六〇年代初期的斯諾爵士（C. P. Snow 英國科學家、小說家），他主張在「文化經驗」與「科技資訊」之間建立一座橋梁，意思是說：一個人同時既要懂莎士比亞，又要懂得「熱力學的第二原理」。James Leys 將這種論調取了一個名字，叫作「斯諾繆論」，Leys 認為這種努力就像：「為靈魂安裝助聽器，為大腦配老花眼鏡。」同時他認為人們的這種「非孔心態」比樊遲高明不到那裡。James Leys 進一步的認為現今世界各大學日趨於「專業化的無理性」訓練，是一種嚴重的錯誤方向，他進一步的主張唯有恢復孔子的「無等差的人道主義觀」，才能「撥亂反正」挽救時弊。孔子非常不幸的，眼看到文明的崩落，今天也是，我們今天所承受的痛苦，正是孔子當時經驗的再現與迴響。

　　James Leys 還在注釋中花了很大的篇幅，引用約瑟夫·李德漢

（Joseph Needhan）著「中國科學發展史」的資料，以說明中國古代的科學技術一點兒也不落伍，而且領先西方很多很久。

以科學的理由反孔是無稽的，是「不長進」的「紈袴子心態」。

Jonathan Spence（當代美國大儒，現任耶魯大學教授）說：「《論語》這本書，看起來是零零散散的，很難懂，但當我們一讀再讀之後，當我們開始了解一部份之後，就欲罷不能的想進一步的去了解其餘的。當我們閱讀《論語》的時候，就像面對一位睿知、有力、而易於親近的長者，他的話，無不語重心長的直指『人性真理』的核心。」

Robert Wikinson（蘇格蘭大學哲學教授）說：「《論語》中所談的問題，全是今天我們所面臨的問題。這就是說，兩千五百年來，我們並沒有多少進步。只要人類不能發明出足以替代『家』的這個基本單位；只要社會與國家的機能不變，孔子的話就永遠有效。譬如：『家庭中的成員該怎樣的相互對待？哪些品德（公德與私德）才是人類所最需要的？』兩千五百年前孔子所指出的答案，到現在還是最正確的：他的道德觀是實際可行的，誠如他所說，只要在上位的人能身體力行這些道德，我們的一切情況就會大不相同。」

四　我們也要孔子！從人民的角度看儒家思想
　　（這不是詩，只是為了便於讀者一目瞭然！）

這是我恭賀中國文化堂堂進入二十一世紀的一份賀禮，
並不是每一種文化都能進入二十一世紀的，
很多古老的文化早已夭折了，
　成了令人慨歎與惋惜的歷史名詞，
　像：
　古印度文化
　古埃及文化

古巴比倫文化
　　好險，那個被叫作「中國文化」的不在其中！

也並不是每一個國家都能進入二十一世紀的，
很多曾經偉大「一時」的帝國呢？
全成了令人引以為戒的「覆車之鑑」！
　　像：
　　波斯帝國，
　　羅馬帝國，
　　大英帝國不再「大」了，
　　日本帝國淪為「新殖民地」了。
　　好險！那個被叫作中國的不在其中！

我們憑甚麼如此這般的幸運？
我們是上帝的選民嗎？
是我們善於見異思遷的「否定自己」嗎？
抑是我們長於「依附別人」當奴才呢？
還是我們的「家世」好呢？
我說是「家世」好！
　　我不怕當「世家子」，
　　但絕不作「否定祖先」的「敗家子」！
我說：「我們要感謝呀，我們要知恩呀！」

世界上原就沒有「人見人愛」的東西，
　　思想也是一種「形而上」的東西，
　　是一種看不見但確乎存在的抽象東西，
　　國父說它是一種信仰、一種力量，

它是一種能叫人「死而無怨」的力量,
　　　這種力量來自人們對「道德的信仰!」
　　　　　西方人說是對「神的信仰!」
　　　　　我說:「與其求神,不如求己!」
　　　　　這是儒家「天助自助」
　　　　　與「自求多福」的哲學思想,
　　　　　二十一世紀的「當家思想」!

世界上也沒有一位普受尊重,不被人批評的人,
孔子是人,孔子也例外不了。
　　他也一直不喜歡作一位「人人喜歡」的人,
　　他把那種人叫作「鄉原」,
　　他認為那種人是道德的蟊賊(一種植物害蟲:食根曰蟲,食節曰賊)。
但是他絕對是一位「善者好之,不善者惡之」的人。

我們的世界原是由「好人」與「壞人」共同組合而成的,
　　有人批評孔子,
　　也有人喜歡孔子,
　　這原是正常不過的事!
以往的《論語》是官方的,
　　是御用《論語》。
他們過份強調「忠」與「孝」的「單向意義」,
　　又有意的忽略「禮義」對「忠孝」的「節制」功能。
　　還有意的忽略了許多更有用而不利於統治者的思想。

官方的《論語》是片面的,

也是「單向」的。
　　父可以不慈，子不能不孝（這是莫名其妙的曲解），
　　君可以不義，臣不能不忠（這是別有用心的扭曲）。
這不是孔子的思想，
　　這是被小人利用的假孔子思想！
　　我「重講《論語》的『使命目的』就是：
　　使孔子思想「還原」！

現代政府官員反孔子是因為：
　　他們寧願「騎在人民的頭上」，
　　而不願「先之，勞之，無倦」的為人民「服務」，
　　寧願「貪污腐化，享受特權」而不願「節用、愛民。」
　　寧願唱高調喊口號而不願「以身作則，以正帥人」。
　　又因為：
　　「好大喜功」而愛當「風流人物」，
　　他們不願「恭己」，只希望當一位「正南面」的新皇帝，
　　那是因為：
　　他們「無德無智」而心中又「目無前人」。

別再傻了，我親愛的同胞，國家的新主人們！
沒有孔子思想作後盾，
　　就不可能有「真民主、真自由與真平等」。
　　在一個沒有「信、義」的社會裡，
　　「人權」就是少數人「升官、發財」的階梯，
　　偉大的人民就是他們登上「榮華」（貪污腐化）
　　與「富貴」（享受特權）的「天梯」。
　　還不是跟沒有「信、義」的「愛情」一樣，

只是一個騙人的「色情遊戲」罷了！

　　這正是歷來反儒反孔者的心結！
　　我們何其有幸的生在這個文教普及的時代，
　　　這正是至聖先師孔子與歷代儒者對我們的恩賜。
　　「讀聖賢書，所學何事？」
　　該是我們「擦亮眼睛」的時候了，
　　他們不是說：
　　　「人民是國家的主人」嗎？
　　現代的「人民主人」，可不是任太監、宦官們擺布的昏君，
　　就讓主人告訴奴才說：「我們要甚麼吧！」
　　　我們要孔子！
　　我們不只要政府的官員們
　　　要有儒者的思想，
　　我們更要求政府的官員們
　　　要有真正儒者的行為！
　　　也唯有儒家的思想才能「齊家」、「治國」、「安民」、而進入儒家「世界大同」的「人間」天堂！

五　美國「*當家人」不可不知的四句「孔子曰：」

　　讀：**史景遷（Jonathan Spence）的《真孔子》（*True Confucius: What Confucius Said*）後談美國「***儒者」的責任。

　　去年（1997）感恩節前夕，到「準親家」家聚餐，在等待吃飯的時候，隨手翻閱惣們家收存的「The New York Review of books」，兒子的「準岳父」知道我是學中國文學的，特別抽出四月十日出版的一

期。要我看看史景遷寫的一篇《真孔子》(*True Confucius*)。談文的主旨是介紹 Simon Leys 新近翻譯出版的《論語》(*The Analects of Confucius*)，史景遷在文中詳舉近三百年有名的四種英譯本《論語》，作了相當深入的比較分析。我們不但可以從其中看出中國文化思想近三、四百年在西方的演變，也可以看出當孔子思想正日趨於沒落（不受重視）之際，在西方卻正在蓬勃發展與「還原」（真孔子）之中。

文中還提到，同年（1997）五月，牛津大學出版社將出版 Chich-ung Huang 的英文版《論語》(已出版)。看到外國學者如此認真的研究《論語》，重視孔子思想，推陳出新的作品令人目不暇給，這應該是令人高興的事，但我心中的感受是複雜的，是沉痛多於喜悅的。我多麼的不希望「禮失求諸野」的事發生在我們這一代，這是令我高興不起來的原因。正巧我當時已經著手寫《二十一世紀的當家思想》：《論語》，這一篇文章對我來說不僅是一項極大的鼓勵、與挑戰，更是一項沉重的責任。

*我用「當家人」是泛指「政、經、宗教」領袖。
**史景遷目前任職耶魯大學，教授《中國近代史》，他的新著有《上帝的中國兒子》:《洪秀全的天國》(*God's Chinese Son: The Heavenly Kingdom of Hong Xiuquan*)；與《中國世紀》:《中國近百年圖畫史》(*The Chinese Century: A Photographic History of the Last Hundred Years*)。
***「儒者」與「中國通」不一樣，也不能稱為「漢學家」。「中國通」是淺薄的名稱，多數都是「不通」的人才自稱「中國通」，或叫別人「中國通」。「漢學」在中國是另有所指的，「漢學家」是專門研究考據訓詁的，通常都不涉及「經義」，所以不能代表儒者。儒者是專門研究孔子思想，以發揚、實踐孔子思想為己任的學者。稱他們為「中國通」或「漢學家」都

是名不正言不順的稱呼，也是不尊敬的稱呼。

就讓我們從報紙的新聞說起吧！

報紙說：美國總統柯林頓先生邀請中國名風水師赴白宮調整總統辦公桌的方位。

報紙又說：柯林頓總統的辦公桌上有一本《孫子兵法》（沒說他看了沒有）。不過我相信那是為了擺樣子，表示他是「三軍統帥」，裝內行，表示他「也」是「軍事奇才」。我說他沒有看，是因為他急著要跟伊拉克攤牌。如果他真的懂《孫子兵法》，他就該「等」，等Saddam Hussein 橫行霸道到「天怒人怨」，等伊拉克的人民反他，等他的鄰國反他。等待中東諸國聯合要求美國主持公道，像上次伊拉克入侵科威特一樣，那時柯林頓再在白宮的陽臺上向全國、全世界發表「懲兇除惡」的誓師文告，派遣「仁義之師」（其實是為了自身的利益：石油）馳赴波斯灣，為「天方夜譚」增寫新故事。中國古人說：「雖有智慧，不如乘勢；雖有鎡基（鋤頭，這裡可解為武器），不如待時。」這一方面，柯林頓連沒讀過《孫子兵法》的羅斯福總統（至少報上沒有說他的辦公桌上有《孫子兵法》）都不如，也許他的臥房裡有好幾本，他故意深藏不露，這叫「真人不露相」。我相信他有此涵養，他早已知道日本人有偷襲珍珠港的行動，卻只下令調開停泊在該港口的航空母艦，而不派機、艦中途攔截、迎擊日本的偷襲行動。這就是他比柯林頓懂兵法，長於謀略的最有力的證明。他希望日本的偷襲計畫成為事實（不是成功），替他激起民怨，凝聚民心。這是作戰致勝的必要「先決」條件，也是「最後」的憑藉。比武器重要百倍、千倍的條件。蘇俄贏了德國、中國贏了日本、北越贏了美國、阿富汗贏了蘇俄，所憑藉的就是民心士氣。連這一點都不懂，辦公桌上的兵法，不是沒有讀，就是讀不懂。

兵法是出自道家，《道德經》第五十七章說：「以正治國，以奇用

兵」，把該「五角大廈」（國防部）的人讀的《孫子兵法》，擺在國家元首的辦公桌上，而不擺一本該擺的《論語》，在見識上就已經落入下乘了。

宋朝的開國宰相趙普，有一天他對宋太宗說：「臣有《論語》一部，曾以半部佐太祖定天下，以半部佐陛下致太平。」這不是中國的神話，也不是傳奇，而是中國歷史的一個小插曲。

報紙卻沒有說：柯林頓的辦公桌上有「半部」《論語》。若是能早一點兒「放」一本《論語》的話，我想他的性醜聞一定會減少一些，那豈不是美國人民的福氣？很多西方人把東方叫作「神祕的東方」，這是誤解，這是膚淺。中國有一句「見仁見知」的成語，我不相信每一個西方名人都懂這一句話的含意。這原是說「天道難明，仁者見之以為仁，知者見之以為知」。「方便說法」為「見仁見知」。西方喜歡神祕的膚淺之輩，只喜歡看中國「旁門左道」的東西，所以覺得「東方神祕」。有真知灼見的學者，像史景遷（Jonathan Spence）這樣功力深厚，對中國哲學思想有研究的學者，才懂得看《論語》，《論語》才是中國文化的精髓。《論語》是一點兒也不「神祕」的，也正因為它不神祕，所以人們都不喜歡看。美國總統請風水師赴白宮，「擺」《孫子兵法》，他的辦公桌上連「半部」《論語》也沒有，這就表示美國是一個「邪說橫行」的社會。這是當今美國研究中國哲學思想的學者們的責任，尤其是國際知名的「超級國際學人」，更是責無旁貸。讀聖賢書，所學何事，「撥亂反正」難道不是「儒者」的道義責任嗎？《論語》說：「士不可以不弘毅……仁以為己任」，因此他們要對美國人民負責，也要對全世界善良的人民負責，負「撥亂反正」的責任。這不是責備，而是尊敬與期待。孟子說：「為上必因丘陵，為下必因川澤」，只有像史景遷這樣的超級大學者，出而倡導，才有「登高呼遠」的功效，才能有事半功倍的成績。

孔子不講「怪、力、亂、神」的事，因此《論語》裡沒有奇蹟

（更扯不上迷信），但是書中的每一句話，只要我們能夠認真的去做，都能產生齊家、治國、平天下的「奇蹟」。

　　孔子活著的時候說過很多話，他去世已經快兩千五百年了，他的話還活著，活在善良、篤實人們的心裡，活在大多數中國人的生活中。因為孔子是一位「聖之時者也」的聖人（孟子說的），他的思想就像「變色龍」一樣的神奇，能隨著人類文化的進展而變化，而調適其內涵，讓有智慧的人總覺得他的話是「歷久彌新」而「真切適用」的（James Leys、Jonathan Spence 與 Sinom Leys 的看法都是如此），尤其是對於二十一世紀的美國。美國若是不趕快改變自己的世界策略，「天下共主」（絕對不是霸主）的地位就要拱手讓給中國了。事實上，據我個人的看法，今後的世界應該是中、美共同攝政的「共和」政體，既沒有「霸主」也沒有「共主」的。我們知道獨裁是危險的（雖然不一定是不好的），國內實施「一黨獨大」也是危險的（也不一定是不好的），國際間實施「一國獨大」更加危險，而且是一定不好的！

　　平心而論，就目前的情勢而言，美國最有資格成為「以德服人」的世界「共主」（不是以力服人的霸主）。因為她不但最富、最強，更重要的是她還擁有下列兩個非常有利的條件：其一是她有一部洋溢著「人道精神」的「憲法」，照此而行就不難完成「以德服人」的「王道」大業。其次是美國已經是世界「各民族的大融爐」，目前還只有美國有此心胸。這種胸臆正是成為「天下共主」（容我再重申一次，不是霸主）所不可少的要件。

　　可惜，非常可惜的是美國近代的政治、經濟與宗教領袖們的心胸太狹隘、眼光太短視、太重視眼前的利益、也太愛炫耀武力。以致美國的「憲法精神」落空，「建國理想」落空。當前的政治、經濟、與宗教領袖們因為太過著重「美國文化」、「美國精神」、「美國宗教」、與「美國利益」，故而沒有想到「世界文化」、「人道精神」、「人類利益」、與「不信教的自由」。他們沒有想到在接受各種族移民的同時，

就已經引進了不同移民的文化。「大融爐」當然不是把各種族的膚色染成同一顏色，也不是強迫移民放棄母文化，認同美國文化，而是將各種不同的文化融和為一種「新的文化」，也就是所謂的「美國文化」，或者說是「世界文化」。就像中國人的老祖先吸收北方諸民族的文化而成為「中原文化」、又吸收印度的佛教文化而成為「中華文化」的一部份。現在中國人又在如渴如饑的吸收西方文化，中國人一向不排斥別的文化，而且總是在積極的學習新接觸到的文化。看看我們的字典、百科全書裡有多少關於佛教與西方學術的資料，這就是證明。大英、大美百科全書中，有多少中國東西？我們積極的學習歐、美，正是中華文化可大可久的原因。歐、美並不認真的學習中國文化，一則是驕傲自大，二則是心虛怕被同化。中國已經不提「漢文化」、也不提「漢民族」這些名稱，而只談「中華文化」與「中華民族」。「有容乃大」就是大水瓶裝的水比較多的意思，這不只是一項「放之四海而皆準」的「道理」，也應該是不爭的「物理」事實。

　　融和別的文化，並不是否認、毀滅他人的文化，而是吸收其優點，保留其特色，作為「新文化」的「新血」，如此才能防止「文化老化」。這正是中國文化數度衰而復振，歷五千年而彌新的秘訣！

　　我們想想看，當美國一旦真的成為世界各國「心悅誠服」擁戴的「共主」（絕對不是霸主），那就是「普天之下，莫非王土，率土之濱，莫非王臣」。到了那時候，還有甚麼「不是」美國的？沒有這樣的心胸而想成為世界「霸主」（不能讓人心悅誠服就不是共主），那就是孟子所說的「緣木求魚」了。緣木求魚雖不能得魚，還不致有甚麼嚴重的災禍，照美國目前這種追求「霸業」的作為，繼續的「盡心力而為之」，「後必有災」則是可以斷言的。武力是不可靠的，日本是不是以超級強權的姿態入侵中國？美國是不是以絕對的優勢打韓戰與越戰？結果如何？昔日的「日不落國」，自稱為「大不列顛」的英國，今天還大嗎？再早些的羅馬帝國，與曇花一現的成吉斯汗帝國，維持

了多久？下場慘不慘？這些都是靠武力建立的帝國的不幸教訓，這是政治領袖們應當銘記在心的。

宗教是阻礙「文化融和」的一大障礙，因為宗教的「排他性」太過強烈。人類歷上的許多大災難，都是因為宗教的「排他性」而引起的，就是在今天，仍然是如此，一點兒改變也沒有，一點兒長進都沒有。美國人對「信仰自由」的詮釋也非常的狹隘，搞宗教的人不但排斥其他的宗教，也不認為「不信神」（相信人，相信自己也不行）也是一種「信仰」。這就變成了信仰別的宗教是不對，不信神也不對。如此一來所謂的「宗教信仰自由」，實際上就只有一個選擇：信他們「自以為是」的宗教。這是那一門子的「宗教信仰自由」？我希望宗教領袖們除了相信他們的「《聖經》」之外，也要認同一些不是「《聖經》的《聖經》」，譬如中國的《論語》。譬如孔子說的：

毋意、毋必、毋固、毋我。（《子罕》篇第四章9:4）

這就是一句值得當今政治與宗教領袖們再三省思的話。

近半個世紀以來，美國做了許多「吃力不討好」的傻事。在聯合國裡出的錢比誰都多，喜歡美國的國家卻並沒有想像的多，也沒有應該有的多。亞洲金融風暴，尤其是一大敗筆，簡直就是「巧取豪奪」。商人可能賺了一些暴利，國家的損失那就大得不可計算了。不說別的，亞洲各國本來對中國多少都懷有某種程度的不信任（一則是因為「共產主義──與中國無關──過去的 credit 欠佳，二則是美國有意挑撥的。亞洲金融風暴則大大的提升了亞洲諸國對中國的信任度（這又是一件令美國人大大感到「事與願違」的意外結果），對美國的信任度則大為降低。又如每年的貿易談判，總是揚言「制裁、報復」，這是上帝禁止信徒們說的話，只有「傻（撒）蛋（旦）」才會說的話。作買賣講的是「和氣生財」，本來就是以互惠為最高原則，合則

成交，不合就不買或不賣，我們中國人常說「買賣不成仁義在」，有甚麼好「制裁、報復」的。用這些刺激人的字眼，充分表現出「強買強賣」的「殖民主義」殘餘作風。這種呈口舌之快的行為，除了徒增彼此之間的不快之外，我實在想不出有甚麼好處。請記住孔子的話：

放於利而行，多怨。(《里仁》篇第十二章4:12)。

在對外的政治運作上，一下支持這一黨，一下又支持另一黨。像換鞋子一樣的隨便。對中國的援助一下援助國民黨，一下又支持共產黨，現在又玩弄民進黨，這是一例；越南是第二個，對菲律賓、伊朗、伊拉克、中美洲等許多國家的「援助」，又有那一個例外了？有那一次不是「出爾反爾」的「為德不終」？既不了解別人的國情，又沒有摸清楚黨派的真正意圖，就冒然插手。把杜威的實證哲學用到對外的政策上，浪費了美國人民的血汗錢，蹧蹋了美國青年與外國人民的性命。

不懂「清官難斷家務事」的道理，偏愛當「世界警察」是另一種吃力不討好的傻事，在道德淪喪、沒有公信力的社會裡或地區當警察，有時會惹來殺身之禍的。美國現今不是有很多警察被殺嗎？韓戰死了多少美國無辜的青年？越戰更慘！這都是好當警察的代價。今天說中國的人權不及格，明天又要考察中國的宗教，還要在國務院裡設立西藏科，儼然視西藏為一獨立國。為甚麼不設立一個北愛爾蘭科呢？中國，或世界其他的國家有沒有在他們的外交部門立一個德克薩斯共和國辦事處？如果有的話，美國政府會不會認為是不禮貌的行為？為甚麼不照顧一下非洲的饑民？為甚麼不管管美國國內挨餓的兒童與領不到救濟金的老人？難道吃飽飯不是「人權」的一部份嗎？難道中國的事比美國國內的事還重要嗎？這且不說，現在又一而再，再而三的向伊拉克挑釁，不顧國際間的反對，也不顧國內人民的不滿。

這究竟是所為何來?一定要強迫別人信你自以為是的宗教,照你們的模式生活,不服就「制裁」就「動武」!這是甚麼道理?這也能叫作「人權」嗎?想當霸主也不是這種想法!若真想當霸主,就該聽聽孔子怎麼說:

> 遠人不服,則修文德以來之。既來之,則安之。(《季氏》篇第一章16:1)

「文德」就是修明自己的內政,使自己的國內沒有毒販、沒有搶匪、家庭裡沒有父母殺害子女的事、街上沒有「street people」、總統不鬧性醜聞、神父不雞姦教友、白人不燒黑人的教堂。如果能把國內弄到這樣,看看別人服不服?亞洲各國的人民無不嚮往新加坡,但不是因為新加坡比美國自由、民主,而是她的治安比美國好。「政客」的口號與「人民」的訴求脫了節,那不是人民的錯,而是政客的錯。

如果說美國的政治領袖們一定要認為只有「美國式」的「政治制度」才是好的。這種認知也許是正確的,說真的,我倒是相當認同美國的自由民主制度,但是我也知道美國也曾有過買賣奴隸的制度(這是柯林頓總統也承認的事,他最近訪問非洲時還正式代表他們的祖先向非洲人民道歉),取消種族隔離也不過是近半個世紀的事。羅馬不是一天造成的,一種社會制度的建立,又豈是三十年五十年能竟其功的?優秀的美國人尚且是從黑暗中摸索著「一步一步」的才走出黑暗的,比美國差(教育落後與貧窮)的國家、民族豈能例外的了?再說,如果美國的政治領袖們真的是有「人溺己溺,人饑己饑」的胸懷,又有救人如救火的心情。那麼他們就該複習一下,這半個世紀來美國的各次「義舉」(如打韓戰、越戰,封鎖古巴、伊拉克),又使誰受惠了?所以他們該記住孔子的教訓:

勿欲速，勿見小利。欲速則不達，見小利則大事不成。（《子路》《十篇》第十七章13:17）。

「小利」就是商業上的利益。

「大事」就是成為世界「共主」的大業。

治理像美國這樣有規模的國家，不必「半部《論部》」，能做到以上這四句話也就足夠了！

六　我為什麼要重講《論語》？

理由有二：

一、要「救國、救民、救世界」，必先振興「中國文化」。中國文化，其實就是亞洲文化，不久將成為主導世界的「大同文化」。唯有正確的認識孔子思想，誠意正心的實踐孔子思想，這個世界才有「撥亂反正」的可能。

二、為中國的「文藝再復興」（孔子刪《詩》、《書》，訂《禮》、《樂》，著《春秋》是中國的第一次文藝復興）舖路。今天我們若不及時的振興儒家思想，將來勢必向高鼻藍眼珠的西方人學習孔子學說。就像我們今天向日本、韓國、與美國購賣中藥一樣；就像我們今天到日本學習禪道、茶道一樣；就像我們今天在美國的哈佛大學用英文寫有關中國學術的論文一樣。這是不是已經到了孔子所說的「禮失求諸野」的衰敗景象呢？所以今天我放下一切來講《論語》，各位不看「卡通書」，不看「Playboy」而來讀《論語》，可見「舉世皆濁」未嘗無「獨清」之人；「眾人皆醉」，亦未嘗無「獨醒」之人。我們絕對不是少數，而是沉默不語的多數。我們不要看輕了自己，我們的肩上都負有「為往聖繼絕學，為萬世開太平」的神聖使命，負有為「中國文藝再復興」舖路的艱鉅任務。

我一下說「中國文化」，一下說「儒家思想」，一下又說「孔子學說」，這究竟是怎麼回事？不是怎麼回事，而是「一回事」。我們不妨想想看，我們中國文化，除了孔子學說之外，還有沒有儒學？除了儒學之外還有甚麼？也許有人以為還有「道家」與「釋家」。道家思想本就在儒家思想的涵蓋之下，儒中有道，而道中無儒；佛教於唐代（七世紀）傳入中國之後，不久就無家可歸了，因為印度已經（七、八世紀之間）改信印度教（婆羅門教吸收佛教與耆那教後改革而成）了。佛教進入中國之後，又與儒、道合流，實際上早已「入籍歸化」中國了（儒化了）。所以我說：「中國文化就是儒家文化，也就是孔子學說。是一物而三名，三位一體的。」其餘墨、法、名等九流十家皆空有「家」名，並不能成為「一家之言」。在中國文化浩瀚的海洋裡，它們只能算是「涓涓之泉」而已，何足道哉！

七　我講《論語》的四大原則

一、依據孔子自己的話相互解釋，也就是用《論語》解釋《論語》，古人說是「以經解經」。

二、依據孔子門弟子（曾參或其門人的《大學》）、再傳弟子（孔伋的《中庸》）、三傳弟子（孟軻的《孟子》）的話解釋《論語》，也就是用《四書》解釋《四書》。

三、如果沒有前兩項的依據，就依照天理、人情與自然法則作解釋。比照民法總則的精神：「法律無規定者，依判例；無判例者，依風俗習慣；無風俗習慣者，依法理。」所謂法理，就是「自然與天理」。千變萬變，天理不變；天變地變，人情不變。

四、我講《論語》的時候，不在乎字書（如《爾雅》、《說文解字》等）怎麼說，因為創造文字的人，跟現代的立法委員們一樣，他們只管制定法律，使用法律的則是律師與司法官。文字一經創造流通

之後，創造人就失控了，運用之權則屬於文學家。經過大文學家使用之後便成為「成例」。我們常查字典的人就知道，字典對字的解釋，最有力的支持，往往就是某某人在某一篇文章，或某一篇詩詞裡曾經如此這般的用過。這種現象中外一例；我也不特別重視古人怎麼說，這當然不是我輕視古人，或者說我比古人高明。現代人講學喜歡找「古人」（當時的名人）或現代「名人」的毛病，認為能找出古人或名人的錯，自己在學業上就超越了他們。我認為歷代大儒注經解傳都有他們特定的環境，特殊的需要，以及他們個人思想的特殊傾向。在那個時代，那樣的特殊環境中，他們的解釋也許就是對的，否則怎會流傳下來？所以鄭康成有鄭康成的看法，他的看法適合漢、唐的環境，適合漢、唐人的味口；朱熹有朱熹的看法，他的看法有朱家班（明朝皇帝全姓朱）的人喜歡，也代表了有宋一代與明、清兩代人民的思想傾向。我們都不能說他們誰對誰錯。那麼同樣的一句話，怎麼可能有互相矛盾的不同解釋呢？相互矛盾的解釋又怎麼可能都「對」呢？

答案就是：孔子是「聖之時者也」（孟子說的）。他的思想永遠是合乎時代需要的，所以我們解讀《論語》的時候，特別要注意「時代精神」，切不可泥於文字，「以文害義」。孔子之所以屢遭「打倒」與「批鬥」，問題就在解讀的人「泥於文字，以文害義」。其所以打不倒，批鬥不倒，不是因為他有「槍桿子」，也不是因為他是執政黨的主席。而是因為他的思想「仍然」是「人民心靈深處的無聲吶喊」，那是人性，那是自然，那是天理。

這就是我為甚麼不著重「字書」對字的定義，也不牽強附會「古人」說法的理由。我們有我們特殊的「時代精神」，特殊的「生活環境」，我們就該有我們這個時代的解釋。唯其如此，《論語》的內涵才能歷久彌新，孔子的哲思才可大可久，我中華文化才能一脈承傳，永垂無疆。

八　孔子思想的時代意義

　　現今是「民主」時代，最響亮的口號就是「人權」。我們就從這兩方面來探討孔子思想的時代意義：

　　世界上所有的文化中，唯有我中華文化是「人道文化」，其餘的全是「神道文化」。神道文化的特質是一切都是「神說」。神說：「不能這樣，不能那樣；要這樣，要那樣。」人的行為準則全是「神定的」（《聖經》說的，如「十戒」之類），全是神的單向指令，沒有理由，人只有服從的份兒。「人道文化」的精神則在於「平等」與「相互尊重」。中國的傳統道德全是本乎人情，順乎天理的「雙向交流道」。譬如「君義、臣忠；父慈、子孝；兄友、弟恭；朋友有信；夫婦和順，相敬如賓」等。

　　在政治上講的是：「為政在人，其人存政舉，其人亡則其政息」（《中庸》說的）。不管人們贊不贊成，喜不喜歡，這是事實。我並不是說制度不重要，不過我認為它只是處於輔佐的地位。因為有「善人方有善政」，更何況「徒法不足以自行」。我們看看臺灣這幾年的變化，法令制度都沒有變，社會風氣卻產生了巨大的變遷。我們能不能從這中間體會出「為政在人」的道理呢？這現象不只是今日的臺灣如此，像美國這樣民主國家，照樣有這種現象。看看美國經濟與國力的興衰，與身為總統者的人品、能力是不是成正比的消長呢？

　　最重要的是，中國的「人道文化」是根據「人的生活經驗」累積而來的，不是「神」的，不是單向的「命令」與「服從」關係，而是相互尊重與平等的雙向關係。我們不只是人與人之間的關係是如此，我們連「人與神」的關係也平等的。我們照著事奉人的方法事奉鬼神（孔子說：「不能事人，焉能事鬼」）；人只要有一事一德的成就（並不求其完全），就可以成為神（我們尊關羽為忠義之神；我們說王永慶先生是經營之神）。西方人的神是神聖不可侵犯的，連祂的名字（上帝）

也不能隨便叫的。我們中國人的神則像我們的鄰居與好朋友一樣，灶有灶神，養雞養牛羊的地方有六畜之神。生意人供奉的土地神與財神總是放在角落的地方。你們說祂們像不像我們的鄰居與好朋友？

所以我們不論是從政治、道德、與宗教的觀點來看我們中國文化，是不是都具備了「民主」與「人權」的時代意義？

中國今天的問題出在一個「窮」字上。人誰都曾經窮過，四百年前的歐洲比明朝中國窮而落後得不可以道里計。馬可孛羅回到歐洲後，告訴歐洲人說中國人用「紙幣」（錢莊發的銀票）、說中國人燒黑石頭（煤），歐洲人認為不可思議，只好說馬可孛羅說謊。美國富有也是近一百年的事（三〇年代他們還沒有自來水）。人窮是一時之間的事（臺灣在今日的國際社會裡已經算是富有的；全世界的經濟學者一致認為二十年後，中國大陸將富甲天下），如果一個人的「志氣」若是窮了，他就永無翻身之日，一個民族也是一樣。

對自己的文化沒有信心、否定自己的文化就是「志窮」的表現。

孔子在世的時候，被人「譏為」「知其不可為而為」的「傻瓜」。

孔子過世之後又被帝王們「利用」作為鞏固政權的「工具」。

今天又被現代人「誣指」為「迂腐與封建」的「代言人」。說到「封建」就令我懷疑將英文的 feud（名詞）與 feudal（形容詞）翻譯為「封建」是否恰當的問題。因為這兩個英文字都含有「仇恨」，尤其是家族「世仇」的意思。這種現象充塞於整個歐洲的歷史冊頁，莎士比亞的作品就有很多是取材於這些歷史事實的。中國的「封建」卻沒有絲毫「仇恨」的含意。春秋、戰國時代諸侯間的相互兼併也只是想實現其「朝秦、楚，蒞中國而撫四夷」的個人「大欲」（孟子的話）。這與早期的「殖民主義」後來的「共產國際主義」是一般無二，也不能視為代表「封建」的「仇恨」鬥爭。中國民間雖有兩姓械鬥之事，但與「型土封侯」的「封建」也扯不上關係。當初的中國共產黨是以馬克思主義為基礎的（現在則倡言具有中國特色的社會主義），馬克思

主義的理論又是建立在「階級鬥爭」的「仇恨基礎」上，於是就強把西周的「裂土封侯」制度（簡稱封建）比作歐洲的 feud，並一口咬定「從周」的孔子是封建制度的「代言人」，這是有問題的，是不對，以後我還會再深入剖析的。

　　他雖然也曾受到了「人類」曠古所未有的榮寵，但是他若有知，我敢斷言，他一定沒有「不亦說乎」與「不亦樂乎」的感受。因為我們對他的恭敬是「貌恭服而心不服」，換言之都是「虛偽的」，是不合「禮」的。「禮」是孔子「中庸」思想的核心。

　　我們人人都讀他的《論語》，但各人都朝著對自己有利的方向任意曲解。所以擁護他的人也只是在「利用」他，並不是真懂，真喜歡他所說的道理。多數人都不是「樂子之道」，而只是把他當作一個「飯碗」而已。帝王利用「儒學」統治天下；讀書人利用「儒學」當官（《四書》是南宋以後科舉的必試科目，而且要以朱熹的注解為準標答案）；像我們當「國文」老師的人，更是靠「子曰」吃飯的一群。中國本應該更好的，錯在大家都只是把孔子的思想當作「工具」，而沒有把它視為「實踐力行」的「目的」。

　　反對孔子的人，也不是因為「看透」了孔子，或抓住了他的甚麼小辮子。多數都是讀了幾本外國書的「洋半吊子」，在外國看到了閃亮的K金飾物，就說外國金子比我們中國金子閃亮好看。他們不懂外國人的「飾物」就是「飾物」，項鍊、手鐲、戒指、耳環全是鍍金、鍍銀的假貨，洋人美其名曰 fantasia 或是 fashion jewelry。K金飾物洋人就已經視為「珍品」了，他們稱之為 firne jewelry。跟外國人接觸多了，你就會發現他們多數是「華而不實」的，就像他們所佩戴的首飾一樣。到美國人的中上家庭（中下家庭多半不堪入目，越窮的家庭，雜物越多）一看，那真是漂亮，樣樣東西都裝飾得有模有樣兒的，可是很少人有三千美元存款。這是一位在銀行服務的朋友告訴我的，政府也規定「破產」的人，銀行也不能有三千元以上的存款。

中國人就不一樣了，家中的陳設可以因陋就簡，但一定整齊清潔，銀行裡若是沒有三兩萬美元的存款，連覺都睡不安穩。美國人的生活習性跟他們的社會制度有很大的關係，他們甚麼事都依賴工會，依賴政府。譬如最近他們發現孩子的教育出了嚴重問題，就有人在國會裡建議成立專門機構，雇用專家（歐、美人是非常相信專家的，他們喜歡把權威的專家叫作沙皇，譬如聯邦緝毒組的現任負責人，表現相當出色，他們就稱他為「緝毒沙皇」。現在美國人民希望政府也能替他們找一個能替人民教育兒童的「兒童教育沙皇」）替人民教養兒童。我們中國人看了這則新聞就會問：「那麼為人父母的是幹甚麼吃的？」他們又想把原是屬於家庭的問題丟給社會。國會議員之所以有此建議當然不是沒有原因的，因為美國越來越多 teen age 父母，與單親父母（single parent）。他們真的是不知道該怎麼「教」孩子，甚至不會「養」孩子。單親父母們則是「忙著賺錢」與「忙著玩兒」，沒有時間「教」、「養」子女，不然怎麼可能會有四分之一的美國兒童常處於饑餓狀態呢？總之一句話，他們不像我們中國人，把孩子的溫飽放在第一，把孩子的教育放在第一。他們崇尚個人主義，永遠把自己放在第一。

原來被許多人所反對的「中國家庭制度」，看來可能要在美國敗部復活（美國人已經在提倡 family first，與 family value 了）之後再「榮歸」故里了。到時候我們可千萬不要「笑問客從何處來？」那就「糗透」了！

中國人比較務實。古人「佩玉」以為「惕勵自勉」之義雖然早已亡佚，但從現代人喜歡佩戴象徵「發」、「暴發」、與象徵「好運」的飾物，還能看到一點兒古人「以飾物表達心願」的遺風，至少我們可從他們所戴的首飾上看出他們在想甚麼？所以中國的首飾除了漂亮、炫耀財富、備不時之需與兼顧「保值」之外，還要具有「表達心願」的功能。因而各種飾物幾乎都是「純金」，黃橙橙的，雖然不夠閃

亮，但有價值，而且還有「保單」。一個歷數千年而不衰的文化（世界上唯一古老而一脈相傳的文化），可以斷言的，絕對不是偶然的。也許沒有西方的「物質文明」那麼光耀閃亮，但絕對是經得起「時代烈火」考驗的「純金」。

　　不會太久的，只要我們能在科技（這是近百年來最令我們感到自卑的事）上趕上西方，我們的「民族自信」就會隨之恢復。何以見得呢？請看：中共在科技上才稍有所成，他們就不再反孔，反中國文化了。不但不反，反而要建立具有「中國特色的社會主義」，我們平心靜氣的想一想，中國除了孔子之外，還有甚麼特色？中共今年在山東曲阜大事舖張的舉辦孔子文物展，也不再把馬克思、列寧的相片懸掛在天安門廣場上了，這就是「孔子思想」與「民族尊嚴」敗部復活的曙光。

　　所以我想，現在開始講《論語》，應該正是時候。

　　我還認為：聖人的「累世沉冤」一日不得昭雪，人類就一日不能進入「大同」之境。

　　我這麼肯定的說，我也這麼堅信不疑。

於一九九八年九月二日 Arlington, Texas

──原刊於張連康《二十一世紀的當家思想：論語》
（臺北市：漢康出版社，1999年），頁29-67。

正視儒學在美國滋長的土壤，且待儒學天外歸
──《二十一世紀的當家思想：論語》序

姚榮松

壹　當代儒學的新篇章

　　一口氣把《二十一世紀的當家思想：論語》將近六百頁的電腦打字稿「翻」到最後一頁，有一種直覺在我的腦海裡滋長，不斷的擴大、聚焦、再聚焦，想著想著，眼前便呈現出：新儒學已經成為二十一世紀美國社會的主流思想之一，在漢學水平較高的某些歐洲國度，就說英、法、德吧，也普遍抬高了儒學的地位。公元二○九九年，離開一九九九年不過才一百年，美國總統當選人德夫孔（Devcon）博士，手捧紅色的《論語》（中文版）在就職典禮宣誓後的簡短講話中，特別重申其競選諾言：「重建具有儒家特色的美國家庭倫理，並願與『超級友邦』共同促進『世界大同』……。

　　在網路的另一端，先進於禮樂的中國、日本及風光一時的亞洲四、五條小龍，由於儒家倫理的過度早熟，加上長年通貨膨漲，早已將儒學拋諸腦後。臺灣則步美國二十一世紀初葉的後塵，深陷於資本主義的泥淖中，小家庭倫理取代了「家族管理法則」，曾經跟《論語》息息相關的「算盤」，早已變成童玩。而《四書》或《論語》除了在較老的國立大學圖書館的書架上之外，實在難得一見。理由是：

由於海峽兩岸長期的分治，政治性的協商議題始終沒有交集，加上島內新崛起的「新民捍國黨」已連續執政十年，在「全民用忍」的政策下，本土文化瓜熟蒂落，教科書上已消除「中華文化」四個字，印刷品上也找不到文言文的「儒」字，臺語版《新三字經》已成為臺灣文化基本教材，彼岸有中國特色的「資本主義」論著，已經罕在此岸流通，原因是定價昂貴驚人，阮臺灣人買儎落去！

筆者相信作者連康兄在撰本書時，已浸潤在美國新儒學萌芽期的土壤多年，從他對美國社會倫理的批判到對兩岸政經角力、文化改造的觀察和調侃中，得到儒學復興與重振的契機，並揉雜他對臺灣未來不安定感的憂患意識，才能在比較中、西文化之餘，以自己的體悟，寫成這本風格獨特的新詮，它的獨特處，據我的觀察至少有以下幾點：

一　作者闡揚了《論語》在西方思想家心目中的地位

作者的自序「打開話匣子」共分八個子題，從「《論語》在西方的發展」到「孔子思想的時代意義」，明顯的圍繞著「《論語》在西方思想家心目中的地位」的主題，作者實際上是讀了美國學者史景遷（Jonathan Spence）的近作（1997）「真孔子」("True Confucius: What Confucius Said") 一文之後，發現我們可以從史氏對近三百年有名的四種英譯《論語》的比較分析，看出中國文化思想三、四百年來在西方的演變，也可以看出孔子思想在中國正日趨沒落之際，在西方卻正在蓬勃發展與還原之中。

作者並指出早期耶穌會士在翻譯孔子學說的拓荒期，從一開始就捲進論戰的漩渦，用當代的話說，就是儒教與基督教文明的衝突；然而社會是進化的，當西方人逐漸褪去東方思想的神祕面紗，James Legge（1861）的《論語》典範譯本問世，並成為中文西譯的橋樑，後來的譯家則更想把橋樑修得富麗堂皇而不失其實用。Simon Leys

（1996）主張唯有恢復孔子「無等差」（有先後）的「人道主義」觀，才能「撥亂反正」，挽救時弊。史景遷則贊美孔子的話「無不語重心長的直指『人性真理』的核心。」另一位蘇格蘭大學教授 Robert Wilkinson（1997）更直截指出：「《論語》中所談的問題，全是今天我們所面臨的問題。」接著他又說：「只要人類不能發明足以替代『家』的這個基本單位，只要社會與國家的機能不變，孔子的話就永遠有效。」由此可見「真孔子」還真的是「貨真價實」。

二　作者指出孔子思想的進步性

　　從孔子的人道主義精神出發，儒家有容乃大的仁學，最適合引導美國成為世界各國「誠服」的「共主」，可惜近半個世紀以來，美國對外做了許多「吃力不討好」的傻事，不懂「清官難斷家務事」的道理，還美其名為「當世界警察」，有時不免引來殺身之禍，正需要孔子「遠人不服，則修文德以來之」的精神文明。作者也指出「兩千五百年前孔子說的話還活著，活在善良、篤實人們的心裡，活在大多數中國人的生活中。因為孔子是一位『聖之時者也』的聖人，他的思想就像『變色龍』一樣的神奇，能隨著人類文化的進展而變化，而調適其內涵，讓有智慧的人總覺得他的話『歷久彌新』而『真切適用』。」作者在解釋《論語》時，隨時把握住了這個精神，比方「子曰：『道千乘之國』（1:5）這一章，他說：「這個『國』，用現代制度來解釋，中國古時的『天下』就是現在的『國』，古時的國就是現代的州省之類的地方政府。周朝實際上有些像今天美國的聯邦政府，但是周天子的權力沒有聯邦政府大。美國各州叫 state，在政治學上，state 正有『國』的意思，但現今世界的通例都用 Nation 這個字代表『國家』。譬如聯合國叫作 United Nations，而美國則叫 United States 簡稱為 USA，全名是美利堅合眾國（United States of America）。如果美國是

國,那麼她的五十州就是『國中之國』與我們春秋、戰國時代的『國』的概念極為相似。」這多麼像在對美國學生講《論語》呀！先有了國的概念,以下三句就容易懂了。「敬事而信,節用而愛民,使民以時」,在最後一句講疏中,他說:「推行各項建設,要經濟而有效,不可圖利他人,也不可圖利自己,珍惜國家的財力,體恤人民的困難。」這又多麼像內政部長在對新當選的「臺灣省」縣市長講話呀！

三　作者用適合臺灣社會的語言詮釋孔子的教學情境

《論語》的語錄體,無處不能體現孔子「因材施教」的教學原理,使人如沐春風,過去的許多「《論語》講疏」,不是被章句的解釋所拘束,就是引申太過,或天馬行空,自以為掌握了現代意義。本書則完全沒有這兩個毛病,作者用非常精確的現代臺灣流行語來傳譯每個語句,絕無生硬難懂的地方,這正是教學語言藝術的高度發揮。例如:太宰問於子貢章（9:6）討論夫子的「聖與多能」,孔子不同意子貢的「天縱論」,作者解譯道；孔子聽了這句話之後說:「太宰真的了解我嗎？我是因為小時候家裡很貧窮,甚麼事都得自己動手做,所以才學著做一些卑微的小事。一位有德的君子人,或是政府領導人,需要會做許多小事嗎？不必要的！」琴牢說：老師曾經說:『沒有人重用我,沒有機會為國家服務,所以才學著做些卑微小事。』」在翻譯「吾少也賤,故多能鄙事」一句,作者用了三句話,「甚麼事都得自己動手做」是言外之意,必須點出；在翻譯「君子多能乎哉？不多也」必須用「或是政府的領導人」來指君子,「多不多」才有現實性；在翻譯「吾不試,故藝」,如果少了「沒有機會為國家服務」,就不知道孔子講這句話是多麼委曲！顯然弟子中琴牢比子貢更了解老師的過去。像這類的對答,本書多用情境的譯筆,令人耳目一新,礙於篇幅,不再多舉。

本書的寫作對象是國內的讀者，許多事例和用語都是臺灣讀者耳熟能詳的，談到「敏於事而慎於言」(1:14)，作者說：「甚麼是勤政呢？就是不能隨便放下大事不辦去打小白球，更不能隨便說話，顯露出自己的好惡，因為他的『好惡之詞』，輕則影響股票價位，重則動搖國本，影響國家安危……『大嘴巴』的人當小老百姓已經是不受人歡迎的人，君子豈能『大嘴巴』？」這段話多麼鮮活，而我們「當今聖上」都躲在文字的背後，你看這種文筆多麼像出自「憂國畏君」的海外華人。再如「君子易事而難說（悅）也」章中的「說（悅）之不以道，不說（悅）也」(13:25)，作者譯為：「你若是用不正當的方法（送紅包、喝花酒、打政治麻將、奉承他睿智英明、或是說他是甚麼『奇才』）去討好他，他是不會高興的」括號內的列舉真有畫龍點睛之妙。

四　本書反映了作者對兩岸政治文化的批判性

　　有批評才有進步，今天臺海兩岸不管誰是「龍的傳人」（事實上都是），如果人心腐蝕、社會暴戾、上樑不正、政策愚民，誰都不能成為二十一世紀「龍的傳人」的領航者，也將埋葬了中華文化復興的命脈，作者出身軍旅，再接受師大國文系的科班訓練，並從事教學、訓導、人事行政等歷練，又曾投筆從商曾獲頒進出口績優廠商之殊榮，近年退居美國南部市鎮，籀讀經史，並翻譯西方學術名著及暢銷書籍為中文，譯著有「大時代傳奇」系列：《納粹德國史》、《知識分子與中國革命》、《我們這一代的中國》、《周恩來與現代中國》。「創業風雲錄」系列：《波音傳奇》、《華爾街日報》、《醜陋的資本家》、《橫越死亡沙漠》、《扭轉乾坤之戰》等這二十餘部之多，不便盡舉（避免廣告嫌疑），可謂博貫中、西，又關心海峽兩岸之風吹草動，因而作為時論家而有餘裕，乃將畢生述作之精華，藉此以抒發其書生報國之志，

簡直可以媲美太史之筆,如果讀者仔細推敲本書中對兩岸政治、社會、外交等現狀的批評,自然會認同我以上的看法。這裡只舉二例:

(一)子曰:「不患人之不己知,患不知人也。」(1:16)

作者寫道:

我想我們外交部的官員都應該好好讀這一章書。

一天到晚吵著要「走出去!」好不容易,花了無數的錢,總算走上了巴拿馬高峰會議的國際舞臺。結果李總統的講演詞既沒有西班牙文的譯稿,也沒有英文譯稿。這不只是學會了中共(在北京舉行的例行記者會,一律不發外文譯本),而且是超越了中共。中共只是在國內的記者會上不發外文譯本,而我們的外交部連在國際場所發表中文講演,也不供應外文譯本,真不愧是我們的「大國」風度……

我們只是急著要「走出去」,我們有沒有想一想,一旦站上了國際舞臺,我們又有甚麼值得向人報告的事呢?去告訴別人「我們的國旗是個甚麼樣兒?」去告訴別人「我們的總統夫人究竟是個甚麼長像(別讓外國人認錯人了)?」還是去告訴人家我們的綁票案層出不窮;去告訴人家我們不破案是為了「尊重人權」;去告訴人家我們的民主正在開倒車,行政權不必向立法機關負責……

讀者應該知道這個批評是對事不對人,問題出在我們駐外人員都存有「五日京兆」之心,大家早已心不在焉了!

(二)子曰:「篤信好學,守死善道。」(8:13)

作者認為這一章書可以看到春秋、戰國時代人民的遷徙自由:

有人說中國古代社會是封建社會,有封建思想。這是不對的,那是為了配合馬克思的革命理論勉強加上的一項『莫須有』的罪名,有封建社會就沒有『遷徙自由』,也沒有『職業自由』,更沒有『學術思想自由』的。中國從來沒有這樣的事情。孔子的學生是各國都有,而

且可以到各國去做官,孔子帶著大批的學生周遊列國,絲毫沒受到『簽證』的困擾,孔子的學生各行各業都有,而且大部分是平民,所以中國的官場一直是開放的,世襲的只有王侯,思想、講學、言論是充分自由的,春秋、戰國時代的諸子爭鳴,魏、晉時代佛學的倡盛都是證明,至於漢朝設『五經博士』與後世考試專考儒家課本,一則不關孔子的事,二則是『從政』一事在本質上就有『入幫會』的性質,不入黨就無法從政當權,這種現象是沒有東、西方差異的,自認為是「民主」的國家是如此,共產國家更是別無選擇。信相共產主義的人能在美國當政嗎(這就是思想意識上的封建)?美國 WASP 族群以外的美國人能當美國總統嗎(這就是『血統、宗教、與種性階級』上的封建)?相信三民主義的人能在中國大陸當政嗎?這種「思想意識上」的局限才是「思想」上的「封建」,或「封建思想」,如果一定要說中國有「封建思想」的話,那也是從共產黨將人民分為紅、黑五類,而且永遠不待「翻身」之後才有的。

又如:子謂仲弓曰:「犁牛之子,騂且角,雖欲勿用,山川其舍諸?」(6:4) 作者在這一章中也指出這種觀念所透露的「政治訊息」是:當時的政權是「開放」的,是「唯才」的,是「沒有階級」的,是「不講身世」的,當然也「不是封建的」。

作者在自序(八)「孔子思想的時代意義」裡甚至懷疑:

將中國的裂土封侯(簡稱「封建」)與歐洲的 feud 或 feudal(「封建」與「封建的」)兩相對比是否「正確」的問題。因為這兩個英文字都含有「仇恨」尤其是「家族世仇」的意思,因為馬克思的理論是建立在「階級鬥爭」的「仇恨基礎」上共產黨為了配合此一以仇恨為基礎的理論,就強把西周的「裂土封侯」比作歐洲的封建制度,並一口咬定「從周」的孔子是封建制度的「代言人」。

非常不幸的,據個人所見,在大陸九〇年代出版的一套「中國思想家評傳」裡的「孔子評傳」,該書的作者仍利用大量篇幅說明「西

周是領主封建社會（或初期封建社會），春秋是從『領主制』向『地主制』封建社會過渡的時代。」不但說西周是封建社會，還說「同時也確立了爾後長達三千年的中國封建社會的基本方向。」還說：「正因為西周是封建制度，才能產生、才能說明孔子是封建社會的偉大思想家這一歷史事實」，其結果必須「對孔子思想實行三分法」作為封建社會的產物與代言人的孔子，就不能不帶有濃厚的封建性、保守性，雖然孔子基本上是偉大的教育家、文獻整理家，又要區別其封建性、保守性、人民性、民主性，恐怕永遠找不到前文所述的「真孔子」，這是大陸學者的悲哀！

五　本書展現作者博學善喻的才華，也不時流露科班出身的文獻功夫

　　筆者覺得這是一本「中華百科入門」，正因為《論語》思想的博大精深，不同階層、不同年齡的人都有不同的體驗，所汲取的經驗內容也不相同。作者曾為軍人、大學生、國文教師、行政人員、進出口商、專業翻譯員，因此，他在「萬般皆下品，唯有讀書高」的退休年華，將一生歷練融入這本《論語》新詮裡，並扣緊中、西文化的差異，為振興「中國文化」及為中國的「文藝再復興」而舖路。因此，本書的內涵是多元的，字裡行間可以看到中、美社會的點點滴滴，巨細靡遺，都有主觀的評價。我們不時也可以找到作者的哲思雋語，例如「沒有人道，那來的人權？」「並不是每一種文化都能進入二十一世紀的。」「中國本應該更好的，錯在大家只把孔子思想當作工具，而沒有把它當作目的」（以上見作者自序）；「政治不是科學，而是一種高度的藝術，在藝術的範圍內，沒有事是不可能的」（14:16）；「人絕對不是『生而平等』的，充其量我們也只能勉強的製造一個『立足點的平等』。這絕對不是人『與生俱有』的權利，而是基於人的善性發

展出來的一種「人道精神」的產物」(16:9),「宗教是悲苦的產物,從它所描述的奇蹟多半與食物有關,所描述的天堂美景多半是金碧輝煌的『場景』就可以看出」(17:9)。

引人入勝的句子摘也摘不完,讀者最好用欣賞哲理散文的角度看作者每一章較長的說解,特別要欣賞作者講的每一個故事,不管是童話、寓言、笑話或歷史掌故,都蘊含有耐人深思的哲理。也不妨留意作者三番五次提出的「讀《論語》的態度」(例如他要讀者要有整體觀,要把孔子想得越平凡越好),以及他對美國公眾人物(如柯林頓、瑪丹娜)的調侃,都會教人笑出一滴眼淚。其實作者戲謔之語,正是對人性遭受扭曲的一種控訴,例如在15:19章中指出:「當」個時代的人心傾向於為追求名利而不計其手段時(即俗語所說的「笑貧不笑娼」),那就是道德淪亡的徵兆。」這個徵兆其實已遍布地球村,於是作者說:

我想,我們真笨,昨天隨著艾維斯·普里斯來「搖滾」,今天又為麥可·傑克遜瘋迷,瑪丹娜的唱片或電影一上市,我們就不吃不喝的去捧場,可是她說不玩兒就不玩兒了(也許是她悟到了名不符實的空虛),不顧我們的熱切期待,也不管我們的空虛、寂寞與無聊了,我們怎麼會這麼傻呢?一而再,再而三的被這些「演藝人員」戲弄了又戲弄。

I'm still crying,在臺灣,我們的媒體、政治人物、學術敗類、八卦新聞天天在腐蝕僅存的一點人性。我們逃離困境的唯一辦法,就是用《論語》中的「真理之光」,照亮這「像一隻船的綠島」。

至於作者不時流露他的國文系身段,以經解經,或賣點文字學、詞彙學的知識,那就無庸舉例了。讀者可從書中有關「鄉黨篇」篇次性質的討論及「堯曰篇」殿後的說解分享到作者對《論語》一書的文獻學所下的功夫。

貳　正視儒學在美國滋長的土壤

　　前文略抒筆者初讀「《二十一世紀的當家思想：論語》」的一得之見。我從來沒有這麼愉快地面對一本與《論語》相關的著述，讀他的書真使人有「如沐春風」的感受，彷彿有一位佈道家在對「新新人類」講述古今人情，中、西文化，時而批評時政，時而針對社會百態痛加鍼砭，明明是一段枯燥的《論語》章句，在佈道家的口中，卻展現了生活的智慧，生命的真諦。長久以來，我們作老師的（尤其是在大學殿堂講授專題研究的老師），很少有過感動學生的畫面，我們的匠氣太重，我們所傳授的「道」，進不到學生的生活裡面進不到學生的生活裡面，這就是「經師易得，人師難為」的道理。相信讀了這本書，能讓教師重新出發，調整自已與學生的距離，並不斷的發現學生的需要，那麼，我們才算登堂入室，成為「至聖先師」的現代使徒。

　　我之所以有這種想法，實肇自四年前在巴黎的一段研究因緣，當吳其昱教授向我介紹《聖經》的各種版本及不同的譯本時，常令我驚奇地發現每一章句都有簡明的校勘、考訂，這是可以媲美我們《論》、《孟》的校註，可惜六百多年只剩朱熹的《四書》集註尚為人知，但朱子的集註今天已非一般人能讀懂，二十世紀以來出版的林林總總的現代句解、譯註、今註今譯，並沒有一本是能滿足所有讀者的暢銷書，似乎說明當今人們已經很少人能了解孔子，或者孔子思想與現代社會已完全脫節。然而根據學術的情報，儒家思想在當代中國思想的研究中，仍居主流地位。至於《論語》章句中許多句子早已成為日常生活的用語或格言，像「道不同，不相為謀」、「不在其位，不謀其政」、「歲寒然後知松柏之後凋」、「君子以文會友，以友輔仁」「已所不欲，勿施於人」「敬鬼神而遠之」、「任重道遠」、「舉一反三」、「克己復禮」、「既往不咎」、「盡善盡美」、「見賢思齊」、「不恥下問」等等，當我們運用這些詞句時，都是正面而肯定的，完全沒有絲毫懷

疑，此即《論語》思想的生活化；這也使我急欲探究「半部《論語》治天下」的現代意義。我這裡先引一段余英時院士（1995）的看法：

　　今天我們必須認清儒家思想自二十世紀初以來已成為「遊魂」這一無可爭辯的事實，然後才能進一步討論儒家的「價值意識」怎樣在現代社會中求體現的問題。

　　儒家通過建制化而全面支配中國人的生活秩序的時代已一去不復返。有志為儒家「遊魂」的人不必再在這一方面枉拋心力。但是由於儒家在中國有兩千多年的歷史，憑藉深厚，取精用宏，它的遊魂在短期內是不會散盡的。只要一部分知識分子肯認真致力於儒家的現代詮釋，並獲得民間的支持與合作，則在民間社會向公民社會轉化的過程中，儒家仍能開創新的資源（《中國時報》一九九五年五月二十四日三十九版：儒家思想與日常人生）。

　　余氏肯定知識分子致力儒家思想「現代詮釋」，無異肯定了本書的價無異肯定了本書的價值。從我們上文的分析，這本書名為「《二十一世紀的當家思想：論語》」是有「知其『不必可』而為之」的宣示意味，在儒家的四書》裡，作者專挑《論語》來當家，並把經義解釋落實到現代生活中的大小事件，正說明《論語》的現代性和明、清時代已開始的「儒家的日常人生化」（余英時語）是一脈相承的，它並不因為辛亥革命以來，儒家建制全面解體（儒家思想被迫從各層次的建制中撤退，包括國家組織、教育系統、乃至於家族制度等）而減低其價值，問題在現代中小學教科書中能容納的儒家文獻實在少得可憐，像《論語》這樣的「《聖經》」並不像西方的《新》、《舊約》，在「基督教與政治建制畫清界線之後，仍有教會的建制作為它的託身之所」。「相形之下，儒家與傳統建制分手以後，還一直沒有找到現代的傳播方式」（並見前引余文）這就很容易讓我把它和目前臺灣師範大學的「《四書》」課程做一些聯想。

　　四十年來，國立臺灣師範大學國文系的課程，一直有必修三年

「《四書》」課程：大一《論語》、大二《孟子》、大三《學》、《庸》（《大學》與《中庸》），跟反共國策一樣，師範大學的部定必修課程有一般大學所沒有的「《四書》」和「國音」這是培育師資的兩大利器：《四書》等於復興中華文化的「尚方寶劍」，國語等於「族群融合」的橋樑和象徵。據說師範院校必修《四書》是老蔣總統欽定的，這完全可以理解，因為高中的「中國文化基本教材」一直是儒家思想下放到青年學生的唯一管道，三十年前連康兄與我一同上了三年國文系《四書》，當時文學院的英語、歷史、地理、美術系都得修二年（大一《論》、《孟》，大二《學》、《庸》），其他學院則只修一年。這個課程架構至今國文系沒有絲毫改變，並未因「師資培育法」的施行而有所動搖，但是外系（包括文學院）則將「《四書》」和「國音」完全取消必修，改為全校選修的「共同課程」。師大公費的取消與《四書》課程的撤退，基本上反映了臺灣社會的轉型，就像臺北中正紀念堂四周每年一度的元宵電子花燈，儘管金碧輝煌，但一點兒也聞不到龍山寺或大龍峒的古早味。我們耽心有一天高中的「中國文化基本教材」也慘遭不測（依我觀察目前教改的粗糙本質，不是不可能，因為「國文」教學也正面臨嚴峻的挑釁）。那麼也就應了余英時教授將現代儒學比做「遊魂」的話，它的最後灘頭陣地也不可能是孔、孟學會或中國哲學會，我想應該是「暢銷書」，儒學的或《論語》的傳播方式，今後恐怕只有仰賴書局的巨幅或全版廣告了。如果「《二十一世紀的當家思想：論語》」能成為暢銷書，我們還不能高興得太早，我們希望它能一版接一版的印，並引出同一類的「現代詮釋」作品，最好每一位儒學研究者，還有教了幾十年「《四書》」或「文化基本教材」的老師，退休的也行，每人出一兩本暢銷書，讓它百家爭鳴，黃鐘「出谷」，瓦釜「銷聲」這實在是我的第二波期待。

「《論語》」或儒家其他經典的新詮，都是儒學現代化的基礎，儒學與新詮兩者不妨雙軌並進，亦即要有更多人投入經典的生活化、普

及化，即以經典作為修身必讀，儒學才能落實於日常人生當中；另一方面新儒學研究已經是世界性的課題，半個世紀以來，港、臺作為新儒學的陣地，已發揮了它應有的影響力，這個影響包括新舊兩個大陸，在第三代的新儒學家（主要指余英時、杜維明、成中英、劉述先等人）在美國長期的研究、生活和工作，他們對西方的社會、文化及精神狀況的親身體驗，加上能及時掌握西方學術思想的脈動，因此「他們的英文著作內容更加貼近西方的實際」，正因為他們的努力，「中國傳統文化與儒家思想的價值已為越來越多的美國人了解和認同。今天，美國人以至於所有的西方人過去受韋伯影響所造成的錯誤的中國文化觀，至今已有很大的改變，或者說在一定的範圍內已被肅清。」（見施忠連：《現代新儒學在美國》頁65-66），更可喜的是新儒學在美國的「學侶和同調」也越來越多（施著列有：狄百瑞、墨子刻、張灝等九人），這在在無不說明美國已成為「中國哲學發展的第三塊基地，事實上自第二次大戰以後，美國已取代了歐洲，成為世界上最大的「中國學」研究中心，並從七〇年代起，逐漸成為大陸和港、臺之外發展、豐富中國哲學的「第三塊基地」，對於這一趨勢根據施忠連（1994）的看法，有三方面值得注意：

首先是美國擁有眾多潛心研究中國哲學的學者，知名學者近百人，除美國本土出生的學者外，有一類是由中國大陸、港、臺、東南亞移居到美國的華人學者。這兩類學者的總和，使美國的中國哲學研究力量，僅次於中國大陸和港、臺。（筆者按：恐怕也不能遺忘了日本的儒學！）

其次，美國已具備了深入開展中國哲學研究的眾多有利條件。包括有形和無形的資源，前者如圖書蒐藏及中國原著的英譯，後者如中國文化研究所和研究中心的設立、大學有關中國哲學和宗教課程的開設，及學會、刊物等的創設。

再次，美國的中國哲學研究出現了極為活躍的態勢，不僅時有新

著問世，而且經常出現新見解，使中國的哲學更為「透明」而又有「實用價值」。

　　以上所談的新儒學在美國賴以滋長開花的哲學土壤還是侷限於學院之內，如果也把施文所談的「美國華人社會的崛起」、「美國華人的中國情結」兩項因素也考慮進來，我想美國的主流思想在進入二十一世紀以後，必然會峰迴路轉，如果正處於生根發芽的新儒學，又正好迎向這一波轉型浪潮，那時將出現怎樣的新面貌，我們拭目以待吧。不過，要讓《論語》的英譯變成美國青少年的新寵，恐怕還得在翻譯和注釋上下苦功，也許要有全方位的經營，讓網際網路、動畫片（卡通）、漫畫書及袖珍本紛紛出籠。所以，我的第三波期待是：如何在海峽兩岸（含港、澳）掀起一波儒學經典的新詮運動，目標是讓經典無所不在，公事包、旅行袋、咖啡屋、候車亭，不但要讓人隨手可得，還要使人得後「不忍釋手」，至於美國能否出現一本可與「新舊約《聖經》」媲美的「孔子語錄」，那就要看本書作者下一本暢銷書何時出版了。

　　到這裡，把能抄要講的話都說完了，如果有助於讀者喜歡這本書，那就不只是我對吾友連康兄的最真摯的獻禮，更是意外的為中國的「文藝再復興」之路多鋪了一塊磚。是為序。

歲次戊寅　姚榮松　臺北師大路松月樓

「未能事人，焉能事鬼」談《論語》
——《二十一世紀的當家思想：論語》讀後

翁以倫

每一次讀《論語》，於待人接物克己復禮上，總有些不同的心得與感應。它，實在是一部利己利人的文化遺產，與博愛濟眾的治世寶典。

《論語》是一本語錄體的記述，大多數的問題，都採取對談的方式，很自然的給予人親切的感受，彷彿如對家人，對老朋友促膝相擁，侃侃而談；絕對無一種侷促，疏離的景象。

正如同本書作者在「知者樂水，仁者樂山」這一章所說的，「孔老夫子的話，就像我家隔壁王伯伯說的話一樣，說話和和氣氣，態度平平實實，待人懇切，讓我們很樂意親近他，有問題就想找他談談；而且聽了他的話之後，就有一種『世界多美妙』與『樂在心頭』的滋味兒」

這一席話說得很實在，一絲兒也不差，《論語》本來就是一部以人為前提與以人為幸福——人稱為「人本主義」——的人生導向書。這好比我們要去旅遊，在旅遊前，一定要有這一景點的旅遊手冊，才能按圖索驥，一站接一站，快快樂樂地觀賞這沿途的景觀。

我最愛讀的是《先進》第十一，其中一章寫季路問事鬼神？子曰：「未能事人，焉能事鬼？」這一回答實在太直接了當；也太合情合理了，這也才是人之所以為人，以及人生之可貴與可愛的一面！

孔子是生於二千多年前的古人，在當時的時代裡，「戰」與

「祀」不只是國家生存的重心；且也是人民生活的重心，其中尤以「祀」與人民的生活息息相關。

　　一談到「祀」，就會使人想到「信仰」與「迷信」的問題。事實上也的確是如此的，「我國一向是農業社會的民族，一方面是靠天吃飯；所以，一方面天命是不可以違背的。但「天」是一個抽象的名詞（雖然它有日月星辰，風雷雨電作為天威的象徵），於是人們心目中便以「鬼神」作為天的代理人（儘管鬼神也是冥冥不可見的，而人民一直由衷相信它是的確存在的──舉頭三尺有神明）。豐收之年，要在春秋之時舉行社稷之神感謝大典。萬一是鬧水旱之災的兇年，更要隆重地向天地山川之鬼神虔誠祈禱，企盼上蒼與以降福蒸民，所謂「風調雨順，國泰民安」。

　　現在，我們的孔老夫子竟然提出「未能事人，焉能事鬼」的主張，驟然聽起來，似乎他是在反對鬼神的感應（何況他在《雍也》篇也說過「敬鬼神而遠之」的話，這一點留待以後一併說明這），在當時二千多年前的社會，該是一樁多麼地「石破天驚，干天瀆地」的事呀！

　　事實上，「未能事人，焉能事鬼？」這句話，既不是反對鬼神，更不是排斥迷信（生於孔子時代，即使孔子貴為聖人，他亦不敢也不能冒天下之大不韙），他這句話祇是說明事情的「輕重緩急，本末先後」罷了。試想想，自己生計未能安頓好，生活過得不豐裕，還有甚麼樣兒的心情，來奉祀鬼神呢？這只要看這一章下面的一句對話，就可瞭解。季路又問：「敢問死？」（孔子）曰：「未知生，焉知死？」一個人明天的溫飽尚未著落，怎會突發奇想的想到幾十年後死了怎麼辦的事呢？這不是很無聊的話嗎？

　　人生是當下的事兒，要快樂、想幸福，是人人食斯寢斯夢寐以求的。但追求快樂、謀取幸福，必須要付諸於行動，不是做白日夢從天空中掉下來。語云：「天生吾材必有用」，凡是人都有可用的一面，祇是天生的資質不平等，而有大用與小用之分別。正如國父說的，有

千萬人之材,要服千萬人之務,有千百人之材,要服千百人之務,即使只有一人之能,也要盡一己之力,使自己要成為有用之人。若人人都能作如此想,個個都成為有用之人,那麼,國家焉有不富強之理!社會焉能不平和繁榮呢?這也就是孔子所謂「事人」的道理。社會繁榮,國家富強,人民有了福祉,鬼神自然得到尊敬而受到奉祀。孔子說「敬鬼神而遠之」的道理也在此,此亦即孟子所說:「親親而仁民,仁民而愛物」等差之愛微義之所寄。

實則,《論語》在《學而篇》說:「慎終追遠,民德歸厚矣。」也是孔子「人本思想」——盡人事——的表現。「慎終」在盡其哀,「追遠」在致其誠。一個人能對死者盡其哀戚之心,必定在其生前能盡其敬養之忱。這種「敬養」與「哀戚」是做不得假的,必能事事也時時表現在待人接物上,也唯有如此,才能獲得他人之尊敬,才使他的事業有所成就。孟子於《盡心》篇說「君子有三樂」,其中二樂是:「父母俱存,兄弟無故,一樂也。仰不愧於天,俯不怍於人,二樂也。」人有此二樂,自然生能盡其敬養,死後盡其哀戚,推而及之對其祖先當能致盡其誠。若由君子,當能感化下民。若由父兄,當能潛移子弟。書云:「君子之德風,小人之德草,草上之風必偃。」下下文接著說:「民德歸厚矣」此亦即人生相應相求,相輔相成之道也。

於孔子的「人本思想」裡,還有一條人生的雙軌必須要履行與實踐的,那就是「禮樂」的施行與推展。這「禮樂」二字,在本書(《二十一世紀的當家思想:論語》)裡,作者稱之為道德的「潤滑劑」或者是「平等的雙向軌道」。他認為墨家的墨子以「薄葬」、「非樂」來反對儒家的「崇禮」、「尚樂」是弄不清時代的背景與「禮樂」的精義所在。譬如於《八佾》篇孔子答林放問禮道:「大哉問!禮,與其奢也,寧儉。喪,與其易也,寧戚。」又說:「人而不仁,如禮何!人而不仁,如樂何?」

今日喪禮上鋪張之風,舞樂上的奢靡之氣,那是後世紈袴小人為

求華麗故意以「繁文縟節」所演變而成的，與孔子讚揚「制禮作樂」扯不上關係，可以說是毫不相干的。

這裡，我們可以自《先進》篇第一章得到一個印證。子曰：「先進於禮樂，野人也。後進於禮樂，君子也。如用之，則吾從先進。」

先進於禮樂者，較之後進於禮樂者，不管在聲色與排場上，當然要遜色多了。但是孔子寧願捨棄「文勝於質」的後進禮樂，而採用「質勝於文」（崇尚純真樸實）的先進禮樂，可見其於禮樂功用上之主張，其實，對於「禮樂」實際上的效用，我們還可以從下列二章裡，明白孔老先生於「禮樂」之心意。

「禮云，禮云，玉帛云乎哉？樂云樂云，鐘鼓云乎哉！」《陽貨》篇第十一章）。

「惡紫之奪朱也，惡鄭聲之亂雅樂也。」（《陽貨》篇第十八章）。

前一章說明「禮樂」只見到「玉帛、鐘鼓」之虛文，而無實質上「潛移默化」、「移風易俗」的功能，那就失去「禮樂」對人生的意義，這樣的「禮樂」是孔子所不取的。

後一章道出了虛偽的禮文，祇會誤導人們向善的誠意，而淫亂靡靡之音，不但取代了正統的雅樂，且會使人生走上浮誇不實之途徑，這都會給社會國家帶來敗亂覆滅之後果。

在本書裡，作者強詞「禮」的功用較「樂」更重要，所謂「禮正」則「樂和」。他認為「禮」是一種調節器，並引用《泰伯篇》說明「禮」的重要：「恭而無禮則勞，慎而無禮則葸，勇而無禮則亂，直而無禮則絞。」

所以「禮」是調節道德行為的一個「機制」，它的功能就是使人的「道德行為」維持在最適當的範圍之內，不要太過；也不要不及，一切合乎中庸之道，在儒家學說裡，以「仁」為諸德之樞紐，「禮」與「仁」就是孔子思想靈魂的「表」與「裡」，缺少了「禮」，那麼儒家的「人本主義」就無從表現了。

遠在太平洋彼岸的知友連康兄，於專心譯注推介西方文化外，還行有餘力於近年內完成了都八十餘萬言之皇皇巨著，名其曰《二十一世紀的當家思想：論語》。多麼地粲粲英華的書名呀！它，宛如一隻摶扶搖直上九千萬里的大鵬金翅，翱翔碧空，羽翼蒼穹……

　　這部纏纏如貫珠的大作裡，作者表了兩個重要的觀點，其一是以經解經，換句話說，他對於《論語》裡的精微大義，不採臆說，而以《四書》來詮釋闡明《論語》的用意，才不會言人人殊誤導了正確的方向。其二是藉諸今日社會的亂象，證明《論語》這部儒家寶典，並不因時空的遞嬗，變遷，而減損其對人生實用的價值。相反地，它，愈老彌堅，歷久彌新，正是當前拯乖迕叛逆次級文化的一葉方舟；也是救世道人心於迷亂眩惑中的一針指南。譬如，它的「溫、良、恭、儉、讓（《學而》篇的話）諸美德，可以說是放諸四海而皆準。其書曰：《二十一世紀的當家思想：論語》，詢非溢美之辭也。

　　由於《論語》是一部「體大思精」與「修己利人」兩兩兼顧的政治與倫理之書，非固陋如我所能窺豹於萬一；叨在知交，謹以區區二三十年來講授一得之愚，談不上是「序」文，其略綴以數語，聊作「人投以瓊瑤，我答以木桃」之報吧。

定海翁以倫識於歲次戊寅恬之居

好家庭與《論語》
──《二十一世紀的當家思想：論語》校後感

廖蓮珠

　　一般人都明白道德對於個人修養以及社會風氣的重要，可是，力行實踐的程度，卻人人不同，因此造成了常常要改革。例如：由貪心而引起劫財，由瞋恨而引起殺人等，社會變成黑暗、暴亂，人心充滿荒淫、愚痴，道德的意義已蕩然無存了。為了使社會、人心都能淨化，大家想了很多方法，可是，根本之道，還是常讀孔夫子的書──《論語》。依照孔子寶貴的訓示來做，既不會落伍，又不會有偏差。我的淺見是：如果每人每天都能讀幾章《論語》，並且將書中的道理，表現在日常生活中，那麼，就是最好的道德教育，所有的倫常、綱紀、與禮法，也就能達到基本的要求，而不至於形成不合規矩的現象了。可惜，我們忽略了，我們不想按部就班的推行忠孝等美德，我們更自大地以為，只要努力賺錢，有了錢，一切好的都有了，壞的都沒有了。錢、錢、錢⋯⋯錢老爺比孔夫子重要太多了，誰有時間從「子曰學而時習之」讀起，讀那些做甚麼？賺錢要緊，「要拼才會贏！」於是，《論語》裡面的思想、精華，全被識貨的外國人撿了去，當我剛校對張老師這本鉅著時，看到外籍人士對於《論語》的研究與貢獻，我才知道，他們真的賺到了「東方財」了，而我們，由於不認真，遲早有一天，會把固有的文化淡忘了，免費送給西方人了。我有時會問自己：「誰該對文化的傳承負責？誰該延續民族文化的命脈？

老師？學生？官員？國民？」總之，我們要趕快回心轉意，用《論語》來救社會，不要再一延再延了！

　　孔子的偉大，塑造了他的學生也有不同的成就。例如：顏淵的德行，子貢、季路的傑出，使我們在教學時，彷彿是明燈多盞，指引我們聖賢的大道，是條條皆可通。在教導子女或學生時，四科十哲，以及書中所提及的其他弟子，正是最好的榜樣，他們的言行，也同樣可以開啟我們的智慧，引領子弟向前邁進。家庭的成員，若都能勤儉克苦，孝弟守禮，則社會的秩序必然合於常軌，而不會像本書中所說，社會離婚率越來越高，年輕未婚生子者不對子女教養負責，等等怪異的亂象。身為家長的，要把奉行四維八德，當做比解決民生問題還重要的課題，才能把子弟教好。我個人十分欣賞孔子所說的：「未若貧而樂，富而好禮」這句話，中國文化的基本精神，其實是在防止我們有「禽獸之行」，我們的舉止言行，若有踰越，就是違背了孔子的教化，我們怎能不多加注意？可是反觀現在的社會，富有的，也製造很多醜事，貧窮的，也產生很多罪過；一般污濁的空氣，瀰漫四通，我們正該努力研討書中的道理，徹底檢查過錯出自何人，何處。否則，因循苟且，漏洞越來越大，哪有甚麼幸福與快樂呢？張老師真有心啊！他用一貫的瀟灑風格，添加很多幽默的口語，使書中原本讓一般人望而生畏的，變成「教條不教條」，讓我們能夠更樂意接近孔子的學理，並且舉了很多外國的例子，來糾正時下本地的不正常心態。讀起來絕對沒有枯燥無味的感覺，反而覺得「挺有意思」的。因為孔子的話，經過張老師的一番詮釋，就變得「通俗、易懂、易學、甚至易行」了。深入淺出的指導我們，去探討《論語》，我的同學兼好友張老師的功勞，是值得頌揚的！

　　張老師要積極的做個「文藝復興的使者」。他在講子曰：「知者樂水，仁者樂山。知者動，仁者靜。知者樂，仁者壽」(《雍也》篇六：二十一）這一章時說：「我總覺得孔子像我家隔壁的王伯伯一樣，說

話平平實實，生活態度謹謹慎慎，待人親切，讓我們很樂意親近他，有問題就想找他談談，而且聽了他的話之後，就有一種『世界多美妙』與『樂在心頭』的滋味兒。」假如我們都是那位王伯伯，假如我們每個人的心性都是這麼老實善良，那麼，我們就是做到孔子教給我們的每一句話，我們的家庭就很高尚，我們的社會就很可愛。那時候，每一個人，都是仁者、知者，每一個人都是樂者、壽者。讓我們從頭做起，從「心」做起，從「新」做起，同心一力，去做到孝弟、仁義、禮樂等美好的德行，才能組織美滿的家庭，營造和諧的社會。到了那個時候，也就是真的「文藝復興」了。

──原刊於張連康《二十一世紀當家思想：論語》，頁25-27。

作者簡介

廖蓮珠，臺灣雲林人，生於一九四五年。自幼在臺北成長，就讀中山國小（1952-1958）、臺北市立第一女中（初中部、高中部），一九六四年考入臺北工專（現國立臺北科技大學），次年考入國立臺灣師範大學國文系。五八級甲班畢業。主要任教學校依序如下：

一九六九～一九七〇年　　南投縣魚池國中
一九七〇～一九七三年　　彰化縣員林國中
一九八四～一九八六年　　臺中縣明道中學
一九八六～一九八八年　　彰化縣中興國小
一九八八～一九九五年　　彰化縣秀水國小
一九九五～二〇〇五年　　彰化市南興國小
二〇〇五年八月　　退休

《國字辨識》(教學手札之一) 艾序

艾弘毅教授
國立臺灣師範大學國文系退休教授

　　我國文字,源遠流長。因而形體不一,讀音多歧,而義別更是古今不同,變化多端,過去讀書,不外經、史、子、集,皆為中文,等於國文專修。而今青少年之學習重點,則在英、數、理、化,國文時數雖多,因易於及格,往往被忽視。因此國文程度,頗有江河日下之慨。

　　中文以形體而言,有本體、借體、正體、俗體、繁體、簡體多種。以讀音而言,有讀音、語言、又讀之分。以字義而言,因古今、方俗不同,更為分歧。現在大學中文系,有關中國文字,特設三種必修科目:(一)文字學(字形)、(二)聲韻學(字音)、(三)訓詁學(字義)。這三種科目,在古時稱為小學,是學童啟蒙時先學習的,於今重視科學,專研聲、光、化、電,變「小學」為大學研習科目,也有不得已的苦衷在也。

　　翁君以倫,好學深思。於教學之際,對學生用字,特別留心,詳加剖析比較,採用壁報形式,每周宣示學生,藉期改正。日積月累,裒然成冊。教學相長,於己固然有得;而嘉惠士子,提高文化,更有足多者焉!成果命名「國字辨識」,即將付印,故樂為之序,以弁其端。

艾弘毅
民八十四年十二月二十三日書於臺北寓所

國字辨識的立體綜合模式——序《國字辨識》（教學手札之一）

姚榮松

　　讀書莫先乎識字，識字莫先於審音。這是清代樸學家的格言，道理雖淺顯，卻將語言文字的關係，一語道破。文字記錄語言，所以文字始創，必然在語言高度發展以後，為了保存或傳遞稍縱即逝的語言，「文字」被創造出來。文字有形、有音、有義，造字之初，心有是義而有是形，然而無音即不能成文字，所謂「古曰名，今曰字」，名即用以稱謂的語言單位，字即是固定下來的「名」的書寫形成，二者雖古今異名，其實為一物，如影隨形。所謂識字，無非認知某個形體和語言中某個「詞音」的統一，從而明其指涉之對象。拼音文字如此，形義文字亦然。不過在拼音文字，字形只是語音的載體，語義是隱藏的，漢字則不然，形兼音義，極便目治，音節簡短，容易離合，字義引申，變化多元，字符眾多，異文雜沓，字形逼近十萬，皓首窮經，亦不能盡識，故有志者提倡整理國字，分析詞（字）類，俾便執簡御繁。

　　文字的精確化是一回事，規範化卻是另一回事，規範即是讓文字使用者不要看錯、讀錯、用錯、寫錯，權威之士在於教師、文字編輯及校勘人員。其中國文教師承擔最重的責任，因為後兩種人只能消極的防錯，淨化文字環境而已，而前者卻是從「心防」到「治療」，日日施行，口沫橫飛，龍飛鳳舞，或書于黑板，或施諸作業、試卷，或

撰文之不足而編書。吾友翁以倫君，其中之佼佼者也，嘗以數年之間，將走廊當黑板，每週作「大字報」，公布辨識字組，五字為一單位，將平日授課心得，餉之全校師生，顏其專欄為「國字辨識」，儼然許叔重再世，凡音同、形近、音近、異義、義同形近、古今字、通同假借、破音別義，皆所撷拾，鉅細靡遺，固已防杜無數文字之誤用，造就多少藝文的尖兵。猶且孜孜矻矻，重行編排、補充、打印，以成卷帙，俾便出版，以饗同行及莘莘學子，可謂夫子盡心焉而已，不知老之將至云爾。體例既成，輒寄稿樣，命其二十七年前在師大國文系的同班一人撰寫讀後感，以代班序焉。

忝為窗友，面對這本「可能」「應該」獲得文化建設獎的跨世紀好書，儘可能故作驚人之語及刮目相看之態，其觀感曰：

此書名為「國字辨識」，似乎太不起眼了點，除非在封面有致命的吸引力，否則易被誤為小學的認字手冊，而忽略了這是一本高中生適用的「高等識字教材」，其體大思精，左右逢源的特點，自然也有被樸拙的書名掩蓋之虞，豈不可惜？然而左思右想，有人把解字工夫叫屠龍絕緒，辨字之學則稱之為雕龍絕技，或看做漢字萬花筒。有心人則謙稱鎡釘拾餘，或曰咬文嚼字，或曰字斟句酌，林林總總，既缺乏現代感，也與本書的出版動機不符，還不如「國字辨識」四字開門見山，爽利親切，雖百世不能替也。

辨識文字，最重字源，故須明初形本義，本書悉本《說文解字》，故讀者有如讀白話說文，此其勝處。作者之功力。蓋拜大二時代文字學老師魯先生所賜，我們曾肩併肩，每週二堂進行翻檢段注說文大競賽，傾聽先生解析，先做速記，課後再作一次筆記整理。「國字辨識」，既要字字探本溯源，當年那本藝文版的小字說文，怕早已韋編三絕了。這本「辨識」，每字雖並列音、形、義，形義均據說文，另加《說》以後新增義項，唯獨注音只列國音，完全沒有古音或廣韻，除因讀者沒有實際的需要之外，作者忽略古今音的變化，恐

怕也是白璧微瑕了。

辨識文字，如果流於一偏，或形、音、義三者不能兼治，往往顧此失彼，知其一不知其二，或若斤斤於一筆一畫，引經證典，以炫博學，則又流於瑣屑如村學，本書一掃此病，視文字為有機組合，因此就「古今字」「正誤字」「音同字」「形近字」「義同字」五例，每例各取兩字組合說解，合五例為十字一組，細細品味，有如一堂「文字聲韻訓詁綜合研究」，佳餚十道，色香味俱佳，而不覺枯燥。凡此匠心，皆在作者寫「文化走廊」大字報時，已作殫思竭慮，難怪每一組皆呈現不同風景。讀者何妨先行瀏覽一下本書的分組字彙目錄，洋洋大觀凡百餘組，搜羅常用字約一千多字，無異於一本識字小詞典。字組五例，亦別具巧思，其首曰古今字，其末曰義同字，首尾兩例皆所以求同；其餘的「音同字」實指「音同形近義異」、「形近字」實指「形近音異義異字」，與「正誤字」三者皆為別異而作。求同與辨異交互索求，或正字形，或辨音義，或識古今異字而同詞，或察形聲迥別之同義字，則漢字之間的各種共性殊相，具無隱遁，學生在迴環的同異之辨中，了然於心，逐漸體會文字通、同、錯、別之關鍵，必能得其全體大用，可以說是一種辨字學上的立體綜合模式，這是厚植高中國文基礎的一帖萬靈丹，所謂運用之妙，存乎一心。篇中詞例，每多取材高中國文教材，那麼這是課內與課外交融的正字法，不但溫故，也能知新。

中國文字形聲居十之八九，聲義同源之訓詁理論，也常能體現在字例中的以類相從原則，以下舉三組為例：

組別	古今字	正誤字	音同字	形近字	義同字
第二十四組	煙──烟	煙──湮	植──值	湮──煙	堙──湮
第二十七組	介──界	盜──盗	裝──妝	宄──究	妝──粧
第三十三組	詘──屈	拙──茁	黜──絀	詘──咄	孜──孳
				拙──茁	

各組皆有字重出,實際收字的廿四組收煙、烟、湮、堙、植、值等六字,廿七組收介、界等九字,(其中妝字重出,盜為錯字)三十三組收詘、屈、拙、茁、黜、絀、咄七字(其中拙—茁兩用,詘字重出),重出字是因為左右逢源,非音同則形近,形不近或義同,義雖同或字分古今,尤其第三十三組全部形聲字皆從「出」得聲,這樣的巧妙安排堪稱書中特例,其餘各字組平均有兩例同從某聲,本書似做了均勻的搭配,才不致淪為《說文通訓定聲》之姊妹作。這三組高頻率的同諧聲字群,也正說明形聲字中義符別義的重要性,然則漢字形、音、義三者,在「國字辨識」中,其價值相等,讀者深察此中消息,可以掌握漢字的特質及科學性,從而建立科學的漢字教學法,以迎向二十一世紀新新人類即將面對的不可知的文字體系的變化,莊子謂樞始得環中,其此之謂乎。

這些讀後隨筆,如果能有助於讀者按圖索驥,得到本書的應用之妙,是所願矣。

姚榮松
丙子三月姚榮松寫於臺北羅斯福路車喧樓

——原刊於翁以倫《國字辨識》(教學手札之一),頁1-4。

國字辨識淺說　代序

翁以倫

一　概說

（一）引言

　　從事國文教學二十餘年來，在學生作文與周記簿裡，總是不經意間發現他們太多的錯字和別字，而且大半屬於一般常用字。如「在、再」「以、已」的混淆，及「盲、肓」、「贏、羸、嬴」的無別；等而下之，「勝利」誤作「勝力」，「戴帽」竟成了「載帽」。當然，「奮、奪」、「舊、舊」、「盜、盜」、「慕、驀」同列，也就在所必然了。

　　其實，不僅學生如此，就連電視螢幕上打出的字幕，以及報章雜誌上所刊載的作品，錯別字也屢見不鮮呢！

　　臺灣推行國語運動，四十載來，尤其對於國小國語文教學，更為重視，幾乎每隔幾年，國語課本都要加以修訂，或重新編排。近年來修訂更為徹底，不獨內容更新了，版面美觀了，字體增大了，最重要的，對於指導學生「閱讀寫作」以及「字體書寫練習」，都有悉心妥善的設計，和講求實效的構想，可謂盡善盡美，其有助於教學，不言而喻。

　　當然，教育是一種長遠且屬於非利潤性的投資事業，不同於農業改良品和加工製造品可以立竿見影，國小國語課本之重新編訂，將來成效如何？目前言之過早，不過，單就「錯別字」來論，似乎前途不甚樂觀！

這裡且舉一事為例，我有一位親戚的孩子，他剛好是新版後入學的，由於課本編排新穎，內容深淺適中，又配上大幅的彩色圖片，從學校領回來後，他愛護它如獲至寶，一會兒摸摸，一會兒看看，一會兒又替它裝上書套，喜悅的程度，遠超過他爸爸為他在學前所購買的圖畫與故事書。每天上學，他都吵著能早點去，放學回來，常自動地抱著書本咿咿唔唔地念個不停。

至於談到寫字，我那親戚不免眉頭攢蹙了。

國小自一年下學期後，開始練習國字了。起初，由於習題較少，他那個孩子，還可以依照書上所寫筆順，一筆筆的點畫撇捺，不久，習題日漸加多，每每三四十行不等，有時甚至多達七八十行，為了求快速便捷，不但筆順錯亂了，竟然取起巧來，（不知始作俑者為誰）把國字國音劃分二個梯次；先寫完國字，再補注國音，只見他振筆疾書，一行接一行沙沙而過，結果，求快是達到了，可是注音呢？聲調是「二三四」不明；韻母是「ㄛㄜㄥㄣ」不分。最糟的莫過於寫字了，呈現眼底的國字，只要你稍加留意，就不難發現，不僅字體橫七豎八，筆畫也被任意增減了，以致「未、末」「士、土」一色，「找、我」「免、兔」齊飛，這樣，音不成音，字不像字，「錯別字」的養成，可謂其來有自。

自然，這只是說明了「錯別字」由來的一個因素，並不是意味著一切錯別字皆自個中來。譬如，知識的多元化，社會形態的急劇改變，和事事科學化的要求，在在都促成了「錯別字」的遞增。不過，最重要的，還是一般人對於國字欠缺真正的認識和瞭解。

（二）國字的筆畫和同音字

一般說來，國字為人詬病的地方，不外乎筆畫太繁瑣；和同音字太多。前者影響了書寫的速度，而後者聽起來，往往是「鍾鐘」本是一家，「張章」不分彼此，甚至鬧出了「傅局長」和「副局長」的笑

話來。因之,近一世紀來,有人倡導文字改革,主張採用簡體字,認為不如此,將無法促成中國的進步和現代化。如六十八年中共國務院宣稱於元月一日起,要實施「漢字拼音化」,以殘缺的簡體字,替代我國富有藝術氣質的繁體字,顯然的,這種不顧中華文化特性的做法,早已偏離我國形義文字的軌道了。(僅管有些簡體字,即是古文;但大多數不符六書造字原則)

實則,國字的缺失,並不如有些人所想像那般嚴重;尤其歸咎它為「中國進步的阻力!」更是無的放矢。究其情,乃是滿清末葉,西洋船堅砲利下,民族自信心喪失所形成的盲目崇外心理的作祟,不值識者一笑。即使是上述所提有關筆畫太多和同音字的問題,衹能說是大醇中的小疵,何況它也正是國字所謂「形系文字」不與培塿為類的獨特所在。(這一點容後再補述)

就拿國字「筆畫繁瑣」來談,這一問題衹是大家未根據事實,人云也云而已,其實只要任意翻閱一篇五百字左右的文章,當可不辨自明。

茲抄錄中央日報八十年十月十四日副刊所刊鄧榮坤先生所寫「漂水花」小品一文為例:

「想找一條清澈的溪流,將花了好長時間找到,而如今已握在當中的扁平石片擲出,我從那座山頭走到這座山頭,恍惚中浮現的童年,此刻離我很遠很遠。

衹為了學習羅門、余光中及向明擲出扁平石片,在清澈溪流中激起水花的瀟灑,我走過桃園縣境內的溪流,眼眸中的青山翠綠得可以掬出油來,而腳下的溪流不再清澈,看不到青山在水中搖晃的臉,也看不到白鷺鷥斜斜飛過的飄逸。

立於山谷間,我發現自己的被遺忘於溪岸的一株蘆葦,逐漸在風中望著鬢髮泛白,而不能擁有屬於自己的嘆息。

童年時,走過溪流,曾浪漫擲出扁平石片,然後看著石片削向黃

昏,看著石片削去水面上的無知歲月,水花是少了,可是,仍然讓我擁有一段短暫的滿足感。我把石片擲出去了,在溪流中扁平飛出,飛進了生命中最淳樸的日子。

年歲漸長,帶著孩子走進山谷間,試著找尋一條清澈的溪流,讓天真的孩子們也能像我的童年一般,把扁平的石片擲出,然後站在溪岸拍掌歡笑,可是,走遍了桃園的山谷,卻找不到清澈的溪流,面對孩子們一臉的憂鬱,我有哭泣的衝動,掌中握著的石片仍握在掌中,而童年的溪流卻從掌中流過。」

該文共計四百六十五個字,超過二十筆以上的筆畫的字,僅有「鷺、瀟、灑、讓、歡、鬢、鬱」等七字,而介於十五畫與十八畫間的有「盪、擲、飄、蘆、髮、羅、憂、縣」等八字。兩項相加,總計為十五個字,僅佔總字數百分之四而已。換句話說這篇近五百字的文章中,百分之九十六以上的字筆畫相當簡便,可知所謂「筆畫繁瑣」顯然未免以偏概全了。

至於談到同音字,相反的,正可以表現國字的特質。眾所周知的,天地間一切事物,各有其名。誠然,事物的意義,是在聲音以前,可是,假若不是藉著聲音的表達,那末,事物的意義,也就無從顯現了。《說文》解「名」曰:「名,自命也,从口夕,夕者,冥也,冥不相見,故以口自名。」這段話說得真好,當人們在晚上相見的時候,由於天黑不能辨認,必須自報名以資識別,而報名來自聲音,所以,名者就是用聲音作為事物的識別。古書有云:「發志為言,發言定名。」於是,隨聲音之所起,不但意義緊跟而來,就是形體也附麗其上了。(例如:具體的如呼「山」,不僅「屹立不搖」的意義隨聲而至;且「高峻」的形狀也排闥而來。抽象的如說「忠」,不僅「堅貞不渝」的意義卓然而立;且「壯烈殉國」和「從容就義」的事蹟就展現眼前)。就如「嫁」「稼」因「从女」「从禾」偏(形)旁的相異,以及語詞「婚嫁」「莊稼」的互殊,顯而易見的各有其分際了。

(三) 字音和字形

大致先民造字，其初先有右旁之聲，後有左旁之形，而字義皆起於右旁之聲，任舉一字，聞其聲即可知其義之所在。且某字右旁之聲，相同於此字右旁之聲者，其義也多相同。如「夬」字有「分決」之義，最初僅有「夬」字，而水流而言，於是加水而作「決」；就製衣而言，於是加衣而作「袂」；就缶屬而言，於是加缶而作「缺」；就玉珮而言，於是加玉而作「玦」。是「決、袂、缺、玦」等字皆為後起，然而由於同從「夬」聲，所以都有「分決」之意義。同時不必右旁所從之聲同而後其義也相同，即使別一同聲之字，也可用為同義。如「字」字，說文：孶乳也。「滋」字，說文：益也。「孜」字，說文：汲汲也。則知「字、滋、孜」等字，都有「多」義。再如「鴻」字，說文：鴻鵠也。箋：鴻：大鳥也。「洪」字：說文：大水也。「宏」字，說文：屋突也。爾雅釋詁：宏：大也。「洚」字：說文：水不遵道也。集韻：洚，大也。孟子滕文公篇曰：洚水者，大水也。可知「鴻、洪、宏、洚」等字，都有「大」義。由此可得知，同聲之字，就是音義之所衍生，由音而知義，其於字彙之運用，自然左右逢源，而無枯竭之虞。

不特此也，中國文字原是音、形、義三者的結合，也即是形成國字的特質所在。由音固可以尋義；而就形更可以見義，「音」「形」之於義，猶如鳥之兩翼，相輔相成，相得益彰。稍有差別的，乃是：音以耳為主，形以目為斷。耳聞為虛屬於抽象，目視而明具有實體。根據《說文解字》敘說：倉頡是黃帝時的一位史官，他見到鳥獸蹄远之跡，知分理之可相別異，於是創造了「書契」，就是書寫在木板上用刀雕刻的符號，也就是早期文字之濫觴。換一句話說，即是所謂「象形文字」。茲略舉幾個例，以見一斑：

1.日（☼ ☉) 2.月（☽) 3.雨（⾬ ⾬) 4.山（⛰ ⛰) 5.水

（🖼🖼）6.目（🖼🖼）7.牛（🖼🖼）8.人（🖼🖼）9.魚
（🖼🖼）10.口（🖼🖼）11.弓（🖼🖼）12.蛇（🖼🖼）。

　　這些形狀，都是視而可知，辨而可識的，到現在還有它清晰的軌跡。怪不得《說文解字》注的作者段玉裁要說：「聖人造字，實自象形始。」著實有其道理在。根據國字，形旁（也即是俗語所說的偏旁）相同的字，其表意也相近，如从水旁的字，其義均與水有關，从木旁的字，其義也與木有關，以此類推，舉凡从口、从心、从石、从艸（草）、从火、从人等等，也都莫不如此。同時，我們還可以進一步指出，各形旁的字，除了可知其原屬形旁的表意外，還可以從此推知其所引申的意義。這裡且舉幾個同从某旁的字，譬如：

　　甲、从艸旁的字，（除名稱之外）大多有生長和聚集之意。如：

（1）芒：說文，草端也。周禮地官：芒：禾杪也。

（2）菁：說文，韭華也。廣雅釋草，菁：華英也。

（3）茁：說文，草初生地貌，詩召南：彼茁者葭。傳：茁：出也。

（4）萃：說文，草貌。廣雅釋詁：萃：聚也集也。

（5）華：說文，榮也。注：木謂之華，草謂之榮也。

　　乙、从日或从火旁之字，大都有光明溫暖之意。如：

（1）曉：說文：天明也。廣雅釋詁：智也慧也。

（2）昂：說文：高舉也。類篇：昂：日昇也。一曰：明也。

（3）暖：說文，溫也。集韻：暖，柔婉貌。

（4）炫：說文，光耀也。集韻：炫，明也。

（5）熹：說文，炙也，熱也。廣韻：熹：熾也、盛也。

（6）炳：說文，明也。玉篇：炳：明著也。

　　（按：从日从火之字，有些字互可通用，如「曜」與「耀」（燿）。「輝」與「暉」（煇）。「暖」與「煖」等是。）

　　丙、从疒或从歹旁之字，大都含有傷病或瀕死之意。如：

（1）疣：說文，顫也。玉篇：疣：贅也、腫也。
（2）痍：說文，傷也。說文通訓定聲：痍：割也、破也。
（3）瘁：說文，病也。詩小雅：瘁：勞也。
（4）殤：說文，傷也。釋名釋喪制：殤：未二十而死曰殤。
（5）殆：說文，危也。爾雅釋詁：殆：壞也。
（6）殊：說文，死也。一曰：斷絕也。釋文：殊：誅也。

丁、从心旁的字，大都懷有思慮和喜悲之意。如：
（1）怨：說文，恚也。恨也。論語里仁：勞而不怨。注：「怨」，憂也。
（2）悸：說文，心動也。廣雅釋詁：悸：怒也。
（3）悲：說文，痛也。正字通：悲：戚也。
（4）惕：說文，敬也。玉篇：憂也，懼也。辭海：惕：驚也。
（5）患：說文：憂也。論語學而：不患人之不己知。注：「患」，憂也。

　　從上面所舉的例子裡，我們可以知道，世界上任何一個國文字，沒有比國字的構造更巧妙了，也可概見我先聖先賢智慧之結晶。

　　國字的聲旁與形旁，既是表意之所在，自然，其有助於學習，當不待言。何況國字中半聲半形所組成的形聲字，約佔全部文字百分之九十以上，更增加了學習的方便。所以，學習國字和辨識國字，最便捷也最基本的入門，乃是要從「辨音明形」上著手，音辨則字無齟齬，形明則義自裸裎，明乎此，其匡正與補救「錯別字」之道，當不難迎刃而解了。

（四）國字的優越性

　　國字的好處，筆者深深覺得，僅就聲旁和形旁的特質，尚不足曉然國字的真正內涵和優越性，同時我們也知道，唯有對本國文字有真正的認識和了解，始能孕育著寢斯食斯以及終於斯的向心力！也唯有

如此，才能產生血肉相連、水乳交融的真情愫和真性情，從而認真努力去學習它，死心塌地去愛護它，這樣，國字才會在人們內心處紮實地生根。

為此，我們自得對國字作更深一層的發掘與探采。

無疑的，我們中國是一個最古老的國家，它有五千年來未曾中斷的歷史文化遺產，它還擁有全世界四分之一的人口，在這樣龐大的社會裡，這個最古老的國家，不但不曾因歲月的滄桑；而有衰老的跡象，反而與時代更新，向前不斷邁進且綿延不絕。這是什麼原因所造成的呢？仔細分析起來，這裡面的因素固然很多；但最具體也最重要的，莫過於拜這個世界上獨一無二的「形系文字」國字所賜了。

當今世界上，所用的文字，可以歸納為二個大系，一種是走拼音路線的「音系文字」；一種是走象形路線的「形系文字」。這麼多林林總總的國家裡，只有我國文字為唯一的形系文字，其他各國全是清一色的音系文字。所謂「形系文字」，就是上面所提的，以字形來表意，那是一種直接表意法。

我國有五千年的歷史文化，就文字的創造來說，從已發現的甲骨文來審定，最起碼也有三千年的歷史文化，在這三千年中，我們的語言不知變化了多大；但文字卻始終未有變更。大家都知道，我國有很多方言，不獨省與省不同，甚至一省之中，也是方言分歧，例如浙江省中，有溫州話和寧波話之分別，而本省內也有閩南語和客家語之相殊，祇是實際上，並不因語言上之不通，而使文字有所差異，常見兩個不同省籍的人，毫無隔閡地用筆促膝而談，以同樣的國字，作彼此心靈上的溝通。這就為什麼我國歷史上，國家常常分裂，但總是分後必合，使民族長久獲得凝聚，統一的國字，居功厥偉。尤有進者，國字不惟具有其實用上之價值；而且還能以藝術品的形式，供人欣賞。它是一字一形體，也是一字一音節。本於前者，可以講求工整與對偶；基於後者，可以尋求聲律與和諧。故與視覺上，既有整齊勻稱的

字形;而於聽覺上,復兼抑揚頓挫之音韻。如中國書法稱為國粹,享譽國際,而詩詞歌賦,綴字成句,聯句為詩,蔚為我國文學之特有景觀。國字之多彩多姿,委實非其他各國文字所能比擬且望塵莫及的。怪不得瑞典人漢學家高本漢氏要說:「中國語文為世界上最高等的語文,中國文字是最優美的,合理的比較容易學習的。」又云:「中國文字可以當作世界語。」實非溢美之辭也。

(五) 國字辨識的要義

國字的瑰麗與博大,身為中國人,有著一分生有榮焉的驕傲。不過,我們要知道,文字本身的功用,原為溝通情感和表達思想的。易曰:「情見乎辭。」又曰:「辭以盡言。」可見文辭表達的重要。孔老夫子也說過:「辭,達而已矣。」所謂「辭達」,就是字不訛誤,字不妄用。這在文心雕龍章句篇寫得尤為精要:「夫人之立言,因字而生句,積句而成章,積章而成篇。篇之彪炳,章無疵也,章之明靡,句無玷也,句之清英,字不妄也,振本而末從,知一而萬畢矣。」可知篇章之瑜瑕妍媸,完全決定於用字遣詞之臧否,此也即是練字篇所言:「心既託聲於言,言亦寄形於字。……是以綴字屬篇,必須練擇。」字之明當,倘要下一番工夫琢磨,那麼,寫了錯別字,豈不是佛頭上著糞嗎?

所以,「國字辨識」之提出,基於以下二個主要原因:

其一,於遠因言:原於文字本身之優越性,以激發國人對民族與文化的向心與認同。

其二,於近因言:糾正一般人對國字之淡漠輕忽,並由認識國字寫好國字,進而正確地駕馭這優美的交通工具,使人與人心靈間得以美好的交流。

儘管目前坊間所出版的字(辭)典和類書,種類繁夥;但大都偏重於字音的讀法和字(詞)義的詮釋。至於「錯別字」方面,雖也有

專書的編撰;如「錯字大全」、「我不再寫錯字」、「每日一辭——形似字」、「每日一辭——通同字」、「每日一辭——多義字」、「再見別字」、「我要認識中國字」、「有趣的中國字」、「奇妙的中國字」、「破音字大全」、「我要征服破音字」,以及「我不再用錯詞語」等等,可謂猗歟盛哉,集「字」書之精英,可惜的專則專矣,祇是搜集的資料「鉅細靡遺」太龐大了,也太周到了,對於一般常用的字彙,並無太多的助益。更重要的,它僅是單一的「字」書,欠缺彼此之間——「同音字、同義字、形近字」相互比較和融會。即使近幾年來,異軍突起為大家所傳誦—由中華電視公司逐日播出的「每日一字」和「每日一辭」,也不過是螢光閃爍下的「字典」和「成語大全」的翻版而已,對於普遍濫用國字所導致的錯別字,也如前面所提的專門「辭」書一樣,產生不了實際效果。

筆者不才,忝於國文教學之列,不揣寡陋,擬就國字的「音形義」三方面,逐一地作基礎上引介與說明,其彼此有關係者,則並列與以比較,並分析其相同或相異之所在,俾使學習國字的人,得以循序瞭然每一國字其於「音形義」所蘊孕之道理,徹底明白其來龍去脈,如此,始能對日漸泛濫的「錯別字」有所補救,才是對症下藥的治本之道。

二 內容

「國字辨識」的內容,計分:

(一)古今字辨識:此處所謂「古字」,是以小篆為主體,另兼及部份有關之甲骨文、金文和古文。至於「今字」,分為正字和異體字兩部分。其曰「正字」,即是今日所通行的楷體。其曰「異體字」,乃是指俗字和或體而言。所以,「今字」是以楷體為正則,並以俗字和或體為輔翼,使讀者一目瞭然古今字之演變,以及正字之書寫標準。

（二）正誤字辨識：錯別字之發生，大致不外乎下列幾個原因：

甲、習非而誤：如「恭」誤為「䘘」，「盜」誤為「盗」，「冒」誤為「冐」，「充」誤為「𠑻」等是。

乙、音近而誤：如「渾渾噩噩」為「昏昏噩噩」，「寥寥無幾」為「了了無幾」等是。（如寫為「廖廖無幾」兼有形近而誤。）

丙、音同而誤：如「獲得」為「穫得」、「慈祥」為「慈詳」、「安詳」為「安祥」等是。（也兼有形近而誤）

丁、形近而誤：如「汩沒」為「汨沒」、「折斷」為「拆斷」等是。

戊、義近而誤：如「綽綽有餘」為「足足有餘」、「暈船」為「昏船」等是。

（三）音同形近義異辨識：這一欄之首要條件，必須符合「音同」且「形近」為前提，然後分別排列，按「音、形、義」順序作簡明扼要的介紹與詮釋，並加以詞例和用法舉例，使讀者從其中得以辨識「形近」「義異」之所在。

（四）形近音近（異）義異辨識：本欄以「形近」為要件，凡形旁相近之字，均以次列出，（體例同「三」），以探討其音近（異）義異之歸趣。

（五）義同音同（近或異）形近（異）辨識：此欄之著眼點，在乎其義同之字，一定要具有「形近」或「音同（近）」其一之規定，才有資格並列比較，相互發明，俾使讀者能體會其道理，進而靈活地駕馭字彙，以表現出國字多元化之功能。（本欄含通同字與異體字，體例同「三」）

以上所列，雖不能說包羅靡遺，但就大體來言，其於錯別字之匡補，最起碼可以打好奠基的工夫。

三　凡例

「國字辨識」一書，其編撰之凡例如下：

其一、本書所辨識的國字，均以通常所用的一般字為原則，艱深和偏僻的字，咸加摒棄。（其中若有牽涉或相關時，則不在此限）

其二、標準的書寫字體，以教育部最近所頒布之「常用國字標準字體表」一書為範本。凡範本未收錄的字，則從約定俗成的現用字。

其三、本書詮釋「形音義」，一以清段玉裁所撰之「說文解字注」為本，旁及其他辭典與類書。

其四、本書所注之音，以臺灣省國語推行委員會所編輯的「國語標準彙編」一書為準則，並佐以國語日報辭典與同音字典。

其五、本書中之「音同之字」，「形近之字」，以及「義同之字」等欄的疏解，均以「音、形、義」順序排列，從而以見字音字形字義之融通。並補充如下：

甲、於字音上，並兼列破音字。

乙、於字形上，則以小篆為準，且旁書相關之甲骨文、金文和古文，並於形旁註明該字屬於六書中那一種，（如象形、指事、會意、形聲、轉注和假借）藉以認識六書之構造。

丙、於字義上，本「說文解字注」之本義外，還簡述其引申義，並舉詞例與用法舉例以資佐證，俾能全盤瞭然各字之含義與用法。

其六、本書各欄書寫之次序，先古今字，其次為正誤之字，音同之字，形近之字，終了為義同之字。蓋因「辨字」為本文之主旨，字明則音可審，形可正，而義可別。此亦即具體而後抽象，自淺近而及深遠之道也。

其七、本書各欄所選用的字，不但以常用字為原則；且也以其相

互關連為著眼點。(即古今字、正誤字、音同字、形近字，以及義同字等五欄互有牽涉為先著，如「刔」與「抉」為古今字，「決」與「决」為正誤字，「抉」與「決」為同音字，「袂」與「訣」為形近字，「缺」與「闕」為同義字，作一整體之推介與辨識，使相互對照，徹底瞭然相類之字，其相同、相近與相異的涇渭所在，此也即本書編撰之特色。

其八、本書各欄所列舉之詞例，原則上以教育部審定之高中國文課本內文句為範式，(包括文化基本教材)再輔以平易常用的文句、成語和詩詞。

其九、本書各欄後，均列有「說明」，藉以說明所列之字音、形、義上，其相同、相近和相異之道理，並根據當前「字以俗成」的新趨向，補充其缺失之處，以符合國字現代化之要求。

其十、本書書末附有檢字索引表(含注音與筆畫二種)，俾便查閱。

四　後記

「國字辨識」專欄，每一週以一字組方式，劃分為五個單位，於民國六十九年度新學期開始，公布於「文化走廊」，作為學生學習「國字」的園地，已歷有多年，其間，承本校國文科同仁不時提供資料，指正舛誤，不僅充實內容，更使本欄生色不少。(見附表一～四)當然，同學們的良好迴響，才有按時陸續刊出的勇氣。由於積稿遞增，以及友好們不斷予以鼓勵，始有累篇成冊的打算，值茲付梓前夕，特草成此文，藉以略述「國字辨識」之原委。

末後，承吾師艾任遠教授以耄期之高齡，時畀予教正，摯友姚榮松教授，於百忙之暇，撥冗詳為本書校訂，老友楊新元與蔡月雲老師

於注音上惠予校正，還有我妻廖蓮珠女士，利用教學與家務之餘，為本書作最後之潤色，深為感紉。小女乃忻，就讀靜宜中文系，一為志趣所近；一則不忍見我勞形於案牘欣然參與本書之校對，有女紹續，差堪告慰。

　　而本書封面之設計，蒙好友王友俊、王淑惠賢伉儷，提供了寶貴意見，亦一併於焉誌謝。本書體例規劃算是草創，無成例可援，加之個人才疏學淺，舛誤或掛漏之處勢所難免，敬希先進與方家匡正指教，俾於來日修訂補正，是為幸甚。

翁以倫謹識於恬之居
民八十四年十月廿五日
彰中

　　——原刊於翁以倫《國字辨識》（教學手札之一），頁1-16。

作者簡介

　　翁以倫
一、出生：一九三四年生於浙江定海。
二、求學：就讀初二時，被國軍帶到軍中，輾轉來臺，二十六歲因關節炎退伍。
三、軍中考上高考人事及格。
四、大學：一九六五～一九六九年就讀國立臺灣師範大學國文系
五、任教：
　　一九六九～一九七〇年南投縣魚池國中
　　一九七〇～一九七一年彰化縣員林國中

　　　　一九七〇～一九七一年彰化市彰化高中，曾任訓育組長
六、退休：一九九九年八月
七、得獎：孔孟學會論文多次得獎、三民主義論文獎。
八、著作：教學手札五卷
　　之一：國字辨識（上、下二冊）
　　之二：誰來愛我
　　之三：巧笑倩兮話修辭
　　之四：藝術化的中國字
　　之五：文詞之精品──語詞
九、往生：二〇二一年七月因自然老化去世

翁以倫《誰來愛我》（教學手札之二） 王序

王開府

「古文」或許被現代人視為古董，與今日的社會生活完全脫節。人們甚至寧願花大筆金錢不遠千里去一看「古蹟」，如中國的長城、埃及的金字塔，也不想免費一讀同樣振爍千年的古文！

其實，那個滿足帝國故步自封的萬里圍牆，和追求個人死後享受的巨大石墓，難道不是以無數人民生命和幸福為代價所換來的？「古文」雖然是個人的創作，卻是累積了人類多少世代智慧和藝術的文化瑰寶，它絕不是僅供把玩的古董，而是照耀古今人類心靈的不熄傳燈！

當中外觀光客登上長城，舉目千里時，不免同樣驚懼於它的氣勢磅礴；但當今天的中國人「風簷展書讀」時，卻難得「古道照顏色」了！身為「古文」文盲的現代人，果不在少數。問題出在那裡？出在我們缺少對古文鑑賞的能力。

歷代指導賞析古文的著述不少，如宋代呂祖謙《古文關鍵》、謝枋得《文章軌範》、明代歸有光《文章指南》、清代吳楚材、吳調侯評注《古文觀止》、林雲銘評註《古文析義》、金聖嘆批註《才子古文讀本》、當代宋文蔚所編《評註文法津梁》等，實不勝枚舉。但是這些著作多在章法、筆法上著力，文義之深究不足，且多用文言語彙，現代人也不容易閱讀。筆者過去曾有意蒐尋此類著作，將古人有關文章作法的心得，作系統地整理，供現代人參考。可惜歲月蹉跎，馳心他

驚，力有未逮，頗為遺憾。

近日忽得昔日同窗以倫兄之大作：《誰來愛我——古文名篇賞析，學生佳作評介》，拜讀之後，由衷贊嘆。以倫兄醉心中國文學，教學之餘仍從事研究不輟，時有宏文發表，在同儕中實為難得。本書分上、下輯，上輯選入有關古文賞析之文章十二篇；下輯則選評學生作品四十篇。

上輯在賞析方面，內容相當廣泛而深入，有義理之闡發、內容之深究、人品之鑑賞、文氣之探討、章法之分析、修辭之示例、詩體之斠議，甚至注釋之商榷，在在顯現作者為學，既能在大處著眼，氣度寬宏；又能在小處用心，一絲不苟。而文辭之典雅、洗鍊，更是餘事。尤其可貴的是，在作者的筆下，往聖先賢的精神風範，宛然活現。相信作者在國文教學中，定能實現他「提昇人文精神，傳承無盡薪火」的宏願。

下輯收錄學生作品，並附以詳實之評介，內容豐富。作者誨人諄諄的精神，隨處流露。作品受到老師如此的指導，學生必然感念深切，受益良多。而這些作品水準優異，又適足證明作者在國文教學上成果豐碩。學生幸遇明師指點：明師果得英才傳薪，誠教育之盛事！

筆者識以倫兄多年，感其為學之勤、為師之誠，故不辭淺陋，敢綴數語以附驥尾。

王開府

——原刊於翁以倫《誰來愛我》（教學手札之二）

作者簡介

　　王開府，自小就受到家父出身法律系的文學、理學、哲學的影響；就讀新竹中學時又有幸遇到史作檉導師的洗禮，我的入世性格開始顯現。父親只是一名公務人員，為了減輕家庭的負擔，加上當年如果考試的成績在全國的前三名而第一志願填寫師大國文系，就可以得到非常高額的獎學金，因緣際會，我就進入了臺師大國文系。

　　大一時我們就組成了一個課外論學的小團體。就在此時，我和翁以倫、姚榮松、李豐楙同學結為好友，也參加了謝冰瑩教授編選當時同學的作品集成《青青文集》一書，其中我寫的是〈我的英文老師〉。

　　研究所的考試成績很好，但是我還是選擇在臺師大就讀，也很榮幸的留任學校當助教。

　　一九七七年牟宗三教授到臺大哲學研究所做一系列的演講，我也恭逢其盛聆聽牟教授的教誨。因為我的英文程度還好，托福和 GRE 的成績都很高，所以考慮赴美進修，但是因為家庭經濟的關係，到美國密蘇里大學教育研究所攻讀成人教育，一年就拿到了碩士學位，立刻返校任職。

　　一九九九～二〇〇二年之間到日本九州大學、京都大學、大阪大學受聘為訪問教授。

　　二〇〇四～二〇〇七年，擔任國文系的系主任，任內我推動了中小學國文課綱的評估與發展、心智圖的教學、中文檢定、閱讀教學、送書到偏鄉的活動。

　　二〇〇五～二〇〇九年應教育部的聘請擔任九年一貫國文國語文輔導群召集人，因為接著要到韓國去當講座教授，所以二〇〇九年（民九十八）年請辭。

　　二〇〇九～二〇一〇年之間受聘韓國外國語大學的講座教授一

年。由於本人與該校池院長的共同推動，促成本系與韓國外大建立了交換研究生雙聯學制。

二〇〇六年因為高中國文課綱修訂減少國文科的時數，不教文化基本教材，於是邀請余光中教授一起成立了「中華語文教育促進協會」余教授為理事長、我為秘書長，二〇一〇年余教授任期屆滿，我接任理事長。

一生從事於國文教學的推動、哲學和佛學的研討，於願足矣。

翁以倫《巧笑倩兮話修辭》（教學手札之三） 李序

李豐楙

　　在文學教育中，西方社會將「修辭學」作為一種基本訓練；既是雄辯術的基礎，也是寫作法的基本工夫。中國傳統的士大夫教養也是一樣——語言一科乃是應對進退之所需，始能在立身行事時得體合宜，成為文雅有禮之士。其後在藝文涵養上，講究文學表達技巧，乃是一種文學須知，嫺習此技，不僅學習有道，得入文學堂奧，更能根柢傳統，變化生新，這就是文學修辭，從「求達」進而「求美」，成為判斷文學素養的基準。

　　有鑒於此，在國內的中文學門，尤其師範系統部份，特別重視「修辭學」一科，以之配合「文學概念」所講授的文學原理。如此有體有用，進學有序，既便於賞鑑古文今詩，也在實際教學時有助於賞析範文。所以凡是鑽研修辭之術有成者，在研讀詩文、小說時，就如獲得一把鏞出鴛鴦的「金針」一樣，既可自度也可度與他人，乃是讀文論藝的看家本領。也因而有關這方面所著作，在國內外迭有佳構，勝義紛陳。

　　翁兄以倫即是這一傳統下的耕耘者，從國立師大畢業之後，長期執教，經驗老到，儼然已是中文教育界的「老兵」。在教學工作之餘，特將有關「修辭學」的實際運用，選擇「練字篇」編撰成書，在十一篇的「演練」中，將諸多中學範文，以及範圍廣泛的例句一一徵

引,並精細解析。其工夫頗近於「細讀」法,從局部字質,而通貫全篇,在舉例解說的情況下,確能抉發文中的隱奧之處,這是教學經驗有得者的真本領。

三十年前在師大的紅樓歲月中,年少輕狂,與同屆諸好友共組讀書會,如王開府兄、姚榮松兄等,當時尋文論藝,常自以為已深得其中三昧。以倫兄年較長,動輒下筆數千言,自抒一己之見,其切磋論辯之樂,則恍如昨日。目前,王、姚二兄執教上庠,而以倫兄嫂相偕南下,教學為樂,而仍不忘著述授藝,實為可敬可賀之事。在諸好友中,已獨好論文談藝,今既能先睹大作,又興發藝文談興,爰誌數語以為序,並謹在此重申敬賀之意。

李豐楙

於南港中研院

一九九八年十月一日

——原刊於翁以倫《巧笑倩兮話修辭》(教學手札之三)

作者簡介

李豐楙,臺灣雲林人,國立臺灣師範大學國文系五八級乙班系友。考入國立政治大學中文所,先後獲碩士(1974)、博士(1978)學位。曾任教靜宜大學中文系、政治大學中文系。後轉任中央研究院中國文哲所研究員(1992-2015)。曾獲一九九四年、一九九七年國科會傑出研究獎。二○二四年當選中央研究院第三十三屆院士,為第一位道教學者膺任院士者,也是少數同時具有道士資格的國立大學教授。二○二三年也獲選為臺灣師範大學第二十三屆傑出校友。以下是

李院士自述其學術歷程的簡歷：

　　政治大學名譽講座教授、中央研究院中國文哲研究所兼任研究員。學術領域為道教文學、道教文化及華人宗教等，發表論文兩百餘篇，出版專著十一種及調查研究報告。早期研究集中於「道教文學」，而後擴及《道藏》、道教文化及華人宗教等；研究方法兼綜經典文本、歷史文獻、田野調查及實踐經驗。曾與西方的「聖與俗」理論對話，根據民族思維的陰陽相對互補，而提出的「常與非常」，此一文化結構用於詮釋諸般文化：節慶狂歡、變化現象、人物典型、死亡知識及解除法術等。五部道教文學專著論述的神仙神話，從遊仙詩、仙歌到遊歷仙境小說；而後針對奇書文體，從謫凡神話建立的敘述模式，以之詮釋水滸、西遊等。認為道教神話上接中國古神話，其作用就像「文化百寶箱」具有收納效應。道教文化研究則著重道教儀式與地方社會的關係，關聯公私儀式，節慶如三元節，地方信仰則有建醮、送王等，乃屬漢人社會中的非日常性信仰活動。並主持馬來西亞等東南亞調查研究，出版《從聖教到道教：馬華社會的節俗、信仰與文化》論證馬華社會因應環境之變，其節俗信仰漸趨「教節一體化」。晚近的跨領域研究涉及道教圖像，既與博物館界合作舉辦展覽：臺南鄭成功文化館、世界宗教博物館，既運用道教的道壇畫，也擴及故宮博物院的名畫及仿作，認為仙山畫、三官出巡圖作為「道教藝術」，其價值乃屬中國藝術史的一環。

翁以倫《藝術化的中國字》 劉序

劉正浩教授
國立臺灣師範大學國文系退休教授

　　翁君以倫在師大讀書的時候，曾選修過我教的「左傳」。因為他的姓較少見，而名字又古色古香，極富書卷氣，也和孔子的名教相契，再加上他的淳篤好學，給我的印象，非常深刻。但當他畢業離開臺北，便失去連絡，忽忽近三十年。

　　不久以前，以倫託他的同窗好友姚榮松博士送一套著作給我，共有《國字辨識》、《巧笑倩兮話修辭》、《誰來愛我》（古文名篇析賞）、《藝術化的中國字》四種，總題「教學手札」，都是近十年來在繁忙的教學生涯中，抽空寫成的。有這樣的恆心毅力，這樣豐碩的成果，而且有兩部研討文字的專著，令教過多年「文字學」，卻使終滯留在「述而不作」階段的我，慚愧莫名。因為《藝術化的中國字》尚是待印的稿本，囑我為寫一序。忝在同好，且基於自勵自責之情，當然義不容辭。

　　以倫當年受教於古文字學大家魯實先教授，奠定了研究文字的基礎。細覽其書，正文十三篇，各舉一組例字，綜論「古文與初字」和今字的原委；另有四篇，則以今字即初文的延續，但言古文，不論今字，列於其後。均以《說文》為主，上考甲、金文字，博採通人灼見，說明前代文字中有一些現今通用漢字的初文和古字，不但筆畫精簡，而且傳神達意，足以見形而明義，展現出我國文字特有的優越性，及我們祖先的藝術造詣和出類拔萃的智慧；呼籲有關當局與專家

學者，對此類初文古字徹底加以整理，恢復它們正字的身分，在這求速求簡的時代，供大家日常使用，不再棄置於簡字或俗字的行列。這是全書的宗旨，也是我施教時的一貫主張，殷望能引起政府的重視，大眾的共鳴。

除此以外，翁君於考文之前，俱各先舉一節或一首曾使用所考文字的著名詩文發端，細加賞析，引人入勝；這一方面展現他文學造詣之精深，一方面顯示他對文字了解之真切。文字原本是詩文的梯航，故《說文・敘》論其功能道：「蓋文字者，經藝之本，王政之始，前人所以垂後，後人所以識古。」韓愈亦有「凡為文辭，宜略識字」之說，廖平嘗作「古經學自小學始，不當以小學止」之論。因知翁君教學立言，能從大處著眼，小處入手，鉅細靡遺，循循善誘之一斑。

〈我看大陸簡體字〉一文，是翁君到大陸參訪半月之心得。指出臺灣把「中共簡體字」說得太簡略了，同時更顯得有些「外行」了。可謂切中時弊。他以為大陸的簡體字，大致說來，以「古字」為經，「俗字」為緯，再輔以「同音字」、「省體字」、「草（行）體字」等組合而成，並各舉二十字為例，最後評論其得失。提出改善之道。也很值得我們深思。我們稱大陸使用的字體為「簡體字」，很容易把它與傳統的、我們教學時所摒斥的「簡體字」相混，致生誤解：其實該隨他們叫「簡化字」才對。這一點，閱覽全文，便可知曉，無庸贅述。

孔子說：「知之者不如好之者，好之者不如樂之者。」我們不難從字裡行間，察覺翁君對我國文字與文化相知之深、相愛之切，故能浸淫其中，樂此不疲。謹祝福翁君，如月之恆，如日之升，繼續光大所寫，寫出更多的佳作，以饗同好。

劉正浩　民八十八年五月五日

《藝術化的中國字》（教學手札之四）自序

翁以倫

　　我喜愛國字，始於大二修習文字學這門專業科目。

　　但真正發生感情並進而親近它，則為十年後（民國六十八年）任教於省立彰化高中並獲選為國文教學研究會主席這段時期。

　　記得那次會議進行至臨時動議時，同仁孫楨國老師提出了有關學生錯別字的問題，說明目前高中生，由於社會趨向多元化，學習國文態度如同囫圇吞棗，含糊了事，以致錯別字連篇，週記和作文裡，常見「再、在」「以、已」混淆；「盲、肓」「贏、羸」無別，等而下之，還有「勝利」跟「勝力」共舞；「戴帽」與「載帽」一色，而「奮、奮」「舊、舊」偕行；「慕、慕」「盜、盜」同列，更是司空見慣，習以為常。國文程度低落如此，對於今後的教學，實在是一種不可等閒視之；值得探討的重要課題。

　　這一提議，立即獲致與會同仁一致的認同，至是在討論改善與解決方案時，大家卻見仁見智，各有主張，很難獲致結論。比如：加重平時與考試時作文的扣分比率，仿照國小國中書寫「每日一辭」或「正誤字範例」，以及每班購買華視出版的「每日一字」的有關書籍等等。……這些構想都很正確而具體，對導正錯別字也都有對症下藥的功效。祇是這些措施，大多為老辦法，且有些學校也實施有年，但成效始終不彰。

以今日文明的進展，資訊的發達，而觀念也時常在翻新，一成不變的章法，似乎跟不上時代的腳步了。在學習上，我們也應作如是觀，假如沒有新概念導向，欠缺新題材提供，憑心而論，很難激盪，打動學生學習的心緒。

　　由於會議的時間有限，大家一時也想不出新的點子來，於是，就由新主席的我來統籌，全權來處理這檔事。

　　經過多天來反覆思考，重新評量，終於讓我清理出一些頭緒來，也找出了學生們之所以寫錯別字的癥結所在。

　　打從國小入學開始，國語文的教學，祇是著重於念注音，與按照筆順寫國字，從無老師教導過有關「文字」的辨認，升上了國中，師生們都忙於升學考試的複習，無關乎考試的「文字」，更乏人問津了。

　　「見形而明義」，是我國文字的特質，因之，對於國字，無有基本上的認知，那麼，所謂「字正、字誤」祇有茫茫然了。譬如：「奮」字下半部為什麼是「田」而不是「臼」？「步」字另一半多一點寫成「少」為何不可以？「眾」與「衆」兩字有何不同呢？對於一個不懂文字構成的人，根本無從解釋！

　　問題的因找出了，尋求答案的果當然要輕易多了。我規劃了以「字組」為單位的構想，用大字報的方式，於學校的文化走廊公布。

　　那是一套以「字形」為樞紐的設計，區分為五欄，其先後順序，一為「古今字」欄，二為「正誤字」欄，三為「形近音近義近（異）字」欄，四為「音同形近義近（異）字」欄，五為「義同音同（近）形近字」欄。每欄各字的提出，原則上都以字形相近為前提，所有提出的字，都以「形音義」並列加以註解，並說明其字與字間相同，相通、相近、相異的緣由，俾使學生充分瞭解國字的構造，從相互比較中明白何者是對何者是非的道理。茲舉一例如下：如「刔」「抉」為古今字，「決」「決」為正誤字，「袂」「訣」為形近字，「抉」「決」為音同字，「缺」「闕」為義同字，這些都是從「夬」得聲之字，祇是偏

旁有別，稍有不慎，往往易於混淆，如今作有系統的提出，且從「形音義」上來瞭然其同、通、別、異之關鍵，這樣，自然較目前坊間所出版的什麼「錯字大全」啦，「再見別字」啦，以及「我要認識中國字」啦等等這些字書；僅以單一的孤立的「字」為對象，顯然的要周詳而容易懂了。附帶要說明的，「字組」所選的字，全部為常用字，其有助於錯別字的釐正，應屬毋庸置疑且為大家所肯定的。

　　《說文解字》共收錄九千三百五十三個文字，形聲字就佔七千六百九十七字，比率高達八成以上，若包含以形符為主的會意字，那就更高了。（約為百分之九十五）。所謂「形聲字」，就是半主形半主聲之字，例如「江」字，从水工聲，水為形符，工為聲符，但我國文字是「形系文字」，不必查字典，就可從字的形符中，知道該字所屬事物的類別。譬如从水旁之字，都與水澤有關，引申有清澈流動之意。从艸旁之字，都為草本植物，引申有生氣聚集之意。从心旁之字，都與心思相關，引申有思慮悲喜之意。以此類推，从山从土从人等等也莫不皆然，由此當知文字構成的辨識是如何重要了。

　　辨識文字，最重字源。我國最完整也最有系統的一部「字源」，首推被譽為文字學經典之作由東漢許慎所著《說文解字》了。（以下簡稱為《說文》）

　　被選為「字組」的每一個字，它的字形與字義，都得依據說文所書加以謄錄，這種直探源頭的做法，使自己不知不覺地陷身於說文的字裡行間尋覓沈潛。

　　每次一個字組書寫之完成，從定稿至謄清，幾乎要用去整整二個工作天。幸好，刊出後一年來，同學們的迴響尚稱熱烈，而作業簿裡，錯別字也有顯著的減少，這情形，對於一個從事教育的工作者，當然是一種鼓勵，一種欣慰；和代表著一種至高無上的榮譽感。於是，我兢兢業業地樂此不疲的寫著，寫著，竟然走過了長長的四個年頭，四年來，那本藝文版的小字《說文》，被我翻得「體無完膚」已

不成書了,祇好另買一部黎明版大字《說文》來替代。不過,在這四易寒暑中,我終於沒有白費,一方面印證了「教學相長」的道理;一方面也體認出「形聲相益」的妙處。同時,我始終未感受一種工作負荷的壓迫感,相反地,彷彿置身、徜徉於一幅有詩有畫的情景裡,享受著美好的植「字」時光。

最能表現國字共性殊相的,莫過於「初文與古字」了,由它們「隨體詰詘」與「察而見意」的事象裡,我們見到了文字內斂的神采和風韻。例如日（◎）、月（☽ ）、山（⛰ ⛰）、水（ 〰 ≈ ）、皆有實形可象。又如一（一）、二（二）,雖無實形可象;但「一」（从一橫置,本義,數之始也）泛指所有個別的事物,「二」（與一相偶為二）表示任何二件的東西,該是多麼顯明易識呀!至於⊥（上）丅（下）本無定形,以一為標準,把「｜」放置在一畫的上面便是⊥（上）,把「｜」放置在一畫的下面便是丅（下）,從這些指事字裡不難發現,我國文字是多麼精深與奧妙,彷彿置身於三墳五典八索九丘的粲粲知識殿堂裡。

這裡,我們再舉一個「与」字為例,來分析分析它所具有的特性吧。

「与」,《說文》:賜予也。一勺為与,（篆文為「与」）此與予同意。（段注,勺為挹取之物,与是推一以相予之意,與予同意）再看同頁《說文》解「勺」字道:枓也。（枓,俗稱勺子）「勺」（ ）象挹取之器,「勺」字中之一點,象形中有實,可見「与」字應是象形兼指事,「与」字上的一畫,即〈段注〉所謂推一以相予之意。「与」字本義賜予也。說得明白些,就是將物給予人也。繁體字的「與」,其引申義為助也,即是根據初文「与」賜予而來,如《孟子·公孫丑上》「是與人為善」。（注:與,助也）所以,這個初文「与」,一則是象形——依形而製字;一則是指事——因事而生形,它是實中有虛。虛中含實,多麼富有意義的字呀!試想想,世界上有那一種文字可以

與我國文字相媲美呢！

　　民國七十九年初，中央日報副刊推出了「中學語文徵稿」的專欄，萌芽了我撰寫「初談初文與古字」一文的動機，將自己多年來寫「字組」時研習〈說文〉的一得，藉翰墨的媒介，冀能有助國人：

　　其一，糾正一般人對國字之淡漠輕忽，並由認識國字而寫好國字，進而流暢地駕馭這優美的交通工具，使人與人心靈間得以真摯地交流。

　　其二，原於我國文字所具有獨特的優越性，以激發國人對民族與文化的認同和向心力。

　　此外，還得順便一提的，以當前資訊之便捷，文字使用之簡約，已為今日潮流之所趨，初文與古字，較繁體字在實用價值上更具競爭性，因之，初文與古字之提出，祇是拋磚引玉，期望教育當局，對於國字的架構（古文──初文與繁體）應作全盤性之檢討與整理，使我國文字，能與時代相因應，並進一步地與時更新！

　　「文字」是一門博大而精深的學問，它的淵源，它的演進：以及它的特性，絕非概略的推介所能道及於萬一；亦非初識之無寡陋如我所能表達於萬一，其所以作如此之嘗試，僅以多年教學之體認，期盼於國字之辨正，有所助益，這是身為中國人又是厠身於國文教學者的一丁點兒心願，更期待有志一同。

　　本書承　劉師正浩教授不棄，既蒙　教督，又賜　瑤章，不惟區區我獲益匪淺，且使篇什也為之增色不少。文中勗勉云：「如月之恆，如日之升」。其關懷之情，其期盼之殷，可謂循循善誘夫子也。

　　衷心感謝我妻廖蓮珠女士，她一向是我的書忠實讀者；當然，也義不容辭的一肩挑起了「勘其同異，正其訛誤」文字清道夫的大任。一路迤邐行來，在其孜孜矻矻辛勤的「爬羅剔抉、刮垢磨光」下，總算有「眉清目秀」的容貌呈現於讀者面前。此外，摯友姚榮松教授，從旁一再予以精神上的支持，也一併致謝。

筆者才疏學淺，掛漏之處，尚祈大雅君子，不吝匡正是幸。

歲次戊寅翁以倫識於恬之居

翁以倫《文辭之精品——語詞》（教學手札之五） 楊序

楊仁志

　　日前大學同窗摯友翁以倫君駕臨寒舍，出示其即將付梓出版之大作《文辭之精品——語詞》一書之稿件，並囑予為序。乍聞其言，頓時內心惴慄難安，不勝惶恐之至。自思才疏學淺，平日又疏於研究進修，比起翁君之好學不倦，深造有得，勤於筆耕，著作豐盛，實深感汗顏無地，豈有資格與能力為之作序！又豈敢以拙劣之文筆玷汙其精心之作，貽笑方家乎？是以再三婉辭，請其另覓望重之碩儒，然終不蒙見允。乃懍懍臨懼之心，撰此序言，惟願不損此書之價值與光彩則萬幸耳！若有失妥之處，尚祈諸位碩學方家海涵是盼！

　　緬懷三十餘年前就讀臺灣師大國文系之情景，至今猶在目前。彼時翁君在同儕中，各方面均表現得頭角崢嶸，不唯國學根基深厚，駕馭文字之能力亦極出眾，尤其在小學領域之鑽研更見用心，心得獨多。畢業後執教彰化高中期間，其授課餘暇幾乎全投注於文字、訓詁、修辭、作文等方面之研究及撰述，成果甚為可觀：先後出版《國字辨識》、《誰來愛我——古文名篇賞析及學生佳作評介》、《巧笑倩兮話修辭》及《藝術的中國字》等系列卓著，總其名曰「教學手札」四部書非特為其多年來從事國文教學及研究的心血結晶，更為國文教師同道提供了一套彌足珍貴的參考資料，因此推出之後，立即獲得熱烈的迴響及口碑。

《文辭之精品》語詞一書，乃翁君繼「教學手札」四書之後新推出的精心力作，為「教學手札」之第五本書。本書專門蒐集常用及相近而易混淆之語詞，詳究其來源、典故、涵義、用法等；於相近而容易混用、錯用之語詞，則詳加說明分辨。其中不少篇曾發表於中央日報及中國語文月刊，接受過專家法眼之鑑定及肯定，具有相當的水準與價值，誠為翁君著作中之精品。

　　以二字或四字結合成語詞運用，為我國文字使用的通則，也是迥異於他國文字的獨具特色。尤有進者，這些語詞中有許多具有特殊的產生淵源——亦即「典故」，這些典故，有的充滿了趣味性，讀來引人入勝；有的洋溢著超人的智慧。令人嘆服；有的則饒富幽默詼諧，使人心領神會之餘，啞然發笑。有了這些先聖先賢所創造出來的精品，使吾人運用在文章或言談中，既傳神生動，又精緻典雅，往往措用一個貼切的語詞，就可取代一堆冗長的詞句。現今吾人在為文或談話時，這些如珠璣般的精美語詞，往往會不知不覺地信筆入文、脫口而出，一切都是那麼的自然，儼然已經融入我們的日常生活中了。雖是如此，然而卻少有人用心去探究這些語詞的產生來源及正確用法，造成知其然而不知其所以然的現象，甚者錯用語詞亦無所知，徒然貽笑大方。

　　拜讀是書，既對翁君之博學多才及良苦用心而敬佩不已，更為先聖先賢智慧結晶之文化遺產得以承傳闡揚而額手稱慶。是書編撰之特色為：每一語詞均先以一段引言導入，再加以釋義解析，並詳究其來源出處，說明其用法，凡他書有類似引用者均加以摘錄，易誤用者更造例句以明其用法。坊間「詞語探源」之類的書籍多如過江之鯽，但大都只有釋義和標明出處而已，未若本書之詳盡完備且具有趣味性及可讀性，此實為本書超越其他類書之處及獨具之特色。是故，不論學生自我進修或教師從事教學，本書均極富參考價值，視為國文工具書頗為適宜，更可當作有趣的語詞故事書來品嘗，翁君誠為有心人也。

楊仁志
民九十年一月二十日於員林

——原刊於《文辭之精品——語詞》（教學手札之五）。

作者簡介

　　楊仁志，臺灣彰化縣員林市人，一九四六年出生於窮苦的農村家庭。初、高中皆就讀省立員林中學（現國立員林高級中學），一九六五年高中畢業考上國立臺灣師範大學國文系，被編在乙班。一九六九年大學畢業即應聘回母校擔任國文科教師之職，一直在原校服務至二〇〇二年八月退休。在校服務期間，除授課外亦先後兼任教學組長、校長室秘書暨教務主任等行政職務。曾獲頒趙廷箴文教基金會「第七屆高中優良國文教師獎」暨教育部「中華民國八十八年特殊優良教師師鐸獎」。編著有國家考試國文考科之作文、公文、測驗等參考用書多種。

附錄
教學手札書影及書法作品

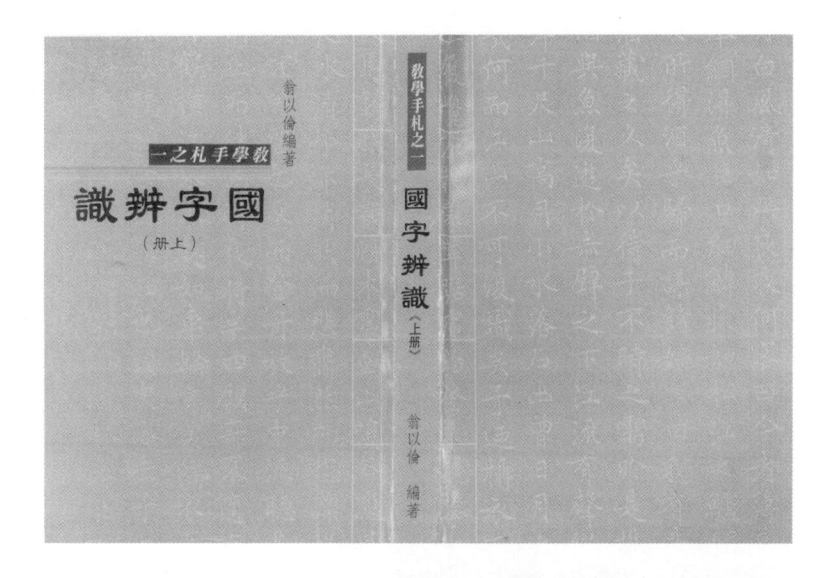

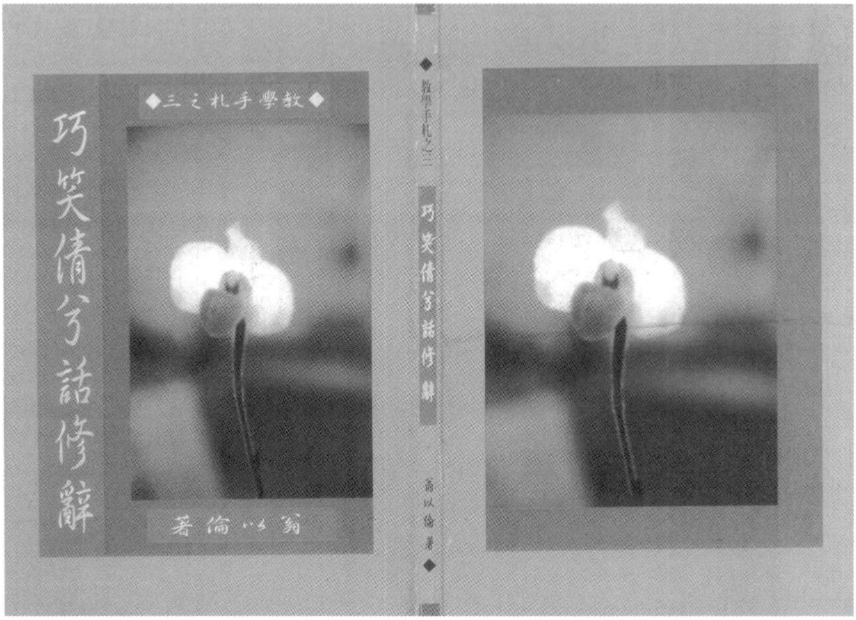
教學手札之三
巧笑倩兮話修辭
翁以倫著

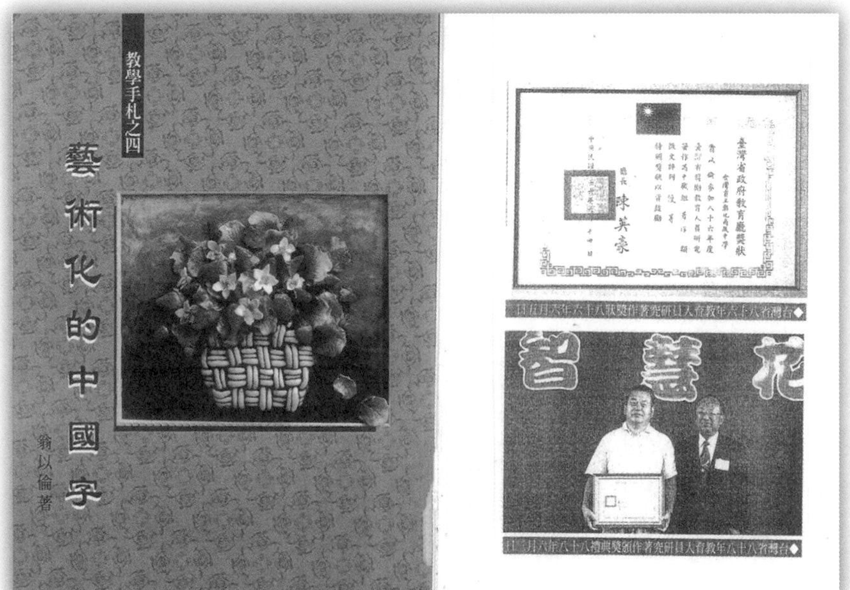
教學手札之四
藝術化的中國字
翁以倫著
臺灣省政府教育廳獎狀
陳英豪

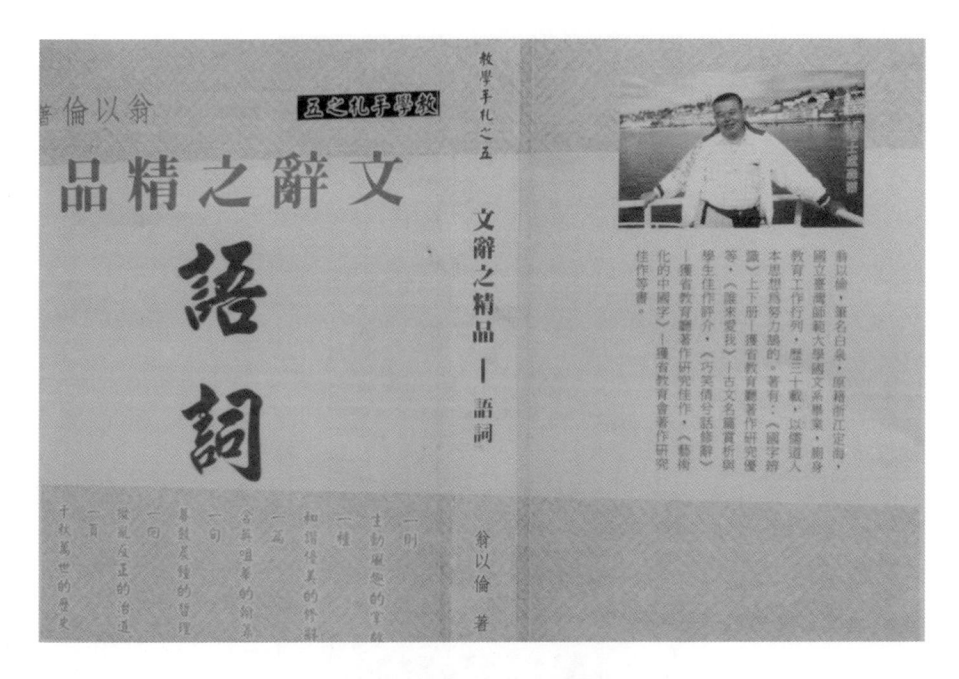

翁以倫教學手札五種書影

翁以倫乙巳年贈呂榮華新居題匾

《唐荊川先生研究》序

吳金娥

余讀明史至唐順之傳，頗怪異其行事：彼於弱冠時，既以正道守己固辭權臣張璁之識拔，而晚年竟應奸宦嚴嵩之召挺身而出。若前者之辭是，則後者之應為非；若後者之應是，則前者之辭不免矯情；二者必居一於是，然則何者為是？何者為非？有足堪辨者，余乃遍閱其著作，復參稽諸史籍，旁涉各家文學史，終得見其行事準繩——壹是「義之與比」，其「答金前淙郡守」書云：「心之所安不安即義之所可不可也。」蓋荊川行義不拘拘於形式，惟求心安，於授受給予之際謹守分寸，宜乎其以卻私利固辭張璁，而晚年不忍邊民輾轉於北虜南倭之蹂躪，義憤填膺，不計較個人出處，毅然挺身而出矣。際此熙熙攘攘、名利當道之時代，體味先生思想，諷詠先生詩文，自有感慨振發者。余景慕其清風亮節、隨緣應接之坦然，爰有志從事整理，是有此書之作。

本書共分五章十一節。

第一章概述荊川之生平：首言其家世，以窺探荊川個性、人格塑成之源頭；並列其年譜，以瞭然其時代環境及思想發展之歷程，藉為探討其學術思想及文學觀念之藍本。次敘其治道及事功，以見其經世思想之發揮與劍及履及之實踐功夫。

第二章論列荊川之交遊：蓋獨學無友則孤陋寡聞，而獨木亦難撐大廈，荊川所以在學術界卓犖自立，在文學界屹然為一大宗，友朋之輔翼居功厥偉，此章分二節論列其學友、文友，以明其問學論難、針

芥相投之實。

　　第三章論述荊川之學術思想：荊川行事雖謹守儒者禮義，然個性表現不時流露其「丹丘羽人」「縱浪大化」之想，此種出世觀與栖栖淑世儒者之誠如何調協，是本章第一節「荊川的個性與思想架構」所欲探求者，並藉此窺其由文入道之契機。第二節列述天機圓活、無寂無感，天機真心、無時無向，無欲為靜，慎獨修德，義利之辨，立志精進，積累為功諸義，歸納為本體、修養、實踐三論，以研討荊川之學術思想。

　　第四章闡述荊川之文學理論：天下無無根之事，本章第一節即探討荊川文論形成之根源，由少年於時文上之專力揣摩、其後對擬古主義之不滿、入道後宋明理學家所給予之啟示等三方面著筆。第二節述其文論，分四十歲前及四十歲後二階段陳述。蓋四十歲為荊川思想蛻變期，影響於文論亦前後不同：四十歲前猶高唱「文崇唐宋、文必有法」，四十歲後則盡棄聲律、華采而標榜真精神之「文章本色」，二說於後世古文家及晚明主妙悟、抒性靈之公安派各具啟迪之功，故第三節探討荊川文論對後世之影響，以見其價值。

　　第五章評析荊川之作品：第一節創作部分分詩、文二類，詩以產生時間分五期，各舉若干實例以評析其特色；文則歸納為「直抒胸臆多用白描」、「譬喻詼諧不避卑俗」、「委婉精實不失矩矱」三項以勾勒其風格，並各舉實例以印證其文論。第二節選集部分則簡介荊川「取古今載籍剖裂補綴」之文、左、右、稗諸編，冀由其取材匠心明其「開闔首尾經緯錯綜」之文章法度。

　　前賢風範常藉後人研討而標映萬世，此書之作亦冀千慮一得，則庶幾不愧矣。惟余學殖謭陋，誤謬掛漏處幸博雅君子諟正。

民七十五年三月吳金娥謹序

――原刊於吳金娥《唐荊川先生研究》

　　（臺北市：文津出版社，1986年5月），書前頁1-2。

作者簡介

　　吳金娥，曾任國立臺灣師範大學國文系助教、講師、副教授。已從國文系退休。著有《唐荊川先生研究》、《國音學》、《國音及語言應用》（合著）等。

連音變化的規律及練習

吳金娥

第一節　連音變化的原因及現象

　　連音變化是語音體系中各音節互相結合時產生的音變現象。在古書中常看到兩個字的字音合併成一個音節的情形，例如「盍各言爾志」的「盍」是「何不」兩個字的合音，「君子有諸己而後求諸人」的「諸」是「之於」兩個字的合音，「居心叵測」的「叵」是「不可」兩個字的合音。現代國語中，合音現象也屢見不鮮，例如「不用數了」說成「甭數了」，「不要去」說成「別去」，「不需要這麼多」說成「不消這麼多」，「好了呀」說成「好啦」等等，都是語音結合時產生的連音現象。

　　國語中，「這」、「那」、「哪」三個指稱詞與「一」的合音現象最具體；「啊」這個助詞與前面一個音節的音尾也會發生明顯的連音現象；「兒化」詞的連音變化則是現代國語的特色。

第二節　連音變化的規律及練習

一　「這」、「那」、「哪」的連音規律與練習

　　「這」是近指指稱詞，「那」是遠指指稱詞，「哪」是疑問指稱詞。通常在泛指或不拘數量時，這三個字都讀本音，像「這是我的書。」

「這麼多人。」「那是你的筆嗎？」「那裏有魚。」「你住哪兒？」「我哪有錢？」等句中的「這」、「那」、「哪」三字都要讀本音「ㄓㄜˋ」、「ㄋㄚˋ」、「ㄋㄚˇ」。若是在專指一個單位的人、事、物的時候，是相當於「這一」、「那一」、「哪一」的合義，而句中「一」省略不寫的話，那麼「這」的音尾「ㄜ」與「一」連音成「ㄟ」而念成「ㄓㄟˋ」，「那」和「哪」的音尾「ㄚ」和「一」連音成「ㄞ」而念成「ㄋㄞˋ」、「ㄋㄞˇ」。不過，「那」有時讀成「ㄋㄜˋ」（例如「那麼」讀成「ㄋㄜˋ・ㄇㄜ」），又與「ㄓㄟˋ」類化，因此轉讀為「ㄋㄟˋ」，而「哪」也比照讀成「ㄋㄟˇ」了。例如：

「這個人」等於是說「這一個人」，就可以念做「這（ㄓㄟˋ）個人」。
「那本書」等於是說「那一本書」，就可以念做「那（ㄋㄟˋ或ㄋㄞˋ）本書」。
「哪件衣服」等於是說「哪一件衣服」，就可以念做「哪（ㄋㄟˇ或ㄋㄞˇ）件衣服」。

如果只是泛指或不能與「ㄧ」合音或句中有「一」字時，這三個字仍讀本音，例如：

「這個麼——讓我想想吧！」（泛指，「這個」讀本音「ㄓㄜˋ」個。）
「他那種個性，總讓我覺得有點兒那個。」（泛指，「那種」、「那個」都讀音「ㄋㄚˋ」種、「ㄋㄚˋ」個。）
「你要去哪裏啊？」（「哪」不能與「一」合音，所以「哪裏」讀本音「ㄋㄚˇ」〔變調成ˊ〕裏。）
「哪一位是趙小姐？」（句中有「一」而「一」獨立為一個音

節，所以「哪一位」讀本音「ㄋㄚˇ」〔變調成〕一位。）

1 練習

（1）「保持鎮定」這句話，經常是對那種無法鎮定的人說的。

（2）俗語說：「瓜裏挑瓜，越挑越眼花。」看著這個，不如那個；拿起那個，又想這個；不知到底是要哪個？

（3）那個人不知哪來的傻勁，不管有用沒用，這個那個的買了一大堆。

（4）你對我這麼好，哪怕赴湯蹈火，我也得替你把這件事辦好。

（5）你說的那個文物館，究竟在哪兒啊？

（6）他一上街就不得了，又買這又買那的。

（7）嗨！你這人真是的，怎麼哪壺不開提哪壺啊！

（8）您說哪兒的話啊！這是我們應該做的。

（9）讓這種人負責那麼重要的事，我總覺得有點兒那個。

（10）「班長要結婚，這話當真嗎？」「這是誰說的？哪有這回事啊！」

（11）這件衣服哪能那樣穿？那不是太好笑了嗎？

（12）她那清明的眼睛聰明極了，這年輕人就同這隻鸚鵡對看了許久。

（13）「他到底躲在哪兒啊？」「你別這裏那裏的亂找了，他在這兒呢！」

（14）這學期已過了一半，這麼說來，我們即將告別這段新鮮人的生活了。

二　「啊」的連音與練習

　　助詞「啊」常用在驚嘆句的末尾，藉以表達訝異或詠嘆的心情。它在語句中會和前一音節發生「隨韻衍聲」的現象。所謂「隨韻衍聲」，就是前一個音節的音尾讓相連的後一個音節的音首改變發音，使得後音節的音首跟前音節的音尾發音相同或相似，像英語 "thank you" 發音時，"you" 受前一音節音尾 "k" 影響而讀成 "kyou"，方言裏也有這種現象，例如閩南話中「罐仔」說成「ㄍㄨㄢ・ㄋㄚ」﹝kuanㄧ na丨・﹞,「金仔店」說成「ㄍㄧㄇ・ㄇㄚㄉ丨ㄚㄇ」﹝kimㄧ ma丨・tiam﹞)，這些都是「隨韻衍聲」現象。

　　「啊」在語句中，因前一音節音尾的不同，可轉變成六種不同的發音：

（一）・ㄧㄚ：凡是接在單韻母「ㄧ」、「ㄩ」、「ㄚ」、「ㄛ」、「ㄜ」、「ㄝ」及收「ㄧ」的複韻母「ㄞ」「ㄟ」後的「啊」字，都轉化成「・ㄧㄚ」。（其中「ㄚ」、「ㄛ」、「ㄜ」後的「啊」字也有人不變，但為了達成隔音的作用，仍讀成「・ㄧㄚ」。）通常用國字「呀」來表示這些音。例如：

羽翼呀！	枸杞呀！	容易呀！	修葺呀！	病革呀！
玉宇呀！	異域呀！	名譽呀！	老嫗呀！	崎嶇呀！
華夏呀！	女媧呀！	沏茶呀！	儒家呀！	萌牙呀！
國貨呀！	佛陀呀！	傑作呀！	芒果呀！	出國呀！
隔閡呀！	垃圾呀！	特赦呀！	村舍呀！	出閣呀！
謝帖呀！	雀躍呀！	耄耋呀！	歃血呀！	殞滅呀！
徘徊呀！	彩排呀！	膝蓋呀！	同儕呀！	陰霾呀！
追隨呀！	翡翠呀！	玳瑁呀！	咂嘴呀！	蟬蛻呀！

（二）・ㄨㄚ：凡是接在單韻母「ㄨ」及收「ㄨ」的複韻母「ㄠ」、「ㄡ」後的「啊」字，都轉化成「・ㄨㄚ」音。通常用國字「哇」來表示這些

音。例如：

　　無辜哇！　　古物哇！　　一齣哇！　　瀑布哇！　　暴露哇！
　　逍遙哇！　　討教哇！　　襁褓哇！　　混淆哇！　　澟洌哇！
　　綢繆哇！　　抖擻哇！　　彆扭哇！　　針灸哇！　　掣肘哇！

（三）・ㄋㄚ：凡是接收「ㄋ」的聲隨韻母「ㄢ」、「ㄣ」後的「啊」字，都轉化成「・ㄋㄚ」音。通常用國字「哪」來表示這些音。例如：

　　編纂哪！　　燦爛哪！　　前愆哪！　　老天哪！　　管絃哪！
　　新聞哪！　　振奮哪！　　地震哪！　　珍禽哪！　　驚心哪！

　　（四）・ㄤㄚ：凡是接在收「ㄤ」的聲隨韻母「ㄤ」「ㄥ」後的「啊」字，都轉化成「・ㄤㄚ」音。通常用國字「啊」來表示這些音。例如：

　　幫忙啊！　　涼爽啊！　　引吭啊！　　徬徨啊！　　開放啊！
　　叮嚀啊！　　諷誦啊！　　娉婷啊！　　小蟲啊！　　明星啊！

（五）・ㄖㄚ：凡是接在舌尖後高元音「ㄭ」及捲舌韻母「ㄦ」後的「啊」字，都轉化成「・ㄖㄚ」音。通常用國字「啊」來表示這些音。例如：

　　字紙啊！　　子姪啊！　　不知啊！　　正直啊！　　政治啊！
　　知恥啊！　　白吃啊！　　雞翅啊！　　美齒啊！　　不遲啊！
　　知識啊！　　治世啊！　　新詩啊！　　近視啊！　　事實啊！
　　明日啊！　　末日啊！
　　女兒啊！　　第二啊！釣餌啊！偶爾啊！割耳啊！

（六）・ㄙ'ㄚ：凡是接在舌尖前高元音「ㄭ」後的「啊」字，都轉化成「・ㄙ'ㄚ」。例如：

　　師資啊！　　寫字啊！　　桑梓啊！　　兒子啊！　　英姿啊！
　　詩詞啊！　　如此啊！　　初次啊！　　瑕疵啊！　　陶瓷啊！
　　肉絲啊！　　誓死啊！　　賞賜啊！　　公司啊！　　放肆啊！

1 **練習**

（1）鏡中花啊！水中月啊！參不透啊！鏡花水月總成空啊！

（2）你啊！別小心眼啊！凡事要看開啊！別折磨自己啊！

（3）他啊！被捕了啊！活該啊！惡有惡報啊！誰叫他沒天良啊！

（4）說的是啊！這就叫自討沒趣啊！你們還不覺悟啊！

（5）看啊！花香鳥語啊！白雲藍天啊！好時光啊！要努力啊！莫負青春啊！

（6）孩子啊！別傷心啊！人生就是這麼回事啊！不經一事不長一智啊！

（7）小虎啊！小象啊！草蜢啊！紅孩兒啊！你喜歡哪隊的歌啊！

（8）心肝兒寶貝兒啊！別緊張啊！小心摔倒啊！那就不得了啊！

（9）蹺課啊！喝酒啊！打牌啊！跳舞啊！都不宜太過啊！

（10）庹宗華啊！劉文正啊！蔡琴啊！鳳飛飛啊！小寇子啊！你喜歡哪個啊！

（11）甲啊！乙啊！丙啊！丁啊！戊啊！己啊！庚啊！辛啊！壬啊！癸啊！這些是天干啊！

（12）子啊！丑啊！寅啊！卯啊！辰啊！巳啊！午啊！未啊！申啊！酉啊！戌啊！亥啊！這些是地支啊！

（13）紅豆生南國啊！春來發幾枝啊！勸君多採擷啊！此物最相思啊！

（14）忠啊！孝啊！仁啊！愛啊！信啊！義啊！和啊！平啊！是八德啊！

（15）兒孫自有兒孫福啊！兒子啊！女兒啊！只要健康啊！都是好福氣啊！

三　「兒化詞」的規律與練習

　　「兒化詞」的連音是指語言的捲舌韻化，也就是把原來不捲舌的音節變讀成捲舌韻，例如「今天」、「孩子」等詞原來是不推的，但北平人說成「今兒」「小孩兒」，就變成捲舌韻了，這種現象，叫做「捲舌韻化」。現代國語中，只有一個捲舌韻母「ㄦ」，因此用它來標注「捲舌韻化」的音節，習慣上就把它叫做「ㄦ化韻」，經過ㄦ化的詞就叫做「ㄦ化詞」，或寫做「兒化詞」。不論寫做「ㄦ」或「兒」，它都不能讀做陽平，因為它只是「ㄦ化詞」的韻尾，不能算做獨立的音節。為了避免誤讀成陽平，國語界人士主張用「ㄦ」符號代替「兒」字，寫在「ㄦ化詞」的末尾；即使用「兒」字，念的時候，也必須和上字連貫成一個音節，例如「沒法兒」念做「ㄈㄚㄦ」、「肉絲兒」念做「ㄙㄜㄦ」、「唱歌，兒」念做「ㄍㄜㄦ」。

　　「ㄦ化詞」中的「ㄦ」韻尾，音值是「ɹ」，這和用「ㄦ」注音的「ㄦ韻字」不同，「ㄦ韻字」的音值「ɹə」，記做「ɚ」。國字中，「ㄦ韻字」不多，常見的只有「兒」、「而」、「耳」、「洱」、「珥」、「餌」、「爾」、「邇」、「二」、「貳」、「刵」等十幾個，至於以「ㄦ」為韻尾的「ㄦ化韻」卻不少，這是現代國語的特色。

　　「ㄦ化韻」的特色在捲舌，發音時要注意自然圓滑，有些語詞加上「ㄦ」韻尾後，只要加速把舌尖對著中顎後捲就可以，有些語詞則必須變音後捲舌。至於哪些「ㄦ化詞」要變音，哪些可以直接捲舌，大致有規則可循：

（一）語詞尾音是ㄚ、ㄛ、ㄜ、ㄠ、ㄡ、ㄨ等時，因舌位低、後，舌尖捲起時不會和其他器官相碰，故可直接捲舌。例如：

　　　　筆架ㄦ（ㄐㄧㄚˋㄦ）　　　笑話ㄦ（‧ㄏㄨㄚㄦ）

　　　　去哪ㄦ（ㄋㄚˇㄦ）　　　　幹活ㄦ（ㄏㄨㄛˊㄦ）

　　　　坐坐ㄦ（‧ㄗㄨㄛㄦ）　　　肉末ㄦ（ㄇㄛˋㄦ）

高個兒（ㄍㄜˋㄦ）　　在這兒（ㄓㄜˋㄦ）
自個兒（ㄍㄜˇㄦ）　　冒泡兒（ㄆㄠˋㄦ）
走道兒（ㄉㄠˋㄦ）　　小鳥兒（ㄋㄧㄠˇㄦ）
打球兒（ㄑㄧㄡˊㄦ）　老頭兒（ㄊㄡˊㄦ）
小妞兒（ㄋㄧㄡㄦ）　　整數兒（ㄕㄨˋㄦ）
小豬兒（ㄓㄨㄦ）　　　媳婦兒（‧ㄈㄨㄦ）

（二）語詞尾音是空韻ㄓ和ㄝ、ㄞ、ㄟ、ㄢ、ㄣ、ㄤ、ㄥ、ㄧ、ㄩ等時，因舌位高，而且舌頭在前面，若直接捲舌，舌尖會和牙齒、上顎等器官碰觸，所以須先變音再捲舌。這些變音，因為主要元音和韻尾的不同，捲舌韻化的過程也不同。

1　語詞尾音是空韻ㄓ和ㄝ時，以「ㄜ」取代，變讀成「ㄜㄦ」。

例如：
花枝兒（ㄓㄜㄦ）　　小吃兒（ㄔㄜㄦ）
沒事兒（ㄕㄜˋㄦ）　　瓜子兒（ㄗㄜˇㄦ）
戲辭兒（ㄘㄜˊㄦ）　　肉絲兒（ㄙㄜㄦ）
鍋貼兒（ㄊㄧㄜㄦ）　　臺階兒（ㄐㄧㄜㄦ）
樹葉兒（ㄧㄜˋㄦ）

2　語詞尾音是ㄞ、ㄟ、ㄢ、ㄣ時，先將韻尾「ㄧ」、「ㄋ」略去再捲舌，「ㄞㄦ」、「ㄢㄦ」變讀成「ㄚㄦ」；「ㄟㄦ」「ㄣㄦ」變讀成「ㄜㄦ」。

例如：
一塊兒（ㄎㄨㄚˋㄦ）　　寶蓋兒（ㄍㄚˋㄦ）
小菜兒（ㄘㄚˋㄦ）　　　一對兒（ㄉㄨㄜˋㄦ）
寶貝兒（ㄅㄜˋㄦ）　　　滋味兒（ㄨㄜˋㄦ）
肉餡兒（ㄒㄧㄚˋㄦ）　　心肝兒（ㄍㄚㄦ）
拐彎兒（ㄨㄚㄦ）　　　　打盹兒（ㄉㄨㄜˇㄦ）
夠本兒（ㄅㄜˇㄦ）　　　納悶兒（ㄇㄜˋㄦ）

3　語詞尾音是ㄤ、ㄥ時，主要元音變成鼻化元音再捲舌。不過，為了注音方便，這兩個韻母ㄦ化後還是直接注「ㄤㄦ」、「ㄥㄦ」。例如：

　　小羊兒（ㄧㄤˊㄦ）　　　趕趟兒（ㄊㄤˋㄦ）
　　模樣兒（ㄧㄤˋㄦ）　　　蜜蜂兒（ㄈㄥㄦ）
　　沒空兒（ㄇㄟˊㄎㄨㄥˋㄦ）照鏡兒（ㄐㄧㄥˋㄦ）

4　語詞尾音是ㄧ、ㄩ時，要先加過渡音「ㄜ」再捲舌，變讀成「ㄧㄜㄦ」「ㄩㄜㄦ」。例如：

　　玩藝兒（ㄧㄜˋㄦ）　　　升旗兒（ㄑㄧㄜˊㄦ）
　　出氣兒（ㄑㄧㄜˋㄦ）　　小魚兒（ㄩㄜˊㄦ）
　　驢駒兒（ㄌㄩㄜㄦ）　　　有趣兒（ㄑㄩㄜˋㄦ）

　　由以上的變音規則，可以歸納出「ㄦ化韻」的規律：

（1）原韻不變，後面只加捲舌動作：「ㄚㄦ」「ㄛㄦ」、「ㄜㄦ」、「ㄠㄦ」、「ㄡㄦ」、「ㄨㄦ」等六個。

（2）主要元音調整再捲舌：「ㄓㄦ」、「ㄝㄦ」等兩個，調整後變讀為「ㄜㄦ」。

（3）略去韻尾再捲舌：共四個。「ㄞㄦ」、「ㄢㄦ」變讀為「ㄚㄦ」，「ㄟㄦ」、「ㄣㄦ」變讀為「ㄜㄦ」。

（4）主要元音鼻化成口鼻音後再捲舌：「ㄤㄦ」、「ㄥㄦ」等兩個。

（5）加過渡音後再捲舌：「ㄧㄦ」「ㄩㄦ」等兩個，加「ㄜ」變讀為「ㄧㄜㄦ」、「ㄩㄜㄦ」。

（三）除了以上的音規律外，某些ㄦ化語詞詞尾因受ㄦ化的影響，還會發生變調的情形。

1　重疊的形容詞或副詞ㄦ化時，ㄦ化的那個字，變讀為陰平。例如：

　　溜溜兒（ㄌㄧㄡㄦ）的眼睛　　偷偷兒（ㄊㄡㄦ）地跑了

圓圓ㄦ（ㄩㄚㄦ）的臉蛋ㄦ　　白白ㄦ（ㄅㄚㄦ）的小手
好好ㄦ（ㄏㄠㄦ）地看著　　遠遠ㄦ（ㄩㄚㄦ）地來了
胖胖ㄦ（ㄆㄤㄦ）的小腿　　慢慢ㄦ（ㄇㄚㄦ）地吃吧！

2　重疊的名詞或動詞ㄦ化時。ㄦ化的那個字，變讀為輕聲。

例如：

混混ㄦ（・ㄏㄨㄛㄦ）　　坐坐ㄦ（・ㄗㄨㄛㄦ）
等等ㄦ（・ㄅㄥㄦ）　　　醒醒ㄦ（・ㄒㄧㄥㄦ）
歇歇ㄦ（・ㄒㄧㄝㄦ）　　躺躺ㄦ（・ㄊㄤㄦ）

3　除了以上有規律的變音、變調外，有些ㄦ化語詞的變調是源於約定俗成、語言傳承而成，平時熟說或老資格的語詞。

常見的如：

一會ㄦ（ㄏㄨㄛˇㄦ）　　沒法ㄦ（ㄈㄚㄦ）
自個ㄦ（ㄍㄜˇㄦ）　　　隔壁ㄦ（ㄐㄧㄝˋㄅㄧㄝㄦ）
蝴蝶ㄦ（ㄏㄨˊㄊㄧㄝˇㄦ）

「ㄦ化詞」是國語的特色，有些原本不同韻的語詞在ㄦ化後會變成同韻，例如：「手印」、「玩藝」、「樹葉」等詞在ㄦ化後都變讀成「ㄧㄝˋ」；「小吃」、「小車」等詞在ㄦ化後都變讀成「ㄔㄜㄦ」；「樹幹」、「鍋蓋」等詞在ㄦ化後都變讀成「ㄍㄚㄦˋ」，這是北平歌謠最常利用的特色。

「ㄦ化詞」如果念得自然圓滑，可使語言更悅耳、更生動活潑；但要注意，並非所有語詞都可以ㄦ化，一般來說，越通俗熟滑的口語，ㄦ化詞越多，新詞或科學語詞是不ㄦ化的。例如「飯館」可說成「飯館ㄦ」，「圖書館」、「科學館」可不能說成「圖書館ㄦ」、「科學館ㄦ」。另外，有些語詞ㄦ化或不ㄦ化意義不同，就更不能亂ㄦ化了。例如：「少吃一點糖」說成「少吃一點ㄦ糖」是可以的，「今天下午一點集合」說成「今天下午一點ㄦ集合」就不通；「水牛耕田」也不能說「水牛ㄦ（蝸牛俗名）耕田」；「他是我的八哥」更不能說成「他是我

的八哥ㄦ（・ㄍㄜㄦ，鳥名）。其他像「閒話」、「閒話ㄦ」,「賣呆」、「賣呆ㄦ」,「老家」、「老家ㄦ」,「媳婦」、「媳婦ㄦ」意義也都有別,學者可得細心體會。

A　練習

（1）斜陽照著小划船ㄦ，慢慢ㄦ划著，慢慢ㄦ玩ㄦ，在一個七月晚半天ㄦ。（趙元任先生譯《走到鏡子裏・跋》）

（2）辛苦的工人們，在樹底下乘涼ㄦ，快活的小鳥ㄦ，在樹上唱唱ㄦ。那砍樹的人兒到哪ㄦ去了？（胡適詩〈樂觀〉）

（3）大姑娘大，二姑娘二，小姑娘出門子給我個信ㄦ。搭大棚，貼喜字ㄦ；牛角燈，二十對ㄦ；娶親太太耷拉翅ㄦ，八團褂子大開祄ㄦ；四輪馬車雙馬對ㄦ，箱子匣子都是我的事ㄦ。（北平歌謠〈大姑娘大，二姑娘二〉）

（4）我有一頭小毛驢ㄦ，我從來也不騎。有一天ㄦ，我心血來潮，騎了去趕集ㄦ。我手裏拿著小皮鞭ㄦ，我心裏正得意，不知怎麼滑啦啦啦啦摔了一身泥ㄦ。（北平歌謠〈小毛驢〉）

（5）廟門ㄦ對廟門ㄦ，張家娶個小俊人ㄦ；白臉蛋ㄦ，紅嘴唇ㄦ，搬起小腳愛死人ㄦ。（北平兒歌）

（6）一個小孩ㄦ，上廟臺，栽了個跟頭，撿了個小錢ㄦ。又買油，又買鹽ㄦ，又娶媳婦ㄦ，又過年ㄦ。（北平兒歌）

（7）常言道：「年年ㄦ防旱，夜夜ㄦ防賊。」像這樣深更半夜的大敞轅門ㄦ，我看著有點ㄦ不妥。

（8）對門ㄦ住的那女孩ㄦ，小名ㄦ叫娃娃。喜歡穿著短裙ㄦ，順著河沿ㄦ漫步。

（9）臘七臘八ㄦ凍死寒鴉ㄦ，臘九臘十ㄦ冷死小人ㄦ。

（10）起頭ㄦ大家都知道他的根ㄦ底ㄦ了，看他常在門口ㄦ東張西望的，一定沒什麼好事ㄦ。

（11）一個走道ㄦ的人，身上穿著一件厚袍子，頭上戴著一頂氈帽ㄦ，把臉嚴嚴ㄦ地蓋起來。

（12）姐ㄦ在山坡ㄦ底下放綿羊ㄦ，羊ㄦ低頭吃草ㄦ，姐ㄦ低頭縫裳ㄦ。

（13）一根ㄦ紫竹ㄦ直苗苗，送給寶寶做管簫ㄦ。簫ㄦ對正口ㄦ，口ㄦ對正簫ㄦ，簫中吹出時新調，小寶寶伊底ㄦ伊底ㄦ學會了。

（14）一繡一隻船ㄦ，船上張著帆ㄦ，裏面的意思ㄦ，郎啊！你去猜ㄦ。

（15）山清ㄦ水明ㄦ幽靜靜，湖心ㄦ飄來風陣陣，行啊行啊進啊進。黃昏時候ㄦ人行少，半空ㄦ月影水面搖，行啊行啊進啊進。

——原刊於吳金娥（合著）《國音及語言運用》
（臺北市：三民書局，1992年），第3章，第4節，頁191-207。

《賈誼研究》序言

蔡廷吉

漢儒賈誼，其政論、思想、辭賦，皆上承往哲，中切時弊，開兩漢不尚玄談，惟務經世之風。雖不獲重用於時，然對西漢政治之實際影響，既深且巨；而歷代帝王人格之形成亦深受其指引。每讀其傳其書，輒掩卷而嘆，心儀其才識膽氣，思一探其學說之究竟。惜前賢論之者少，有獨到之見者，又未詳及其全；如清代學者泰州王耕心之「賈子次詁」，對賈誼新書，校注已較詳盡，唯於賈誼作品真偽之考辨，思想之闡揚，未克深入；近人祁玉章氏著「賈子探微」及「賈子新書校釋」，所釋益詳，於賈子思想亦已不只窺其端倪而已，惟深博之外，則仍有微闕焉；徐復觀氏著「賈誼思想的再發現」重在探討賈誼之學術思想，新書之其他方面則甚少涉及；王師更生著「賈誼學述三編」，於賈誼生平考證，思想抉發，新書板本校勘等，皆遠較前人詳盡完善，惟於新書之真偽辨證尚付闕如；蔡尚志氏著「賈誼研究」，意在對賈誼作全面介紹，致未能詳及其思想；至於吳美惠氏之「賈誼研究」，則謂新書為偽作，所持論據不無可議。揆諸上情，筆者乃蒐集有關資料，反覆鑽研，整理剖析，擬將賈誼生平政論作一完整而有系統之介紹，顯其膽識，耀其聲光，俾有助於世之欲知其世，論其人者。本書凡引新書原文，以祁玉章氏著「賈子新書校釋」為主，並參酌其他善本，斟酌損益，而後編入。遇有正誤、補脫、疑闕，則分別以（）、〔〕、□、等號標示之。凡引用參考原文，均注明其出處，直接引述者，為行文方便，僅列其書名篇章，間接引述者，

均於每章之後，詳明出處。其有未盡者，則為學殖所限，力有不逮，幸博雅君子，教之正之！

蔡廷吉

——原刊於蔡廷吉《賈誼研究》（臺北市：文史哲出版社，1984年6月），頁1-2。

作者簡介

蔡廷吉（1939-2017），曾任國立僑大先修班講師、副教授。兼任國立空大暨中央警官學校。並自僑大退休。另有《陸賈及其新語研究》、《春秋繁露研究》二書。

《趙孟頫文學與藝術之研究》序言

戴麗珠

　　蘇東坡於北宋，倡導詩畫合一之理論，標示王維「詩中有畫、畫中有詩。」揭櫫文學與藝術互相融通之關係。影響元明以後文人畫家，造成中國水墨畫之傳統。而承繼此一文人畫風，且更加發揚光大者即元初之趙孟頫。

　　趙孟頫以宋宗室，入元而仕元，受元世祖之寵渥，從事詩、書、畫藝之創作，領導斯時之文人畫家，力倡復古精神，詩法唐風，一變宋詩尚理重學之風尚，恢復唐詩風華，對元明以後摹古詩風，不無影響；書法二王，恢復晉唐之典麗與規矩，一變宋代力求自我表現之書風；畫法五代董源、巨然、北宋郭熙，恢復唐五代北宋面目，一洗南宋之簡率，使繪畫復趨於清遠端麗。以是，晉唐、北宋之文化精髓，得以傳繼有人，影響元四大家、明清繪畫，造成中國水墨畫風格之確立，表現文人介入書畫界，進而領導書畫界之精神，於文學史、藝術史皆具有承上啟下之地位與功勞。

　　其詩、文、書、畫皆卓然成家，尤以書畫之名，遮掩詩文，其文學理論主張文以理、實為主，詩風清腕、有出塵之思，皆以復古之精神，表現自我風格，開啟近數百年來之文風，尤其以書入畫，奠定文人畫追求筆墨之最高圭臬。其續絕存亡之功與書畫創作之力，在文學與藝術史上佔有重要地位。然而卻甘事異主，對以人格表現風格之中國文人而言，深具研究價值，以是引發研究興趣。

　　欲明瞭元代詩文書畫之精神，必須研究趙孟頫，欲了解趙孟頫，

則必領會其詩文書畫之創作價值，因而作趙孟頫之文學與藝術之研究。

　　謹依據手中資料，得知中外學者，研究趙孟頫繪畫者，有美國OsvaldSiren，日本外山軍治，中國冼玉清、李鑄晉、劉龍庭等人。然而，冼氏只作書畫作品之整理，李氏乃作單幅繪畫之斷代研究，劉氏雖有創見卻不脫社會主義窠臼，餘則籠統泛述，對趙氏其人及其作品，缺乏深切之理解，急待吾人之補充、增加與整理。且趙氏之詩文與書法，尚少人研究，更遑論有系統之整理。若以國內書畫真跡而言，足具研究價值，至於國外真蹟，僅依據圖片影本以為研究資料，加以個人才疏學淺，不足之處尚企盼他日得以出國再深入研究，本文僅以微薄之力，盡心盡力為中國學藝史做此一廓清與整理之工作，俾世人明白元初大家趙孟頫於文學史上、藝術史上之價值與貢獻。

　　本文共分六章，第一章趙孟頫之生平，分家學與出仕、性格與學養兩部份，第一部份著重於其被偪出仕後之志節與行誼之探討，第二部份分期討論其性格學養。第二章趙孟頫之詩，分內容與品類、表現方法之特質，詳細解析趙詩並說明其詩之特色，趙詩詩風純正，有絕句、律詩、古詩，除應酬唱和之作外，多傾向隱逸，如題耕織圖詩，題歸去來辭、過嚴陵釣臺皆是。

　　第三章趙孟頫之書，分法書淵源、晉唐書風、重要書蹟、著錄及流傳作品編年表、無紀年流傳作品表。分析其書法之淵源與特色並整理其法書作品，其書師法古人，與鮮于伯機齊名，甚得當代喜愛，書名掩過其詩名及畫名，字體方正嫵媚，於繼承古人之後，表現完美之字形與書風。

　　第四章趙孟頫之畫，分繪畫淵源，唐、五代畫風，重要畫蹟、著錄及流傳作品編年表、無紀年及無款著錄及流傳作品表。研討其繪畫之淵源與風格，並整理其繪畫作品，其畫有多方面面目畫題亦包羅萬象，舉凡山水、人物、花鳥，無所不能，尤喜畫馬，然皆有統一風格，即具有古意及清遠端麗之韻致，因以五代、北宋人為師，故保存前人技法與風神，影響其時其後文人畫之方向。

第五章趙孟頫之藝術觀，分追求古意、以書入畫、以詩入畫、到處雲山是我師。解說古意之涵義與精神，表現以書入畫之新精神，如以飛白畫石，以金錯刀畫竹，繪畫具有用筆之美，為文人畫奠定書畫合一之最高圭臬，且對士氣之追求，其畫無論人物、木石、山水、花鳥皆呈現文人士大夫隱逸清遠風韻，為文人畫追求士氣之傳統精神發軔。

　　第六章結語，分影響與評價。其詩、書、畫之受後人珍視，乃在其傳承傳統文化之貢獻，亦即所謂倡導復古主義，此一復古創新之精神，奠定元明清數百年來中國水墨畫傳統，並總結晉唐行楷書風，令後人踵式有自。

　　本文承蒙汪師雨盦指導，謹此致謝。

民七十五年二月戴麗珠識於師大國文研究所

──原刊於戴麗珠《趙孟頫文學與藝術之研究》
（臺北市：學海出版社，1986年），頁1-3。

作者簡介

　　戴麗珠（1946-2025），臺灣新竹人，國立臺灣師範大學國文系博士。曾任靜宜大學中文系教授至退休，並曾兼任逢甲大學、中山醫學大學教授。著有《詩與畫》、《施予化之研究》、《蘇東坡詩畫合一之研究》、《趙孟頫文學與藝術之研究》、《戴麗珠散文作品》、《晨起所見》（新詩）、《洋桔梗的親情》（新詩）、《蘇東坡詩文鑑賞》、《樂府詩賞析》、《文學概論》、《竹枝詞之鑑賞》、《文學與美學的交會──戴麗珠教授論文集》（2010年11月）。

漢樂府詩與曹植樂府詩的比較

戴麗珠

提要

近人胡大雷提出漢代樂府民歌的兩大特點在「多吟詠他人與重在敘事」，這個觀點引發作者寫作本文的動機。首先提出十首漢樂府吟詠他人之作與敘事之作為論見之依據，再提出曹植三篇名作與上文十首漢樂府加以比較析論。

原來比起漢樂府的敘事精神，曹植的白馬論，透露出詩人借詩抒懷的自我心態的表露。表現詩歌的象徵性、含蓄美。代表詩歌文化的再進步，也擴展了樂府詩的表現領域。

又曹植的另一首名篇名都篇，全詩在諷刺都市貴冑子弟的浮華生活。其實寫貴遊子弟是在寫曹植自我，在傳統的漢樂府中，寄託作者自我的雄心壯志。陳祚明言：「萬端感慨見於言外」，是的當之論。

此外，曹植的另一首名篇美女篇，更將曹植這一種借樂府以抒懷的自我表現態度，表現得更淋漓盡致。美女篇寫美女盛年不遇，獨處閨房；比喻志士不被人理解，無法伸展抱負。

因而，我們可以說曹植的樂府詩脫胎於漢樂府，而更進一步地表現出自我感情、自我心志、自我個性的表露。這是文人樂府詩，在樂府詩的時代展延中所表現出來的貢獻，為唐代新樂府開出自我鋪述的新路程。以上是本文的論述，敬請名家大方指正。

漢代樂府詩是屬於民間歌謠，它的特點是多方面的，根據近人胡

大雷的說法，他以為「多吟詠他人與重在敘事」是漢代樂府民歌的兩大特點，且對後代的影響也最為持久[1]。這個看法個人十分贊同，因此，引發本文的創作動機。

一　漢樂府詩吟詠他人之作與敘事之作

（一）思悲翁

> 思悲翁，唐思，奪我美人侵以遇。悲翁也，但我思。蓬首狗，逐狡兔，食交君。梟子五，梟母六，拉沓高飛暮安宿。

這一首以第一人稱的手法描寫作者懷思悲翁鳥的情感。[2]

（二）君馬黃

> 君馬黃、臣馬蒼。二馬同逐臣馬良。易之有驪蔡有赭，美人歸以南，駕車馳馬，美人傷我心，佳人歸以北，駕車馳馬，佳人安終極。

這一首以第二人稱的手法，敘述作者思念美人的情懷。[3]

（三）有所思

> 有所思，乃在大海南。何用問遺君。雙珠玳瑁簪，用玉貂繚之，聞君有他心，拉雜摧燒之。摧燒之，當風揚其灰，從今以

---

[1] 請參考〈建安詩人對樂府民歌的改制與曹植的貢獻〉。見於《文學遺產》，1990年3月。

[2] 見《樂府詩集》卷第18，頁226，里仁出版社印行。

[3] 同前註，頁229。

往，勿復相思。相思與君絕。雞鳴狗吠，兄嫂當知之，秋風肅肅晨風颸，東方須臾高知之。

這一首以第一人稱的手法，描寫失戀女子複雜的情懷。[4]

（四）上邪

上邪，我欲與君相知，長命無絕衰。山無陵，江水為竭，冬雷震震，夏雨雪，天地合，乃敢與君絕。

這一首以第一人稱的手法，描寫女子對情人忠貞不二的誓辭。[5]

（五）陌上桑三解

日出東南隅，照我秦氏樓。秦氏有好女，自名為羅敷，羅敷善蠶桑，採桑城南隅。青絲為籠係，桂枝為籠鉤。頭上倭墮髻，耳中明月珠，緗綺為下裙，紫綺為上襦。行者見羅敷，下擔捋髭鬚，少年見羅敷，脫帽著帩頭。耕者忘其犁，鋤者忘其鋤，來歸相怨怒，但坐觀羅敷。一解
使君從南來，五馬立踟躕，使君遣吏往，「問是誰家姝」。「秦氏有好女，自名為羅敷」。「羅敷年幾何？」「二十尚不足，十五頗有餘」，使君謝羅敷：「寧可共載不？」羅敷前置辭：「使君──何愚！使君自有婦，羅敷自有夫。」二解
「東方千餘騎，夫婿居上頭。何用識夫婿，白馬從驪駒。青絲繫馬尾，黃金絡馬頭，腰中鹿盧劍，可直千萬餘。十五府小吏，二十朝大夫，三十侍中郎，四十專城居。為人潔白皙，鬑

---

4 同前註，頁230。
5 同前註，頁231。

鬖頗有鬚,盈盈公府步,冉冉府中趨,坐中數千人,皆言夫婿殊」。三解

這一首以敘事的手法,描寫秦羅敷美艷動人,連太守也想追求他,但因為羅敷有夫而予以拒絕。[6]

(六)長歌行

青扛園中葵,朝露待日晞。陽春布德澤,萬物生光輝。
常恐秋節至,焜黃華葉衰,百川東到海,何時復西歸。
少壯不努力,老大徒傷悲。

這一首以第三人稱的手法,勸人要愛惜光陰,及時努力。[7]

(七)飲馬長城窟行

青青河畔草,綿綿思遠道。遠道不可思,宿昔夢見之。
夢見在我傍,忽覺在他鄉。他鄉各異縣,展轉不相見。
枯桑知天風,海水知天寒。入門各自媚,誰肯相為言。
客從遠方來,遺我雙鯉魚,呼兒烹鯉魚,中有尺素書。
長跪讀素書,書中竟何如?上言加餐飯,下言長相憶。

這一首以敘事的手法,描寫妻子思念丈夫,丈夫也思念妻子,夫妻相愛之詩。[8]

6　同前註,頁410。
7　同前註,頁442。
8　同前註,頁556。

（八）白頭吟

皚如山上雪，皎若雲間月。聞君有兩意，故來相決絕。
今日斗酒會，明日溝水頭，躞蹀御溝上，溝水東西流。
淒淒復淒淒，嫁娶不須啼，願得一心人，白頭不相離。
竹竿何嫋嫋，魚尾何簁簁，男兒重意氣，何用錢刀為。

這一首以敘事的手法，描寫女子希冀得到一位相知相愛、永諧白頭的夫婿。[9]

（九）羽林郎（後漢、辛延年）

昔有霍家奴，姓馮名子都。依倚將軍勢，調笑酒家胡。
胡姬年十五，春日獨當壚。長裾連理帶，廣袖合歡襦。
頭上藍田玉，耳後大秦珠。兩鬟何窈窕，一世良所無，
一鬟五百萬，兩鬟千萬餘。不意金吾子，娉婷過我廬。
銀鞍何煜爚，翠蓋空踟躕。就我求清酒，絲繩提玉壺。
就我求珍肴，金盤繪鯉魚。貽我青銅鏡，結我紅羅裙，
不惜紅羅裂，何論輕賤軀。男兒愛後婦，女子重前夫，
人生有新故，貴賤不相踰。多謝金吾子，私愛徒區區。

這一首詩既是敘事之作，又是吟詠他人的詩，描寫賣酒的外族女子堅拒羽林軍官的調戲。[10]

（十）董嬌饒（後漢、宋子侯）

洛陽城東路，桃李生路傍。花花自相對，葉葉自相當。

---

9 同前註，頁600。
10 同前註，頁909。

春風東北起，花葉正低昂。不知誰家子，提籠行採桑，
　　纖手折其枝，花落何飄颺。請謝彼姝子，何為見損傷。
　　高秋八九月，白露變為霜，終年會飄墮，安得久馨香。
　　秋時自零落，春月復芬芳。何時盛年去，歡愛永相忘。
　　吾欲竟此曲，此曲愁人腸。歸來酌美酒，扶瑟上高堂。

這一首詩既是敘事之作，又是吟詠他人的詩。此詩寫洛陽城東路上所見，寫女子見到花開花落，而欲與情人共享歡樂，而情人卻還沒有找到。[11]

二　曹植樂府詩

（一）白馬篇

　　白馬飾金羈，連翩西北馳。借問誰家子，幽并遊俠兒。
　　少小去鄉邑，揚聲沙漠垂。宿昔秉良弓，楛矢何參差。
　　控弦破左的，右發摧月支。仰手接飛猱，俯身散馬蹄。
　　狡捷過猴猿，勇剽若豹螭。邊城多警急，虜騎數遷移。
　　羽檄從北來，厲馬登高堤。長驅蹈匈奴，左顧凌鮮卑。
　　棄身鋒刃端，性命安可懷？父母且不顧，何言子與妻？
　　名編壯士籍，不得中顧私。捐軀赴國難，視死忽如歸！

這一首詩可能是寫遊俠以自況，描繪遊俠兒武藝高超，勇猛機智、忠貞愛國，視死如歸。[12]

---

11 同前註，頁1034。
12 曹魏父子詩選，仁愛書局印行，頁153-155。

(二) 名都篇

　　名都多妖女，京洛出少年。寶劍直千金，被服麗且鮮。
　　鬥雞東郊道，走馬長楸間。馳騁未能半，雙兔過我前。
　　攬弓捷鳴鏑，長驅上南山。左挽因右發，一縱兩禽連。
　　餘巧未及展，仰手接飛鳶。觀者咸稱善，眾工歸我妍。
　　歸來宴平樂，美酒斗十千。膾鯉臇胎鰕，寒鱉炙熊蹯。
　　鳴儔嘯匹侶，列坐竟長筵。連翩擊鞠壤，巧捷惟萬端。
　　白日西南馳，光景不可攀。雲散還城邑，清晨復來還。

這一首詩是諷刺都市貴遊子弟的詩，寫京洛少年鬥雞走馬，飲宴遊戲，消磨掉大好時光。[13]

(三) 美女篇

　　美女妖且閑，採桑岐路間。柔條紛冉冉，落葉何翩翩！
　　攘袖見素手，皓腕約金環。頭上金爵釵，腰佩翠琅玕。
　　明珠交玉體，珊瑚間木難。羅衣何飄飄，輕裾隨風還。
　　顧盼遺光彩，長嘯氣若蘭。行徒用息駕，休者以忘餐。
　　借問女何居，乃在城南端。青樓臨大路，高門結重關。
　　容華耀朝日，誰不希令顏？媒氏何所營？玉帛不時安？
　　佳人慕高義，求賢良獨難。眾人徒嗷嗷，安知彼所觀？
　　盛年處房室，中夜起長歎。

這一首詩寫美女盛年不嫁，抒發志士未遇明君，懷才不展的感歎。[14]

---

13 同前註，頁156-158。
14 同前註，頁163-165。

三　漢樂府詩和曹植樂府詩的比較

　　我們談到漢樂府的特徵在「多吟詠他人與重在敘事。」當然抒情的也有，但多半優秀作品是在敘事，吟詠他人的詩有以第一人稱敘述、第二人稱敘述及第三人稱敘述的，更有只是敘事又是吟詠他人的詩，這些我們在上文已經舉例說明。

　　到了建安時代，文人多作樂府詩，像開創建安文學風氣的曹操，他的創作全是樂府詩。曹植的詩，樂府詩也有一半以上。根據胡大雷的研究建安文人在樂府詩上有三大成就：一是重於敘述他人之事的同時賦予詩歌強烈的個人感情色彩。二是重於敘述包括詩人自身在內的群體人物之事，並賦予詩歌強烈的個人感情色彩。三是詩人不僅僅是詩中事件的敘述者，而且還以個人身分成為詩中事件的介入者。[15]這三大成就統括地說，就是怎樣改進在漢樂府傳統的吟詠他人之事的樂府詩裡表現自我的方式，怎樣敘寫出帶有強烈自我意識的自我之事，曹植在這方面作出了巨大的貢獻。

　　我們以上所舉的三首曹植的樂府詩來分析，白馬篇起首兩句「白馬飾金羈，連翩西北馳。」寫白馬套上金色的馬籠頭，奮迅地朝西北方馳騁而去。寫遊俠兒的雄姿，白與金構成一幅美麗的畫面。接著四句「借問誰家子，幽并遊俠兒，少小去鄉邑，揚聲沙漠垂。」寫遊俠兒從小就離開故鄉，在沙漠地區揚名邊陲，敘述遊俠兒的來歷。接著八句「宿昔秉良弓，楛矢何參差。控弦破左的，右發摧月支。仰手接飛猱，俯身散馬蹄。狡捷過猴猿，勇剽若豹螭。」寫遊俠兒弓箭不離身和精湛的騎射技藝。以飛猱、馬、猴猿、豹螭等動物來烘托遊俠兒精深的騎射技藝。接著八句「邊城多警急，虜騎數遷移。羽檄從北來，厲馬登高陽。長驅蹈匈奴，左顧凌鮮卑，棄身鋒刃端，性命安可

15　同註1，頁26-27。

懷？」寫遊俠兒一馬當先，勇於殺敵、不顧性命的奮勇精神。最後六句「父母且不顧，何言子與妻。名編壯士籍，不得中顧私。捐軀赴國難，視死忽如歸！」寫遊俠兒愛國視死如歸的精神。

　　曹植這一首白馬篇秉承漢樂府敘事的精神，然而比起陌上桑，又有不同。陌上桑以第一人稱敘述秦羅敷美艷動人，連太守也想追求她，但因羅敷有夫，使君有婦而予以拒絕。詩人與敘述的人物沒有關連。曹植的白馬篇就不同了，詩人恍如第三者在敘述勇健愛國的遊俠兒，而其實是自況。曹植素以國事為念，經常想立功邊塞。如：「甘心赴國憂。」（雜詩其五）及「生乎亂、長乎軍。」（求自試表）可以見出其一心為國的愛國情操。所以遊俠兒其實是作者自我的影射。朱乾在《樂府正義》中說：「此寓意於幽并遊俠，實自況也。……篇中所云捐軀赴難，視死如歸，亦子建素志。」可以說是很恰當的。[16] 比起漢樂府詩的敘事精神，曹植的白馬篇透露出詩人借詩抒懷的自我心志的表露，這種詩歌的象徵性、含蓄美，代表了詩歌文化的再進步，也擴展了樂府詩的表現領域。

　　迥異於白馬篇的名都篇是曹植壯志不伸的反諷，全詩在諷刺都市貴遊子弟的浮華生涯。現在我們再加以分析：首兩句點題「名都多妖女，京洛出少年。」把京城裡的貴遊子弟介紹出來。下兩句「寶劍直千金，被服麗且鮮。」寫佩劍與衣著都非常華麗光鮮。接著十句：「鬥雞東郊道，走馬長楸間。馳騁未能半，雙兔過我前。攬弓捷鳴鏑，長驅上南山，左挽因右發，一縱兩禽連，餘巧未及展，仰手接飛鳶。」寫貴遊子弟鬥雞、跑馬、獵兔、捉鳶的本領。接著兩句寫：「觀者咸稱善，眾工歸我妍。」寫觀眾對貴遊子弟的驅射工夫紛紛叫好，其他射手也認為貴遊子弟的箭法最高超。下面八句寫貴遊子弟飲宴遊戲的豪奢生活。即「歸來宴平樂，美酒斗十千，膾鯉臇胎鰕，寒鱉炙熊

---

16 同註12，頁153。

蹋。鳴儔嘯匹侶，列坐竟長筵。連翩擊鞠壤，巧捷惟萬端。」最後四句：「白日西南馳，光景不可攀。雲散還城邑，清晨復來還。」寫貴遊子宴樂到日落西山才回家又計劃明早還要出來玩樂。此詩表面上是諷刺貴遊子弟空有精湛的技藝卻不能為國效命，只能鬥雞走馬，恍如作者空有一身技藝與滿腔的愛國心，卻不能舒展開來，萬端的感慨見於言外。表現上如漢樂府的敘事，吟詠他人，其實是作者的心志存乎其中，因此讀來更為動人。郭茂倩《樂府詩集》說：「刺時人騎射之妙，遊騁之樂，而無憂國之心也。」還只說出一半，陳祚明《采菽堂古詩選》言：「萬端感慨見於言外。」是的當之論。[17]因此這一首詩是寫貴遊子弟其實是寫自我，在傳統的漢樂府詩中寄託了作者自我的雄心壯志。

曹植的這一種借樂府詩以抒懷的自我表現態度，在美女篇中更表現得淋漓盡致。起首十六句，極力描寫美女艷麗的容貌和體態，保留了漢樂府陌上桑中極力描寫羅敷美艷的敘事手法，而曹植是借美女以比喻志士的才、德。我們先來賞析這十六句：「美女妖且閑，採桑岐路間。柔條紛冉冉，落葉何翩翩！攘袖見素手，皓腕約金環。頭上金爵釵，腰佩翠琅玕。明珠交玉體，珊瑚間木難。羅衣何飄飄，輕裾隨風還。顧盼遺光彩，長嘯氣若蘭。行徒用息駕，休者以忘餐。」寫美女容貌艷麗，舉止閑雅，而正在路旁採桑。柔嫩的枝條紛紛搖動，採下的桑葉翩翩飄下。她捋起袖子，露出潔白的手臂，白嫩的手腕戴著金手鐲。頭上帶著金雀釵，腰上佩著青翠的玉石，身上交織著金光閃閃的明珠，還裝佩著珊瑚和大秦國出產的一種碧色的寶珠。又輕又薄的羅衣輕輕拂動，衣襟隨風飄揚。顧盼之間留下了迷人的光影，長嘯時吐出香蘭般芬芳的氣息。過路的人看了她停下車子，休息的人看了她忘記吃飯。極力鋪陳美女的美艷，這種手法是漢樂府詩穠麗表現的

---

17 同前註，頁156-158。

技巧，曹植用功之力比起陌上桑有過之而無不及，尤其最後兩句側寫路人與休息者看到美女而忘了開車和吃飯與陌上桑「行者見羅敷，下擔採髭鬚，少年見羅敷，脫帽著帩頭，耕者忘其犁，鋤者忘其鋤。」有異曲同工之妙。接著六句「借問女何居，乃在城南端。青樓臨大路，高門結重關。容華耀朝日，誰不希令顏？」寫美女的居處，暗示美女出身顯貴。最後八句：「媒氏何所營？玉帛不時安？佳人慕高義，求賢良獨難。眾人徒嗷嗷，安知彼所觀？盛年處房室，中夜起長歎。」媒人在幹什麼？為什麼還不拿玉帛來聘娶，美人敬慕品德高尚的人，要想找個賢德的丈夫實在很難。大家只在那裡亂說亂嚷，怎會知道她看上的是什麼人？

　　美女正當青春年華，卻獨守空閨，不禁深夜起來長歎。表現美女盛年不遇，獨處閨房。比喻志士不被人理解，無法伸展抱負。

　　劉履在《選詩補注》中說：「子健志在輔君匡濟，策功垂名，乃不克遂。雖受爵封，而其心猶為不仕，故託處女以寓怨慕之情焉。」[18]

　　由以上三首分析，我們可以看出曹植樂府詩脫胎於漢樂府詩，而更進一步地表現出自我感情、自我個性、自我心志的流露。這是文人樂府詩在樂府詩的時代展延中所表現出來的貢獻，為唐代的新樂府開出自我鋪述的新路程。這一點是值得我們肯定而認識的。

　　――原刊於戴麗珠《文學與美學的交會――戴麗珠教授論文集》（臺北市：Airiti Press Inc.，2010年），頁25-36。

---

18 同前註，頁163-165。

此情今已成追憶

蔡榮昌

　　南臺灣的七月天，實在悶得叫人透不過氣來。十三日正午剛從學校下班，一進了門，綠衣人就遞來一張訃聞，心想不妙，又是誰走了，可千萬也沒想到老杜，您竟走得那麼快，快得叫人難以相信。

　　打從民國六十三年起，您的信就來得更少了，當您返豐療病經過一段時期後才來信，並言及有意南下北港就醫，當時我即去信，並加繪地圖要您順道來南一晤，沒想到臨行前又是骨膜炎發作，遂又不獲如願，我常為此事扼腕歎息，如今人天永隔，老杜，您想阿榮該如何呢？

　　和老杜建交是有一段因緣的，五十四年考進師大時，在班上老杜的學號（五四〇五三九）恰在我的前面（五四〇五四二），在南臺灣呆久了的草地人對這位芳鄰甚感興趣，開學後不久我到麗水街去找他（當時他和錫欽兄同租在麗水街）一見如故，隨即大蓋了一番，此後我們的私交，日有增進，直到他搬進宿舍來更是形影不離，一有空來就是擺龍門陣，再不然就是下圍棋。記得有一天上完唐詩後，當天我們倆個從六點多就拿著凳子在二樓走廊談了起來，一直到凌晨四點多才各自上床，在那次的長談中，我發現老杜的思路是極其清晰的，對於王維的詩頗有深入的瞭解。我對王維「詩中有畫，畫中有詩」的境界僅限於字面上的理解，在那一夜之後，好像從老杜那兒又瞭解的更多了。老杜不但對於做學問絕不含糊，對於興趣的追求更有一份執著。大概是大二那年的期末考吧，老杜正和盧清山（老伙仔）在下圍

棋，考試鐘響了，但他們戰火正酣，未分勝負絕不甘休，就這麼擔誤了廿五分鐘才遲遲進場參加考試呢！

　　老杜是一個極富幽默感的人，班上的郊遊只要有老杜參加，保險兵源不缺。記得每當郊遊前，班上的女同學總會問，杜勝雄您參不參加，那是為什麼？沒有別的，只要有老杜在場，氣氛就不同，總是能使大家高高興興的玩。這一點老杜是可以和徐志摩相比而毫不遜色的。對於愛情，老杜的看法是這樣的，「萬一愛情與事業不可得兼時，我寧可捨事業而求愛情。」這是他大四時跟我講的一句話，老杜一生的愛情是多彩多姿的，愛給老杜再生的力量，當老杜身罹重病時，嫂夫人給予他再生的勇氣，告訴他「你的病會好的。」當老杜準備聯考時，嫂夫人拿著麵包去陪他看書，老杜也曾為了和嫂夫人約會，把車子放在山下而給丟了，但他無怨無艾。大四我和老杜同居一處，每當嫂夫人來時，他總是騰出時間陪嫂夫人玩去，臨別時總是送到板橋才依依而別（這是他事後告訴我的）。五十八年的中秋節（正是阿姆斯壯上月球那年）正是風雨交加，後來我寫信到花女和他談起去年（五十七年）在豐原與他同度中秋夜之情景，他來信說，中秋節玉雪積了好幾天的假，拿到花蓮來和我共度佳節，雖然那天風風雨雨，但，只要能夠在一起，也總是那樣甜甜蜜蜜的。」（五八、十、十五來信）老杜婚後伉儷情深，其來有自。

　　老杜對朋友的那份情誼又是那麼感人。由他的引介我也認識了更多的他的朋友。他永不放棄讚美朋友的機會，而且又是出之以至誠。他曾對我提過他和方裸賢的交情，他說：「老方是錫欽的朋友，有一次錫欽去方那兒，提到二哥何時要上方那兒。到了那天，我去到門口，剛好聽他在說『二哥說要來，怎麼到現在還不見人呢？』光聽這些話我就舒服。」「在公司裏老闆總要把重要的設計工作交給方去做。」民國六十年，我和內人結婚之事，從頭到尾是他幫到底，包括代找內人的親生父母（住花蓮）及籌措聘金之事。寫到這兒真叫人難

過，當我結婚時他設法以自己身體虛弱急需用錢為由，向錫欽兄及淑貞先行挪借，可是當他臥病時我把錢寄還他（五千元），他又以過年時我需用錢為由，又匯來兩千元，這些錢，我告訴過他，只要急用隨時來信，即可付郵，可是直到他再度臥病之時仍未提過。當他於六十三年度再度療病時不讓我知道，我想是怕我把這些錢匯去。一直到他去世，我把錢送還淑貞，她還不相信。老杜，你去了，但你對阿榮的這份情意卻是永遠揮不掉的。此外本班同學也曾有人到花蓮，他都一一加以親切的招待，這些事不必我來說啦！老杜對於朋友，總是那麼親切、和藹，你要到花蓮他會先和你來上兩杯，再帶著你去逛海濱，然後不厭其詳的解說這些風景的一草一木。在花蓮生活雖是清苦，但他卻有著陶淵明的心志，不為所苦，他說錢是身外物，只要身體健康就好了。因此他選擇花女，我認為是再好不過的。那裏知道天妒英才。老杜的「骨頭」是硬的，只要是對的，他不惜犧牲一切力爭的，六十年三月廿四日在導師會上為了學生他和行政人員據理力爭，也因此而重病復發，為了學生他付出太多太多了。在花女任教三年後他曾來信告訴我，任教三年使他建立起信心了。他對教育有了堅強的信心，他把生命也獻給了教育。

畢業後有許多人已做了爸爸，六十年十月十七日，老杜在信上說：「現在涵清已經很高大了，一天到晚纏著我，只要一有空，就要我陪她玩，或是講故事書給他聽，或是帶她到海邊玩，或是去散步，要不然就說要去花岡山溜滑梯，或是要拉我去小學盪秋千，名堂奇多。聽到外面有孩子在吹哨子，就說要去看一看，等帶她出去看，就說要去買，這樣一步一步，得寸進尺，我們這種年輕的爸爸，根本就沒有學會說『不』，只有跟著她團團轉了」，老杜，不但是學生心目中的好老師，也是孩子心目中的好爸爸，在老杜所有的來信中，絕大多數是向我介紹書本，雖然他遠在東部，還念念不忘隨時買書，隨時，他說：「光教書而不看書，那是可怕的事。」這股力量使他的學問欲永

遠不弱。在藍吉富先生考上研究所後，老杜一度也想回師大試試，其實這是我多年來一直說不動他的一件事。可惜老杜先走了一步。

　　在大學四年中我受到老杜的濡染與薰陶甚多，實非筆墨所可言盡者。其實我一直當他亦師亦友，畢業後有一度也想東去和他廝守在一起，但終不克如願，此為予終生之一大恨事。不久前汪中夫子蒞臨成大演講，我曾向他提起此事，汪老師一再說：「杜勝雄死了，實在太可惜，實在太可惜。」老杜在師長中的份量，當可由這話中看出來了。

　　老杜，開平飯店的白葡萄，花岡山上的牛肉干依舊在，但阿榮的酒杯永遠沒人來碰了。

　　——原刊於《山高水長——杜勝雄先生紀念集》（杜勝雄教育基金會出版，1976年1月），頁286-289。又見新版《山高水長》（高雄市：河洛圖書出版社，1977年9月）頁256-259。

作者簡介

　　蔡榮昌，國立高雄師範大學碩士，文化大學中文所博士，博士論文由汪中老師指導。已從國立屏東大學退休。曾任教南臺工專、高雄工專、屏東教育大學等。研究生階段為貼補家用及作為南來北往交通費，也曾任教補習班。

《古代漢語詞源研究論衡》增訂本自序

姚榮松

我國語言研究有悠久的歷史，長期以來，把古代語言研究統稱小學。所謂「小學」，在漢代就等於文字學，隋唐以後，範圍擴大，成為文字學、訓詁學、音韻學的總稱。經清代近三百年樸學的全面發展，使中國傳統語言文字研究，達到空前未有的高峰。論清代學術，小學絕對是不可或缺的一環，一部中國語言學史的論述，清代小學幾可佔去一半以上的篇幅，這絕不是材料多寡的問題，而是從研究領域、研究方法、研究目的，也就是從量到質，都醞釀一種根本的變革。被視為清代樸學最後一位大師的章炳麟，即認為「小學」之名不確切，主張改稱為「語言文字之學」（見〈論語言文字之學〉載於一九〇六年《國粹學報》）這不僅僅是名稱的改變而已，而是反映當時語言學家在思想上、理論上對語言文字學有了新的認識，將它從「經學的附庸」獨立出來，視為一門學科。這就標誌著傳統小學的終結和中國現代語言學的開始。

清末民初，隨著西方學術思想的東漸，中國語言學也受到新的研究方法的啟迪，許多原來陳陳相因的舊說，從「語言研究」的新角度來重新詮釋，比如中國語言文字起源的問題，從前只問文字創造的源頭是圖畫、書契、八卦、結繩等問題，此時已轉到語言緣起的問題，同時文字學上六書中的假借、轉注說，也賦予語源學的新詮，而「孳

乳」「變易」這類術語，也成為語言文字發展次第的規律，古音學的主要課題已不再是古韻分為幾部，古聲分為幾紐，而是以古音通轉的規律來解釋語言文字演變的過程。標誌著這種新的研究方向的人，也是章太炎，他在《國故論衡·小學略說》中說：「余以寡昧，屬茲衰亂，悼古義之淪喪，愍民言之未理，故作《文始》，以明語原。次《小學答問》，以見本字。述《新方言》，以一萌俗。」可見章太炎是把語源、字源和方言的研究，視為語言文字學的當務之急。而其成就最大的，就是《文始》一書。

《文始》一書代表章氏語言研究的總成績，也代表中國傳統語源研究走向現代語源學的過渡，它走出了訓詁學的章節，獨立門戶，成為第一本有體有用、理論實踐兼顧的字族研究專論，它總結了從漢代劉熙《釋名》以來一千七百年間詞源學的理論，並提出他自己的詞源學體系。章氏於此書中驅策古音，駕馭《說文》，出入經典故訓，其理論和方法突破傳統格局，並帶有開闢榛莽的色彩；但章氏畢竟受到他個人學術背景的限制，其所接觸十九世紀西方語言學理論並非全面，致《文始》一書難免體大而思不精，因而瑕瑜互見、毀譽參半。加上《成均圖》的玄理氣象，《文始》行文的古奧，竟使此一名著出版七十年來，尚無人作全面的研究。摘其著作的片斷，妄加批評者則比比皆是，這未嘗不是中國語言學史上的一樁憾事。

筆者自民國五十四年就讀師大國文系以來，獨好語言文字之學，有關語言文字的統緒和方法，皆得諸本系師長的沾濡，如許師詩英之文法、聲韻之學，魯師實先之說文及古文字學，周師一田之訓詁學，繼續深造以後，復聞章、黃語言文字學之緒於林師景伊、高師仲華、潘師石禪三先生，又得陳師伯元古韻三十二部之說及廣韻研究之腮理。初則專攻等韻之學，繼則旁涉現代語言學理論，舉凡變形衍生語法理論及孳生音韻學，皆一度為措意之所在，因有民國六十六年獲教部公費獎助赴美進修語言學，於康乃爾大學選修包擬古教授（N. C.

Bodman）之漢藏語言學概論，始知同族語言同源詞研究之旨趣，七十一年即以「上古漢語同源詞研究」一題，撰成博士論文。該文雖然總結了近代有關詞源研究的成績，但是囿於見聞，仍未能全面檢驗《文始》一書。民國七十二年以來，從事訓詁學教學工作，泛覽更廣，海峽兩岸相關論著，無不搜羅，漸能補充前論之所未備，並將注意力轉到詞源學的發展，確定章黃學說在近代詞源研究上，已產生積極的指導作用，同時也發現我國訓詁學理論的核心，原來是建立在詞源研究的基礎上。

一九八九年三月，香港大學舉辦首次「章太炎、黃季剛國際學術研討會」筆者幸獲邀請，因撰〈黃季剛先生之字源、詞源學初探〉一文與會（該文修正後刊布於《國文學報》第十八期）八月起，並以「章太炎《文始》的詞源理論述評」一題為研究計劃，獲王安電腦公司中國學術研究中心一九八九～一九九〇年漢學研究獎助。兩年以來，以全力投注於《文始》一書之研究，逐條梳理《文始》九卷中的初文、準初文及字族，研形、審音、定義，朝夕於茲，並作成逐字檢索之資料庫，擬以數年完成全書之疏釋。一九九〇年六月並撰〈從詞根轉換檢討《文始》的音轉理論〉，發表於香港浸會學院主辦之「中國聲韻學國際學術研討會」

由於兩年來的整理爬梳，並廣泛研讀詞源相關論述，漸覺《文始》易入，對章氏所建立的音轉理論與詞義系統，亦稍見會通，而最易使人墮入玄想的《成均圖》，亦頗能撥雲見霧，完全以實證的科學態度來解說。至於是書九卷之字族系聯，孳乳、變易之次第，也不再具有其初看時有如「七寶樓臺」之色彩，乃自忖能為此書做一全面的疏釋，疏釋的目的自不在發皇章氏學說，而在如何藉此研究，提出漢語詞源研究的方法，這種方法論應該繼承中國語言學的優良傳統及民族特色，自然有異於生吞活剝、抄襲西方的詞源學理論的做法。筆者自信透過對《文始》的批判、結合最新的古文字學及當代詞源學理論

的指導，必可完成八年前已著手進行的古漢語「同源字譜」。有此一譜，則對章氏學說之價值評斷，其個別字族認定的是非，皆可以從純粹的詞源學角度，加以定論，目前要解決對《文始》之爭議性論斷，似仍言之過早。

　　本文的撰述，初以《文始詞源理論述評》為題，寫作「制作探源」一章（即本書第三章）時，即已發覺章氏的詞源學足以反映一部漢語詞源研究，既有批判又有繼承，為了正確評估《文始》的歷史地位，於是將撰述範圍，擴及一千七百年來之詞源研究，如此就可以充分對幾個基本理論如聲訓、右文、音轉等，作全新的檢討，同時也能綜合近十年來個人在這方面探索的心得。因此本書的前兩章，是通論性質，但對於理論意義，則多從語言學觀點來分析。後三章，則以《文始》的探討，展現近代詞源學的具體內涵，並批評了章氏在學說和方法上的不足，指出今後研究的方向。許多觀點皆近年所悟，總題曰論衡者，乃因有破有立，亦有矯時俗束書而妄譏《文始》之陋者，庶幾亦能反映個人十年來在詞源研究的心路歷程。資質寡昧，成稿時日倉促，率爾操觚之譏，勢所難免。撰述期間，正值伯元業師，兩煩鶴弔、風樹增悲；論文完稿，竟無暇先獲陳師審訂，則書中可能的錯誤必更加多，但祈賢達先聞，不吝教正。

　　　　　　　　　　　　　　　民八十年三月十五日
　　　　　　　　　　　　　　　姚榮松序於臺北羅斯福路車喧樓

　　　　——原刊於姚榮松《古代漢語詞源研究論衡（增訂本）》
　　　　　（臺北市：臺灣學生書局，2015年），頁 III-VII。

作者簡介

　　姚榮松，臺灣雲林縣人，生於一九四六年。自幼喜愛文學。一九六五年以第一志願考上師大國文系狀元，從此以語言文學為志業。一九六九年師大結業，任教北市弘道國中，旋考上師大國研所，一九七三年獲碩士學位，入國文所任助理研究員。

　　一九七五年考上本校博士班，志趣轉向語言學，尤有志漢藏語言研究，博三時因緣際會，考上教部公費留學研究生進修類，一九七七年赴美國康乃爾大學語言系，從 N.C.Bodman（包擬古）習漢藏語言學，並修習語言學專業，次年返師大，續任講師，並於一九八二年完成博士論文《古代漢語同源詞研究》，由林尹、陳新雄教授指導。旋任師大國文系副教授，並開始講授聲韻學、訓詁學、國音學及閩南語概論（通識）。

　　一九八四～一九八五年赴哈佛大學燕京學社任訪問學者一年，留心當代語言理論，開始著力於當代閩方言研究。一九九三年獲國科會補助，赴法國高等社會科學研究院（EHESS）東亞語言所研究一年，以法國漢學為研究專題。一九九六年在師大華文所開「漢語詞彙學」，並在國文所開設「漢語方言專題」、「詞源學專題」及「中國語言學史」。

　　二〇〇〇年以後，陸續擔任過教育部國語推行委員（2000-2006）、中華民國聲韻學會理事長（2000-2004）、臺灣語文學會會長（2006-2010）等，並曾擔任《教育部臺灣閩南語常用詞詞典》總編輯、教育部九年一貫本國語文領域閩南語課綱召集人等職。二〇〇三年起轉任師大臺灣文化及語言文學研究所專任教授，並兼任所長（2004-2007），講授臺灣語言通論、臺灣閩客語比較、臺灣閩南語詞彙與構詞、臺語文字表述與漢字專題、漢語音韻史與閩客語言變遷史、閩南語句法學等課程。二〇一二年二月自臺灣語文學系退休，並擔任國文系及臺文

系兼任教授。持續擔任《臺灣閩南語常用辭典》維修工作,並致力臺灣民間歌謠及臺灣閩客語言比較研究。二〇一四年曾獲教育部推動本土語言特殊貢獻獎。

二〇二〇年二月～六月受邀英國威爾斯大學聖三一分校漢學院任客座教授,講授《漢學方法論》(碩班)及《文字學》(大學本科)等課程。

著有《切韻指掌圖研究》、《上古漢語同源詞研究》(博士論文,花木蘭出版)、〈文始‧成韻圖音轉理論述評〉、〈臺灣語典導讀〉(金楓,經典35)、《古代漢語詞源研究論衡》(學生書局,2015年8月,增訂一版)、《臺語漢字與詞彙研究論文集》(萬卷樓,2021年1月)等。主編教育部《臺灣閩南語常用詞辭典》,發表過漢語語言文字學論文數十篇及兩岸新詞語比較論述多篇。有文集《厲揭齋學思集》(文史哲,2012年)行世。

教育部《臺灣閩南語常用詞詞典》總編輯序

姚榮松

臺灣是一個多元文化的美麗之島，四百年前，葡萄牙人的一句驚艷之詞「福爾摩沙」，就揭開了幾世紀以來，這個「多風颱」、「厚地動」的海島文化的神秘面紗。原住民、先住民、新住民的絡繹於途，航海家、海盜、討海人、偷渡客、墾殖者、殖民統治者暨流民的銷聲匿跡，自然構成斯土斯民、海洋文化的新天地，論語言流衍，豈止千百種，數百年的融合，主體性逐步浮現，就是今天的四大族群的代表語：南島語、福佬話（俗稱 hō-ló 話）、客家語和華語共通語。

臺灣閩南語作為漢語的一個支脈源遠流長。四百年來由於移民人口的優勢，它成為島上的第一大語言，使用人口約佔二千三百萬人口的四分之三。因此，要探討臺灣近三百年蛻變的軌跡，臺灣閩南語的研究，是一個重要切入點。長期以來，它做為下層語言，幾乎得不到官方的重視，外來殖民不管久暫，都消滅不了它的生機。

解嚴以來，由於臺灣本土意識的高漲，有志之士面對本土語言消失的危機，及時發起「還我母語」的運動，以爭取母語的生存權與教育權，將母語的傳承納入體制，因而有鄉土語言教學，作為國民中小學鄉土教育的一個環節。直到民國八十八年六月四日，教育部公布小學到國中的「九年一貫課程綱要」草案，以七大學習領域取代傳統學科，而語文領域中的三種鄉土語言自九十年度起，從小學一年級開始

教學，五年級起學習英語，「語文領域」的多元化取代了近百年的唯我獨尊的「國語文」政策，也開啟了語文教育的新紀元。

個人有幸參與「九年一貫課程綱要」閩南語組的起草工作，也觀察了鄉土母語的教學困境，除了師資教學時數的嚴重不足外，教材的標音及文字尚未標準化才是最大的障礙，誠所謂「冰凍三尺，非一日之寒」，這是過去政府長期忽視母語的結果。但隨著大環境的改變，早在民國八十四年教育部人文社會指導委員會已公告鄉土語文音標方案，包括閩南語、客家話和原住民語三套。閩、客語音標以臺灣語文學會制定的 TLPA 為基礎，一時教科書如雨後春筍，為母語教育揭開了序幕。

二〇〇〇年政黨輪替，綠色執政，同年九年一貫課程開始實施。教育部國語推行委員會改組，在新任主委曹逢甫教授的擘畫之下，成立「國家語文資料庫建構計畫」，在既有的國語文教育資料庫之基礎上，推動三個子計畫：「成語典」（共通語）、「閩南語常用詞辭典」、「客家語常用詞辭典」，並進行既有語文整理成果之維護。語文教育是教育改革的基礎工程，這三個子計畫的推動，主要是配合九年一貫課程的實施，尤其鄉土語言教學需要規範的辭典，作為國家語言的推行機構的國語會更責無旁貸，而九年一貫課程綱要也已把三種習稱的鄉土語言納入「本國語文」。

本會先前已完成一個四年期的「閩南語本字研究專案計畫」，由臺大中文系的楊秀芳教授主持。該計畫已完成五百字的音義整理，並已出版兩冊的《閩南語字彙》。常用詞辭典應該延續既有的成果，若由楊教授繼續主持最為適當，然而編輯辭典是個費時曠日的工程，楊教授無意繼續這個新計畫，個人因長期參與本會的審查工作，包括異體字字典及上項《閩南語字彙》，曹主委希望我能擔任總編輯一職時，我受寵若驚，誠惶誠恐，對於國語會而言，這無異是一項劃時代的任務，幾經考慮，即欣然接受此一任務，並在我尚未想清楚未來的

艱辛之路時，已經決定兩位副總編輯由同為臺灣師大國文所出身的博士「學棣」張屏生副教授（高師大）和畢業不久的林香薇助理教授（國北師）擔任，而編輯委員會的成員也決定承襲上一個計畫的六位成員，並由楊秀芳教授任副主任委員，委員包括中研院龔煌城院士、新竹師院的董忠司教授、清華大學的連金發教授、元智大學的洪惟仁副教授、逢甲大學的簡宗梧教授等。由曹主委擔任會議主持人，經過兩次「國家語文資料庫建構計畫編輯會議」，編輯體例及方針大致確定，並在九十年九月一日展開編輯工作，初期的七位專職編輯都是國語會原有工作多年的共通語組成員轉任，由於對工作環境熟悉，因此能很快進入編輯配置，整體的規畫，也多根據共通語組曾榮汾總編長期主持本會語文編纂的豐富經驗，每週有一次小組編輯會議，作成記錄，所有到班均須嚴守規約，就這樣，我由紙上談兵的語言研究者，成為製作規範的辭書編輯人，漸能體會榮汾兄在〈異體字典序〉一文中所透露的編輯工作壓力以及編輯管理流程的嚴整性。

閩南語在臺灣民間是充滿活力的語言，只要觀察市面各種字、辭典的數量，即可了然。根據洪惟仁教授主編的十卷本《經典辭書彙編》（武陵出版社），最具規模的兩本是一八七三年英國長老會牧師杜嘉德博士（Carstairs Douglas）所著《廈門白話詞典》Dictionary of the Vernacular or Spoken Language of Amoy）和一九三一年日本語言學家小川尚義主編由臺灣總督府出版的《臺日大辭典》（二〇〇四年八月旅日學者王順隆出版羅馬字音序的新編本），這兩本外文的閩南語辭書已說明了閩南語在百餘年前已開始國際化，今天我們的再加工，絕非只為本土，而是希望我們的母語辭書也能現代化，並且走得出去，與世界接軌。

在所有現代漢語方言中，截至上個世紀的九〇年代，恐怕沒有一個地區的方言辭典像臺灣閩南語這麼豐富，據洪惟仁一九九二年〈閩南語辭書簡介〉，把字典、辭典、語典（諺語、成語、慣用語）、韻書

加在一起，總共分成五類。閩南語辭書可謂汗牛充棟，其中前四類辭書洪文介紹了較重要的三十九種，第五類語典不計（因為近年有關諺語一類的出版就已超過百種），從這些辭書標音方式及編排方式的多元，正可以突顯這部簡易實用的《臺灣閩南語常用詞辭典》對鄉土語言教學的重要性。

由於文獻語料相當豐富，我們精選了八本大小適中的辭典的詞目，建立預收詞目檔，再根據詞頻原則初步選定詞條一萬五千條上下，建立八本辭書的逐字圖檔資料，以便撰寫參考。除了規畫撰寫體例，並計畫進行各種口語語料的詞頻分析，以建立編輯環境，至少花掉小組整整一年的時間，而人力的異動，那怕只是一兩位，也都將牽一髮而動全身，最重要的小組成員雖然幾乎全是母語人，並非人人流利順暢，有時為了語感之匱乏而大皺眉頭，總、副編輯的兼差到值也不能盡如人意，開始撰稿了，進入審稿流程，委員會決定加入四位編輯顧問，都是語感一流的閩南語工作者。這就免除了編輯人員可能面對資料的茫然及造不出句子的困窘，在流程中一切互動和摩擦都產生火花，這些編輯人員的甘苦談只能回味，不能詳述。

在漫長的三年半中，委員會已經開了十九次，平均兩個月開一次，委員在百忙中接受複審的稿件，就在小組期待回稿中，解決了不少問題，也衍生不少新議題，改變了不少體例。漢字的分歧，尤其難得共識，有些字就各家異體並陳，由委員帶回去勾選再作統計，多數委員有共識的字，定則定矣，有時自己中意的字，書面調查卻只差一票而遭否決，難免脣劍舌槍，最後不得已主席宣佈再表決，爭端並非從此止息，尋求復辟的有之。這個團隊的敬業是這本辭典「品質」的保證，複審人員也不斷擴充，幾乎網羅北部地區的閩南語的語言學專業人才。

二〇〇四年六月底，原定的三年計畫到期，但進度並不如預期，感謝國語會鄭主委同意閩、客兩組辭典的延長半年計畫。因為面對社

會的期待,至少期望能有方便的網路版供社會查詢試用,並回饋試用的意見。此時,原有的專任編輯中有五位不能續約,僅有二位留下來繼續努力,如果此時徵求半年的臨時編輯人員,恐緩不濟急,也不合部內專業人員聘任要求,幸好《成語典》計畫提早完成,有四位成員願意加入閩南語組做最後階段的成編、校稿及網路建置作業,因而在人力的銜接上沒有出現斷層,這部歷時三年半的「世紀大工程」,終於能在二○○五年元月面對全國讀者的檢驗,我們知道即使再延長一年,這部辭典也難十全十美,因此我們將本辭典後續的成果維護計畫規畫出來,希望能有適當的人力或委員會,接受讀者分享成果後的回饋意見,進行互動,修訂增補,以使本辭典能在使用中臻於完善。

　　本辭典的完成,使個人充分感受到現代辭典編輯與企業管理的關聯。這本辭典是教育部國語推行委員會國家語文資料庫建構計畫的一部分,利用國家預算,組成編輯團隊,並有國語會長期建立的國語文資料庫,包括《重編國語辭典》及《異體字字典》等基礎檔案,有專用的編輯部辦公室及專用圖書設備,專任的編輯成員,美中不足的是從計畫的主委到正副總編輯及審稿委員,都是兼職,因此,在作業流程上,不能避免狀況發生,在時間進度上,也往往不如預期,但是我們必須強調所有委員都是熱愛這件差事,因此,我們的編輯團隊的合作應該值得肯定的,勞苦功高應歸於這六、七位讀了三年閩南語辭典的編輯人員,他們至少成了專業的編輯,可惜政府沒有專屬的「國家語文辭典」研究中心,竟使這些專業編輯在計畫完成後,必須另謀出路,無法發揮其專長,形成人才的浪費。

　　這部辭典以目前這個版本呈現,是編輯團隊三年來腦力激盪的結果。也要感謝前人編纂的辭典及語料的提供者,在體例方面,許多構想來自張屏生副總編,他是全神投入者,從編輯體例的擬定,到主音讀、第二優勢腔及方言差異(附表)的呈現,都由他負責審音、定音,而牽一髮動全身的用字原則、字頭的呈現方式,都有他的堅持,

他為本計畫進行的高雄地區方言調查,使本辭典走出傳統辭典不分主從音系的窠臼,當然更要感謝曹主委的指揮若定及所有成員的同心協力。另一位功臣是董忠司教授和他主編的《臺灣閩南語辭典》(五南圖書二〇〇一年出版),這部由國立編譯館主編的辭典,才是中華民國第一部官方閩南語辭典,本辭典在用字、釋義及定音方面,也往往以它為藍本,再進行調整。因此,本辭典因限於規模,收詞有所不足時,正好有董編可以參考,應該可以彌補這本小型辭典的缺憾。最後,我們期望讀者能給我們更多的指正。

民九十三年十二月二十三日**姚榮松**寫於師大路厲揭齋

——原載教育部國語會電子詞典《臺灣閩南語常用詞詞典》網路版

《最新實用西班牙語會話》自序

沈鴻南

　　自小喜歡語言，民國五十四年耕莘文教院美籍張志宏神父說：『西班牙語是上帝的語言』後，從此與西文有不解之緣。民國七十五年歐遊，途經義大利威尼斯被放鴿子，始用上西班牙語。初，受教於教育部歐語中心臺大朱炎老師、輔大西籍安明德神父、淡大田毓英老師及外交部練日扶先生。繼，進修於淡大歐研所陳雅鴻老師，西班牙薩拉曼加大學朵蘿思・駱玫洛・羅培斯老師。深體約翰・奈思比特之言：在彼此依賴的環境中學習外國語及外國文化，實屬迫不及待。將來如要成功，必須精通英、西、電腦三種語言。西班牙諾貝爾文學獎得主塞拉預言：未來兩千年內，全球只說四種語言──阿拉伯文、西班牙文、英文和中文。可見西語之重要。

　　師大畢業後，歷任國、高中、職、北高救國團、淡江大學、中山大學、文藻語專、高雄海專、國際商專等教職凡二十八年。本著教學體驗，思考學子需求，詳為比較探討，成此書：共分十二單元，每單元包括本文、詞彙、補充詞彙、及文法註釋四部份，前有十三節發音說明，後有十一項參考附錄及課文中譯，以對話句型為主，每週二小時，足供一學年、兩學期課程之用。初學者可選學每單元前面部分之簡易者，相信必能符合各階層不同程度者之期望。

　　本書之編寫源於觀光科選修課同學之建議與觀點，在課程上曾與國立臺北科技大學西班牙語選修課網路多所研討，中央圖書出版社丁原鴻副總提供書訊，東華書局卓鑫淼總經理熱心協助出版，謹表謝

忱。另外，國立高雄科技學院進修推廣部會統科，陳鳳珠同學的打字，進修專校機械科，盧至全同學的封面設計、插圖，也一併致謝。

雖經多次校對，錯誤疏漏一定難免，祈盼讀者朋友不吝批評、指正。特別感激淡江大學陳雅鴻教授、國立高雄科技學院黃廣志校長、觀光科劉修祥主任、文藻語專西班牙文科孫素靜主任題詞鼓勵，他們對人本教育的關懷與前瞻、宏觀、多元化辦學精神，實在令人欽佩！

編者謹識

一九九八年二月一日

——原刊於沈鴻南《最新實用西班牙語會話》
（臺北市：東華書局，1998年）。

作者簡介

沈鴻南，淡江大學歐洲研究所碩士。國立高雄科技學院退休。曾任教左營高中、旗美高中、前鎮高中及救國團、中山大學、高雄海專（現高雄海洋科技大學）、國際商專、文藻語專（現文藻外語大學）教職。

西班牙語世界

沈鴻南

　　西班牙語（Spanish）屬印歐語系（Indo-European Languages）與拉丁語、法語、義大利語、葡萄牙語、羅馬尼亞語、加泰隆尼亞語、普羅文斯語等均屬古拉丁語系。

　　遠在石器時代，西班牙就有伊比利亞人（Iberian）和巴斯克人（Basque）等種族居住。紀元前一一○○年，腓尼基人建立了 Gadir、Malaka 據點，即今之 Cádiz 和 Málaga，其後迦太基人（Carthage）在今天的 Cartagena 建立了迦太基城，希臘人也在東南部建築 Lucentum 海港，即今之 Alicante。歷史學家考證過義大利北部皮得蒙及倫巴底省很多地名如：Longa、Bergenza、Toleto 和西班牙 Langas、Berganza、Toledo 幾乎雷同。假如我們比較西班牙和地中海地區某些以 -asco、-usco、-ona 結尾的地名，當可看出它們之間的關係。西元前第七世紀，德國南部的塞爾特人征服了高盧，進入伊比利半島，他們造了如堡壘（briga）、勝利（sego）等很多富有戰爭涵意的字彙。

　　西元前二○二年，Cádiz 被羅馬人占領，羅馬時代八百年於焉開始，拉丁語言也跟著起了變化。在當時寫的語言是用古典拉丁文，說的語言則用通俗拉丁文，除了字、句、文法由繁入簡，在語音上也有重要的改變，其中雙重母音的出現：béne（bien）、pórta（puerta），與無聲子音 p、t、k 在母音間化為有聲子音：ripa（riba）、amatu（amado）、mika（mica）即為明顯例子。因此形成新的拉丁系語言

（Neo-Latins），此即一千五百年後的近代拉丁語。這種新的語言以西班牙語、法語、葡萄牙語、義大利語等為最重要，舉拉丁語中的 bonitatem 為例，經改變後西語成為 bondad，法語為 bonté，葡語為 bondade，而義語則為 bontá。

西元三世紀，西哥德人越過庇里牛斯山入侵西班牙，他們來自日耳曼語源，經羅馬化的結果，我們可以從一些語彙看出端倪。例如：guerra（來自 werra）、dardo（dard）、espuera（espaura）、cofia（cofea）、rico（riks）、fresco（frisk）及一些以 gua 為首的字如：guardia、guante 等。

西元七一一年，阿拉伯人從非洲越過直布羅陀海峽成為新主人，統治半島八世紀，直到一四九二年才結束。阿拉伯文字眼在西語中比比皆是，在戰爭方面：鼓手（tambor）、旗手（alférez），在農業：水塘（alberca）、溝渠（acequia），在園藝：夾竹桃（adelfa）、白荷（azucena），在服飾：刺繡（recamar）、毛織品（barragán），在宗教：上帝保佑您 ¡Que Diosguarde! ¡Que Diosmantega! 以及音樂、醫藥、哲學、家事、色調等。其中，詩歌著名的西黑體（zéjel）即源自阿拉伯文。根據語言學家分析，每一百個西班牙語中，拉丁語即占百分之六十，而希臘語、阿拉伯語、哥德語及其他語言則各占百分之十。如果與英語比較，約有百分之三十相近，至於科學、醫學、園藝等字彙更為相似。

西元十三世紀，卡斯提亞語（castellano）取代其他方言，開始了現代西班牙語雛型，著名史詩，米奧西勒之歌（Cantar de Mio Cid）為其代表，可與義大利文藝復興遙相輝映。西元十六世紀，是西班牙黃金文學時代（Siglo de Oro），卡斯提亞文成為文學主流。西元一七一三年西班牙皇家語言學院成立。十九世紀初，建立了通用西班牙語正字書寫規則。從此，文同規、書同文，有了今日標準西班牙語文。西元一八九八年，「九八年代」文學開始了西班牙文藝復興，對西班

牙語文有深遠的影響。

今天的西班牙文已經是三億六千萬人口語言。[1]它是拉丁語系中應用與流傳最廣的語言，除了中文與英文外為世界第三大語言，它也是聯合國五種法定語言之一。講西語的國家中，除了西班牙，尚有拉丁美洲二十一國（除海地說法語，巴西用葡語，英屬牙買加、千里達講英語之外），以及菲律賓、摩洛哥、直布羅陀，西籍猶太人和為數眾多已成為或將成為美國人的拉丁美洲移民。值得一提的是，目前中南美洲與我國有正式外交關係國家占我正式邦交國一半以上，顯見西班牙語對我國未來外交、觀光、商務上之重要。[2]

筆者自小酷愛地理，素有周遊列國之志，在學生時代深受老師褒獎，唯對他們地名的教法不表贊同。猶記課堂中老師大聲疾呼光景：要記住，南半球最大城市布宜諾斯艾利斯，每人唸三遍，全班讀五遍，此乃必考題，「須牢記」！在當時懵然心靈中，只知阿根廷首都，是一個有樹「根」的宮「廷」，是「愛麗思」夢遊之地，當時胡亂杜撰的童話故事，雖是囫圇吞棗，卻也每能高分，至今牢記。美國語源學家范克博士不即這麼說過：「每個文字都曾經是一首詩、每個字的起源都是一幅畫。」

南美洲從阿根廷往上至委內瑞拉凡十一國。西元一五一六年，西班牙探險家路經阿根廷，發現當地土著穿銀戴銀、呈獻銀器貢品，推斷此地白銀蘊藏必豐，遂逕稱為 Argentina。其實阿國並未盛產白銀，當地民貧、幅員狹小的西班牙人發現 Pampas 大草原時，遠望無

---

1 根據一九九七年七月英國威爾斯『語言觀測小組』所完成的『世界語言和方言分類目錄』，全世界華語人數十一億二千三百萬，第二英語人口為四億七千萬，第三印度語為四億一千萬，其次依序為西、俄、孟加拉語、阿、葡、日、法、德。見一九九七年八月六日聯合報鍾雪蘭寄自倫敦：看誰在說話，比人頭英語沒有華語紅。單一語文對智力發展極不利、雙語教育對學生發展很有利。

2 我國現有三十個邦交國，中南美洲就占了十五個，其中加勒比海地區又占了七個國家。見一九九七年八月十日聯合報張聖岱：中共從一突破，恐將引起骨牌效應。

際，頗有「天蒼蒼、野茫茫，風吹草低見牛羊」之氣慨，不禁使人多吸幾口好空氣（Buenos Aires），於是叫出了阿根廷首都，人口一千一百萬，約占全國人口三分之一弱，有「南美洲巴黎」美譽。今日的阿根廷是典型的白人移民國家，百分之九十五是歐洲人後裔，有人以「嘴裡說著西班牙語，穿著打扮像英國人，思想行為似法國人，骨子裡不折不扣是個義大利人」，如此形容阿根廷人。

智利首都 Santiago，是世界上少數僅有同時擁有高山、海洋城市，與美國加州 San Diego，都不是什麼「聖地」，而是守護聖徒 St. James 之意。在西語國度裏，以聖人 Santo、聖女 Santa 為名者，指不勝屈，西語文法，陽性名詞前面的冠詞、形容詞要去掉 o，Santo 變成 San，故成 San Diego。

葡人占領巴西時，曾帶回一種可作紅色染料木材 Brazilwood，因物名地，故名巴西（原名 Santa Cruz）。境內亞馬遜河流域，水量超過密西亞比河、尼羅河和恆河三大河量總和，製造出全球三分之一氧氣、四分之一淡水水源，有世界水肺的說法。Amazona 有女戰士、悍婦（virago，此字陰性）之意。傳說古希臘亞馬遜女族，世居里海，勇猛善戰，為便於使用弓箭不惜割除右乳，故希臘文 amazon=without-breast 之意。

巴西第一大城 São Paulo 是南美洲的紐約，第二大城 Riode Janeiro（葡語，一月之河），為世界三大港口最美麗城市之一，里約人常道：上帝六天創造全世界，卻花了七天時間雕琢里約。其嘉年華會（Carnaval、英 Carnival）源於宗教習俗，天主教國家在四旬齋戒期（Lent）前三天的狂歡活動，也是為了向葷肉（carne 肉）告別的謝肉節。巴西雖以葡語為國語，英語也十分流行，一般學校老師還須兼懂西、日（聖保羅以日本人為主）、德和義大利語呢！

烏拉圭是南美洲最小國家，地形很像鳥尾（uruguay），首都孟特維多位於拉不拉他河（Riodela Plata 銀色之河）北岸，與阿根廷首都

布宜諾斯艾利斯相對,當年麥哲倫航經此地時,對同伴說:我看見山了 Mantevideo 而得名!

巴拉圭是一個內陸國家,有「南美洲心臟」之稱,與玻利維亞一樣不靠海,很奇怪 Paraguay 這個國號,土語卻是水之地,許是為了互補有無吧!國內曾盛行喝馬黛茶 Paraguay Tea,是一種叫做馬黛葉(Yerba Mate)所做的茶,為巴拉圭國飲。

玻利維亞有「南美洲帕米爾高原」及「世界屋頂」之稱,是為紀念南美解放者玻利伐(Simón Bolivar,the Liberador)而得名,有兩個首都,為憲法首都蘇克拉,以紀念革命領袖 Sucre;一為拉巴斯,海拔三千九百三十六公尺(臺灣玉山高三千九百五十二公尺,日本富士山三千七百七十六公尺)是當今世界最高首都,是寧靜幽美的世外桃源,無怪乎稱為 LaPaz(和平)。十二公里外的阿圖(Alto 高的)機場,建築在海拔四千公尺嶺上,當然也是世界最高的囉!謎樣般的文明古國秘魯,有古印地安文化遺址、印加地國古都 Cuzco、Nazca 神秘圖形、失落之城 Machu Picchu 廢墟(印地安語指老山峰,離 Cuzco 一百三十公里,建於十五世紀),被認為南美古代文化學術中心,世界六大文明發源地。首都 Lima,由當年西班牙艦隊司令 Francisco Pizarro 所建,十七、八世紀,曾有過南美洲最富庶城市黃金時期。

厄瓜多爾有赤道國之稱,首都 Quito,恰當赤道線(ecuador)上。哥倫比亞(Colombia,英 Columbia)因哥倫布而得名,首都波哥大,有「南美雅典」美稱(比較一下:Districtof Columbia 是美國聯邦政府所在地,Columbia 是 South Carolina 州首府,Columbus 係 Ohio 州首府,美國全境不知有多少哥倫比亞學校)!

西元一五〇四年,西班牙遠征隊,來到委內瑞拉(一八一一年獨立,首都 Caracas 人口五百萬)東部馬拉開波湖,酋長 Mara 被殺,土人高喊馬拉倒下(Maracaibo)了,南美著名石油城因此而來。當時看到環湖建築的村落,湖濱嬉戲的土著,好像到了威尼斯水城,乃稱之

為 Venezuela（義文 Venezia 加上縮小詞-uela），是拉丁美洲最富有的國家。

中美洲國家主要有十二個（巴拿馬到墨西哥七國，加勒比海古巴等五國）。薩爾瓦多（Salvador 拯救者），首都聖薩爾瓦多（San Salvador）。宏都拉斯（Honduras 深度）是世界香蕉王國，也是多山之國，古代 Maya 民族發祥地。哥斯達黎加（Costa Rica 富庶海岸）有中美洲瑞士之稱。加勒比海邊，波多黎各（Puerto Rico 富裕之門）是美國在西印度群島的一個屬地。巴貝多（Barbados 鬍子）位於加勒比海東南，係一熱帶珊瑚島，盛產多鬚的蔓藤而得名。

從歷史觀點來看，美國建國得力於英、法、西甚多。他們留給美國的遺產—英國是最初獨立的十三洲；法國，北美最長河流密西西比河流域，即路易斯安那領域含港口紐奧爾良市；西班牙，美東南部和西部大部分。西元一五一九至一八二三年，墨西哥仍是西班牙殖民地，一八四七年美墨戰爭，墨國戰敗求和：割讓自德克薩斯到加利福尼亞，以及 Rio Grande 到奧勒岡土地給美國，美國則補償一千五百萬美元給墨國。

Florida（開滿花的）本意為復活節季 Easter Season（Pascua Florida），係歐洲人在美本土最早之命名。Texas 西文寫成 Tejas，意為屋瓦，其與墨國邊界叫厄爾巴索（El Paso 通過）的小鎮，還真名符其實呢！州內 San Antonio，有一叫 Alamo（白楊樹）的教堂，因一八三六年阿拉摩之役而揚名。類似 San Antonio 取名美國所在都有，最多者當屬加州了。

據統計，全美約有七十個叫 San Juan 的地名（加州占六個），San José 也不少。[3]

---

[3] 本項資料係參考譯George R. Stewart. *American Place—Names*. New York: Oxford Univ. Press, 1970。

新墨西哥州首府聖大非 La Villa Realdela Santa Fede San Francisco（The Royal City of the Holy Faith of St. Francis）字源可長呢！加州也有兩個 SantaFe 呢？至若以 Santa 名地者也不少。

　　西元一九八九年八月，筆者在科羅拉多州丹佛機場認識一位住在 Santa Monica 美國人，暢談蒙城乃一優良住宅區，依山傍海、風光秀麗，但她並不知該城由來？（西班牙探險家 Portolá，在一七七○年五月十四日 St. Monicas 節日發現此地而名之。）另外新州阿部奎奎，則因一七○六年建立該城的西班牙總督 Duke Alburqueque 而得名，但美國人卻漏拼了「r」字母。

　　Colorado（紅色的）此字由動詞 colorar 加上陽性過去分詞結尾 ado 而成，因科羅拉多河挾帶大量泥沙，使河水變紅而來。而 Nevada（雪白的）則由 nevar 加上陰性過去分詞結尾 ada 而成，州內拉斯維加斯是聞名世界的賭城，很有趣的是，LasVegas 本意卻是肥沃平原呢？

　　有人說加利福尼亞州此字來自西班牙小說中一個神話島嶼，該島係由一長得像亞馬遜族叫 Calafia 的女王所統治。按照西班牙編年史家 Herrera Cortez 的說法，他先以 California 為名，繼稱 Santa Cruz，後來西班牙人來到 Baja California 時，即以 California 稱之，西元一五四二年當 Cabrillo 發現北方海岸時乃保留此名延用至今，首府係 Sacramento（聖事）。

　　西元一五九九年探險隊發現舊金山，因義大利聖芳濟修會創立者 St. Francis（1182-1226）之故，於一八四七年正式採名為 San Francisco。Golden Gate Bridge 建立於一九三七年，全長二七八○公尺，橋面最高處離海面六十六公尺，橋分兩層，有六線道及人行道，西元一九八○年舊金山大地震，橋面斷裂，筆者前往舊金山時已復舊觀，惟橋面新補鋼塊，觸目驚心，令人難忘。BayBridge 比金門大橋長一倍半，連接舊金山和奧克蘭市，以隧道貫穿 Yerba Buena（goodherb）島。

洛杉磯是美國第四大城，也是全美華人最多的城市。Los 是陽性複數冠詞，Angeles（天使）是陽性複數名詞，是 Nuestra Señoradelos Angelesdela Porciuncula（Our Lady of the Angels of the little Portion）之縮寫，西元一七六九年為紀念聖母瑪麗亞而命名。

Montana（Montaña 多山）州首府 Helena（取自明尼蘇達鄉鎮名），加州 St. Helena（出自蘇俄守護神），與南卡羅利納州 St. Helena（西人一五二六年因感激其守護神 Puntade Santa Elena 而來）等這些海倫那，不由使我想起希臘絕世美女 Helen 所引起的特洛伊戰爭。最後，美國新英格蘭 Vermont 州（法 Le Mont Vert 綠色山脈與西文 El Monte Verde 文法字序與發音，無甚差異，同出拉丁語系之故！

筆者喜好語言，略懂英、西、法、德、俄及日語，深覺英語讀音的多變性、俄語文法各種「格」很刻板、與日文語太繁瑣，不像西、法有規則可循，雖然法文發音較饒舌呢！西文字典不附音標，字母發音固定、容易，每字一個音節重讀，發音規則只有三個：凡子音（n、s 除外）結尾的字，重讀在最後音節，凡母音結尾的字（含 n、s），重讀在倒數第二音節，凡有重音符號的字，照重音讀，如此而已。簡單而易學，真可以速成？[4]有時雖不認得，但只要按規則讀出它的音，便可無誤地拼寫。

西元一九八九年西班牙諾貝爾文學獎得主，塞拉預言，在未來二千年內，世界人口將只會說四種語言：即阿拉伯文、西班文、英文及中文，其他語言將變成方言，或僅能留傳於情詩之中。他認為西班牙文最為強勢，體質堅強，能抵擋資訊科技發達下，如潮般湧進的新

4　筆者不認為語言可以速成，但根據報導，旅居巴西里約熱內盧，黎巴嫩移民法查，年四十三歲，卻精通五十八種語言，他的第一本著作『從教中學西班牙文』，透露他在短短三個月內，學會三、四種語言的秘訣：首先，每天早上起床後拉上窗簾，在半明半暗中，大聲以外語演說二十分鐘，然後邊聽輕音樂，邊用外語朗讀句子二分鐘，如此這些句子會機械式地融入想像中。見一九九六年十二月二十七日《民生報》：巴西語言天才學習秘訣公開。

詞，吸納絕對必要的字彙。[5]或許也可提供一些學習方向，有志者盍興乎來！

---

[5] 塞拉做預言時，正在墨西哥參加「第一屆國際西班牙語文會議」，與會者還包括西班牙國王卡洛斯及墨西哥總統塞迪支，以及墨西哥的帕斯，哥倫比亞的馬奎斯兩位諾貝爾文學獎得主。見一九九七年四月八日《民生報》。

中文參考書目

陳樹升編著:《西班牙文法》,中央圖書出版社,1991年6月修訂版。
李亦農主編:《中央圖解實用西漢辭典》,中央圖書出版社,1997年2月初版。
楊仲林等編著:《西班牙語動詞》,中央圖書出版社,1996年5月初版。
蘇秀花等編著:《西班牙語會話》,中央圖書出版社,1994年10月初版。
衛厚斯編著:《西班牙語初階》,中央圖書出版社,1994年9月初版。
潘水琴編譯:《西班牙語傳真會話》,中央圖書出版社,1991年8月二刷。
顧金聲編譯:《西班牙成語格言集錦》,中央圖書出版社,1965年。
陳素智、FranciscoPérez編著:《實用西班牙發音》,中央圖書出版社,1989年2月初版。
劉啟分編著:《實用西班牙文法》,中央圖書出版社,1987年5月二版。
劉啟分編著:《中南美洲文學》,遠流出版社,1980年3月初版。
劉啟分編著:《西班牙文學》,水牛出版社,1969年10月出版。
朱炎選譯:《西班牙文選》,水牛出版社,1968年12月出版。
朱炎撰寫:《我學英法西班牙文的經驗》,聯合報,1997年8月24-26日。
雷孟篤校訂:《簡明西漢辭典》,文橋出版社,1968年12月出版。
何親賢等編:《實用西華辭典》,新陸書局,1981年9月出版。
熊建成校訂:《永大簡明西華辭典》,永大書局,1987年10月再版。
雷孟篤校訂:常用西班牙語字彙手冊,文僑出版社,1995年4月再版。
雷孟篤編著:《初學西班牙語會話100篇》,九和出版有限公司,1987年6月初版。
雷孟篤編著:《活用西班牙語句型會話初中高級》,九和出版有限公司,1987年12月再版。

雷孟篤、白安茂等編著：《西班牙文上下》，國立空中大學印行，1987年初版。
林娟娟編著：《西班牙語發音法》，冠唐國際圖書有限公司，1995年2月再版。
田毓英編著：《西班牙文法上下》，歐亞書局，1967年3月初版。
徐斌編著：《活用西班牙文法》，歐亞書局，1968年4月出版。
徐斌陳薰洋合編：《最新西語會話1-3冊》，統一語言中心，未印出版年月。
統一語言編委會：《西班牙語生活會話》，統一語言中心，未印出版年月。
統一語言編委會：《基礎西班牙語》，統一語言中心，未印出版年月。
統一語言編委會：《西班牙語入門》，統一語言中心，未印出版年月。
曾傳友譯：《實用西班牙語1-4冊》，文翔圖書公司，1979年6月再版。
劉碧珍編著：《初級西班牙語會話》，文圖書公司，1990年4月再版。
董燕生編著：《西班牙語1-3冊》，北京商務印書館，1992年4月4版。
孫家孟、孟繼成、倪華迪編著：《西漢翻譯教程》，上海外語教育出版社，1991年6月2版。
趙士鈺、陳國堅編著：《漢西翻譯教程》，北京外語教學與研究出版社，1989年6月出版。
宋茂生譯：《杜明哥自傳》全音音樂文摘雜誌社，1992年1月出版。
陳澄和譯：《帕華洛帝自傳》，智群股份有限公司，1996年7月出版。
張劉芳譯：《卡列拉斯自傳》，天下文化出版公司，1996年9月出版。
彭蒙惠總編輯；《空中英語教室》，空中英語教室文摘雜誌社，1997年8月出版。
陳嘉男發行：《知性之旅系列歐洲大陸》，臺灣英文雜誌社有限公司，1988年9月初版。
許澤順發行：《歐洲》，旅之友股份有限公司，1993年3月出版。

劉欣宙發行：《旅點：陽光西班牙》，雅途旅遊書局，1997年5月創刊號。

劉欣宙發行：《旅點：縱橫南美大陸的奇異旅程》，雅途旅遊書局，1997年冬季。

案：一九六九年四月，筆者以優異成績，畢業於教育部歐洲語文中心西牙文進修班第八期，有些當時上課用書仍珍藏者，特列在書目上以為參考留念。

——原刊於沈鴻南《最新實用西班牙語會話》
（臺北市：東華書局，1998年）。

《樂在其中——趣文妙語大放送》自序

陳忠本

　　本書《樂在其中——趣文妙語大放送》為筆者於民國七、八十年代，瘋狂大投稿，發表於報章雜誌（刊名詳見目錄）之短篇趣文妙語。惟當年稿件尚未使用電腦存檔，且本人僅陶然於稿件大量被選取，以及稿費收入不菲，對作品竟不知珍惜保存；除部分剪報外，僅以記事本簡略記載投稿被採用情形。逮教職退休後，欲整理昔日著作時，檔案不存，手邊空乏，無從著手，令人惋惜又遺憾。幸在臺北從事牙醫的二兒子嘉俊，體貼父親心意，釜底抽薪，僱用工讀生，前往中央圖書館，從投稿之報章雜誌影印原稿，總計一千五百六十一篇，十一萬三千七百三十八字。雖因使用不同筆名過多，以致少部分被工讀生遺漏，然大抵能「散盡還復來」，心甚慰悅。惟因忙碌於臺語文教學，作品之出版，數度延宕，對不起經常打聽出版消息的朋友學生，現在鐵定出版了！書名《樂在其中》，語出論語，一語雙關，期寫作者與閱讀者皆能從中得其樂趣，開懷解頤，樂活養生，健康快樂。

　　審顧拙文，不免敝帚自珍。然而投稿過程中，以及作品刊登後，編輯與讀者之反應，足見對本人作品之肯定稱許，平添寫作之信心與動力。茲舉例分享：

一、投稿刊物為當時之三大報及發行量最大周刊（中央、聯合、中時、時報周刊）。投稿者踴躍，高手林立，能獲青睞且採用多篇，並非易事。

二、《聯合報-新聞眉批》及《時報周刊解頤篇》皆因採用本人稿件過多，遭部分投稿者誤會偏私袒護，致使主編來函商請多使用不同筆名，以免誤會。（見所附函件）或因好作品老編不忍割捨所致。這該是眾多投稿者難見之尊榮。

三、有多篇被讀者轉投著名刊物，如《讀者文摘》《光華雜誌》《華航雜誌》等。名廣播人趙寧先生亦曾於節目中引用本人作品（友人轉述），去年手機 Line 群組曾猛傳本人三十年前一篇作品（對「害怕」不同形容——《聯合報——拍案集》）。

四、作者被聯合報副刊新聞眉批主編金聖嘆封為「眉批七賢」之一。聯合報-《家庭生活週報》評選為「愛說笑五大天王」之一（附聯合報八六、○三、一六影印）。

近年常參加民國七八十年代畢業生同學會，筆者當年投稿刊登之稿件，往往成為共同之話題。雖事隔多年，猶津津樂道，而「出書」之建議甚囂塵上，更有欲提供經費者。一再如此，盛情難卻，心志為之動搖，遂促成此出版之舉，冀能如盼望者之願，喚起共同回憶，而「樂在其中」矣。

陳忠本　謹識
民一○八年十二月

——原刊於陳忠本《樂在其中——趣文妙語大放送》（苗栗縣竹南鎮，2020年1月，自印本）。

附錄
剪報之一：五大天王愛說笑報告書

你愛說笑嗎？

你說的笑話很難笑嗎，且看五個滿肚子笑話的男人，

到底有什麼絕活，能逗得別人莞爾一笑、會心微笑，甚至哈哈大笑。

　　講笑話難不難？引用報章書刊解頤篇之類的，是輕鬆，要創造新題材及笑點，發前人未見，就不算簡單；若能常寫還頻發表，必有幽默過人之處，喜悅版找來笑話見報率名列前茅、數量皆逾千則的「笑話五大天王」，談談他們創作的秘訣。

　　這五位笑話專家是：彰化田尾國小老師林全忠、竹南高工老師陳忠本、臺北關稅局股長陳照雄、林口圖書館員張勳慶及逢甲中研所碩士簡正崇，熟悉吧，如果常看各報笑話專欄或新聞眉批，你一定被他們的作品逗笑過。

　　　　──原刊於《聯合報・家庭生活周報》（1997年3月16日）。
　　　　記者／饒仁琪專題報導。

剪報之二:「解頤篇」與「新聞眉批」

編案:以下收錄六篇「解頤篇」、三篇「新聞眉批」,皆於同一天刊登。足見作者創意與多產,故有「聯副編輯室來信」,建議多取不同筆名。

一　解頤篇

表明心跡

甲:「你都是利用月圓時和女友約會,什麼道理呢?」乙:「表示我絕不『虧』待她呀!」(竹南‧子默)

用情不專

甲:「西洋的女孩子對於男女之事比較隨便,是什麼原因造成的呢?」乙:「『洋花』水性囉!」(苗栗‧輕薄)

無藥可救

甲:「許多人經常喜歡到處滋事,究竟他們患了什麼毛病?」乙:「愛『滋』病。」(竹南‧陳忠本)

出生日期

甲:「除了食品包裝上標明『製造日期』外,還可以在哪裡看

到？」乙：「國民身分證。」（竹南・子默）

答非所問

　　職員：「我剛當公務員，不曉得我小女兒一個月可以領多少的實物代金？」出納：「她是『大口』，還是『小口』？」職員：「屬於櫻桃『小口』。」（竹南・子默）

似是而非

　　甲：「你買過『高棉』出產的東西嗎？」乙：「有啊，我現在戴的就是『金邊』眼鏡。」（竹南・陳忠本）

二　新聞眉批

　　竹東一范姓男子，以妻子不履行同居義務，要求民庭判決離婚。推事實地勘察，發現琪房間乃簡陋低矮之閣樓，且欲爬旋轉梯，有失足可能，認為女方不同居有理由。──若欲「之子于歸」，必先「宜其家室」。（竹南・陳忠本）

　　苗栗市主任祕書指出，民眾向行政機關洽公，常會遇到「用鼻子說話」的官員，使民眾對政府形象大打折扣。──不甘「仰人鼻息」者，就難免要「嗤之以鼻」了。（竹南・陳忠本）

　　根據國稅局收集的資料，鄧麗君、翁倩玉作秀一天四十萬。──「金」嗓子。（竹南・陳忠本）

三　聯合報副刊編輯室來信

編案：

　　忠本先生：聯副「新聞眉批」承您不斷賜稿，至為感謝。您的精

關批註是編輯小組一致肯定而選刊的原因。近來讀者反應「新聞眉批」同作者出現頻率太高，有形成專欄（少數人包辦）之嫌。因此，建議您投稿時用不同筆名（多取幾個）發表，以免造成錯誤印象。

　　敬祝　文安

聯副編輯室　王艾漣敬上
民八十二年九月四日

作者簡介

　　陳忠本，國立臺灣師範大學研究所四十學分班結業。曾任竹南高中教師、主任、秘書三十二年。又擔任國中小學支援教師十二年。出版有《閩南語演講稿彙編101》、《母語園地不拋荒》（2018年苗栗縣母語文學創作及入選），母語文學作品入選獲獎無數。

《母語園地不拋荒》自序

陳忠本

　　佇咱臺灣，會曉講閩南語（以下簡稱臺語）的真濟，毋過有法度寫臺語文，尤其遵照教育部公布的音字來寫，彼就有限囉！所以大部份的老師寫予學生的演講稿，毋是用華語寫，就是臺語、華語敆做伙，透濫足濟〔臺語的音，華語的詞〕。一般的老師攏真驚指導閩南語演講，因為欲用臺語文寫一篇稿，有的毋知漢字欲按怎寫，傳統的臺語語詞閣捌無濟，定定寫甲艱苦罪過（tse-kua），氣身惱命。

　　我是佇後龍鎮大山腳這个庄跤所在出世大漢的，自細漢就聽臺語、講臺語，而且厝裡是大家人，閣有真濟厝邊頭尾，學臺語有真好的環境。會記得小學六年仔的時陣，阮遐猶無牽電火，暗時大廳點一葩「油寄仔」，規家的「查某人」圍佇遐「做笠仔」（編草帽）。阿媽去買竹林書局出版的《歌仔冊》（用七字仔寫的民間故事、歌仔戲戲文），親像山（三）伯英臺、陳三五娘、孟姜女哭倒萬里長城、孟麗君脫靴、雪梅教子、周成過臺灣、林投姐仔等等，叫我唸予伊聽。雖然彼當陣無啥捌臺語文，唸甲離離落落，毋過，有機會加學一寡臺語語詞、讀音，佮臺灣字（親像：迌、迌、烌、乜、扁、刣）。後來愛唱臺語歌，對學臺語嘛誠有幫助。大學讀師大國文系，有一科目叫做「聲韻學」，是咧研究漢語古早到現代語音的變化，我足有興趣去學。自按呢，我毋干焦會曉講臺語，對音韻的理論嘛有一寡基礎。後來的臺語音標，無論教羅、臺羅、TLPA、通用，我攏免啥學，看看咧就會曉得，專家所寫有關臺語的論文嘛看捌。

　　民國八十外年開始，語文比賽有閩南語演講這項（後來加朗讀），

我佇高中教冊，開始指導學生比賽，彼陣一年愛準備五篇的稿，後來減少變做三篇。民國九十年退休，高中生猶原繼續指導。九十一年通過檢定，九十二年開始佇國小教臺語，定定教三間學校，演講稿攏愛替個攢便便。捌有一年，做一睏指導國小、國中、高中閣有一位外縣市的學生，彼年歇熱攏總寫十五篇稿。一直到這馬，逐年攏愛寫三篇以上。粒積落來，已經超過百篇，閣加一寡用臺語文寫的文章，攏總將近二百篇。輔導團前後任召集人劉興欽、游惠茹兩位校長熱心協助，一〇一年出版《閩南語演講稿彙編》；隔轉年閣出版《增訂本》，予研習的老師參考。

今年，我受著團書館彭科長的鼓勵佮幫助，共我所寫猶未出版過的文章總窮出來，投稿夢花文學的「母語創作」類。歡喜有這個機會，毋過，欲鬥一本冊愛有一百頁以上，若單一的主題，我無遐濟篇，只好「十二月屎桶——盡摒」，用『拼盤』的方式，『大雜燴』——濫濫做伙，『愛食啥物家己揀。所以冊名號做《母語園地不拋荒》，意思是我佇母語園地，骨力耕作，毋捌休耕放拋荒。園裡種啥花草樹木無選擇，甚至「野草也是花」，百花齊開，歡喜就好，佮意就種，成做一坵「雜菜園」。致使我提出來的物件真濟種，這一寡仔，彼一屑仔鬥做伙。這就是我這本冊主題不明的原因。講是缺點，嘛會使當做特色。畢竟，這攏是母語園地裡種作出來的，經過出力流汗，辛苦耕作的成果，值得傳承保存。

俗語講：「開花滿天芳，結子才驚人。」所以日後我會一直佇母語園地，做一個拍拚的園丁，骨力種作，認真照顧，毋但花開滿天芳，予人心情舒爽，閣再結子生湠，興旺大葩尾。也就是予咱的母語代代傳承，發揚光大，這是我上大的心願！

陳忠本　於竹南

——原刊於陳忠本《母語園地不拋荒》（苗栗縣政府，2018年），頁11-13。

蘇州遊記略

黃逸韻[*]

　　承姚大班長的鼓舞，希望班訊資料多添幾頁，因不敢違命，只得拼湊幾行，略述今年初，遊蘇州記憶中的二、三事，題曰：蘇州遊記略，與同儕分享，行文簡略，請同學見諒！

緣起

　　年初，忽然興起到蘇州一遊，飛機抵達上海，過了海關，即見友人前來接機，放好行李即開車直往蘇州，經兩小時抵達，已是傍晚時分，遂與友人在旅館內共進晚餐敘舊，深感時光飛逝；一晃間，再重逢已是十多年之後了。

先馳得點：千年斜塔、劍池疑雲

　　第二天開車前往觀光勝地「虎丘」，當地流傳一句順口溜：「不到虎丘，即未至蘇州」。「虎丘」因當年闔閭下葬於此地，時有白虎出現因而得名。「虎丘」地勢為一小山坡；步入山門拾階而上，可見到一座千年斜塔，塔高四十七點七米，塔身為一木造結構的角磚樓塔。據聞斜塔第一層及第二層在前幾年尚可開放給觀光客入塔參觀，而今已

---

[*] 編者按：黃學長曾任大一副班長。

封閉。因塔身每年還持續往東北方向傾斜，故塔基已用水泥強化固定，塔邊四角設有觀測儀；確保塔身的維護。繞過寶塔往下走，來到一方池水，兩側為山崖的大岩石，岩壁上各以楷書及篆體刻寫「劍池」兩字；楷書仿王羲之楷體而成，上漆朱紅；中間為一小水池，水池上方有石橋相連。因當年闔閭嗜劍，生前囑工匠百人鑄成「天下第一劍」此劍是否因陪葬已沈入水中或輾轉他處，尚無定論，不過當地人以此稱為「劍池」。

嚴氏家祠：蘇州小園林

第三天前往「嚴氏家祠」，此為臺灣前副總統嚴家淦先生的家祠。進了大門，經過一道長廊，兩側牆壁上貼著一些影視劇照，據說曾有幾部電影藉此拍攝。來到大廳，廳堂內有長桌一座，上面掛著一幅匾額；書寫著「尚賢堂」三字，自古賢人為世人所仰慕。近廳堂門處有兩座圓形大木柱，柱身為百年楊木，上面漆著黑色的保護色，柱基底層用大理石固定著。過了大廳，沿著迴廊兩邊花窗外可見綠樹環繞，走進庭園，中有水池、觀景臺、休閒亭等，也有男女觀戲專用廂房；轉彎處另有一室，據聞此處是嚴副總統幼年時專用書房，嚴副總統天資聰穎，父教甚嚴，五歲時即能背誦唐詩，一時傳為佳話。庭園面積雖不大，但已具備蘇州園林的特色，可稱上「小而美」的家祠。

太湖朦朧：登島嘗鮮

第四天遊太湖，當天天公不作美，細雨綿綿，只能站在湖邊遠眺，但見湖水濛朧，見不到對岸，太湖堪稱中國第三大淡水湖，湖面廣闊，中有三座小島，皆有道路與陸地相連接。友人驅車前往，經過一座長橋後，進入其中一座島，只見到處門前都掛著「農家樂」的招

牌;意指觀光住宿此處,可品嚐當地出產的新鮮蔬果、魚蝦等,農人因此能自種自足,且能促進觀光,確是一大樂事。回途中,路旁有農婦擺攤叫賣水果;趨前一看,一籃籃碩大紅色的桑椹及黃澄澄的李子,令人垂涎欲滴,友人買了兩盒,晚餐時大夥享用,確實甘甜多汁,回到旅館已是入夜時分。

誠品書房、巧遇高更

旅館旁邊不遠處有「誠品書店」,趁著回國前一天,步行前往;建物外觀雖不高聳,但內場十分寬敞,遊客甚多。地下層為商場,扶梯而上有大型書店、展覽廳、餐飲等。當天剛巧展出法國畫家高更的作品,年長者還可免費入場,看完畫展,走進書店,隨手選了一本書準備送給正在學中文的孫兒。

餘韻

這次的蘇州遊,由於友人的熱心安排,行程緊湊,短短幾天,手機內已裝滿了蘇州的景觀。此外,與友人久別重逢的歡欣,也在記憶中迴盪著。

拙文所述僅就當時所遊之地略加陳述,實不足以盡蘇州之美,同學有機會不妨親自一遊,循著古人足跡,思幽之情,或品嘗有「魚米之鄉」美名的江蘇名菜,不亦快哉!

作者簡介

黃逸韻,曾任教臺北市新興國中二年,仁愛國中一年。平日相夫教子,乏善可陳。喜歡雲遊四海,亦曾旅居美國數年。

筆記二〇二二冬季象岡話頭禪十

王淑惠

一　緣起

睽違象岡倏忽七年，當時來打繼程法師主法的暑期精進禪十。四年前再度訪美，忽傳親人重病，錯過一場進冬季話頭禪十再續前緣的機會。此番因緣俱足，終於彌補殘念矣！

禪期：二〇二二年十一月十八日（五）～十一月二十七日（日）
道場：美國紐約州象岡道場
主法：住持果元法師

二　五調

遵照般若禪坐會演廣法師在臺灣的行前叮嚀：身心事先做好五調——調身、調心、調息、調飲食、調睡眠。

自十月二十日晚抵美起，慢慢調好時差，即漸進調整作息，每日晨坐、動禪必不可少。比較難調適的是：馬里蘭州時序深秋，行將入冬，屋內密閉式暖氣環境特別乾燥，所住地下室客房，暖氣效果不易到達，又特別寒冷。適應多日後決定搬到一樓客廳打地舖，總算解決。

從美國家庭食材中找到合適的素食，與家人飲食協調也是一門小小功課。搞定一切事宜，已經是進禪修中心前一週了。

三　上路

　　感恩女兒貼心，不遠千里接送。馬州埃利柯特城至紐約象岡全程三百英里，車程五個小時，婷兒來回辛苦跑了四趟長途。

　　天氣預報攝氏零下四度，遇雪怎麼辦？要做什麼防範措施？忐忑中電話詢問，監院常源法師給了定心丸：路況不會有問題！果然，佛菩薩加持，下午四點順利抵達，完成報到，也不負臺北菩薩們所託，及時奉上對住持果元法師的供養。暮色中揮別了女兒⋯

四　又見象岡

　　鑑於七年前不明究裏輕裝上陣的憾缺，這次有備而來：防寒睡袋、衣物、日常藥品，甚至因應 Covid 病毒的清冠一號一應俱全，篩劑、口罩也依規定帶齊。考量夜間出入、林中戶外經行之需，連手電筒、拐杖都準備了──殊不知今天的道場，炯非昔時，雨傘、拐杖、自動照明路燈早已一應俱全呢！

五　福報小眾

　　訝然發現這一梯話頭十禪眾名單只有十人，再因風雪阻絕及家中緊急事故出堂者，最後只留下寥寥七人，由二位內護──監香菩薩 IAN、協調菩薩 Rong 日夜護持。對照上次精進禪十六十名禪眾濟濟一堂，內外護又密密圍了一圈，不可同日而語！

　　小班制，個別指導便成了這一次禪十的特色，也是這七人小眾的福報！早晚開示特多機會與法師對話之外，第三天起幾乎人人天天有機會小參，任你問題問到飽！

　　同參中，男眾首座是日系佛教西方眾法師，再依序為一中一西兩

位法青、香港裔新手「法老」。女眾數我最老，次為瑞士菩薩、大陸法青。

六　全程英語，歸零重開機

　　另一意外是：原來這一回是全程英語禪修！對照上次精進禪十採雙語，繼程法師用中文開示一遍，再由常聞法師英文翻譯一遍，中西禪眾各得其解。對華人而言，聽兩遍開示印象更深刻，提升佛法英文能力，又是一層收穫，好殊勝！不料這次只用英語，對其他禪眾沒問題，我這臺灣客就吃力了。

　　不僅開示，連禪堂早晚課，齋堂供養儀軌也是英文，內容與原版也有所改編過。當今之計，且將過去所學一切歸零，reset 重開機吧！

　　首先，出坡後提前進禪堂，課誦本先仔細研讀一遍，梵文英譯等專有名詞查清楚意思，理解內文之後，誦起來就流暢多了！

　　再是早晚開示，專注吃力地聽，身心就緊繃，覺察後不如閉眼不看法師表情，放鬆端坐，聽多少是多少。有些陌生又重複出現的詞彙，記下發音，回寮再 google，好像也日有起色。第三天，座位調到中央，耳背的右耳又聽得更清楚了，嗯，從原本理解七成進步到八成了！

七　頭三天的腰痠胸痛

　　身體上，我得力先天腿筋鬆不太容易腿痛，腰痠卻是晚近常態，進禪堂頭幾天自然免不了，對治之道就是貼痠痛貼布，貼得全身藥味。

　　方法本身，上一次打話頭禪是三年多前，參加法鼓山選佛場話頭禪三十的前半期十五天，那次經驗是：雖然疑情滿滿，但話頭提緊點右胸口就發痛。儘管小參時法師指示：不要去管它，不然就參不下去了，奈何我功力粗淺，就是做不到呢！

這次來打話頭十，事先請教過禪坐會法師，做足調五事的準備工夫；進禪堂後，就跟著主法法師的循循善誘，雖然偶爾隱約作痛，基本上第四天後就不礙事了！

法師第一課就是引導放鬆，並且指示大家先徹底放鬆夠了，才可以慢慢開始提話頭。

八　每日作息

禪期間每日課程表大抵如下：

5:00-5:30	起床，準備，往禪堂
5:30-6:00	八式動禪
6:00-6:45	打坐
6:45-7:15	早課
7:15-8:15	早齋，出坡
8:15-8:45	自由時間
8:45-9:00	預備鈴，往禪堂
9:00-12:00	開示，打坐，運動
12:00-1:00	午齋，出坡
1:00-1:30	自由時間
1:30-1:45	預備鈴，往禪堂
1:45-4:45	打坐，運動，走路禪
4:45-5:30	晚課，往齋堂
5:30-6:30	藥石，出坡
6:30-7:15	自由時間
7:15-7:30	預備鈴，往禪堂
7:30-9:45	開示，打坐

9:45　　　　回寮，就寢
10:00　　　 熄燈

　　按表操課。晨起步往禪堂，偶爾乍逢昨晚下過小雪的美景，薄薄一層砂糖似的白雪輕鋪草地、屋頂，欣然展開一日的修行。晚間回寮路上，帶著「功課完畢要回家」的滿足，滿天星斗相伴，想見佛陀夜睹明星悟道之境，心嚮往之……

九　第一次小參

　　第三天下午開始小參。向法師報告完身心狀況——英語聽力問題、年老氣虛胸痛、上次話頭禪修呃氣嚴重等問題後，法師直斷：「你現在全身都是緊的！」指示十天中直接用放鬆法，不必參什麼話頭。太好了，與禪坐會法師跟師兄先前的提點「默照用得好就用默照，疑情自然生起才轉話頭，除非法師堅持只能用話頭」隱然相合，放心了！

　　也建議法師，這兩天運動後的下支香都坐得特別安定，如果經行過後能留點時間打坐一下，也會很好。法師應允：久坐不耐時可以自動起來拜佛；並關懷動問女兒現況。

十　下午重頭戲——經行、戶外禪&小參

　　每日早晚開示主題是《六祖壇經》〈無相頌〉及禪修觀念指導。下午的重頭戲就是室內經行、戶外禪和小參了。

　　第二天首度經行。法師從自然經行、慢步經行到快步經行逐一引導方法。

　　第三天下午頭一回小參過後，法師帶第二次室內經行，就在快步

經行喊停時，疑情恍然起自心中！

第四天上午仍腰痛隱隱，坐得不安穩，於是下午第二支香上坐前先起來拜佛，內心暗誦懺悔偈，慢速而穩定地拜。一刻鐘後再上坐，果然獲得成效，好坐了——感恩因緣！

接下來是第三次室內經行。這一回隨法師引導過程，疑情自然生起，越來越濃、越密、越重，隨著腳步越跑越快，霎時間彷彿地板帶著一個一個「無」從前方那一端向我捲過來，豎起來，鋪頭鋪臉蓋過來！隱隱覺察到法師慈悲，一路隨行守護...

第五天下午第二回小參，法師聽罷昨日經行報告後，問我：「這是隨眾引導後發生的，如果沒有引導呢？妳還會用嗎？」答：「不知道。」法師下結論說：「這只是妳的幻想！妳還是繼續用放鬆！」

傍晚第一次體驗寒冬戶外禪。大伙兒從頭到腳包緊緊，隨法師步入樹林中，踩踏著滿徑落葉，心中浮出：是橡樹？栗樹？隨即告訴自己：不給名字，不給比較，不給形容！直接體驗腳下每一步的覺受。有時清脆酥鬆，有時藏冰濕滑，時而出現滿是青苔地衣的石塊。到溪邊，見秋水寒潭之景；過小木橋，聞淙淙流水之聲。繞一大圈，來到溪濱空地聖嚴師父座椅處，法師說：可以坐，可以站，大家各自體驗！我就用上師兄帶的「左右一百八十度慢慢平行轉頭，讓景觀漸進式自動進入眼簾」的方法，體驗直觀，生滅感自然出現！的確，如師兄所說，冬天的象岡最宜「默照」。

這天持續到晚間的最末一支香，身心特別輕安，觀全身之外，周遭環境極細微的聲音清晰入耳，原本遙遠的流水聲波就從佛像後方不斷不斷盈盈傳入耳門，且剎那生滅變化成片。左邊遠方頌缽的振動悠悠遞送，感知從足部、腿部而全身血管內的脈動運作，呼吸深細...用上演一法師教的觀生滅法很是得力，一段時間完全失去身心的重量感。這晚一覺到起板晨喚。

第六天起不用再貼貼布，該痠該痛處全都通了！上午法師引導懺

悔禮拜。第一拜向母親懺悔，我眼淚就湧出來了，啜泣難抑！繼而向兄弟姊妹、師長、上司、同事、朋友……一一觀想懺悔，基本上法師設定的對象是年輕人，所以沒說到配偶、子女，我就自行加進去。

下午主七法師與監院法師一同過來帶大家做第四次室內經行。可能怕有狀況吧？這次帶得沒有上次那麼緊，我的疑情也小多了，但最後當法師大喝 "Stop" 時，一個踉蹌急煞，原本團團圍繞，跳不開的疑情竟此震斷！當下腦海湧現：「狂心頓歇」的詞句。Start walking 的指令再下後，耳邊聽法師又大呼 "What is your natural face?" 腦海自動轉換成「什麼是無？」開步走之間，但見周遭景物轉成朗朗清明，歷歷在目——之前在疑情中，是一團迷霧……

這個經驗過去禪修經行中不曾真的體驗過，總以為是法師在測試我們的反應能力呢！再慢慢止步後，法師讓各人找地方靜靜觀看沉澱……是的，「狂心頓歇，歇即菩提」，終於知道師兄在石門禪修營，激烈快跑喊「無」之後，叫我們各自去找地方對景靜觀的用意了！

晚上出堂前找不到帽子，尋覓的過程不禁聯想到堂主果醒法師曾說的：「疑情就像你忘了鑰匙放在哪裡，遍尋不著那個感覺！」如鯁在喉，東找西找，踏破鐵鞋，一直到第二天齋堂中尋到為止才落下心中一塊石頭——沒錯，正是疑情的感覺！

第七天，上午因昨夜心中罣礙失帽事沒睡好，聽英文開示心力不夠集中，反正只聽到參話頭如蚊子叮鐵牛，最後蚊子消失，鐵牛也不見了。後面 QA 的細節就沒能聽懂了！懺悔自己定力不夠，心隨境轉；中午就好事休息，下午又是一個新的開始！

下午第一支香前，法師宣布：天氣很好，這支香戶外經行，各自穿暖！這一回方向與前天相反，先步上青苔地衣小徑，太陽透過蕭疏林木一路照耀。走到溪邊，淙淙水聲盡化作「無相、無相」，「不住、不住」。過雙板狹橋，心中生起「渠今正是我，我今不是渠」的詩偈。踩在落葉鋪地的林間，每一步刷刷聲都是一個「無」！疑情已隨

之生起。跟隨法師領路的小隊伍亦步亦趨,來到一片稍微平曠處開始漫步經行,就自然參起話頭。回到自然經行,也接近禪堂了,法師說:回去可以小參。正合我意,感恩感動善巧接引!

推開小參室門,法師笑容可掬相迎,想是看出我已經用上方法了!提到果嚴師兄所教直觀法,法師眼睛一亮;室內經行中疑情震斷景物變得清晰明亮,又是一亮;直觀之後聽覺特別利也是一亮。法師說我是默照話頭並用;叮囑現在還是以放鬆為第一。

真快,已經來到第八天。早上坐了連香,從十點法師開示完畢起,跳過運動與休息,直接坐到中午敲引磬前十分鐘,帶著疑情,繼續提話頭「什麼是無?」「什麼是無?」慢慢提,希望未來二天不斷增溫。

下午把握機會做第四回小參,怕明天是結束前一天通常是自由禪,會沒給機會小參。主要想報告上午練習狀況,請教未來回去如何用?還有,默照話頭並用衝不衝突?法師的答覆:

一、選一種方法用。若用話頭胸不太痛,可以用;太緊不安定時,就用放鬆法。(——似乎所有老師的說法都指向如此)

二、生活中不危險時都可以用話頭,像走路時很好用,用刀切東西時不要用。

三點鐘起,第三次戶外禪。這一回沿溪邊走到寮房這一頭,繞過接待中心後方房舍區,過馬路到法師寮房區整個行腳一通,練習甚久。法師用心良苦,帶大家巡禮象岡全貌,詩情畫意處處流洩,好不壯美!真感恩師父前瞻的眼光,開創的大願美意!衷心祈願優質道場活動早日恢復往年榮景!

上午開示中法師曾提到:近日有位來訪人士表示,希望撰寫一篇美國數個知名的佛教道場——包含象岡的介紹,讓學佛人有所參考。其動機是看到自己父母都是佛教徒,卻各走不同的道場,令他困惑。法師認為這是很好的構想,重點是,報導者必須有能耐區分附佛外道與正信佛教。

第九天下午自由香或小參,我把握做最後一次小參機會,請教法師幫忙整合:

方法上——

一、對還沒破心的人,用話頭也可以有力嗎?

　　A:話頭如金剛王寶劍可以斬斷煩惱。

二、年紀大,有迫切感,吾輩鈍根者是回家後自行提話頭,等下次進禪堂開悟機緣嗎?

　　A:不要急,只要隨時隨地提起一句話頭!你基礎都有了,就是有一天臨命終時,那些基礎都還是在的。

三、近幾年跟隨二位善知識:果嚴師兄在地區帶默照接話頭禪;禪坐演一法師帶「觀生滅」的方法,從五根的覺受觀五蘊都是念頭的生滅,體驗如幻、顯現,說可以接默照、話頭(參「觀者是誰?」)及中觀。我要如何整合?

　　A:就是放鬆然後提話頭。——原來法師是把上述默照、觀生滅都列入話頭的前方便,統稱為「放鬆」。

　　關於象岡——感念師父創建道場的前瞻與願心,希望能發揮大用,此番見到禪眾日少,相較七年前所見,落差甚大,很不捨。大好場地希望能想辦法發揮更大作用。

　　A:現在目標設定以接引英語使用者為對象,人數就會比華語者少,因當年師父創辦的目的就是為了接引西方眾。這一代華裔年輕人都會說英語,若用華語,他們會覺得不相應的。

十一　最後一天──皈依、分享會、頌缽演出：（從略）

餘波：接待中心茶禪（監院法師做茶主人），各人分享學禪歷程。

二〇二三年元月　禪眾王淑惠記

作者簡介

王淑惠，臺北市立中山女高退休教師。法鼓山義工。曾任教高雄女中、臺北市立士林高中及私立華岡藝術學校。

學海奇人魯實先

李振興

　　中國傳統將學問分為訓詁、詞章、義理三類。三類各有各的研究範疇，各有各的學術地位，彼此相互攻訐顯得無謂多餘。詞章姑且不論，義理一類持之有故言之成理能夠自立門戶的像方東美、唐君毅、牟宗三等教授幾可謂著作等身，他們的學術地位無疑將被肯定。而訓詁一類兼包考據，能夠繼承清儒王念孫、王引之、俞樾等餘緒，而突破他們的牢結，似屬鳳毛麟角。魯實先教授在訓詁一類的學術地位被學術界肯定，顯然也無庸置疑的。在古典訓練一代不如一代，有人認為訓詁考據是抱殘守闕，有人竟認為線裝書要丟進茅坑，而肯定全盤西化是富國強兵的不二法門。而一般缺乏定力主見望風披靡的滔滔皆是，在這種視傳統為洪流猛獸的時代背景，對訓詁考據尚能固執孜孜矻矻，焚膏繼晷的毅力苦行，更讓人景仰，因為搞訓詁考據，既無名利可圖，更需要具備忍受寂寞的鞭策。

　　魯實先教授遽歸道山多年，學術界對他的評價如何，在窮鄉僻壤，因為資料欠缺無法窺知，僅就他的著作和十幾年前選讀他的「文字學」、「鐘鼎文」等課程耳濡目染的薰陶，勾繪一二，藉以表達對他的懷念。魯教授早期的著作有〈殷曆譜糾譑〉和〈史記會注考證駁議〉，晚期則有《假借遡原》、《說文正補》等，另有《殷契新詮》、《文字析義》及《轉注釋義》等，因手頭無書不詳，僅能從他早晚期四部著作揣測而略敘其大綱，詳細評介有待於方家。

一　特殊著作出任教授

　　「史記會注考證駁議」是魯教授廿八歲獲得復旦大學教授資格的著作。不要說魯教授沒有博士碩士的頭銜，他自謂連基本的中學文憑也沒有。如果在目前的制度，沒有相當的學歷，恐怕永遠與講師無緣，更遑論教授。稍微對「史記」有涉獵，都知道有三家的詮釋——唐司馬貞的「索隱」、張守節的「正義」和宋裴駰的「集解」。而後歷代研究「史記」的專著論文可謂有如過江之鯽，罄竹難書。日人瀧川資言著的「史記會注考證」可謂集大成。對「史記會注考證」目前尚有零星的駁斥。而魯教授的「史記會注考證駁議」卻是他未滿卅歲的著作。他認為「史記會注考證」有七項缺略——一、體例未精；二、校勘未善；三、采輯未備；四、無所發明；五、立說疵謬；六、多所剿竊；七、去取不明。魯教授認為補注「史記」必須仿照裴（松之）注「三國志」、顏（師古）注「前漢書」的體例，混合史事與訓詁兩端。而瀧川資言卻依王先謙的「漢書補注」體例。雖說王氏曾以酈道元的「水經注」疏證「漢書」的「地理志」見知於學者，可是他的「後漢書集解」的疏略，卻也無法掩飾。魯教授的「駁議」對史事仿照馬驌的「繹史」而更加詳細，稽參的書目擴及方志家乘，旁及異邦典籍。他認為於「太史書」外，應另加四類附錄——圖表、金石、殷虛文編、序論。而「駁議」對訓詁的態度卻認為前賢箋釋累累，無煩復贅。有關章典制度，名物禮儀等具存舊策，無庸詳錄。魯教授引段玉裁的話：「校勘不在一字一句不誤之難，而在審定底本之難。」認為校勘決非像市坊書賈就版本比讎、記文字同異而已，校勘必要博考群書，而後對文字、聲韻，「定其得失而通其義」。否則妄改正文，強加校語，徒令讀者「心亂目迷」。而「駁議」一書的重點放在「無所發明」、「立說疵謬」兩項，篇幅佔該書十之八九，因為全屬專家行話，冗長不擬詳敘。「史記會注考證駁議」被推崇為「略舉綱維，持論精

審，多發前人所未發。」魯教授被稱譽為「於經史百家，旁及二氏星歷之學靡不通貫。凡有叩難，應答如響。每論一事，輒至數千萬言，類皆自道胸臆，不拾唾餘。」洵非虛言。魯教授另有「史記廣注及歷表諸稿」（見「駁議」書末的「跋」）因篇幅所限不作介紹。

「殷曆譜糾譑」是貶斥董作賓（彥堂）的「殷曆譜」。魯教授早年在重慶便寫成「殷曆譜」，對殷曆這門專家學問可謂成一家之言。董氏在撰寫「殷曆譜」以前著有「殷代月食考」，他的理論是參酌中西學者專家的週期論，從而論定月蝕的週期為九十三年。他的整部「殷曆譜」便是以「殷代月食考」構成的骨架。董氏計劃利用殷墟卜辭編「殷曆譜」以前曾書面向魯教授請示意見。魯教授認為王國維（靜安）打算利用殷商銅器的銘文考定年月固然不對，後人再以殷商銅器的銘文推斷陰曆而辨正王氏的錯誤也是不對。董氏曾寫「西周年曆譜」，魯教授又提出「西周年曆譜袪疑」。董氏曾從堯舜起一直下來編出歷代的紀年表，魯教授又針對提出「答教育部問中國歷史年表」。「殷曆譜糾譑」、「西周年曆譜袪疑」和「答教育部問中國歷史年表」三篇文章發表後都沒有獲得董氏的答覆。其實像曆法年表這種專門學問，不要說外行的人，就像傅斯年（孟真）的博學碩彥，竟也對董氏「殷曆譜」推崇為「集文獻的大小總匯，用新法則厥盡精微，曆日與刻辭鮮不合，曆法與古文若符契，殷商二百七十三年之大紀，燦然明白而不誣矣。」讚譽董氏為「發乎勇，成乎智，質諸後人而無疑，俟之續書史料而必合。」魯教授卻非常客氣以專家的態度貶斥董氏的「殷曆譜」是非常的荒謬。他認為後人利用殷墟卜辭推定殷商的年代是行不通的道路，因為殷商的曆法早就失傳。如果依據後世的曆法推定殷商的年代，如何能夠正確。何況殷商帝王在位年數根本不能考定，即使拼湊的卜辭也常常有錯誤，這一項理論基礎既然不能成立，殷商的曆法推算自然也沒有立腳的根據。於是魯教授因為董氏無法答覆他的三篇文章，便不客氣指駁董氏「不懂曆法，連曆法的基本常識

都缺乏，他編的『殷曆譜』，可以說是極無知識的一本曆譜。他對於甲骨文，誤解文義的地方也很多。因此說，他這本書是沒有什麼價值的東西。」不了解背景的人，或許會認為魯教授的口氣高傲，但是所謂「文章千古事，得失寸心知。」，「行家一出手，便知有沒有。」有沒有學問是無法驕人的，因為歷史是最佳的見證者。

二 嘔心瀝血的鉅著

「假借遡源」、「說文正補」等應是詮釋許慎（叔重）的「說文解字」的一系列且是魯教授畢生嘔生瀝血的鉅著。讀書必先識字，識字須明六書。六書就是象形、指事、會意、形聲、轉注和假借。「說文解字」部首五百四十，本文九三五三，重文一一六三。崇文總目列有李陽冰刊定「說文解字」二十卷，久佚不傳。現今傳世者，唯徐鉉校定本與徐鍇繫傳。乾隆嘉慶，研究樸學專家蜂起，依據二徐詮釋「說文解字」者不下數十家，其中「訂謬補逸，發明許義」的有朱駿聲的「說文通訓定聲」、王筠的「說文釋例」和桂馥的「說文義證」等，而能夠以「許書說解為經，群經傳注為緯」而融價貫通，卓然有成的首推段玉裁的「說文解字注」。許慎敘六書的義例有云：「指事者，視而可識，察而見意。（上下）是也。二 亖象形者，畫成其物，隨體詰詘，日月是也。形聲者，以事為名，取譬相成，江河是也。會意者，比類合誼，以見指撝，武信是也。轉注者，建類一首，同意相受，考老是也。假借者，本無其字，依聲託事，令長是也。」許氏釋六書的體例是首列其名，次釋其義，終舉其例。六書的名稱，次序，歷來眾說紛紜，姑且存而不論。然許氏對六書的詮釋舉例，殊嫌「言簡例尟」，且又失諸偏頗、虛謬、晦澀等。而魯教授更剴切指陳「說文解字」的五闕五誤。所謂五闕是指闕其部、闕其字、闕其形、闕其音、闕其義。所謂五誤是指分部之誤、釋形之誤、釋義之誤、類例之

誤,羼入之誤。魯教授為「匡謬補逸」於是「假借遡原」、「說文正補」等便是他的具體學術成果。而歷代學者對六書的象形、指事、會意、形聲,比較沒有尖銳對立的爭辯。而對轉注、假借則成「公說公有理、婆說婆有理」莫衷一是的混局。而魯教對轉注、假借的見解詮釋,益見他「綜貫之博,用心之精」和「自古學無師成,能自樹立」的孤心苦詣。為證成其說,個人不揣譾陋,再詳敘一二。

三　轉注假借闡發精密

　　文字所以表達語言,而語言又有古今之異,方域之殊。依據中夏雅言構造的文字,雖或有時異地移,但因語出同源,大類音相鄰近。縱有遷遞,必是韻變而聲不變,或是聲變而韻不變。故凡因音轉而孳乳的轉注字,有屬雙聲,有屬疊韻。音轉的轉注字絕無聲韻俱同的現象,因為聲韻俱同的屬於義轉的轉注字。音轉、義轉的轉注字畫然易別,而歷來學者專家會訟議紛紜,溷殽不清的分形轉、義轉、聲轉等三派,義轉一派又細分為形聲、部首、互訓三支派,南轅北轍臆斷轉注,魯教授認為癥結在於一般昧於說文自敘對於「建類一首」、「同意相受」和轉注名稱的任意臆測,不知轉注的肇興在於煥別假借的相溷及適應語言的變遷,和不能明辨文字的本義,並據許書的誤解而勉強湊合音義相同等三種因素。餘杭章炳麟(太炎)的「國故論衡」曾釋轉注說:「以文字代語言,各循其聲,方語有殊,名義一也。其音或雙聲相轉,疊韻相迤,則為更制一字,此所謂轉注。」魯教授激賞章氏「合許君之雅言,關前修之貤謬。」可是對他對「建類一首」的類謂聲類,首謂聲首僅就聲音而詮釋轉注的說法卻不敢苟同,認為只是「得其一蹊而未知廡會」。於是魯教授提出精密周備的見解。他說:「所云『建類一首』者,謂造聲韻同類之字,出於一文。其云『同意相受』者,謂此聲韻同類之字,皆承一文之義而孳乳。轉謂轉移,注

譯注釋，故有因義轉而注者，有因音轉而注者，此所以名之曰轉注也。」他出前人形轉、義轉、聲轉的窠臼，擺脫形聲、部首、互訓的羈絆，昭然釐定因義轉而注者有二種方式，一是存初義，以別於假借與引伸，一是明義訓，以別於一字兼數義。他說：「所謂存初義者，乃以初文借為他義，或引伸與比擬而為他名，因續造新字，俾與初義相符，此所謂存初義之轉注字。」又說：「所謂明義訓者，乃以語多同音，是以字或數義。覈其義訓，非一義之引伸，審其形聲，非他文之假借，為免義訓相殽，因復別構一字，此所謂明義訓之轉注字。」

　　再敘假借。許氏「說文解字」敘曰：「假借者，本無其字，依聲託事，令長是也。」案本無其字指字形，依聲指字音，託事指字義。所謂假借，就是本無此字形，但有字音、字義，不再別造他字，而僅依其音假借另外同音的字，以表達其義。許氏詮釋假借，但得其一隅，列舉令長，又誤以引伸為假借。假借轉注既與象形、指事、會意、形聲駢列為六書，那麼假借為造字之準則，而非用字之條例，明著於劉向（子政）的「七略」，可謂千古不易的定論，而後代專家學者昧於師承傳統，謬倡「四體二用」之說，根本不明六書的底蘊。魯教授認為假借本是造字的輔助條例，可別為兩類，一是運用假借，一是造字假借。運用假借所以濟象形、指事、會意、形聲、轉注之窮而通其用於無窮。換句話說，「轉注所以恣文字之孳乳，而運用假借則所以節文字之孳乳者也。」轉注必須音同義近，而假借僅取其同音。而造字假借則是依據運用假借之條例，在造字之初，依聲託事。有時因昧於本義而誤用，有時為適合方言的要求，有時為避免字形的重複，不得不使用假借。而運用假借，魯教授又細分為本字之假借與有本字之假借。凡是無本字之假借，後世有時別造本字，而借字，本字並行於世，大時借字義行而本字義廢而別造一字。有時借字義與本字義並存，而終未再造本字。凡是有本字之假借，是指本有其字，依聲託事，或同音假借，或雙聲假借，或疊韻假借。有時借字行而本字

廢,有時借義行而本義廢,有時同時并行於後世。

四　會意形聲真知灼見

　　其次再補敘魯教授對會意、形聲的一二真知灼見。眾所周知形聲字必兼會意,可是卻也有例外,他歸為四類,一曰狀聲之字聲不示義。二曰識音之字聲不示義。三曰方國之名聲不示義。四曰假借之文聲不示義。魯教授說:「明六書而通經史。」又說:「經維杞裂,是在通材,陶鑄通材,唯須熟暗舊典。明習文字,乃其造耑。」韓文公(愈)曾說:「非三代兩漢之書不敢觀。」綜觀魯教授的「假借遡源」、「說文正補」、「文字析義」、「殷契新詮」等鉅著,更可肯定古往今來聖賢並不寂寞。雖說有「經籍纂詁」,或是索引提要,檢尋便易,但是對魯教授的博聞強記,和旁徵博引的治學態度仍是讓後人佩服五體投地。兩漢以前舊典的傳注、箋釋不說,「方言」、「釋名」、「爾雅」、「廣雅」、「說文」、「一切經音義」、「太平御覽」等類書不說,僅僅就最冷僻的卜辭彝銘的專業知識,恐怕他的成就將是空前絕後。魯教授治學的觸類旁通,更是驚人。就以卜辭彝銘的研究,如果不能忍受寂寞,像「三代吉金文存」、「殷虛書契」、「薛氏鐘鼎款識」、「殷契考釋」等令人望而生畏的書名,恐怕興趣就缺缺。魯教授不但能夠忍受寂寞,進而悟出興趣,更奠定他的學術地位。

五　精力充沛自許甚高

　　魯教授的外形屬於短小精幹,走路姿態有如「西遊記」的孫行者,最讓人折服的是他的精力似乎永遠充沛,他的樂觀進取似乎世界永遠是春天,他的炯炯眼光矍爍有神含蘊無窮的智慧。如果說他有什麼缺點便是比較高傲、苛薄。但是如果比較寬恕的話,他具有他高傲

的條件，他的對象必須苛薄，才能振弊啟聵。他常常調侃許慎的「說文解字」馬馬虎虎勉強派司（Pass），就是屈萬里（翼鵬）的國學造詣，也只能給他六十分。有人就問他的「說文解字」成績如何？他不疾不徐，臉不紅頸不粗地說：「魯某人，屈指第二，算九十五分。」因為古今聖賢，只有司馬遷（子長）是排名第一把交椅。據說他從不主動去拜訪別人，他恨透不肯腳踏實地，專注表面，有時課堂發脾氣，聲色俱厲當面驅逐別人出境。他又是「知之為知之，不知為不知」的實踐者，他幾乎沒有會議宴席的應酬，幾乎所有時間全部花費在書本，他的書齋，案牘席次全是攤開或未攤開的書本。據說有人向他請教「金瓶梅」涉及的干支問題，他便侃侃而談，見解的出人意表讓人張口咋舌。但是他說：「不敢，不敢，對於小說，我一竅不通。」他喜歡有實學、有良知，而又認真的讀書人，魯教授對近人的欣賞，也僅僅只有黃岡熊十力（子貞）一個而已，他說縱然「熊真人」赤裎裸體還是屬於老聃的「赤子」。熊氏的詼諧和不修邊飾，尚未有第二人。他莫名其妙將名號對調，到底十力是名是號，子貞是名是號，他自己也不明白。他說：「梁漱溟腦筋不清楚，是個笨蛋、馮友蘭不識字，亂作中國哲學史。胡適之提倡科學，但是他的科學知識不如老夫。金岳霖搞邏輯，其實所說是戲論。」試想梁、馮、胡、金諸氏在近代中國學術界可說是各執牛耳的地位，他們卻也不以為迕。熊氏當著湯用彤、牟宗三旁若無人地說：「當今之世，講晚周諸子，只有我熊某能講，其餘的都是混扯。」據說有一次梁漱溟挨熊某一棒，戴君仁教授就開懷地說：「他打你，就像小孩打你一樣。你想我們怎麼會去跟小孩計較呢？」對於魯教授那種旁徵博引和觸類旁通的治學方法，讓人想起蕭公權教授。以 *Political Pluraim: A Study in Contemporary, Political Theory*（中譯：「政治多元論」）*Rural China: Imperical Control in the Nineteenth Century*（中譯：「中國鄉村」）和「中國政治思想史」諸書飲譽中外的蕭教授認為：「治思想史要求平正踏實。否則易流入

『公說公有理,婆說婆有理』之境界。」要人為學不可炫奇蹈空。「與人說理,令人心中點頭。」他認為治學要「以學心讀,以平心取,以今心述。」偏激、傾頗都不是學者應有的風度,必須將古人的思想放置於歷史脈胳中加以考察,還古人原來面目是比較妥善的辦法。為學應折衷,中外不可偏廢。他說:「東海西海各有聖人。其心其理不必徑同。是此而非彼,都不是應有的態度。」在工業社會一切講求功名,一味理性化、世俗化、西方機械文明的存在絕對與自我毀滅。一般專著論文充滿圖書館的味道,根本沒有血淚和生命。而清末激情主義昂揚是罪魁禍首。魯教授提出「寫你最親切,最有感情的東西。」的針鍼。專著論文雖然要投入感情,但研究態度要抱著「寓情於理,以理制情」的態度,如此才不致讓感情廉價泛濫而不可收拾,樹立「情理均衡」的典範。歷代原儒學說雖千言萬語,卻不外是「把人當人」,對人性尊嚴和價值給予絕對正面的肯定。

六　遇事認真狂狷可愛

魯教授可謂「表裏如一的人」,他的著作幾乎無頁不註,而且註又加註。雖不談學問而卒不免於談學問。據說他酷愛潔白,幾乎不能忍受纖塵穢垢。凡是他看不慣的事,便破口大罵,但是如果罵錯,他又會認錯道歉。這與傅斯年、熊十力的性格相似,他們都是極其可愛的「真人」,古今中外凡是真誠形於外的真人,都難免在言辭得罪於人。有人批評說:「人謂十狂九鄙,而魯實先則卑鄙之尤者。」蚍蜉撼樹,徒見其妄不量力。不談「文字學」則已,如論當代「文字學」的重鎮,恐怕非魯教授莫屬。而世俗竟目為狂妄。孔子說:「不得中行而與之,必也狂狷乎。狂者進取,狷者有所不為。」在功利洪流的沖擊,滔滔皆是炫奇蹈空,狂狷人物似成絕響,反而令人懷念扼腕。

——原刊於李振興《古籍校釋・今註・今釋評介論集》
（桃園市：人間出版社，2001年10月），頁27-37。

作者簡介

　　李振興，曾任教北港高中、私立大成高級商工技職校長、雲林縣立淵明國中校長，並兼任嶺東商專講師。

試評陳映真的「第一件差事」

李振興

　　「第一件差事」是陳映真封筆十年前的作品。在臺灣當代的短篇小說，陳映真的「第一件差事」與王禎和的「嫁粧一牛車」、黃春明的「看海的日子」曾贏取無數讀者有口皆碑的激賞，更奠定他們在文學史的地位。陳映真也曾以許南村為筆名自剖他的作品，可以明顯分為兩個時期——從一九五九年到一九六五年是一個時期，從一九六五年到一九六八年暫時封筆前，又是另一個時期。前期的作品顯得憂悒、感傷、蒼白、苦悶。這種慘綠的色調。無非是因為挫折、敗北、困辱所造成的沮喪、悲憤、徬徨，甚至於自憐自傷的情緒。而後期的作品，現實主義和嘲諷的筆調漸漸取代前期那種脆弱、蒼白而又過份誇大的不健康的感傷，又漸漸以冷靜、理智、客觀而深入地去面對、解析他周遭所處世界的事物。拋棄前期陰柔纖細的風貌，而促使他的作品意識逐漸鮮明，境界才逐漸遼闊。一般作家最忌諱解說自己的作品，因為作家確信作品便是最好的說明。但是毫無疑問作家自剖本身的作品，可信度應該是最高的。

　　「第一件差事」雖然贏取無數者有口皆碑的激賞，並奠定陳映真在文學史的地位，可是比起王禎和的「嫁粧一牛車」、黃春明的「看海的日子」，評介「第一件差事」的專著論文幾乎等於零。當然站在藝術的立場，其人誠然誤墮歧途，但是他的作品卻沒有政治意味，且又曾受到政府的寬恕（引自「中國現代文學大系」）。筆者曾以陳映真的「唐倩的喜劇」和七等生的「期待白馬而顯現唐倩」為例，草成

「一則故事，兩種寫法」（刊載於「中外文學」八十一期）。今再不揣譾陋，擬就「第一件差事」剖析一二，對初次閱讀陳映真作品的讀者，或許不無參考價值。

「第一件差事」的佈局，只是依照普通的傳說方式進行，有完整的開始、中間、和結束。開始是杜姓警員偕其新婚妻子投宿某小鎮佳賓旅社碰見一件自殺命案。中間利用佳賓旅社小老板劉瑞昌，體育老師儲亦龍，和神秘女郎林碧珍三人的口供，獲知他們和死者胡心保關係的來龍去脈。結束是杜姓警員根據這三人的口供替命案作結論：「一種厭世的自殺事件。」開始，結束都是採取直接的敘述，中間則利用間接的呈現。沒有特殊意識流手法和懸宕的技巧，而能將普通而又平凡的故事處理得引起讀者的共鳴，這就是小說家的藝術和一般粗俗說故事者的區別。

「第一件差事」對主要人物胡心保、劉瑞昌、儲亦龍、和林碧珍的顯明刻劃，形成強烈的對比。劉瑞昌是一個不圖飛黃騰達，好死不如賴活，只圖三餐溫飽的低下市儈的典型。而林碧珍卻代表高尚家庭出身，而失去溫暖的照顧，從而自暴自棄，最後轉向報復心理的典型。兩種不同階層的典型形成對比。而胡心保與儲亦龍又形成強烈的對比。一個是貪戀過去，而不敢面對現實。一個是認為路如果走絕的話，就要認命。

死者胡心保自殺動機讓人困惑，因為依照普通的常理推斷，自殺的原因不外是物質的匱乏或是精神的空虛。「為事業，為愛情，為金錢，總得有一樣。」可是根據命案關係人——劉瑞昌、儲亦龍、林碧珍三人的口供，死者胡心保既有漂亮的妻子。（「什麼事想不開。那麼好看的老婆。」）又有鍾愛的女兒（「他常把小華華舉得高高的，大聲的笑著，兩棟公寓的人都能聽見他。」）又有很好的職業（他說：「我於今也小有地位。」）他又是一條很好的漢子，根據命案現場，胡心保有偉岸的身體，「一點兒也沒有饑餓、敗落、憔悴的意思形貌的。」、

「大概是生活寬裕的緣故,才三十出頭,但在他的乳黃色的肚皮下面積蓄了一層沉甸甸的脂肪。」如果依照常理推斷他不會自戕。可是家庭、職業、身體只是他外表的尊榮,湖心保內心的感受是「儘管妻兒的笑聲盈耳,我的心卻肅靜得很,只聽見過去的人和事物,在裏邊兒嘩嘩地流著。」如果說厭世一定有什麼原因,這就是胡心保所以厭世的所在。因為他背負過去的包袱——顯赫的家世和不幸的婚姻。而家世、婚姻對胡心保而言,顯然都彷彿黑夜放煙火。他只是一味沉湎於過去,而不敢面對目前的現實。想起他家以前開的錢莊「早上從前門進他家,等到你從後門摸出來,太陽已經落了」。想起「小時候——曾經喜歡一個年紀相仿家裏廚娘的女兒——抱月兒,那小女娃真漂亮」。就是促使胡心保娶面貌酷似抱月兒的妻子——許香。而根深蒂固的傳宗接代的沉重責任又壓得他透不過氣來。既要克紹箕裘,又要光宗耀祖,而胡家三代又單傳。他的父親臨終前在胡心保的腰帶為他繫一串沉甸甸的金子和一條高級的蒙古氈子。可是正逢戰亂逃難,胡心保一邊趕路,一邊棄物。有一天晚上,胡心保就將那串黃澄澄的金子往河裏沉到河底去了。來到臺灣後,每天目睹有人病倒,有人死亡。於是將在廣州親戚送他的銀元,一半買香蕉喫,另外就是買球玩,沒日沒夜的打,也把這條命給打出了死亡。他拼命地打球,無非是藉此麻醉自己的神經,淡忘那些顯赫的過去。他和林碧珍不正常的來往,始終也只是一種欺瞞、矇騙的關係。他無非是盼望從林碧珍那裏找到快樂,尋出使他活著的理由。可是「想起過去的事,真開心」的作祟。過去的夢魘,又如鬼魂般不時浮現、縈繞,使他既不快樂,又使他寞落。不快樂與寞落長期的腐蝕他的心坎,於是他一再發出「不曉得怎麼過來的,又怎麼過去的。」「一天過一天,我都過得心慌了」,「人為什麼能一天天過,卻不曉得幹嗎活著」、「人活著真絕」、「活著也未必比死了好過」等悲觀灰色的消極唷嘆,終於迫使他無法自拔而走向厭世的絕路。

「第一件差事」的儲亦龍就不像胡心保。他也有顯赫的過去。廿歲他就當鄉長,「出門的時候,騎著白馬,前後都跟著兵,前面一個班,後面一個班。」他也曾經參加上海跳舞比賽,獲得探戈組第一名。那時不知享受多少福,真的要什麼有什麼。想不到風水流轉,他辛辛苦苦將三歲大的兒子帶出來,苦哈哈度過一段相當長久櫛風沐雨的苦難日子,他的兒子卻不幸被車子壓死。儲亦龍就不像胡心保,他沒有為他死去的兒子淌過一滴淚水,他從不凌虐自己,他認為「我們就像被剪除的樹枝,或者由於體內的水份未乾,或者因為露水的緣故,也許還會若無其事地怒張著樹葉罷。然而北風一吹,太陽一照,終於都要枯萎的。」既是體育老師,心頭一有煩悶,就打起球,一上球場他把什麼都忘記。他能淡忘過去,只圖「三餐有得喫,睡有個舖兒」,他從不對自己有什麼過份的奢求。雖然儲亦龍回憶過去,心頭難免有無奈、惆悵,但是他抱著一個人如果路走絕的話,就要甘心,就要認命,如果路走絕還不甘心還不認命,還死心眼的話,那便是凌虐自己。因為儲亦龍認為「倘若一個人只是刻意地追索一件事,久了,他一定會瘋掉的。」凌虐自己的結果,便像胡心保一樣,無法自拔而走向厭世的絕路。

「第一件差事」陳映真表達的主題還是一個普通知識份子為人生而苦惱的厭世故事的抽樣。他語重心長的道出知識份子的悲劇。因為知識份子背負的時代職責,任重而道遠。抱負理想本來一般升斗小民高。如果知識份子所遭遇的環境,能讓他們施展抱負,能讓他們實踐理想,自然毫無問題。否則一旦碰到環境突兀坎坷,知識份子的觸鬚又比一般升斗小民敏銳,往往偶遭挫折打擊,便自暴自棄,甚至淪於無法自拔的地步。萬一更不幸,知識份子本身還有顯赫的過去,他只是時時緬懷那些值得回味而又已經逝去的光榮往事,卻又無法覺醒那些逝去的光榮往事已經像「黑夜裏放的煙花,怎麼熱鬧終歸是一團漆黑」。而無情的時代巨輪又日夜如梭不停的交迭飛馳。如果真到山窮

水盡的窮途末路，知識份子實在必要設法去突破重重困難的蠶繭，尋覓另外方式去適應四周的新環境，對新的問題提出新的見解新的看法。如果知識份子碰到環境的驟變而無法適應，無法突破，像胡心保的厭世輕生，固然不是知識份子應有的態度，可是像儲亦龍抱著「三餐有得喫，睡有個舖兒」的勉強苟延殘喘偷生，畢竟也不是知識份子的本色。

「第一件差事」雖說也算是一個死亡的故事，可是比起陳映真早期的小說像「文書」、「鄉村的教師」同類死亡的故事，他漸漸揚棄蒼白苦悶的筆調，呈現爽快嘲諷的色彩。

「第一件差事」或許不能算是陳映真最佳的短篇小說，但是與他同期的作家像王禎和、黃春明，白先勇等比較，陳映真雖不能說是一個偉大的作家（因為他還沒有發表過長篇小說，有人說：「衡量一個作家的作品，最主要的資料，當然是長篇。」）但說他是重要的作家，畢竟是可以肯定的。有人曾經檢視他封筆前的小說，不過僅僅廿短篇。但是論六十年代重要的 Intellectual 話題，卻全部包羅無遺。劉紹銘教授認為陳映真的小說「熱情擁抱多於冷酷分析。」的風格與白先勇恰成強烈的對此。但是他卻推崇陳映真是真情流露、充滿愛心的作家。平心而論，陳映真封筆前的小說個人感傷氣氛過分濃厚，刻劃人性顯得偏頗，而沒有洞澈基本的人性。因為真正的藝術品是從基本的人性出發。但是他的小說技巧與內容兼顧，文字具有高度感染力，取材又相當獨特，對某些時代問題又特殊敏感，往往將自己投入的風格，卻不是同期作家能夠企及的。

「第一件差事」陳映真固然贏取無數讀者有口皆碑的激賞，奠定陳映真在文學史的地位。但無庸諱言，顯然也有一個小小的瑕疵。記得劉紹銘教授也曾經批評陳映真在處理短篇小說「將軍族」的結尾，讓兩個飽經挫折和凌辱的卑屈角色──三角臉和瘦丫頭兒，演出殉情的鬧劇，顯然是一大敗筆，他的指責顯然是陳映真破壞故事完整性。

同樣的瑕疵，陳映真處理「第一件事」的結束，顯然也讓讀者突兀、驚愕。因為好的故事的結束，應該是開始的自然結果。陳映真在「第一件差事」的最後「這是一種厭世的自殺事件，只不過是這樣。但在這一件事底背後，隱藏著多少國難深重的悲慘事實」的結案報告後面，接著引一段他記不清在什麼書讀過，關於和平的真諦長達四百餘言，接著又引尉教官訓誡杜姓警員現代的安全官員應有的修養，最後卻又以「燈光下伊的穿著褻衣的睡態是十分撩人的。……我的心遂充滿著一種至大的歡喜，至於心為之悸悸起來，於是我關了燈。……」作結束，和陳映真同期作品「唐倩的喜劇」、「六月裏的玫瑰花」的結尾比較，第一件差事」的說教意味顯然過份濃郁，這是小說家最忌諱的方式。而且這種結尾方式顯然也與「第一件差事」前面的文字既不倫又不平衡、對稱。雖說像「第一件差事」這種結構單調，情節沒有波瀾跌宕的起伏，必須靠其他有力的條件去襯托，推波助瀾去加以渲染，雖說語言的和諧僅是風格的次要問題，但是風格是「人的思想的一種次序的安排與運轉的方式」。我們無意畫蛇添足，也無意越俎代庖為陳映真替「第一件事」提供比較合理的結尾，因為他或許有不輕易被外人所了解的背景與因素，但是我們仍虔誠期待陳映真在小說創作有塊奠定而穩固的磐石，塑造出經得起風吹雨打的人物。

一九八一年九月《臺灣文藝》七十四期

──選自亞菁《現代文學評論》（臺北市：東大圖書公司，1983年2月，初版）。該書收文二十九篇，編入該公司的「滄海叢刊」。

古籍校釋・今註・今釋評介論集後記[1]

李振興

　　十七年前，曾經出版並不十分成熟的作品──「現代文學評論」，書名似乎冠冕堂皇，內容卻僅僅是泛泛一隅淺見。猶記得當時原擬將書名定為「亞菁論學雜著」，書商為恐影響銷路，建議改名，個人亦從善如流。類似這種作品銷路本就可以預期，十七年來確實銷售多少雖然無法正確統計，但是成績不佳必是無法逃避的結果。唯一讓個人感到欣慰的一件事，彼岸學者袁良駿的「白先勇論」竟然多次援引拙作，而且又臚列於後面書目。

　　十七年後，個人又將推出另一部相信亦不十分成熟，且內容又與前者完全毫不相干的作品，內心的感慨實非語言所能形容。雖然兩者都屬於文學的範疇，可是前者是現代，後者是古典。而個人又是出身臺灣師大的國文系，如果有所謂的專業訓練，當然是屬於後者的古典，如此說來，前者的現代勉強亦僅僅是業餘性質。但是嚴肅地說，將文學一刀兩斷分為現代與古典，顯然是相當不合情理，且亦是十分殘忍的。

　　十七年，六千多個日子，說長不長說短不短，可是人生又有幾個十七年呢？何況刪除渾渾噩噩的幼稚年少和鮐背黃髮的耄耋暮年，屈

---

[1] 編者謹按：這是李學長（筆名亞菁）任職雲林縣淵明國中校長時期的作品。距離其第一本書《現代文學評論》（東大圖書公司，1983年2月）將近十八個年頭。

指可數的歲月剩餘又何其有限。這十七年應該正是個人的黃金歲月。可是又何其不幸，在這十七年的歲月，因緣際會卻在個人的人生旅程，掀起浪濤洶湧的坎坷，一路走來實在讓人不堪回首。原來擔任一間不大不小的學校主管，竟莫名其妙沒有任何理由跡象被驅逐出門，在那六年類似放逐流浪，卻又有點韜光隱晦的歲月，出人意料，竟然能夠將以前因為從事行政而荒蕪的相關的校釋和今註今譯的資料重新從塵封的抽屜裡全部搬出。個人都無法相信在過去幾年的歲月，竟然能夠斷斷續續抄錄如此讓人無法相信的數目文字粗略估計，手邊至少抄錄有「史記」、「文選」、「文心雕龍」、「淮南子」、「荀子」、「列子」、「六祖壇經」等多部的原文，旁邊又有密密麻麻的箋注及相關資料，字數總計有多少，一時實在無法算出。今生今世，恐將永遠無法寫出任何不朽傳世作品，但所抄錄的東西卻表示在某一時段，個人曾經努力的記錄。今日檢視這些抄錄的東西，有時竟連個人都詫異無法相信當時是如何完成。尤其類似「史記」、「文選」這種卷帙浩繁的著作原文本就相當龐大，再加箋注和相關資料臚列在旁，如果不是經年累月的不斷儲積，怎麼可能達成呢？命運實在也真弄人，想不到六年放逐流浪的歲月後，個人竟然又轉任另外也是一間不大不小的學校擔任主管，而迄今又將屆六年，除「六祖壇經」外，就沒有再抄錄任何東西。

　　說起「六祖壇經」卻讓個人莫名的感傷與惆悵。猶記得卅年前就讀大學時，系裡有一門必修的「中國哲學史」課程，擔任授課的年輕瀟灑講師，經常一襲風衣，沒有攜帶任何資料，有時竟能憑藉記憶將原典琅琅唸出或板書讓聽課者抄錄，他的博聞強記當然讓聽者五體投地佩服，可是根據前後歷屆兄姊弟妹印證，一年「中國哲學史」課程結束都僅講畢魏晉玄學。而後的隋唐佛學、宋明理學、清朝樸學（或稱考據學）卻始終不見下文。而眾所周知，宋明理學、清朝樸學兩門課程只要肯下工夫，最後多少都能摸索出一點東西。唯獨隋唐佛學，如果沒有入門根基，似乎無法進入深奧殿堂。今日多少文史哲系所出

身的，大概都擁有唐君毅、牟宗三、方東美等時賢滿櫥的鉅著，可是想想到底有多少人對隋唐佛學相關的篇章段落能真正的了解，是不是仍舊停留在一知半解的邊緣，這實在是讓人感到相當遺憾的。而屈指算來，投入教育工作將屆三十年，雖然不敢說有什麼成就，可是在個人崗位工作似也尚無愧於心，而讓個人惆悵的似乎始終沒有找到安身立命的方向。而在一個沒有刻意安排的場合，一位昔日紅粉摯友喫齋將屆十年，語重心長規勸個人唯有努力修行才是唯一途徑。而事實上多少至親好友亦皆先後不斷要個人與佛門結緣，只是光陰一再蹉跎，至今實踐早齋亦已半年。而個人對紅粉摯友的回應亦僅僅只是抄錄「六祖壇經」的原文和相關的箋註資料，而實際所有字數比起前列數書可說是滄海一粟。雖然如此，對那位紅粉知己和至親好友的美意，個人將刻骨銘心的感激。

　　十七年六千多個日子，長期抄錄「史記」、「文選」、「文心雕龍」、「淮南子」、「荀子」、「列子」等書的原文和相關箋註資料，因為興趣與需要，難免要旁涉其他相關的著作，清代考據大師王念孫、王引之、俞樾等人鉅著如「讀書雜誌」、「經義述聞」、「經傳釋詞」、「古書疑義舉例」等固不必說，即如時賢王叔岷、屈萬里、王夢鷗等大作亦時時披覽參考，因為長期的接觸，難免有些淺見，形諸筆端，便是這些評介文字的總集。而全書將近三十篇；王叔岷、屈萬里、王夢鷗三位時賢都多達三四篇，這僅是淺學後生如個人對時賢表示最崇高的敬意。非常遺憾，個人皆非他們的門生，無法聆聽他們的博學宏論。唯一例外的是魯實先教授，個人曾接受他的「文字學」、「尚書」、「鐘鼎文」等課程的薰陶，啟發日後對古籍閱讀的興趣。魯教授私淑弟子不少在杏壇的表現都有相當讓人刮目相看的成績。而個人才質魯鈍，連研究所考試都敗北，而後又投入事雜心煩的行政工作，雖說與古籍都沒有脫離，但要談成就可說是異想天開的幼稚可笑。唯一值得安慰，在這段漫長的歲月，閱讀古籍多少減輕事雜心煩的苦楚與無奈。有時

閱讀古籍偶而發現得意契合，竟也莫名對著窗外藍天的白雲發呆苦笑。

　　古籍校釋或是今註今譯，本來就是一件既出力又不討好的工作，有心從事這種工作的意願皆相當低。可是想一想今日閱讀古籍訓練是如何式微，不要說是一般讀者，就是就讀或出身中文系所的到底能有幾成把握，恐怕相當令人懷疑。歷史、哲學系所除少數或有家學淵源，或是慧根獨具外，閱讀古籍可能更戛戛難入。對長期從事這種工作的碩儒前賢，他們必將永遠贏得後人的尊敬。個人不佞寫出碩儒前賢的鉅著讀後一點淺見，類似班門弄斧的不自量力，卻也希望多少能夠引起就讀或出身中文、抑是歷史、哲學系所閱讀古籍興趣的漣漪，如果能夠達成一絲一毫效果，個人將心滿意足。年齡已屆知天命與耳順的階段，想想從前都沒有什麼傲人的成就，在相當有限即將老耄的未來，如果還奢望有超邁昔日的成績，那無非是自欺欺人、掩人耳目的囈語。個人計劃如果能如願在耳順之年退休，剩餘的幾年歲月將全部投入整理「史記」、「文選」、「文心雕龍」、「淮南子」、「荀子」、「列子」等書的校釋工作，略盡個人棉薄之力，但是這棉薄的心願要想達成，仍有待仰賴蒼天悲憫才能實現。

　　最後要特別感謝「東方雜誌」、「孔孟月刊」、「中央日報」、「書評書目」、「中外雜誌」、「現代青年」等刊物，讓文章有發表的機會。有少數篇章被退稿，但是有寫作經驗的皆明白，發表的文章並非就是可取，而退稿的文章亦非一無是處。更要感謝在這段歲月所有關心個人生旅波折，寫作過程辛酸的至親好友。更願將此書獻給先父先母，感謝他們含辛茹苦的養育大恩。以及終年照顧四位子女讓個人安心寫作的另一半——亞菁。

民八十八年五月

——原刊於李振興《古籍校釋‧今註‧今譯評介論集》（桃園市：人間出版社，發行人陳映真，2001年10月），頁221-225。

汪中書法線條美的追求

吳仁懋

一 前言

　　想使下筆之線條顯現出韻致氣質、瀟灑風流、墨色光彩，就必須講究運筆遲速、頓挫輕重、蘸墨多寡及點畫間的組合。一般說來，線條粗細長短的組合全在個人的審美觀及內在精神和外在的書技修養所致，氣質隨個性養而致，書寫技術可以學而能，筆墨使用方法需講究追求，所以「線條美的追求」，需先從書「法」著手，研究「草書」時曾強調主筆粗重、虛筆點細，凡須牽絲之處均為虛筆，可以加快運筆速度，而主筆則構成引導墨汁流動的方向，如大禹之治理洪水，疏通雲夢大澤洪水、很有綱紀而且不紊的引導入海。個人經近三、四十年來的追求，一直思考著如何引導書法線條進入「美」的境界，前數年雖用盡心思探討王羲之的蘭亭集序、米芾的蜀素帖，依然不得其要的進入「凝聚」狀況，偶然思及二十多年前臨摹汪老師的「雨盦和陶詩」一書，於是取以探索書法線條之美造成的理由。

二 汪中老師的書法線條啟迪

　　民國五十四年考進省立臺灣師範大學國文學系，大一散文接受宗孝忱教授指導，宗教授教的是自己的文章，上課間難免提及其擅長的書法篆書、楷書，宗老師也在當時的藝術系開書法課（師大改制後改

名為美術系），大二改制為國立[1]，國文系選修課排出「書法」一門，由前行政院院長譚延闓女兒譚淑執教，由於被指定為小老師，幫老師抄寫資料及擦拭黑板，這是我在師大就讀唯一的滿分科目，並得一份獎品——譚老師的作品，上課中也見識過譚老師的太極劍法，因此我體會了書法不應只是「書技」而已。那時影響個人書法理念最大的是選修了樂府詩，也是首度認識汪中老師，在接受汪老師樂府詩的課程時，雖只是講授樂府詩，然被其龍飛鳳舞的板書所迷惑，說看不如說是欣賞吧！這也是當年學習書法時第一次知道什麼是行書？在上師大前我所接受的教育都在北港，從不曾離開老鎮一步，一向自以為熱鬧拜拜就是一切，北港良昌書局中所看到的只有顏真卿、柳公權這兩種字帖而已罷了，別說孤陋寡聞的樣子，看到汪老師上課時拿著粉筆在黑板上的揮灑的神態，幾乎是見所未見，他一面訴說樂府詩的內涵、一面於黑板上書寫粉筆字的姿態，揮灑出來的板書有夠大、有夠生動活潑、也就有夠令人賞心悅目，當時根本不知道汪老師的書法造詣，當然還沒有看到汪老師書法作品的廬山真面目，因為所知有限，不知汪老師的書法極其傑出。有次借同學筆記來整理功課時，偶然發現沈鴻南同學於夜間到教授宿舍拜訪汪教授的談話記錄，話題就是精讀、博讀以及書法問題，那時汪老師說他臨寫的只是楷書、隸書而已，但有句話影響我的書法理念最深，汪老師說：「想提高書法境界須先讀好詩、詞、曲。」建立起我書法有兩道關卡的思想，其一書技，指的是如永字八法之類的外在技法，建立了我九〇年代的「三招[2]行遍天下」的理念；其一是精神，全靠「營養、保養、修養」三養下手，一個字的飄逸或嚴肅？完全存於內在的修養，建立起書法想永垂不朽則

---

[1] 當時政府想將師大遷移至石門水庫附近，因反對聲音大，另設高雄師範大學，培養師資，因應四年後的國民中學的九年國教的實施。

[2] 筆者以為結構有三招：一、平行原則，如字所有橫畫都平行，豎畫也平行。二、距離原則、適當距離的認定。三、平衡原則，如八字鬚，必定平衡。

須多唸書以充實營養；需時時接近詩、詞、曲以加深藝術修養；並精研前人運筆方法以保養起運、收筆的細節。所以臨帖時須思考前人的言行及學識素養，同時本身須多讀經、史、子、集，尤須多接受詩、詞、曲中的儒、釋、道情懷精髓，所以大三時仍選修汪老師的杜甫詩，大四的詩經。

民國五十八年自師大結業，經學長龔語雄的推介，遠去麻豆鎮曾文家事商業學校實習，由於「曾家」地處偏僻，適合個人隱居讀書的志趣思想，當時曾想著於實習後服完兵役，再考師大國文研究所，是以於功課上時向汪師請益，曾與汪老師通訊多次，汪老師提攜殷切，現尚存書信兩封，拍照如下（見附錄一），從來沒想到書法小楷會是這樣的迷人，其墨跡光彩連名家字帖都無法表現出來，雖然那只是小楷。第一次真正看到汪老師的書法真正作品是在我的摯友李振興婚禮上，那是一件行書條福，當時站在作品前，遲遲不肯離去，後來我也得到一幅隸書墨寶，由於當年本身書法隸書修養十分有限，只知寶貴而已，不知好在甚麼地方，掛在牆壁上有所謂補壁作用而已，很少站在前面觀賞一番。民國六十一年二月自麻豆調回北港高中任教，生活始安定下來，加上當時北港高中校長戴博文及黃去非老師、徐維中組長都是書法名家，於是也開始瘋起寫作書法，我後來兼行政後戴校長北調中壢高中，黃去非老師也退休往北市去啦！就剩下徐組長一人的教導，此期間建國國中已作古的李文良老師，常在汪老師蒞臨北港時邀我上文化路的茶坊作陪喝茶，見個面、聊個天，吸取一點汪老師書法行書的飄逸瀟灑氣息。

而北港高中新興起另一位苦心撰寫書法的美術蔡榮熙老師，但那時我仍苦苦守住「趙孟頫的圓通寺碑」[3]及汪中老師的「雨盦和陶

---

3 當時字帖都只限於顏真卿及柳公權而已，民國五十六年逛牯嶺街舊書攤時偶見趙孟頫圓通寺碑，該碑個人臨摹十年以上，嫵媚深受其影響。

詩」[4]，書會朋友都說我的字如趙孟頫，軟弱無力，相當浮滑，須從魏碑下手，直至七十八年辭去行政工作後，才全心投入書法及寫作，開始每天三至五個小時的臨帖，臨遍魏晉、唐、宋各家書法，然而仍醉心汪中老師的書法，把其「雨盦和陶詩」臨個一兩遍，沒有荒廢。

三　汪中老師書法掌控主線條的中心思想

　　主線條是一個字結體的姿態主軸，能表達出思想蘊含。所以不論起筆、運筆或收筆都應仔細思考及安排線條的粗細長短，因為筆畫下去要支持並撐住字體結構的活動點，造成此字的生動活潑或呆板凝滯，是以書法用筆需先胸有成竹，立定主筆方向，使主筆的構思經營要莊重顧盼而有情。雖然人各有不同的藝術素養，運筆習慣也有獨自的優點，例如「山、中」兩字最後一筆豎畫、支撐全字的姿態；又如「蓋、王」兩字最後一筆橫畫、承載全字之穩定；又如「莎、少」兩字最後一筆撇畫、操縱全字之短長；又如「月、風」兩字最後一筆勾畫、敧側全字之動態；又如「武、代」兩字最後弋筆、力撐全字之筆力，此皆主筆左右一字之精神，甚至「國、圓」之四方框住或包孕字中點畫，使整個字豐富飽滿、輔助主筆而顯得盈滿，創造出各家書體書風的特色，當書家修養的長進，其運筆速度、方向自會在無形中左衝右突，筆畫線條之間的關係，親密呼應的感覺產生變化喜悅。其實書寫時的主筆認定應是書家素養及審美觀的表現，偶而神來之筆常會創造出不知所以的線條之美來，所以說個人的審美觀修養是慢慢培養而成的。

　　至於主線條的認定問題根本就在書家個人的審美觀素養的習慣，是以個人以為汪中老師寫字運筆都有其特殊習慣，想分析其優點的

4　汪中：《雨盦和陶詩・附儒城雜詩》（臺北市：華正書局，1986年4月初版）。

話，理應全字臨摹、不斷書寫、深入察考掌握，思考其起筆或收筆，即能感受線條是以何者為主？也可以說：「用筆筆壓粗重、輕微所造成線條的粗細、長短，還有字之上下左右的關係呼應是否親密和諧、展現出全幅字的風姿神態為主線條。」那就是結字的主線條。在主線條周圍的各次線條的筆觸，會自然的烘托出其藝術素養。是以需注意如何才能更突顯出、更強化出、輔助及豐盛出主線條條活動意趣情調，因此書寫時要思索個人會將哪一筆當作是主線條來操控，書寫時需要意在筆先的千變萬化線條走向中去思索如何靈活的韻致出來？隨機應變、因勢利導的安排出主線條來？至此可體會主線條的呈現正是汪中老師書寫時的感情所在，這是平時常強調書法能融合感情，但又說不出所以然來的另一個解答？也是我們學習臨摹碑帖時，心中常常存著懷疑，何以如唐朝顏真卿線條要那樣粗重？北宋黃庭堅（附錄二甲）線條何以要那樣飛動瘦長？雖然那是個性素養、運筆快慢、筆蘸墨水等等習慣所使然，我想那是審美習慣、個性修養、喜悅情愫所帶出來的線條，汪中老師必然也莫知所以的安排「主線條」來表現一己的喜怒哀樂，或許你不相信，請看王羲之的蘭亭集序（附錄二乙）的墨色濃淡，用筆生動細膩，結構幽雅，章法自然，可領悟當年王羲之與謝安、孫綽等四十一人於山陰蘭亭雅集，執蘭招魂，祓除不祥，暢序幽情，飲酒賦詩，匯詩成集，揮筆志序的精緻筆墨，優美情調，令唐太宗激賞莫名（雖然目前只能欣賞馮承素的勾勒神龍本）；顏真卿的祭姪季明文稿（附錄二丙）的點畫振動，時而沉郁、時而低迴、時而健拔、時而起伏的線條筆墨，真的能感受到筆墨傳情，從作品中能看出顏真卿對其姪兒季明的憐愛、對安祿山的仇恨，那種複雜而真實的心理。

四　汪中老師的書法線條美的外在走向

　　汪老師書法線條的組合，極為優美靈巧，活潑可愛，溫文爾雅，均來自「主線條」的誘導，雖字有大小歪斜的現象，然因主線條的濕潤乾枯，掌控得極為適當，恰到好處，線條的粗細長短，不會囂張突兀，感覺精緻和平，而且行氣率直平穩，同時經由次筆的擁載配合，虛筆的無形牽絲帶動，常是一筆成形、一氣呵成，顯然氣勢是由筆毛帶動墨汁流向的流暢所揮發出來的，所以線條中極為剛健有力。點畫擺動的特色，就以汪老師三首雜詩為例（見附錄三：雨盦書札頁三五、三七、三九）：

（一）秋氣高以肅，午亦不覺困。諸生語未通，頗亦盡其分。
　　　君子求可知，不知亦不慍。問舍求田者、餘子不足論。
（二）趁雨游光州，雨中有奇趣。陰晴本無常，豈復有好惡。
　　　鬱鬱華嚴寺，千歲塔如故。老僧起梵音，沒入雲深處。
（三）名山號無等，傳聞出故書。山中老松樹，望之心已舒。
　　　一昨新雨過，枝柯特扶扶疎。亭亭經霜雪，挺立森自如。

分析特色如下：

「直」：
（一）肅、午、覺、諸、困、生、未、盡、慍、論、
（二）雨、游、州、中、晴、本、常、華、寺
（三）號、傳、書、松、枝、疎、

「橫」：
（一）秋、氣、諸、未、其、君、子、可、知、舍、求、者、論

（二）趁、雨、游、光、中、有、奇、趣、陰、晴、本、無、豈、好、惡、欝、華、嚴、寺、千、歲、塔、如、故、老、起、梵、音、雲、深、

（三）號、無、等、傳、故、書、中、老、松、樹、望、舒、新、柯、特、扶、疎、亭、立、森、自、如

「點」：

（一）秋、氣、高、以、亦、不、覺、諸、語、通、亦、盡、其、求、不、知、亦、不、慍、求、者、餘

（二）雨、游、光、州、雨、陰、無、常、豈、惡、欝、寺、歲、老、僧、梵、音、沒、雲、深

（三）名、無、等、傳、松、樹、之、心、舒、雨、過、特、亭、立、自

「撇」：

（一）秋、氣、以、肅、午、亦、不、困、諸、生、未、頗、亦、其、分、君、求、知、不、知、亦、不、慍、舍、求、者、餘、足、論

（二）趁、光、州、有、奇、趣、陰、本、無、復、有、好、欝、嚴、千、歲、塔、如、故、老、僧、起、梵、沒、入、深、處

（三）名、號、無、等、傳、故、老、松、望、之、舒、新、枝、扶、疎、如

「捺」：

（一）秋、以、困、分、求、舍、求、餘、足、論

（二）趁、趣、本、復、塔、故、起、沒、入、深、處

（三）故、松、過、枝、扶、疎、挺、森

「挑」：
（一）秋、氣、以、通、求、求、
（二）游、光、州、陰、豈、歲、僧、音、沒、深
（三）特、立

「鉤」：
（一）高、亦、通、分、求、可、問、餘、子、論
（二）雨、游、奇、晴、好、寺、老、起、梵
（三）等、傳、樹、舒、柯、特、扶、亭、挺

「折」：
（一）氣、高、覺、因、諸、語、通、頗、盡、君、子、可、知、慍、問、舍、田、者、子、足、論
（二）雨、游、中、有、趣、陰、晴、常、豈、復、有、好、惡、鬱、嚴、塔、如、故、僧、音、沒、雲、深、處
（三）名、號、傳、聞、故、書、中、樹、望、之、已、舒、昨、過、枝、柯、疎、亭、霜、雪、挺、自、如

　　由於是行楷，不能拘限在永字八法，運筆多變，雖堅持中鋒，偏側鋒都來了，米芾說的八面出鋒，應該是指行書，汪老師聽說也曾下功夫研究米芾，看看多少也有米字的精神。

　　（一）直的線條顯然先稍右彎用力而下，在近一半處再稍左彎，走到與起筆成一直線處收筆，稍彎顯現出剛挺有勁的兩個彎曲處，配合呼應全字體來大小彎曲，這是蘊藏智慧的線條，因該如何彎並不一定，汪師直畫表現各自不同，仔細觀察自有由衷美感的樂趣從心產生出來。

　　（二）行書橫筆之起收，汪師只一種習慣的動作而已，通常延續

銜接上筆往左而行，雖無逆入平出的顯然，收筆也需牽絲至下一字時，總是有藕斷絲連的感覺，如血脈不斷的一氣呵成一行字，充滿生命的生動靈巧。

（三）汪師喜歡將某些短畫化為點，如雜詩三的「霜、雪」第一筆帶勾，藕斷的牽絲至第二筆，極為瀟灑痛快，所以點的帶勾只是一種型態而已，並沒有像一般人喜歡牽來牽去，幾乎沒有牽絲情形，但每個字都顯然結合為一。

（四）撇畫變化與眾不同，好似拉長的傾斜「S」「）」，請看附錄三汪中老師的親筆字跡中的「雜詩」一的「舍」字、二的「僧」字、三的「舒」「傳」字第一筆動態，十分可愛。

（五）雜詩一的「舍」、雜詩二的「趁」「趣」、雜詩三的「挺」等四字的捺畫拖得相當長，舍、趁兩字下頓收筆，趣字稍稍有若無的於收筆處上揚，「起」字上揚得極為明顯，幾乎向上勾起。「通」字最後捺畫簡直是一波三折，「過」字則是三折後往下頓後勾。

（六）勾、折時時處處可見，大小一樣感人，汪師的鈎上揚不超過九十度，筆力集中，雖不見沉著但極痛快。折筆上如一的「覺」一字，二的「歲」「塔」「沒」「處」四字，三的「出」「山」兩字都相當順暢。

其實汪老師的字體結構，線條都隨著字中位置、長短、粗細，結合線條時得隨本身審美觀來布置，使姿態多樣變化，顯現意想不到的形狀、意態，所以臨帖時要仔細體析臨摹往老師的每一點、每一線條。

五　汪中老師書法線條美的意趣在水墨調適

從古以來書法都靠端硯徽墨，最近高科技時代多採用墨汁，雖然有些書家畫家仍堅持磨墨，但目前墨汁的製作已相當精密，民國四、五十年代的墨汁常有水分滲透的情形，近年來已相當少見，不論墨汁

加水之多寡，雖然兩年前臺灣省美展書法類的前三名作品均採用水分滲透一旁，創作出另一種美的感覺現象，潔白宣紙有水分的滲透痕跡，令我懷疑評審的理念和審美的標準，但我相信那幾位評審的審美觀，水準只是那樣而已，也就不予置評，不知道到底作品是磨墨的，或是使用現成墨汁的結果，現在想來可能是研墨故意造成的吧！民國五十六年在國立歷史博物館看張大千橫貫公路畫展時，由於幾乎只有黑白的墨色而已，被其墨色竟能有這麼黑嚇了一跳，因我孤弱寡聞，只知寫字只會磨墨而已，後來蕙風堂筆墨莊賣磨墨機時，才知墨黑是有方法的，然而仍十分欣賞張大千能將磨墨處理得那樣黑亮。

　　寫字我常以為狼毫較硬，只能寫出字的筋骨，羊毫較軟可以寫出字之肌肉，因字體是活生生的，說來筋骨肌肉也是生命體的單位，生命顯示出生動活潑，也需從單純變化的墨色中去探求其奧妙，墨汁濃淡的格局是否包含著、孕育著另一種氣息？就不得而知啦！這幾年來上聯課活動書法課，學生使用筆蘸硯臺墨汁甚多，常有滲透情形發生，於是勸誡學生不可蘸不可用太多的墨汁，效果不佳，說到最後是：「使用墨汁也是一種藝術。」但還是無法制止學生蘸過多的墨汁，說來那也是一種習慣，後來發現有些學生是因洗筆後蘸墨汁後水分過多，發生水滲透狀況，因此要求學生於洗筆後先使用衛生紙吸乾水分，再在硯池中的墨汁搖後，把墨汁含量於硯臺上鋪勻，才在宣紙上書寫，使墨汁滲透現象變少。

　　從汪老師的和陶詩臨起，一直到臨雨盦書札[5]一書止，少說也經過二十多年，近年來研讀許多有關書法之美的書籍，才領悟出筋骨血肉根本就是從水墨調和及運筆速度造成的，顯然汪老師的書法書信於水墨的運用恰到好處，才使書寫下來的字會有骨勁肉勻、血脈奔湧、中氣連貫、充滿生命感。說來和陶詩的印刷技術只如現在的黑白噴

5　汪中：《雨盦書札》（臺北市：鴻展藝術中心，1995年）。

墨，無法明顯分辨出墨色的濃淡黑白、或從飛白模糊的線條中去觀想一二，但從四年前的雨盦書札一書的照相製版出版後，可清晰看出汪老師的運筆及蘸墨是多麼自然隨意，舒暢豪邁的從筆端揮灑出來（附錄三），運筆之舒暢必然使妳感覺到水墨成分之關係；字體結構之豪邁，顯現出書法之靈巧，汪師所講求的絕非只是筆法而已，應能從墨法精進中去體悟水分多寡。多年前因本身喜歡喝茶，同時又受到書會的影響，以為書法還是使用研墨為佳，那時剛好學生送我歙硯徽墨，於是研磨起墨來，水分的多少和墨汁的濃淡漸漸養成習慣，進入喜歡的狀況，有天飲茶過後，將食之無味棄之可惜的隔夜清淡茶水，一不小心的倒進硯中研磨，沒想到墨色光彩顯出異樣，當然不是很黑，但還是具有其他色彩的黑色，相當寫意，甚至與眾不同，心中有點好奇，經過一個晚上沉澱後的茶水，竟然會輕易的磨出這種顏色而且流暢的墨色，而且墨輕輕的與硯臺接觸摩擦，使用時間又短，研發出來墨色又有傾心茶香，感覺極為喜歡。

線條的神韻、風采、精神，固然來自筆法之精緻與否，其實水墨成分的多寡也有極大的關係，當然個人的習慣和素養，可明白顯現出其結構形狀，卻很難說出字體形狀的神韻蜂採油和而來，當然汪中老師字體結構的生命活力、可從書寫筆順、線條粗細長短／節制去體會，但其詩詞學養、寫出心靈深處的細緻、生動的指出其舉止意態，所以汪中老師的書信字體已不是只有表達理念而已，而是另一種充滿友誼的象徵精神生命的揮灑。

六　汪中老師書法線條美在用筆時點畫的顧盼

從古以來寫字都講究筆順，筆順原則經國小老師們的整理有「由上而下、左而右、外而內，先橫而豎、撇而捺、橫而撇，先中後兩旁、進門後封口」等原則，如果是書法的用筆，其筆順先後可以參

考，同時不至於脫離甚遠。研究汪中老師的用筆習慣，雖有變化，但偏離部分應該也是掌握這個原則，很多人都同意如果妳將書法結字看做是一生命體，字體才會活生生的，汪中老師將一些橫畫化為長點，說來如只是一點，則點的長短是隨字的異形而變化，兩點以上的點常有向背來顧盼，而煥發出全字的精神來。

　　汪老師字體中的「點」收筆時仍然藕斷絲連的撇出來，連接上第二筆及第三四筆的起筆，兩點或四點以上時則有向背姿態，點的姿勢與兩點以上的彎曲、水平接合，形成上有如兩點、三點或四點在「眉目傳情」，極為感人。至於「橫、豎」的起筆銜接上字末筆，止筆或稍稍停頓，然後揮筆銜接下字首筆，和楷書不同，有深情的意趣。汪老師運筆的氣息極為勻靜，線條既剛正，又會在無形中一波三折起來，有若無、實若虛的飛揚起來。線條再怎麼說也只是字體線條該有的長短，說他恰到好處就是啦！當然儒、釋、道的理學，會從詩情畫意中體現，從屬於精神層面的表達中感受到線條的長短合宜是與素養有關，而其橫、豎畫說來是該字體的主要骨骼，所以寫好橫畫幾乎學會的百分之七、八十了。「撇、捺」極具神妙，撇畫伸展或收縮，多有褚遂良的筆法神采，捺畫不銳利但變化多端，如手足一般的翩翩，動靜得意。上下左右的「挑、趯」總使線條長短自然，長短的線條沉著實際有如步履一般的踏實，運筆稍斜輕發使人著迷，微微彎曲而峻發有情是極其自然的傾訴。至於汪老師「轉折」時用筆「圓筆多於方筆」的姿態，看似沒運千鈞之力，遒勁的感覺卻常若有若無似的從線條散發出來，所以筋肉轉折處正是筆力的根源起處，形象促使生命的運動捲曲伸直，如人一般的動靜中自有情態節奏，豐富的變化使人全身充滿感染力量。

　　汪老師書法線條美的展現推進就在於點線的顧盼生姿，從習慣而言應是汪中老師本身的詩詞曲學識素養所致，「字體」雖然大小不會明顯不同，「字形」看起來則舉手投足相當和諧。線條之長短、粗細

有如人體運動或靜坐的化為生命活力，左右搖曳的身勢形態，和煦生氣的節奏出溫馨筆力，不會很猛悍，使其字體和字形如人一般圓滿厚實的風采姿致，和汪老師為人處世的修養十分符合，或許汪老師自然的運筆並不有意及強烈的在形式美上多所安排，外表行氣卻是純真活潑顯示出生命的節奏感來，感受到汪老師的書法線條一定會伴隨著唯美主義的溫和追求。北宋蘇軾於赤壁賦中有云：「蓋將自其變者而觀之，則天地曾不能以一瞬；自其不變者而觀之，則物與我皆無盡也。」字體線條變與不變的掌控全在一時心念之間，相關於汪老師內心的轉折及書寫時神情的體悟，才能揮灑出與人不同的字體出來，那也是汪老師個人的學養和習慣所致，也是做作不得的。

七　結語

　　汪中老師的書法線條蘊含著個人的情感和藝術素養「美」，書技既經長時間的苦練就不必再說筆法的追求，終究筆法是千古不易的傳統，說來只是書法初步基礎功夫，至於筆墨點線的組合運用變化，醞釀出生動有情的結體，點畫線條的對應和諧、水墨結合的流動向背變化，則是汪中老師滿腹詩詞學養的投射，以白計黑的從宋米芾起就常出現一團黑的空間，粗細線條常顯現出對空間重量的一種感性判斷，汪中老師也一樣的發現這種團黑的妙趣，試看一看米芾與汪中老師處理一團黑的感性判斷力吧！汪中老師的書法線條如陽光、空氣、水，促使生命體朝一個方向成長，穩定中有活力動態，也不會手腳亂伸的維持一定靜態的和諧，當然這一團自然生出的漆黑是必須的「以白計黑」，正如一片立體凝聚的力量使生命矗立安穩不搖，重量感油然而生，那是一種敏銳而有效醞釀出來的內在情感表現。雖然自來有筆法千古不易的說法，然前衛派已嚴重將線條組合完全拆解破除，重新依意安排，於是產生是是非非的藝術說法，各有所執，互不相讓，然仔

細觀察他們的運筆，跳開傳統不多，沒有開創另一種「新技」。然結字卻因時而不同，前衛派可隨修養組合出新的型態，表現其書寫內容的認知，拋入對內容生命的感覺激動，對詞文含意之美，字體線條的粗細長短頗有含英咀華意趣。汪老師不走前衛派的路線，然於規矩中自然散發出創作靈感理念，看了汪中老師的書法線條，總是會覺得汪老師的書法線條中有一定蘊含的情感或精神，用多采的點線姿態變化來反映自己的感覺，姿態在安排規矩和結構、純熟的運筆打破靈活凝滯的分野，使字形線條蘊含著自己的素養，這也是汪老師為什麼堅持說欲提升書法境界，需用心學好詩詞曲的理由，他出版「雨盦和陶詩」一書，竟然全書親筆書寫，從筆跡字形已能感受到陶詩的意境，不僅是詩的內容閒逸舒適，而且也是書寫文字外表形體輕盈瀟灑，同時夾雜貫穿當時心情的藝術表現，當然欣賞汪中老師的書法，一樣可從其線條長短粗細中感受到相同的喜悅。

作者簡介

　　吳仁懋，曾任教曾文家商、北港高中達四十二年。二〇一一年退休。任教滿四十年獲行政院頒發「特等服務獎章」。任教期間為校刊撰寫社論及審稿、擔任書法比賽評審及教學。書法論文屢獲教育部及教育廳獎勵。二〇〇〇年三月奉派赴日本東京國立教育館於藝術教育以書法「法喜心」一文發表，該文曾獲全國教育會徵文第一名。長期指導各項書法活動，如舉辦全國首創「靜思語」師生書法展兩次、義務擔任慈濟北港書法班老師、笨港媽祖文教基金會義務指導氣功書法、長年應邀笨港媽祖文教基金會現場春聯揮毫活動等，並將所得社團鐘點費及潤筆費悉數捐贈金額超過四十萬，並設立「吳仁懋助學金」，嘉惠母校北港高中學弟妹們。並於二〇二二年榮獲國立北港高中傑出校友表揚。至於畢生作品參展獲獎無數，不暇細列。

附錄一　汪老師書信

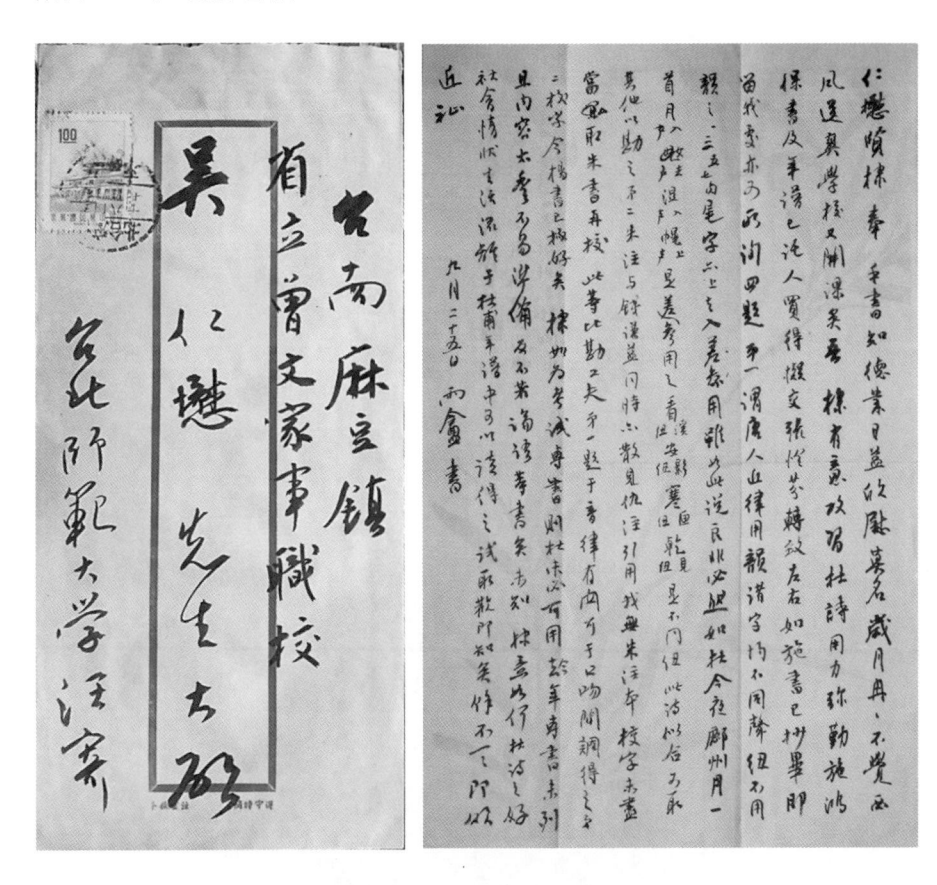

當年接到汪老師的信時，被其信封的毛筆字迷糊啦！
原來書法小楷是這麼迷人啊！

附錄二　臨摹牌帖

甲

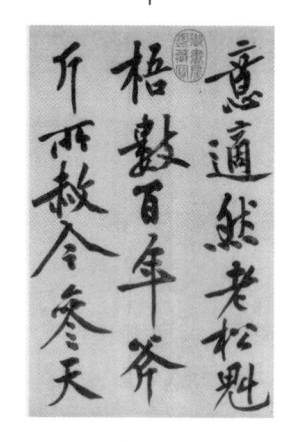

黃庭堅

乙

王羲之

丙

顏真卿

附錄三 《雨盦書札》頁三五、三七、三九

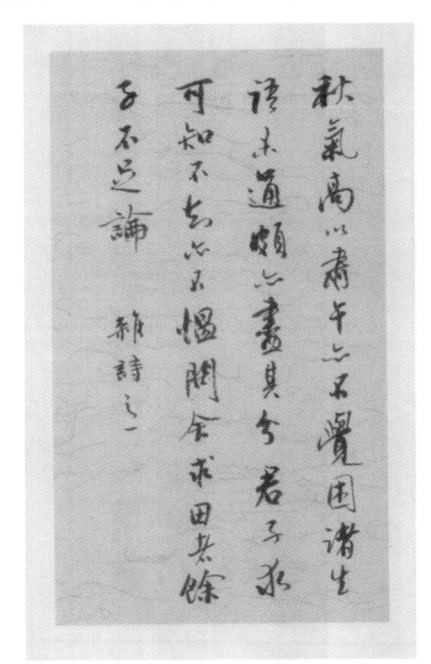

吳仁懋書法作品集

十年生死兩茫茫不思量自難忘千里孤墳無處話淒涼縱使相逢應不識塵滿面鬢如霜夜來幽夢忽還鄉小軒窗正梳妝相顧無言惟有淚千行料得年年腸斷處明月夜短松岡

蘇軾江城子乙卯正月二十日夜記夢詞，闕悼念亡夫人情真意切念念懷情不已。歲次乙亥冬暮吳仁懋書

昨夜雨疏風驟濃睡不消殘酒試問卷簾人卻道海棠依舊知否知否應是綠肥紅瘦

李清照如夢令惜春之詞自然貼切婉惜微妙的心情歲次乙亥黃梅筆港吳仁懋書

山光忽西落池月漸東上散髮
乘夕涼開軒臥閑敞荷風送香
氣竹露滴清響欲取鳴琴彈恨
無知音賞感此懷故人中宵勞
夢想

孟浩然夏日南亭懷辛大五古一首寫景用對句有素樸之美
又有金石宮商之聲佳景佳句極為清絕歲次三春策港吳仁掞

煩暑最宜深竹葉

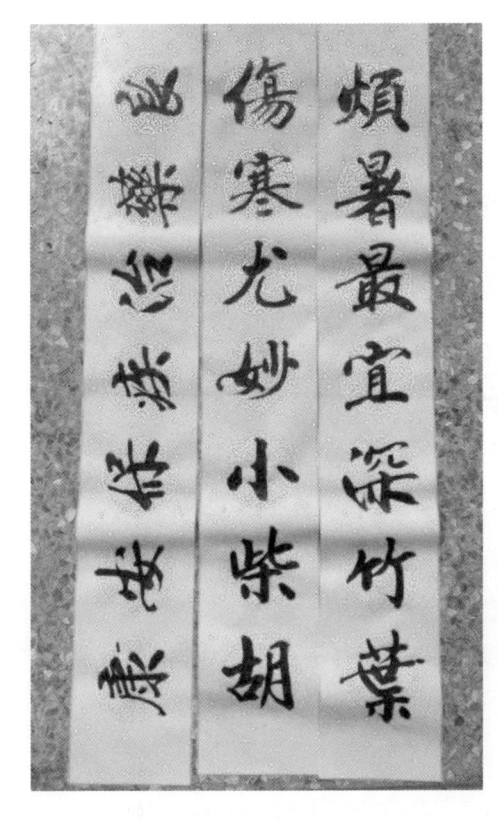

傷寒尤妙小柴胡

延年益壽保安康

蛇馬龍鶴

遂顧守心信正念

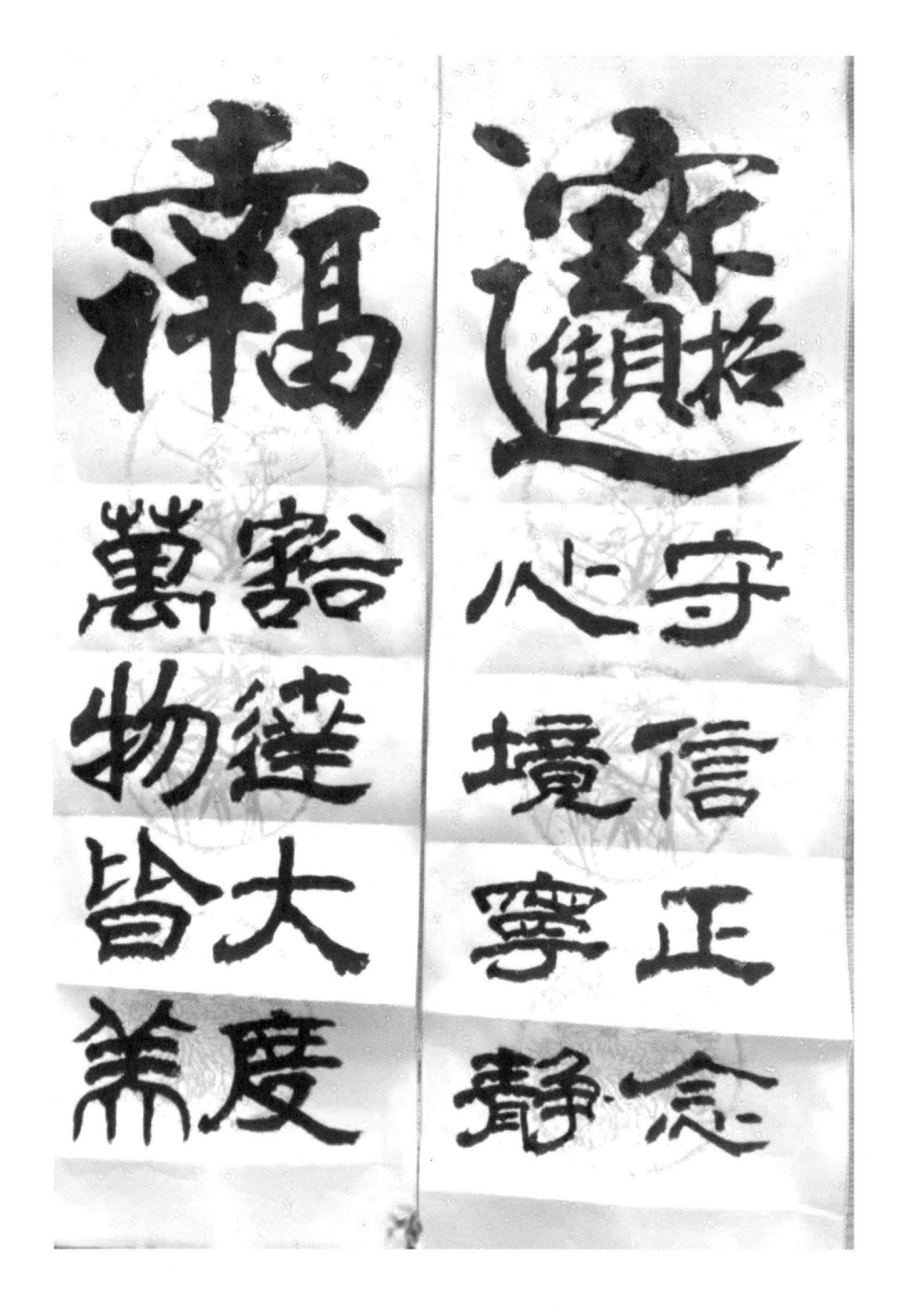

滿福萬物皆羨

寄達大度

境寧靜

翠柏長春集

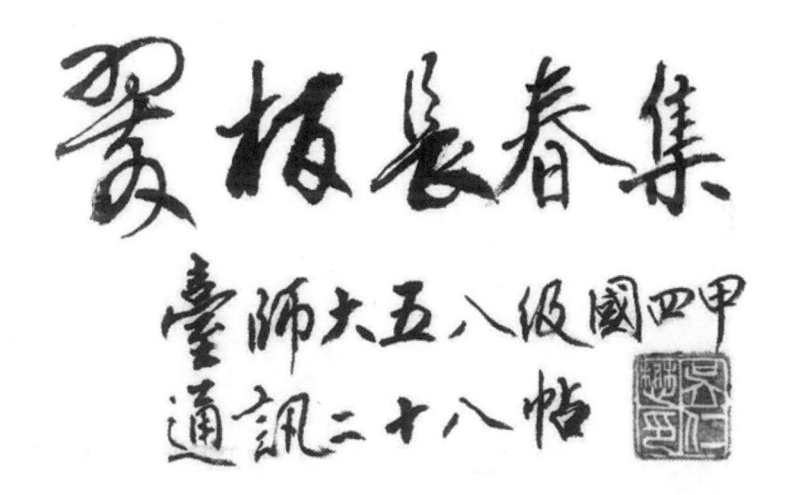

臺師大五八級國四甲
通訊二十八帖

翠柏長春集

臺師大五八級國四甲
通訊二十八帖
翁以倫等撰述
姚榮松主編

吳仁懋為本書封面題字二款

附錄

譚淑師、汪中師贈吳仁懋墨寶

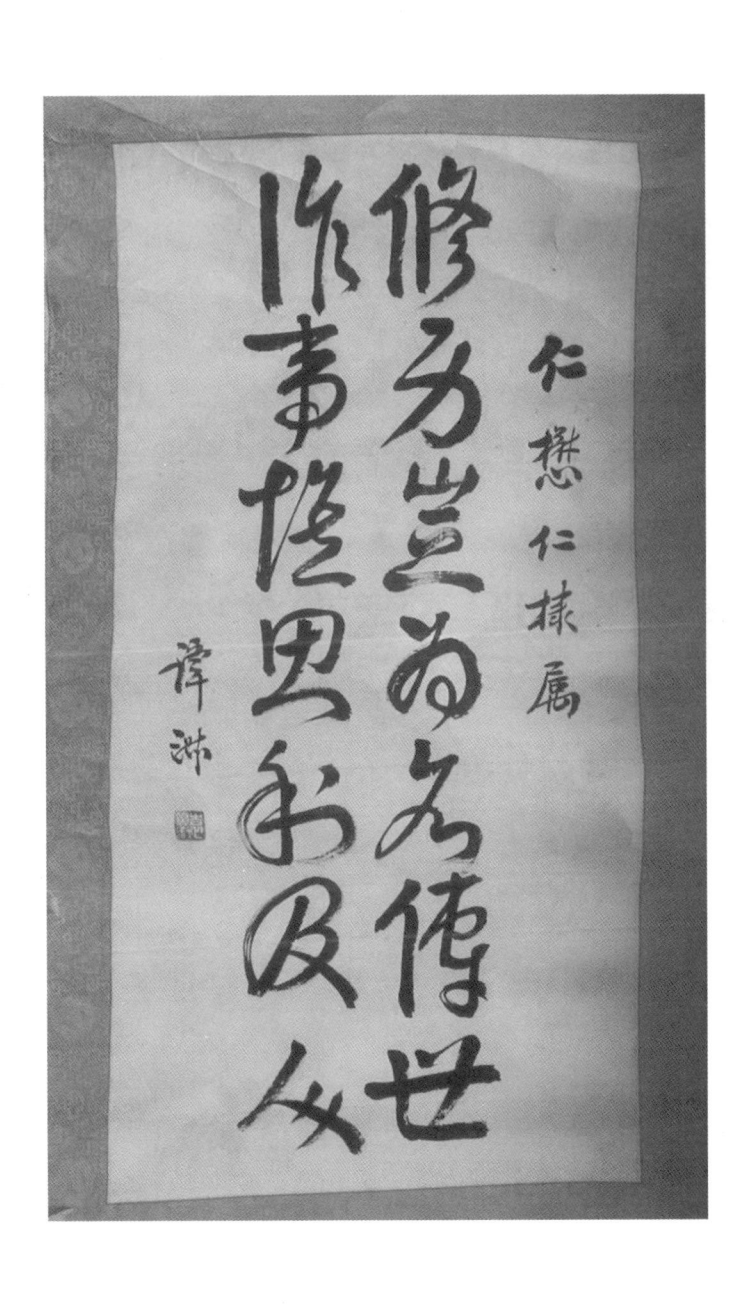

附錄 譚淑師、汪中師贈吳仁懋墨寶

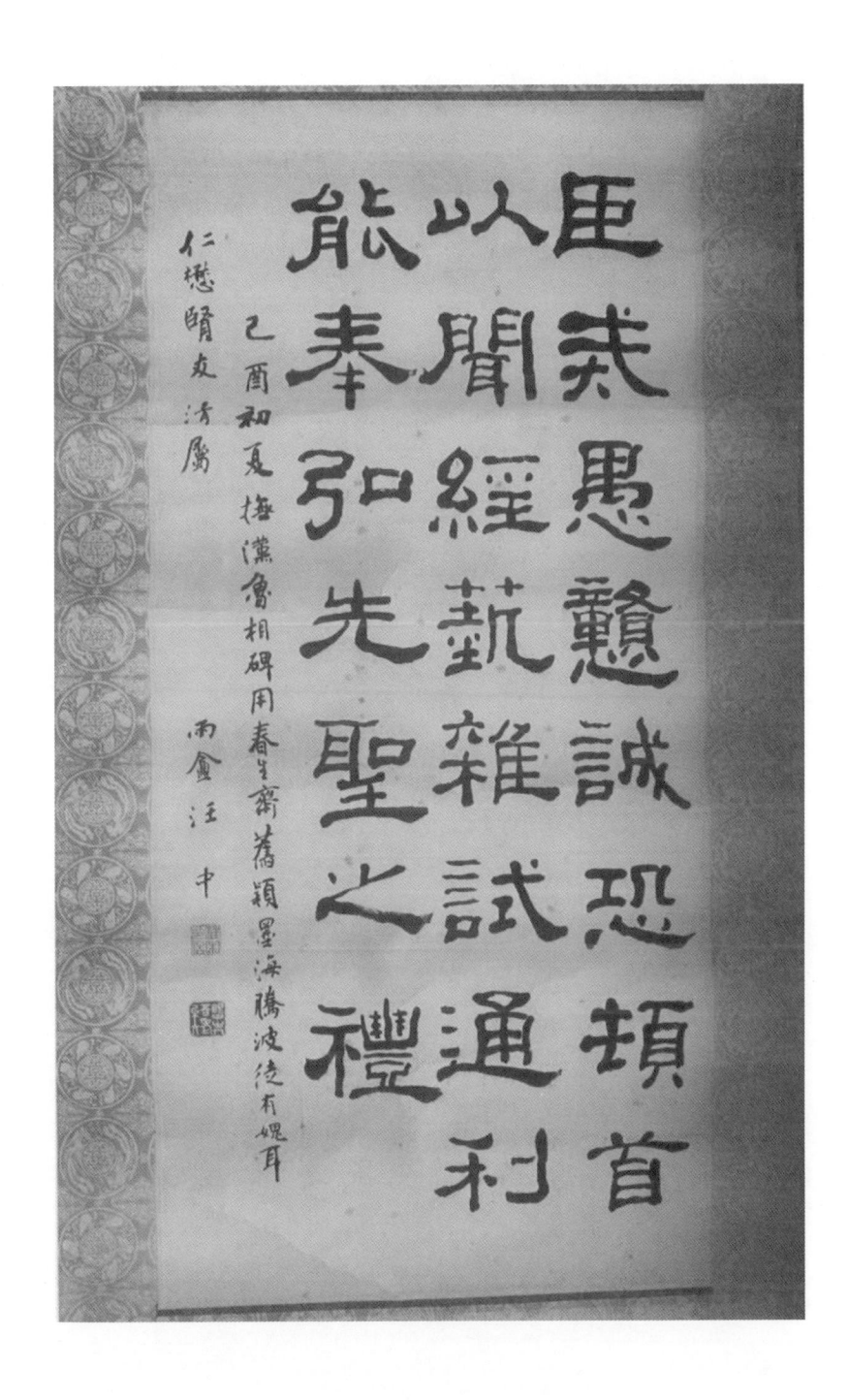

臣戎愚戇誠恐頓首
以聞經藝雜試通利
能奉弘先聖之禮

己酉初夏梅漢魯相碑用春生齋舊穎墨海騰波後有媿耳

仁懋賢友清屬

雨盦汪中

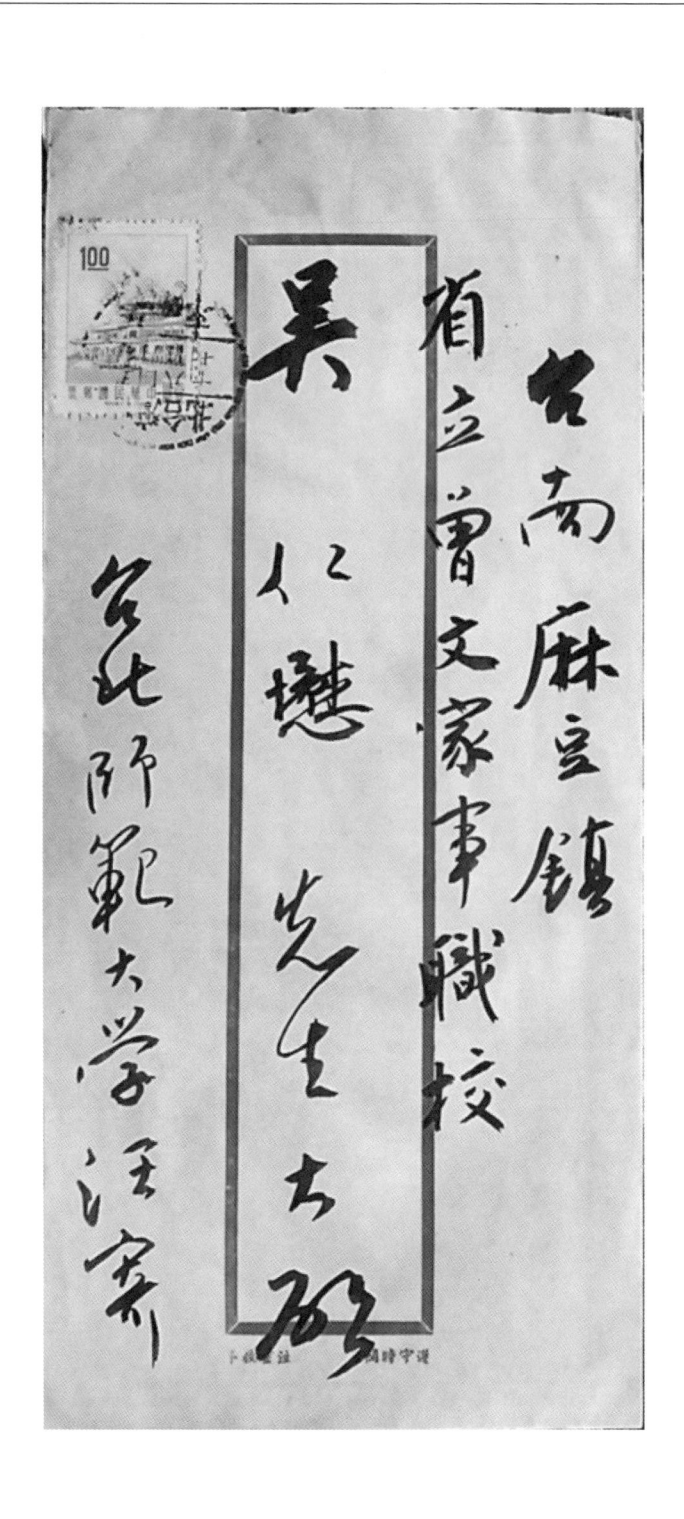

台南麻豆鎮
省立曾文家事職校
吳仁戀先生大啟

臺灣師大學法寄

附錄　譚淑師、汪中師贈吳仁懋墨寶

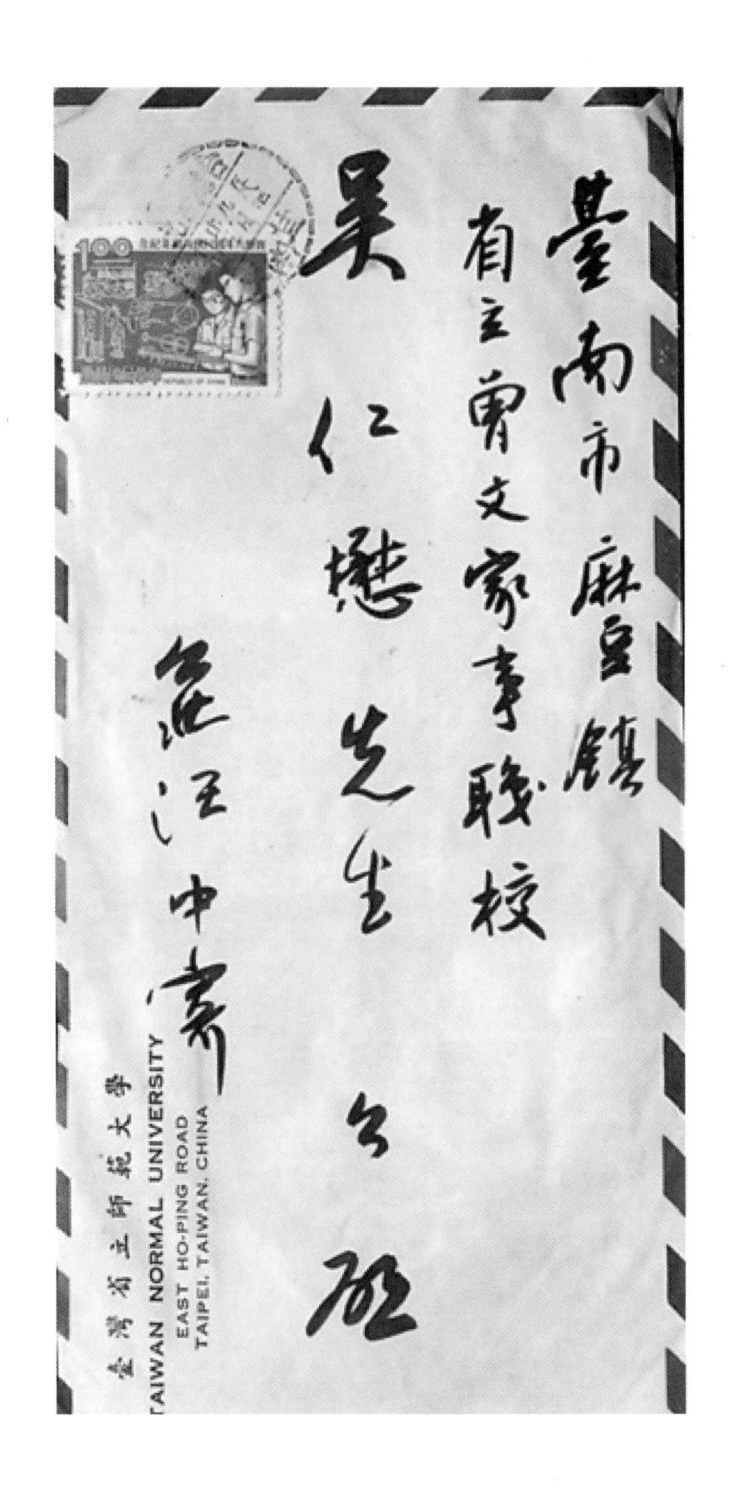

臺南市麻豆鎮
省立曾文家事職校
吳仁戀先生台啟

仁懋仁弟惠鑒：奉手書稿未作夏一春陰雨遂少歡趣耳中學課業紛忙杜詩可以暇時研習之學忠其速成自有所得也應用文讀之即目前想之佛俠師應用文讀之即可耶去無多改变如有問題尋當筆談春事芳菲諸凡如意乃幸忽此教祝 罾八日兩龕書

小皇帝、ああ小皇帝

深澤俊彦

「新・新中国いろはたとえ歌留多」
（連載/月二回/毎月十日と二十四日更新）
No.42　二〇〇六年十一月十日

ⓛ　小皇帝、ああ小皇帝

　　　大々的なバースコントロール政策で、「夫婦一組に一人の子供を！」という呼びかけは、中国の加速していた人口増加率を抑える役は果たしたものの、皮肉にも、その落し子たる子供の教育に、新しい問題を投げかけることになりました。家庭内では、おじいちゃん、おばあちゃん、そして、夫婦そろって、まるで腫れ物にでも、触るような可愛がりように慣らされた子供は、栄養過多による肥満、我がまま、気ままなひねくれ者、人付き合いができない、短気で怒りっぽい等など、といった気質の子供になってしまい、家庭内に於いては、やりたい放題の、まるで"小さな皇帝"ということから《小皇帝》と呼ばれるトンデモナイ皇帝（こども）の誕生、という社会現象を、引き起こしてしまいました。こうした病状を中国では、
《四二一綜合症》（四二一症候群）

と呼んでいるそうです。
《四》は、父方のおじいちゃんとおばあちゃん、それに母方のおじいちゃんとおばあちゃんの四人。《二》は、父と母の二人で、この全部で、六人の大人たちが《一》、つまり、一人の子供を、よって、たかって可愛がることによって、引き起こされる"病気"らしい。
《家家都有一本難念的経》
「どの家にもみなそれぞれ困ったことがあるものだ」
などと、わたしのような俚諺に興味を持つ者が、人ごとのように、このように言い放ち、さらに、
《家常飯好吃,家常事不好辦》
「普段、家で食べる飯はうまいが、家のことはナカナカうまくいかないものだ」
などと云って、この場限りの句で、お茶を濁して済むようなことではなく、このことは、今、中国の抱える深刻な社会問題では、あるようです。

　中国の『一人っ子政策』は1978年に実施されましたが、この政策が実施された当時に生れた一人っ子は、すでに成人式を終え、早や結婚適齢期を迎えています。西暦2000年から一人っ子同士の結婚については、子供は二人まで生んでもよろしい、と認められてはいるようですが、結婚をしない若者が増え、また、結婚しても、子を持たない夫婦が増えてきているといいます。これは、世界的な傾向なのでしょうか。
　出張、出張、と、家を空けて、駆けずり回る商人（ビジネスマン）たちも、それぞれ家庭を持ち、子供を持つ親が、ほとんどでしょうから、商売の話しもさることながら、商売よりも、もっと憂鬱になりかねない自分の家族の話を本音の部分で話すことができるよ

うな中国人を、友人なり、仕事のパートナーに、もし、持つことができたなら、中国との交流も、また別の世界が開けるやも知れません。年とともに、友達が一人欠け、二人欠けしていく昨今、新しい友達作りもせねば、と思うこのごろです。

作者簡介

　　深澤俊彥，興趣廣泛，曾在中國做生意，留心諺語，並經營網路，有「深澤俊彥部屋」，有關中國語文著述多樣。亦曾協助友人左並旗男日譯《醒世姻緣傳》（2002），並任發行人。

謙虚第一

深澤俊彦

「新・新中国いろはたとえ歌留多」
(連載 / 月二回 / 毎月十日と二十四日更新)
No.3　二〇〇六年五月二十四日

㋘　謙虚第一

　商人（ビジネスマン）は、なにはさておき、健康体でなくてはいけません。健康体を維持持続させるべく努力、注意を怠ってはなりません。常日頃から養生することが肝要です。"健康な者には、五分の利あり"、"健康は、一生の宝"、"健康は、金では買えぬ"など、あの健康第一の句をもじって、ここでは『謙虚第一』としてみました。自慢話は、鼻持ちならず、聞いていて、面白くないものなのに、こと、人の失敗談は、時に、面と向かって、笑えはしないまでも、正直、実に、愉快なものです。中国人との会話では、己の自慢話は抜きにして、キョクリョク、失敗談を多く取り入れるほうがウケる、し、周りが、なごむように、思います。あなたが、どんなに自信を持っていたとしても、自慢話は、やはりクサイ。中国人の前では、控えた方が、よいでしょう。上には上が、いるもの、あるもの、だからです。中国との商いでは、身のほどを知り、お調子に

乘らぬこと、を、肝に銘じておきましょう。ただ、この謙虚さを"遠慮"と、取り違えてはなりません。歯に衣（きぬ）著せぬモノノ謂いが大切なのは、云うまでもありません。

《低头是一种见识》
「頭を低くすることはひとつの見識である」

《天不言自高，地不言自尊》
「天は自ら高いとは言わぬ、地は自ら厚いとは言わぬ」

《得便宜处，不可再去》
「うまい話のところへは二度目は行くな」

附錄
ネット中国性文化博物館　開館の辭

　　ネット中国性文化博物館へようこそ！
　「中国性文化博物館」とはなんぞや、などという面倒な詮索は抜きにして、現代の中国にはこうした名のつく博物館が堂々とオープン、一般公開されていることをまず知っていただきたい。今や全世界、衆目の注意を一身に集めているという意味で時代の先を走っているかに見える中国、さすが？に進んでいます。筆者の知る箇所だけでも下に列記する場所（＊）へ行くとイロイロな"珍宝"お宝を目にすることが出来ますので、機会があれば是非足をお運び願いたい。そうはいっても、飛行機嫌い、海外なんて、まして"中国"なんてイヤだ、おいそれと行けるものかという御仁もおられましょう。そこで筆者はこうした博物館に展示されている類似の"モノ"の一端をまず手っ取り早く画像で見ていただこうという主旨からネット中国性文化博物館を開設、開館した次第。このネット上に紹介する殆どのモノは社のこの方面の専門家でもある秦　東陽（はた　とうよう）氏の収蔵品ですが、時とともに形あるものは壊れるという氏の危惧から、それらを写真画像にまとめ残しておきたいという意向を受け、ネットを通じ公開してみようかと話が決まりました。
　　秦　東陽氏の貴重な"お宝"を写真画像にするというその大役を引き受けてくれた方が友人の大岩久剛氏でした。大岩氏は

かつて一時期「虫プロ」で活躍されていたことのある現役のプロカメラマン、氏の高度な撮影技術によって、現物そのもの美しさが手にとるように引き出されていのではないかと思います。一枚一枚の写真画像が多くを語ってくれるはずです。まずはじっくりと鑑賞していただきましょう。略儀ながら、これをもって開館の辞と致します。

館長　深沢　俊太郎

現在中国で性文化文物を展示公開している博物館名：
＊江蘇省常州市金壇茅山東方鹽湖城內「中華性文化博物館」（二〇一六年三月開館）
＊丹霞山中華性文化博物館（広東省韶関丹霞山）

跂翁以倫學長留給五八級國四甲的兩項遺產

呂榮華

一 楔子

忝為臺師大五八級國四甲畢業同學會的「推動小組成員」(見本書通訊第一帖),去年七月阿松電話召集本班新冠疫後的第二次雅集(春天素食的下午茶),阿松在席間慎重宣布他已著手編輯老翁委託編印的「九十年代」他當召集人的二十八帖通訊稿。心想老翁已把現階段的任務派給阿松,我就把手中託管的班費一萬二千多元及臨時收到班上匿名貴人的一萬元捐款點交給阿松。原以為我與老翁的長年合作可以告一段落。沒想到一向在班上群組「半世紀真情58國四甲」公布編輯進度的阿松,四月二十一日下午三點相約來我去秋搬來的新居相見。帶著完成的書稿,邀我寫一篇本書跋語,作為見證,以免老翁發現我在集中沒有角色。我因半年前診斷出患有甲狀腺亢奮,身體易累,體重減輕,腦袋日益昏鈍,久不讀書,提筆維艱,希望阿松高抬貴手,但他的求全責備,苦苦相勸,讓我無言以對,我忽然靈光一閃,指著客廳上掛的橫幅是老翁當年以全班同學仝賀的名義送給我的新居賀禮。

阿松如獲至寶,拿起手機猛拍此橫框。裱褙雖已多歷年所,墨色燦然,幸好我珍視此希世墨寶,搬家時就再度掛在新居客廳,讓他歷

久常新。阿松也找到題目，要我以橫幅和通訊二十八帖為話題，寫個短文，列為本書第三部分「磨刀集」的「壓卷之作」。讓老翁的墨緣長青也映入同學的眼簾。

二　己卯孟秋老翁親寫赤壁賦橫幅賀我新居

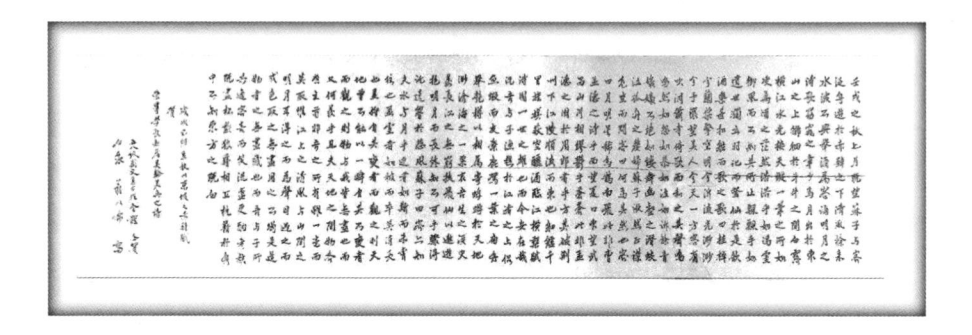

橫幅末四行的落款寫的是：

歲次己卯孟秋以東坡之赤壁賦
賀
榮華學長新居美輪美奐之禧
五八級國文系甲班全體仝賀
白　泉　　翁　以　倫　寫

以下我來「沿根討葉」。

記得民國八十八年初秋，我已自任教的福安國中退休四年了。十幾個同學一起到陽明山去走走。下山以後，有些人就到我北投崇仁路一段的新家。一向喜歡舞文弄墨的老翁，登上六樓以四望兮，就萌生要寫一幅赤壁賦作為同學的賀禮，大概兩個星期左右寫好就送過來了。我送去裱框，老闆問說可否賣給他。我說「抱歉！不賣。」

就這樣三尺橫幅就懸掛在舊居牆上長達二十五年之久，這可能是老翁僅存在同學家中的希珍墨寶。去年秋天，吾子呂一中卜居於北投捷運站不遠的中央北路一段新建大樓，為求相互照應，便訂兩戶，我選定十二樓，搬遷入住，客廳視野寬闊，立刻將己卯年之橫幅移置客廳主要牆面。遠眺勝景，又盛於舊居。可惜翁學長已長眠四載，無緣再登此新居，曷勝感慨。今老班長阿松既來約稿，幸有此幅至寶，聊以應卯，老翁天上有知，當亦欣喜捻髯，浮一大白。

三　翠柏長春集——首卷通訊與班遊二十八帖

　　這是老翁留給我們五八級國四甲全體的精神食糧，出版的意義是多方面的，除了讓我們懷念老翁外，也許也可以給我們的子女留下父母親那一代的同學情誼，點點滴滴，也許還可以送給國文系的學弟妹，看看我們這一代人的六十年友誼的真情告白。老翁長年的付出，是有代價的。

　　老翁堪稱是咱國四甲的靈魂人物，記得大一時，阿松當班長（一個鄉下來的小文青），班級活動最主要的是辦郊遊，我就知道，沒有老翁，阿松怎麼能把旅遊動線安排得井井有條。自願擔當總務股長的老翁，事先會安排各種交通工具，規畫旅遊中的飲食育樂。旅途中，老翁就像掌旗官，瞻之在前，忽焉在後。生怕同學跟不上隊伍。又背著沉重的財物袋，為門票一次又一次付帳。在他的薰陶下，學到不少活動經驗。身為臺北市的在地人，也常充當行程規畫的參謀，到了大三，王淑惠當上登山社社長，掌旗官又落到這一群近衛隊，包括阿南，阿坦及女友，老翁肯定也不缺席。這種登山團隊經驗累積也承續下來，到七十八年畢業二十周年的東勢林場之旅，達到了高潮，國內同學歸隊，老翁不斷創造機會，讓我們若即若離的畢業同學會，終於有了明確的方向，那就是民國八十八年老翁屆齡退休，顯然如釋重

負，又珍惜退休後的人間晚晴，居於長期為聯絡中心的責任感，老翁已想到下一個四十周年紀念。於是九十一年九月，老翁重新發出征集令，自任召集人，他在通訊第一帖中，引用杜甫的〈贈衛八處士〉的詩句，然後說：

> 我們絕不可能再有第二次四十年的相聚，趁著目前大夥兒眼可視，耳可聞，口可啖，胃可蠕，心可動及腳可走的情景下，何不放開心胸，邁開腳步，一同結伴，天之涯，地之隈，看看大千世界的月落與日出，繁華與滄桑，於有生之年，留下一抹綣綣底人生餘暉。

幾位阿字輩的核心幹部就被任命為「推動小組」，成員包括姚榮松、呂榮華、王淑惠、宋玉芳及翁以倫（召集人）。隊伍形成了，司令部就是翁府，這時他已搬到中和來住了。通訊由半年一封，變成兩三月一次，報導份量增加，家有喜訊及海外來鴻、靡有遺珠。以四十周年聚會作為標的，從九十三年五月開始的淡水漁人碼頭行，展開了一系列活動，重組班會，規定二人一組的旅遊主辦班表，每有活動目標即便責成我勘察地景，規劃動線，因此我幾乎無役不與，勇於承擔作為老翁的鐵衛隊，無怨無悔。這樣的旅遊，由淡海（第六帖）、苗栗（第九帖）、萬里的翡翠灣（第十一帖）、轉進中部東眼山賞楓與日月潭遊湖（第十三帖）、回防三峽滿月園（第十五帖）、宜蘭一日遊（第十六帖）、終於踏上嘉南鄉村之旅（第十七～十八帖）、九十六年的花東（金針山六十石山）三日遊、成為班遊的高峯（第二十帖），老翁的生花妙筆，長達九頁的全程記勝，讓人看到東部山水自然景觀的富麗堂皇，九寨溝去不成的遺憾都消彌了。接下來有桃園仙谷的鬱金香之旅（第二十一帖），接著就是四十周年慶的大戲，從九寨溝（第四～六帖、第十、十二、十五帖），到新北投美代溫泉的夜宿與基隆和

平島的二天一日遊（第二十四帖），最後定錨於九十八年六月四～五日的宜蘭太平山之旅（二天一夜），同學出席十四員，神仙眷侶有八家，超過半數，四屆班長阿松、黃瓊華、阿坦、張連康都來了，老字輩來了三位（獨缺林老），老翁花了兩個月的時間寫了八頁的太平山之旅拾錦（第二十六帖），那麼這本二十八帖的國四甲班遊記勝的斷代史就接近完結篇。最後的兩帖有如美好的夕陽餘暉，照暖了每個人的心靈，在「美的饗宴裡」（第二十八帖）我們神遊了二○一○年的上海世博會，也想像那趟暫定七天的江南水鄉之旅。幸好有些行程是老翁堅持要完成的，如十二天的東北行（第十五帖）、上海世博會，都有沈鴻南賢伉儷陪他完成。看來老翁的召集人實在完滿無缺憾的！

　　沒有老翁，就沒有這豐碩的班遊二十八帖，把這些雪泥留下的鴻爪出版了，交給下一代驚鴻一瞥也好，隔代書香也好，或者放在國文系圖書館，照阿松主編的說法，也是挺有意義的。

作者簡介

　　呂榮華，曾獲臺北市教育局委託國立政治大學舉辦臺北市中等學校輔導人員研習班結業證書。歷任教臺北市民權國中十二年、福安國中十四年，已退休。

第四卷
行述篇

渡假散記

翁以倫

頭一次坐夜車，結果幾乎站了一個通宵。

好在這次南下收穫甚豐，所以，也就如西諺所說：「風吹雞蛋殼，財去人安樂」。當作這趟旅程中一支小插曲。

花生米與肥鴨

這一次發興南下，多虧姚的慫恿和再次敦促，不過，事先我曾和姚約法三章。

一、去來由我自主，不受勸駕。

二、不接受額外招待，有什麼吃什麼。

三、花生米務必多準備。（他家裏種有花生）

姚寫給他父母的信我也曾拜讀。果然一一依我所言，於是，我才欣然就道。

本來，坐夜車幾乎站了一夜，準備來到姚家，萬事休提，先來個蒙頭大睡再說。

可是我的睡意，自抵達他家後，就被一盤盤炒花生，煮花生的香味沖散了。

說來也奇怪，打從我會嚼東西時起，就和這位白白胖胖，清脆可口的「道道」結下了不解緣。

平常用飯，我總少不了用它來佐膳。零食更非它莫屬，甚至暇時

塗塗鴉，爬爬方格子，也要靠它來作伴，好像沒有它，「靈感」也會隨著消失似的。

姚家伯母不但善體人意；而且似有一種先知之明。我們是一大清早到達的，想不到端出來的炒、煮花生，粒粒尚有餘溫，彷彿知道我們何時會來一樣！

花生無論是炒是煮，熱騰騰固然不好吃，冷冰冰也不是味兒，只有在炒、煮後尚未冷卻前最適宜，嚼在嘴裏，真是既香又脆。

人家是「人生幾何，對酒當歌！」而我則是「人生幾何，有花生米當歌！」幾粒白胖胖香噴噴花生米一入口，我也就「睡眠」於我何有哉！

到午飯時間，我的腸胃已無空位可填了。

不過，令我皺眉的，還是由姚家伯母所端出來一道一道的菜肴，魚呀肉呀一桌子；尤其擺在中間一大盤肥嫩的白切鴨肉，想是新宰的，瞧在眼裏，頓覺忐忑地坐立不安！

我向坐在左首的姚撇撇嘴，他只是笑了笑。更氣人的，他還幫他爸媽拼命地挾鴨肉往我碗裏放。當時又不能向他問罪，又加上他爸媽的一番盛意，只有埋著頭不吃也得吃了。

飯後，向姚數說為何破壞約法。

他雙手一攤笑笑說：

「我寫的信你看過了，回家後我始終和你在一起，所以，我也是根本不知道，完全是爸媽的意思。」

「那你一定有所暗示了。」

「不，不，我可以拿自己的良心保證！」他舉起右手，裝著要發誓的樣子。

「好哇，我問你良心能值幾個錢？」我打趣說。

「我們現在暫時不談這個，你不想睡我是要睡了。」他說著，打了一個長長的呵欠：「總而言之，你老兄也是鄉村來的，自然也知道

鄉下那套傳統的待客習慣，儘管鄉下比不上城市裏來得時髦、富有，但卻保留有這種農業社會的特質，家裏有客人來，總不能也饗以青菜和蘿蔔湯吧？何況雞鴨又是自己飼養的呢！」

　　抑揚頓挫，入情入理，我不禁為之語塞。

臺灣話的惆悵

　　說來夠慚愧，來臺灣將近十八年了，可是我對臺灣話，除了幾句如「呷蓬」「多謝」「額早」等極普通應酬話外，其餘一概「莫宰羊」！

　　往日，朋友們都勸我，多少要學一點，已經是半個「臺灣人」了，連半句臺灣話都不會講，豈不笑掉人的大牙！同時學會了，還有意想不到的妙用呢！

　　我不知道是自己沒語言天份？還是欠缺恆心？過去我曾學過一陣子，但熱度一過，也就算了，加上又不善交際，因之，用臺灣話的機會也就不多，一直到現在，依然還我「外省郎」的本來面目。

　　可是這一次到姚的家裏，我才深深地體會到不會說臺灣話的惆悵了！

　　出乎我意外，我來姚的家，竟會給這個平靜如鏡的家庭，帶來一陣子頗不算少的騷動。也許，一則我是「外省郎」；再則我是第一個以「大學同學」身份光顧的關係，當我和姚抵達時，頃刻，我就陷在這一家大大小小的包圍圈裏了。

　　然而，這股騷動的熱潮，就在彼此一「寒喧」之下，立刻凍結了。要不是姚及時的用幾句臺語和國語，雙管齊下的解圍，我只有張口結舌乾瞪眼的份兒！

　　最糟糕的，還是我和姚的爸爸相見了，我真沒想到這位身材中等、面龐黧黑、口嚼橄欖的莊稼人，卻沒有一般農家的矜持和保守。他開朗而又健談，可惜的，就是不會說國語。

當姚把我介紹和他見面時，他的豪爽的性格，就沒把我當客人看待，而是當作一個久別重逢的故友一樣。

這情景，委實使我尷尬，儘管有姚的翻譯，但我總覺得不是味兒。自己有耳不能聽，有口不得言，變成了一個活生生的既聾且啞的人，像「阿木林」樣實在憋死人！

幸虧姚的爸爸並未因言語上的隔閡，而減低他健談的豪興。他有說有笑，毫不在乎我有否作答，有時侯為了加強語氣和描繪事物，還不時用雙手比劃著。於是，我倒成了旁聽者了。

這一來，正合我的心意，樂得裝模作樣地做一個「聽眾」，免得不知所云地鬧笑話！

他的那份豪爽的風趣，不僅使外人的我有賓至如歸的感覺，就是他的家人，也覺如坐春風，如沐煦日。他待子女猶如對待朋友一樣，沒擺一點做父親的架子。在餐桌上，他為子女倒酒挾菜，談笑風生，使人覺得可親可近，這在保守的農業社會裏，有如此開明的父親，我還是頭一次見到！

其實，姚的爸爸固然很熱情，姚的媽媽以及姚的叔叔嬸嬸們，也一樣令人感到和藹可親。只是遺憾的，我不會說臺灣話，不然，我會獲得更多的快樂。

臨別時，我除了再三揮手外，只能說也唯一能說：

「多謝多謝！」

歸途上，我打定主意，一定要把臺灣話學好。

小學教員的心聲

童年生活的回憶是愉悅的；也是彌足珍貴的。尤其當這種生活尚能面對時；這份愉悅，更覺激揚！這份珍貴，更見真切！

當姚說要我跟他一起去看看他童年所讀的國校時，我就毫不猶豫地答應了。

姚指點我那是他以前讀書的教室，那棕梠樹下他曾和同學打過架，祇是沒有目前這般高大罷了。他還指手劃腳地望前面不遠處，一塊尚不算小，學生們正做著晨操的運動場說，這塊運動場以前沒有那麼大，那一大半還是坆地，所以，他們以前做晨操，就沒有現在那般自在、舒適，彷彿有不勝羨慕的樣子。

　　過道上，姚突然大聲叫著：

　　「老張！老張！」

　　前頭約二三步遠，一個身子佝僂，矮小而衰老的老年人，聞聲回過頭來，對姚睨了一下，馬上跑過來，很親熱地拍著姚的肩胛說：

　　「噢，阿松，什麼時候回來的呀？學校放假了嗎？」

　　姚向我介紹，是這裏一位多年的老工友，姚從讀小貓叫小狗跳時起，他就在此服務了。

　　「多快呀！」老張向我笑笑搶著說：「八年了，那時他還是那麼一點點高，現在卻比我高了。」

　　他還用手比上比下地比劃著。好像姚是剎那就長大起來似的！

　　在教員辦公室裏，姚特地為我介紹一位近中年的教員說：

　　「這位某先生，曾經有三次保送師大深造的機會，但他都放棄了。」

　　我驚訝地望著他，尚未來得及問，想不到他已先我而答了。

　　「保送師大，當然是一個千載難逢的機會。」他微笑說：「你們一定會奇怪，我為什麼要自願失去這個機會，雖然，我放棄它，有很多理由，譬如年齡大了，家庭的負擔等等，不過，這些問題祇是其次，最大的理由，我覺得還是在這裏好！」

　　「你來這裏有多久了？」我問。

　　「五年。」

　　「換換環境有時也是需要的，鄉村的平靜，和都市的繁華，不就是可以更能充實個人的生活嗎？」

「這對於你們青年人很需要的，」他停頓一下說：「也許，我跟不上時代了！」

「我想，這不是跟上跟不上的問題，而是習慣不習慣的問題。」

「也許你所說是對的。不過，我總覺得自己和現在時代，彷彿處在兩個不同的世界中。上次，我去高雄，望著高聳的樓房，疾馳的汽車，以及穿戴著奇裝異服的青年男女，我愈覺自己是來自另一個世界！」

「這種現象，在農業社會轉變工業社會的過渡時期，是免不了的。同時也證明了，我們的國家與社會是在進步中！」我據理說：「但這些，跟唸書又有什麼關係呢？」

「就是因為同唸書並無關係，所以我才放棄。」他依然笑容滿面，並指著三三兩兩經過的小學生，和校外一片蔥綠的田野說：「這不就是活的書本和理想的讀書環境嗎？」

我為之語塞，也為之默然了。……

「明年是大三了，但我究竟從書本上得到些什麼？」我想。

黃昏的呢喃

夕陽的金輪，恬恬的、漸漸的，沒有一絲聲響，終於隱沒在地平線下了。

「奇怪，鄉村的夕陽，也要比都市裏來得悠閒些，安逸些！」

我笑笑對並走著的姚說。

我們來時是向著陽光的。那時，霞光千條的金輪，離地平線尚有一竿多高，柔和的餘暉，猶如沐在六月底海水浴裡。

我們走得很慢很閒，嘴裏說著，兩眼始終貪婪地對著它，好像要發現什麼神秘似的。

它看來很大方，沒有村姑那般羞答答的，瞧著人就連忙低下頭那

付情態。而且連眼都不眨,我總覺得它未曾移動金蓮,始終停在那裏。

當我們來到一條小溪,和堤旁夾種著一叢茂竹的時候,才發覺它已靜悄悄地和我們告別了。

說來也叫人驚奇,鄉村的黃昏,不僅夕陽是那般安詳,就是那一叢茂竹,那一彎溪水,以及陣陣拂來的和風,也是出奇地寧靜!

我們的語聲,戛然而止了。

我們相對默默地站著,望著搖曳的茂竹,望著潺潺的溪水,望著右側無盡無際的金黃色阡陌。

暮靄之幕終於拉起了。

為了顧慮姚的家人等著我們吃晚飯,終於懷著滿腔寧靜的心靈,輕快地踏上歸途。

「姚,也許是我𥹉在都市裏太久了,在這裏,我好像有一種世外桃源的感覺。」

「不,就以我來說吧,朝於斯,夕於斯,但從沒有一絲厭倦的念頭。」

「姚,畢業後,我希望分發來鄉下,你呢?」

「我也是。」

「那麼,我們在一起好嗎?」

「這恐怕不大容易!」

…………

「唉,有美景,有良友,豈不是人間天上!」我喃喃自語。

「翁,我看你還是找個對象吧!」

我望了他一眼。

「吉士淑女,斯情斯景,那才是人間天上呢!」

「姚,不要做白日夢吧!」

「我想不至於此!」

「當然,我並不是說沒有,不過,我相信比我們倆分發在一起這

個問題更困難！」

「……」

「姚，要是真的有那一天，我將終老斯鄉！」

鄉村的早晨

鄉村的太陽早；而鄉村的人們起得更早！

在學校裏，我是同寢室也是同宿舍出了名的「報晨」人。但在這裏，我顯得落後多多了。

腕錶只有五點多，臥室裏已是滿窗滿榻榻米的陽光。室外有晒穀的聲音。

姚的一家已各自在工作了。

我紮起褲子，拖著木屐，不及洗臉，携著照相機，輕輕地自後門溜出來。

鄉村道上，到處有人在行走著。

一碧窄淺的池塘裏，有幾隻白鵝在嬉著水，一會兒追逐，一會兒翻著跟斗，那付悠哉遊哉的神態，真叫人羨煞。

我打開照相機，滿足地拍了幾個鏡頭。

繞過池塘，我來到一條視線寬闊的田埂上，晨曦像鮮乳般潑下來，淋了一身還滿，我輕吮著、猛吸著。

我深深地覺得，儘管都市和鄉村有著顯著的不同；但要真正去體會這份顯著不同的內含，最真切也最簡便的，只要對早晨空氣嗅一嗅，不必多，只要輕輕的一嗅就夠了。

那一份清新，那一份淡遠，卻有一種品許不出幽幽的馥郁，由鼻孔、口腔，直撲心底。那是生活在都市裏的人所夢想不到的。別看同是一片天，也有冉冉幾朶白雲，和幾陣清風，但在都市裏，卻是一種似腥非腥、似辣非辣說不出有多嗆鼻多嘔心的滋味。

一條長長而彎曲的河溝裏，成散兵群似的有村姑在浣衣。遠遠望去，只見到一堆堆頭髮在擺動起伏，宛如一朵朵的水葵在載浮載沉。

　　她們多數都跣著腳踏在水裏，有的雖採取騎馬式的姿勢；但也不忘記把腳埋在閃閃發亮的水中。

　　擣衣聲答答，笑語連連，每一張刻劃著辛勤的臉上，有著一種泥土般的淳樸與清芬。對著清風，對著朝陽，她們看來是如此恬澹！是如此滿足！

　　我漫不經心地在田埂間蕩著停著。望著在陽光照耀下已割或未割的黃金般大地，我內心也有充實之感。

　　鄉村的早晨，是可愛可親的。不但每一株小草，每一寸泥土，都有著活躍的生命，甚至一塊石子，一堆乾稻草，也都有青春的氣息。而書上所謂「鳥語花香」，也惟有在鄉村的早晨，才能真正地充分領悟到。

　　　　——原刊於謝冰瑩師編選《青青文集》，筆名一塵（臺北市：文源書局，1967年11月初版），頁157-167。

我的女保鑣倪二姊

翁以倫

倪二姐芳名是「倪菲兒」，跟我當女保鏢的那一年，剛好是15足歲。別看她年紀輕輕，長的阿娜多姿，像一位文弱的女娃兒。劇班主任告訴我媽，她看似弱小，一旦與人動手，四五個壯丁好漢，三尺以內，休得近身。在水滸傳戲裡，扮一位打虎將武松，英姿煥發；她就是第二名招牌──赫赫有名的武生，她的武功，她的唱功，以及她的扮相，在在頗獲盛名與好評。

我媽請班主任來家商量，主要因在長達三個月家鄉巡迴演出中，希望在戲班裡挑選出一位年紀相近，而且武功底子極佳的演員，來充當保護我這位十三歲大的男孩生命安全。第二天早晨，班主任依約帶來一位才十五歲的女演員，名叫「倪菲兒」的武生。據班主任在我媽的面前保證，她是這戲班中武功高居第二名，其俐落的近身搏打功夫，更是無人出其右。他還說，保護貴公子的安全，是戲班上下責無旁貸的份內事。我媽看班主任講得親切誠懇，也微笑稱謝，並當場從後面叫我出來，和保護我的倪菲兒握手，並笑笑說，從今起你和倪小姐結為異姓姊弟。同時，我媽從自己衣袋裡掏出一顆綠玉鐲來，親自套在倪二姊手腕上，算是初見面的禮物。

浙江省白泉鄉是我的家鄉，它與縣城──定海相隔不遠，只有半小時路程。由於交通便捷，來往的人眾多。我家就在十字路的路口，開了一家名叫「源泰」的布店，它是一家開有二十年之久的老字號店鋪，店面上用紅紙寫成八個大字：「價格公道，老少無欺。」布店由

媽媽獨自經營，她是經理也兼店員——一個跑進亦跑出打雜的夥計，更是一塊活招牌！她待人厚道，沒有一絲女老闆的架子，總是笑臉迎人。

我媽不僅是一位笑容可掬的老闆娘，也是一位善於烹調的高手。每年逢年過節，來十字路的顧客源源不絕。他們有些是店裡老客人，快近中午時，我媽就會熱誠邀請他們吃一頓家常便飯。我媽所謂的「便飯」，有些菜可是要上館子才吃得到。我還依稀記得如紅燒黃魚、白斬雞、宮保雞丁及獅子頭等等，尤其最拿手的湯頭「蛋花酸辣湯」——它是一種既酸又微辣的高湯，浮在湯面的蛋花像一朵盛開的花蕊模樣叫人不忍享用。我媽的好客之名，是為遠近鄉人所稱道。

民國三十七年間，國共戰火頻頻，社會的不安帶來人心的浮動，一些好吃懶作的不良份子也趁機打劫。白泉鄉並無警察局或派出所等等治安機關，因此，被綁架或撕票也時有所聞，人人自危。地方上有些仕紳與豪富之家，大多花錢請保鑣，或遠走大上海避難也大有人在。

我爸當時心裡倒是淡定，一則是認為自己是作跑單幫的小買賣，再則在家裡的時間較短，大部分都待在上海，鄉村裡沒有太大名氣，應該不致被歹人看上，老媽的名氣反而較他響亮多了。記得那是一天將近除夕的傍晚，我爸依照以前的走法，自克難鄉橫過一山嶺時，被三、四個穿著黑色衣服的陌生男子攔住了去路，另一個備著短槍在身後押著。就這樣，我爸遭歹徒綁架了。

第二天下午，我媽收到了綁匪寄來的通知單，要我媽準備以當時農田價碼十五畝折成現款，送往指定的地點贖回我爸。而綁匪在信後，還附有一張現場的相片：是我爸被綁在樹旁並矇住雙眼，身邊還站著一位中年男子，手握一把閃亮亮大刀，像是要殺人模樣。熟知盜匪做法的友人告訴我媽，那張相片是警告被綁家屬，若不依從綁匪所開條件，那末，綁匪就要毫不留情撕肉票了。

我媽聽了友人說話後，就絕望地長長嘆口氣說，好吧，一切就請

我舅兄帶著現鈔，依照指定的時間和地點贖回我爸吧。俗語說得好：「風吹雞蛋殼，財去人安樂。」試想：人若沒有了生命，再多的錢財又有何用？萬幸的是綁匪還算有信用，一手收錢一手放回了我爸。當晚，我媽就在老家辦了一桌宴客，答謝為了贖回老爸而四處奔走辛勞的親友。

　　我爸脫險回家後不久，就是「南無阿彌陀佛──救苦救難觀世音菩薩」的生日，而原來擔任生日籌備會主任委員的張老先生不再連任，堅請辭職。我爸媽原也是虔誠的觀世音菩薩信徒，平時在地方上如修橋鋪路的善心從不後人，所以親友們聽到原主任委員不再連任的訊息，就不約而同敦請我爸出來競選。我爸見眾多親友好意相勸，也有點兒心動了。同時也覺得自己這次大難不死，隱約中有菩薩的庇佑，才能逢凶化吉。而自己有生之年，也該積極做些善心好事，最起碼也為自己子孫積積陰德！我爸很快就答應了，果然，如大家所期望的，他以唯一的候選人身份登上了主任委員寶座。

　　當選後第二天，我爸與鄉里工作人員一起在鄉里辦公室，召開了「鄉務座談會」。我爸他謙虛地道出自己的構想：「這一次承蒙大家愛戴，同意我擔任這『救苦救難觀世音菩薩生日籌備會主任委員』重責大任，心裡有說不完的感謝和惶恐。自己未來一年要和大家一起患難相共，使本鄉窮苦無告的善良百姓，能早一點而脫離苦海，這是我們共同的任務。我知道大家來此工作，並無高官厚爵的誘惑，更沒有發大財的機會。現在，擺在大家面前的，我鄉一級貧戶有三分之一多，而無錢治病的更不計其數。這一切一切，都有待我們的努力和協助。」他說到這裡，靜靜地看著大家。接著，又引用古人的話說：「事有本末，物有輕重，知所先後，則近道矣。所以，我想我們大家都是接近貧民的急先鋒，請大家務必告訴我，我們那件事應該先做呢？」最後的二句，我爸說得誠懇又婉轉。

　　大約三分鐘後，一位女士站起來說：「翁主委，各位同仁，我有

一個不大不小的問題想要請教大家。那就是現在有一種氣息，或是一種感受，有時悠悠像一陣風，一陣一陣的。想要抓住它、攔住它，但總是這樣可有可無地在眼前消失了！實在令人扼腕而嘆！我不知道大家是否有這樣的感覺呢？」這位女士是唶嘆時局的感受，我爸聽了回答：「現在不是承平時代，老百姓受不了戰爭的威脅等，大家煩惱更多了。我想，要是有康樂的活動，就會因音樂和舞蹈的影響，在薰陶之下，自然會煙消雲散了。」

「喔，主委呀！您說的正是我的感想。」那位女士道：「我想我們白泉鄉，似乎好多年未聽過『紹興戲班』的演出了。寧波紹興戲班的『私訂姻婚後花園、落難公子中狀元』多麼叫人感動啊，這是我們江浙人士所熟衷的地方性戲班呀！」這位女士愈發高興，就在大家面前問：「便邀請他們來，諸位說好不好呀？」我爸雖覺得有些尷尬，亦不好意思阻擋，就在一旁微笑看大眾意向如何。出人意外的，會議上所有工作人員，似乎都有贊同的傾向。很快的，一場「座談會」竟成了「紹興戲班」表決場，有九成以上贊成邀請紹興戲班於七、八、九月於白泉鄉各村巡迴演出，並請翁主委協同所內工作人員一同去寧波市商洽紹興戲班來此演出事宜。於是，要演唱「紹興戲」的消息不脛而走，在白泉鄉各村廣為流傳。它如平地一聲雷般響徹雲霄，尤其白泉鄉的善男信女，紛紛解囊，贊助金如雪片飛來，足夠三個月的演出費用而有餘。

紹興戲班的演出為七月至九月，都是夏天的時段。夏天是鄉裡孩童最難挨的季節：火燒似的炎夏，到處是火燒的日照，大地像一塊燒紅的大鐵板，發出了一股紅滋滋的熱氣。而我鄉間既貧苦又落後，沒有現代的冷氣房，也無冰飲料的販賣，唯一可躲避這股熱氣的要靠水塘和溪流了。好在我家鄉不遠處，有一條名叫「萬金湖河」的水溪。它雖然不算壯闊，只有二十公尺寬的河床，但水深可直通海水出入口。還有更慶幸的，這條河溪即使遇到久旱不雨，也不愁河水有乾竭

的一天。

　　談到河流，自然會想到我們孩童間的「水戰」了。每次夏天，快近中午十一時，這附近的孩童就會自動聚集一起，分成甲乙二隊。不管是對戰或群戰，只要一開戰後，雙方用手或臉盆，裝了河水，就潑向對方。由於強劣很顯明，身體較弱的一方，自然無法抵抗身強體壯的一方，就在水力不勝負荷下舉白旗；當劣的一方喊投降，這場水戰就結束了。有時用力過大，造成了敗方的傷害，而彼此結怨也時有所聞，結果就是不歡而散。

　　自從我的新伙伴－倪二姊加入了我的陣營後，自然而然我倆就成為獨特的一組。要知道「游泳」在鄉間，是男孩子的特權，根本沒有女孩子的身影。但有嬌滴滴的倪二姊加入後，鄉間立刻起了騷動，都用異樣的眼光看她，覺得這太怪誕了——怎麼有女人家大膽地穿著處處透風的游泳褲，在晴日朗朗的大白天戲水？就我所知，有教養的女孩子，大都是「大門不出，二門不邁」，循規蹈矩在自家閨房。就以我家來說，我的二位親姊姊連我媽的布店都從未來過。

　　倪二姊她來到我們陣營，我就把她當成哥兒們，何況這一小組，其實只有我和她二個人呢！為了找尋我們倆人世界，我們就以「萬金湖河」為起點，一路往上游走。幸好，不多久，我們就找到了稱為「田中央」的溪流——鳥語花香、綠蔭處處的好地方了。這裡的地形我很熟悉，那是離我家白泉鄉不遠的一個村落。正如它的命名「田中央」一般，村落被四周的農田包圍著；它位居中心，每當東南風再起，就是告訴農人們稻穗將到收割的時候了。那如山如海的成熟稻穗，就在東南風的吹動之下，成群結隊的金黃色大軍，如英勇的三軍將士於雙十國慶大典時，在閱兵指揮官的口令下，齊一踏著正步奮勇向前，真是既壯且威了。

　　我笑笑問二姊，這地方好嗎？只見她高興地笑道：「二弟，這真是一個如詩如畫的美好所在啊！」但意料不到地，開張第一天，我發

現了頗覺不妥的問題。在換穿泳裝的時候,她帶來的那條大花毛巾在遮蓋身軀時,似乎太短小了,無法裹住她的全身。現在,我是她的二弟,我暗自打定主意每當她換裝的時候,我自當義不容辭,一如軍隊中的哨兵,只要有風吹草動時,我就會唱歌示警,使她有所準備。當天,我也託人帶口信給我媽,請她老人家立刻送上一條特大號的毛巾來,以便我們游泳使用。過了二天之後,我媽請人帶來二條大毛巾,於是我將其中一條給了倪二姐,她害羞似地笑了笑並說聲謝謝。經過這一場「換巾」的小插曲,倪二姐也對我更照顧了。

一天,在游泳過後,她在淺水處,不經意地踢著小石塊。有時撿起一塊扁而長的小石塊,前看後看,又翻過來看——像是從這石子中,發現一塊小寶石般的奇異眼光。我覺得她的動作怪異極了,於是我試探的問她:二姐,這種小石塊,是不是想起一種好玩的事?二姐她瞇眼笑笑回答:是呀,二弟呀,你真是一個玩家,好像無所不會的樣子!這是貧窮人家最愛的玩意,叫做「水上漂」。我一聽到她說「水上漂」這名字就高興地跳了起來,上前拍拍她的手掌。看來,二姐和我真是一對哥倆好,你會的我亦會,我說:只不知你是多厲害的高手?來來來!我從水淺處撿了五六個小石塊交到她手中,就拉她去上游水較深的位置。倆人將小石塊一一擲向水面上。要擲第三塊時,她攔住我說:讓我們一起來數一數,看看誰先到第五層級——在水面上跳躍五次的關卡。

「水上漂」就是擲石頭漂躍在水面上的意思。不過這石頭得花點時間選擇,不是每塊石頭都可以在水面上漂的。凡是「會漂」的人都知道,要選小石塊——最好是二寸見方且要薄而扁、長又輕的小石塊才可以表現,同時也要注意小石塊能在水面上形成一道又一道水波的工夫。一般說來,石頭不管大小,拋到水中就會很快沉下去,更不可能有沉又浮起的情景。所以水上漂的工夫,除了用力外,還要加上訣竅兩方面要配合。凡是來參加水上漂的,各自選定五六個小石塊,雙

足站定，一個個拋石塊在水面上，看看誰的石塊能在水面上沉下又浮起，挑戰所謂「神來的手勁」。就我所知，我們這玩水上漂的最高目標，都以七道關卡為最高目標，又稱「七層級」皇座。但這標準實在太高了，且也鮮少有人達到五、六高位，一般來說都在三四層級較普遍。我自己好奇地從十一歲時練，現在十三歲了，三年來，最好的成績就是四層級，大多都在第三層級便沉入水中。

　　她讓我先擲，我笑了笑道：二姐，我笨鳥先飛了。我用足吃奶力，用食指勾住小石塊，跑了二步，弧形向水面拋出：一、二、三、四、小石子無力飛越就沉下水了。二姐拍拍手：「二弟，不錯呀，一開始就有好兆頭。」這時二姐早已擺好了姿勢，說時遲那時快，耳際已傳來她擲小石塊的聲響，聽到那小石塊在水面上飛掠「卜卜」的清脆尾音，來不及數數她的成績，二姐她爽朗的語調就傳來：「二弟啊，承讓了，我是五層級，比你可再高了一點。」又說：「今天時間太晚了，我看明天我們再好好地較量一番，你說好嗎？」我看已是太陽將近西沉時，的確該打道回府，免得我老媽記掛。

　　第二天早上八點多，戲班公告出來了，二姐整天沒有戲。於是早餐過後，我們就來「田中央」報到，由我開始練習。不管怎麼用心用力，小石塊總是有氣無力來到五層級前就沉入水底。我垂頭喪氣地丟下手中所剩石塊，無力地對二姐說：「二姐我不投了，現在，就看你的表演了。」「好吧！二弟，你坐在一旁養養精神，可以東山再起啊！」我知道她這樣婉約鼓勵我，讓我有臺階可下。但我心底知道我對這一門「水上漂」工夫不可能再有異軍突起的機會。過去我再三的努力，始終抓不住浮漂的巧勁所在，再練下去，也是進展有限。二姐繼續給我打氣：「好不容易到了第四級的成績，以後再繼續努力。」「你要知道，水上漂的功夫，除了用力外，還要加上技巧，兩方面要配合，才能向最高成績前進——七層級天皇級的大位。水上漂的『漂』字，是巧功與用力相輔相成。」她像一位老教練般指導我水上

漂的重點所在。

　　她也溫和婉約地向我開導，要我不要太著意於高層級的爭取，因為「漂」字最難以掌握的關鍵，在於「訣竅」，這地方有些是無法言傳，只能神會。這就像她所練的唱戲，音調高低可以苦練，但有些地方——如唱腔的高低變化，情緒高興和悲哀的傳達，就要多方面的體會和經驗，才能恰到好處，使自己進入劇中人而忘情於我。

　　然而，接連二天我的「苦練」依然徘徊在四、五層級中起伏，使我懶洋洋地的自我放棄。二姐很誠意對我說：弟，再過幾天，就要結束這場三個月紹興戲的演唱，我們就要分別了。」我聽了驚醒過來，不到一個星期，她就要告別我回寧波市去了，這以後能否再見面就不得而知了。這三個月來的相知相交，實在有點兒相識恨晚，捨不得的情懷！想到此後不久便要道別，我立刻振作精神，一起走到水溪旁。一方面給她打氣，一方面想留個好成績，算是紀念這段相識。

　　歡樂時光容易過，紹興戲三個月的巡迴演唱期限到了。那天我的「女保鑣」倪菲兒穿著我媽送給她的少女時裝，來我家向我媽和我告別。這時我正在二樓跟我的數學老師吳小舅複習數學。對於我參加縣城初中聯合考試只有半年時間，而我以前的學習很鬆懈，以致數學大有問題。後來經吳小舅的盡心盡力悉心教導，雖然暑期三個月跟看紹興戲，像野孩子般遊山玩水，但總算跟上了學校進度。

　　從樓下店門口，傳來了熟悉的女孩子爽朗聲音，那是我最愛聽的「女保鑣」，亦是視我如弟的倪二姐：「二弟，再見啦，再會！」在二樓學習的我，眼眶的熱淚突然如決堤般滾滾而出，我再也按捺不住這傾巢而出的悲傷，大聲號哭起來。

　　一年多後，我在回家途中被一班無情無義的散兵游勇，所謂的「國軍」隊伍，用長槍短刀攔住了去路，並凶狠地押上了停泊在碼頭上的登陸艇開往臺灣。就這樣淒涼悲傷的離開我生於斯，長於斯和愛於斯的父母、姐弟，與我芬芳故鄉白泉。掐指算算，至今已有七十載

的冬夏了！而倪二姊，應已是銀髮如霜的近百人瑞。一向爽朗的倪二姐，不知別來無恙否！悠悠歲月，如果二姊在我的身旁，相信會有更積極樂觀的言語鼓勵我，就如同最初那始終負責盡職的好保鑣呀！
（作者為國立臺灣師範大學國文學系五八級、彰化高中退休老師）

後記

其一：民國三十九年五月十四日（星期日）那天，我在回家途中–鴨蛋嶺興高氣爽下山時，被一班無情無意的散兵游勇，所謂的「國軍」隊伍，用長槍短刀攔住了去路，並凶狠地押上了停泊在碼頭上的登陸艇開往臺灣。就這樣淒涼悲傷的離開我生於斯、長於斯和愛於斯的父母、姐弟，與我芬芳故鄉白泉。掐指算算，已有七十載的冬夏了！而倪二姊，也由姣美的大姑娘，倏忽間應已是銀髮如霜的近百人瑞。一向爽朗的倪二姐，不知別來無恙否！歲月悠悠，自三十八年八月的暑期後，我與敬愛的倪二姐不相見已有多年，我永遠不能忘記我人生最艱難困頓的一天！

其二：民國三十八年間，中共侵犯金門古寧頭，經過多天肉搏戰，生擒中共士官兵將近二千人。那時我還在老家定海求學。家鄉曾組慰勞隊向前方將士祝賀。隔年（民國三十九年七月下旬）大二胆大捷，那時我已駐紮金門、也參加了。中共官兵二千多人侵我金門的前線島嶼，但「大胆」「二胆」是兩個相隔很近的小島，有相鄰的部隊–國軍二二四團二營所鎮守。結果，奮戰了三天四夜，大二胆兩島曾遭淪陷，後由我友軍奮力救回，我軍也犧牲慘重，死傷好幾百人才收回，成為「大二胆」大捷。

其三：歲月悠悠，一轉眼間許多的春風和秋月就在顧盼之中煙消雲散了。自民國一〇七年開始，我的身體已大不如昔了，兩腿不易久站，必須倚柱著拐杖，始能慢慢漫步。此外，我還患有日益退化的失智症，據榮總醫院主治醫師的告知，今後失智的症狀會日趨嚴重，不

可能有恢復如常人一般的日子。此外,我還有高血壓等其他退化的多種疾病,一直要到壽終正寢才能解脫。唉,如果二姊在我的身旁,相信會有更積極樂觀的言語鼓勵我,就如同最初那始終負責盡職的好保鑣呀!

　　——原刊於《中國語文》七六三期(2021年1月),頁44-61。

遇見百分之百的翁以倫
——敬悼半世紀真情的同窗摯友

姚榮松

一　搶在疫情微解封之前，他先遊普陀山去了

　　後疫情時代跚跚來遲，一向急性子的「老翁」——我們臺師大國文系五八級甲班的「班寶一哥」翁以倫老師，肯定已經沉不住氣，先去故鄉的普陀山雲遊去也。時間在一一〇年七月二十八日。這是我們留在俗世的同窗的一種戲謔的想法，我們知道老翁在中和區的家臥床已二、三年，病情時好時壞，幸有同是「班對」的夫人廖蓮珠老師（我們稱大嫂），細心照料，夜以繼日。但是一〇八年六月五日校慶日我們五八級三班聯合的畢業五十周年同學會，從來不曾缺席班上聚會的「老翁」（這是班上同學對他的暱稱）還是缺席了，這是非常重要的指標，席上少了他的爽朗笑聲，好像桌上的菜餚缺了那一味。隨著新冠疫情的肆虐，阻隔同學去中和探望的路。電話中老翁期待的下一回班上的同學會，似乎也遙遙無期。我們急，老翁豈不更急？

　　翁老師出身國文系，想不到他的訃告也是通過系友會會長賴貴三主任七月二十九日上午九點給個人的 Line 得知，也就是老翁走後的次日，賴主任的 Line 上出現了這兩則訊息：

　　　　國際處的翁乃忻督導，爸媽都是國文系五八級，和姚榮松教授、王開府教授都是同學。爸爸昨天過世。

早安！感謝告知，乃忻尊翁翁以倫學長，認識，幾次是參加系友會，印象出身浙江舟山群島。乃忻原在教務處，現在國際處，常有交往，下期「系務簡訊」與「系友通訊」再加以報導悼念。

　　上則來自師大吳校長溫馨的提示，下則是國文系賴貴三主任對校長的回訊。賴主任不但認識翁學長，對其女公主的任職狀況也十分熟稔。我看到這則信息，有如晴天霹靂、五雷轟頂。除了回 Line 感謝主任，立即撥了電話給大嫂，虔誠皈依法鼓山的蓮珠同學，好整以暇的告知：「昨天清晨六點多，我起床後聽到窗外鳥聲悅耳，習慣地站起向以倫臥室對望，以為他還熟睡，不久發現他的雙手不該平行下垂，探其鼻息、心跳，確定他很安詳地在睡夢中離開大家，他也捨不得離開我們。可是打了疫苗以後，就臥床，畢竟病也多。我們這幾個好友，都要注意健康……我現在有空就唸佛，迴向給他。」

　　也許數十年的相處，緣盡情未了，蓮珠姐也看得開，加上虔誠修佛，才能鎮定如此。一切依佛教儀式辦理，不發訃聞，只有家祭，時間是八月三日下午三時半到四點。我當下決定邀呂榮華同學代表同學會出席，依循常例，委由禮儀公司代辦兩盆聖潔的蘭花，放在追思奠儀會場門口，我們給老翁的輓詞是：「福壽全歸，典範長存。」下署「國立臺灣師範大學國文系五八級甲班全體同學敬輓」。後來王淑惠同學主動加入致祭，就由我們三人代表全班同學向翁大哥行禮告別，非常時期，相信喜歡熱鬧的老翁一定高興。典禮簡樸而隆重，玉照是笑容可掬，一襲樸素花外套，看來有一點像金庸筆下的大俠。他服務半生的彰中最好的同事鄰居，都來送他一程。其他的同學從同學會群組知道的也都按原先規畫方式，上網連結法鼓山大事關懷線上追思，四點一起誦念《心經》與法號，祝福往生者菩薩往生淨土，蓮品高昇。我知道國文系系友會前會長王開府教授伉儷，就是在我們與老翁

三家的「師大摯友」群組上，收到誦念《心經》儀軌的影像版一起追思祝福。

二　從《家譜》看到亂離時代的強者的標竿人生

民國二十三年農曆十一月十七日翁以倫誕生於浙江定海白泉鄉十字路翁宅。父諱世駿，從事地產業。天有不測風雲，「民國三十八年，國共對峙，上海保衛戰伊始，國軍大批大批的轉進我的家鄉——舟山群島駐防，我父銜命擔任後勤支援會長一職，負責當地駐軍物資補給的調配與供應。……家鄉又是一個地瘠民貧的地方，居民多以打漁和做零工為生，自給尚嫌不足，何有物資有多餘，可供軍用？為此，我父親傷透了腦筋。」

「我的母親（頗有生意經的頭腦）獨立經營二家店鋪——綢緞百貨加中藥店，平時還燒得一手好菜，一家人過著快樂而美滿的日子。民國三十九年五月十四日，我由學校返家（按以往）領取生活費用，適逢國軍自舟山撤退，午夜時分在家為七十五師二二三團二營四連士兵強行擄來，母親曾痛哭哀求，不為所動，時年十六歲，為縣立初中二年級學生。軍隊強押約萬餘人鄉民，自克難鄉碼頭上船，只見碼頭萬頭鑽動，男女老少呼天嗆地，母尋其子，妻哭其夫，一幕歷史上活生生的人間悲劇，又在苦難的中華兒女身上重演，身為主角之一的我，不禁為之悲感悽痛欲絕！」

「船在海上航行三天，才登陸基隆港，連夜搭載貨火車，暫棲於北市成功中學安頓。……半月後又至基隆港，搭船進駐小金門。半年後，中共搶攻大小担二島，……之後我們移防大金門，在金門四載，天天挖戰壕修公路，種行道樹。因為物資奇缺，糧食又少，真是困苦備嘗，加上島上潮濕，因此我患了類風濕關節炎，不良於行。四十三年移防烏坵小島，潮濕更甚於金門，不到三個月我病倒了。全身癱

瘓，奄奄一息。乃後送基隆海軍六十一醫院就醫。因全身紅腫不能動彈，臥病一年半，全靠我樂天知命而活過來。後轉臺中西屯裝甲兵醫院，我的健康才漸好起來。」

「因有病在身，跟上辦理退伍的浪潮，我於民國五十一年就乘機辦好『病退除役』，申請的是自謀生活，又無一技之長，想前念後，自己十二年青春歲月已在軍營中浪費了，現在再不能虛擲。幸好在軍部服務時曾利用空暇，取得『高中同等學歷證書』，目前年齡將近三十歲，正是『三十而立』的黃金階段，何不考大學為自己開拓另一塊天地呢？……我馬上辭掉服務生的工作，折節向學……以一年時間準備，土法煉鋼，……考運不差，民國五十四年我以第一志願進入國立臺灣師大國文系。」

以上四段節錄自家屬提供的家譜之一（九二年‧九月初訂；一〇一年九月定稿）（插圖一），為翁學長自傳的前半段。姓名欄有「字如業」、「筆名白泉」。生肖屬狗，亦值得一提。現在我清楚了：老翁三十二歲才上大學，與我們這些二十歲的高中生，足足大了一紀（十二年），所以我們生肖都屬狗，又發現他的聯考第一志願是國文系，真是志同道合，我還多了系狀元的頭銜，大一住校宿舍還是同一寢室（大操場底端第六宿舍2017），我們的結緣如此自然，除了他那份純真外，還有他那一口濃重的吳語鄉音，簡直是「蔣家」口音的翻版，許多人聽不太懂他的口音，我卻很快聽懂。沒有溝通的障礙。師大是

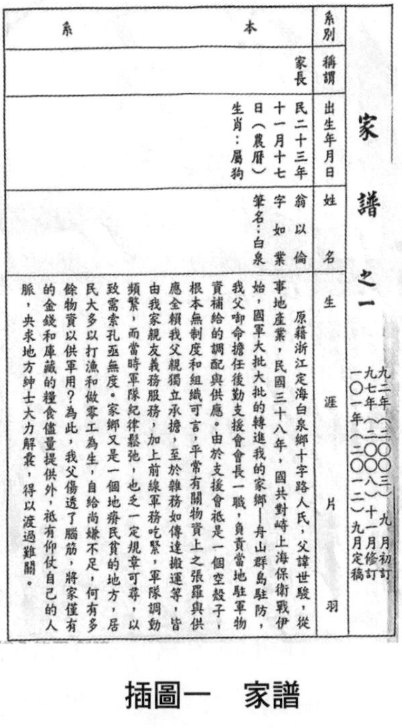

插圖一　家譜

公費學校，學雜費全免，而且每月還有二百六十元零用津貼可領，又有宿舍可住，生活無虞，正可享受大學生的海闊天空！看來我的知足不下於老翁。特別是同住一間四人房（兩座上下舖），居然兩人同班，從此昕夕共處，情如弟兄，真是有緣千里來相會，尤其大一必修課多，每天常進出相同教室，又一起吃龍泉街第一宿舍的學生委員自辦的伙食（老翁已吃過十二年的部隊伙食）。這簡直是前生註定的緣分！

　　印象中，老翁在班上顯然是一個大嗓子，在一群超齡的同學中，看起來相對活潑而幹練，而我憑系狀元的名義就輕易當上甲班的班代，老翁個性開朗，樂善好施，跟所有人等距往來，嘻嘻哈哈，更像個帶頭人物，如果班代選舉延後一個月，我猜非他莫屬。顯然老翁也不沽名，很自然就當上班上的總務股長兼服務股長，每有活動，他便挺身而出，獻策規劃，班上很快就達成共識。反而讓出身名門閨秀的美麗天使副班代好像沒有角色。

　　大學生活是忙碌的，住校生相對被剝奪部分的自由，每週好像要參加二、三次操場的升旗典禮，當然還得穿上卡其布的制服，大約七點半以前完成，又得趕在八點前完成第一宿舍的早餐，因此每天在兩棟宿舍間（直線距離約一千公尺）、教室與寢室間穿梭，跟著校園的鐘聲作息，何其刻板！晚上留在寢室自習，才能分享他班系友的動態。但是十一點熄燈的規定，就只能移駕走廊，或爬在有臨窗路燈的上舖，作倚窗夜（下舖就沒有這種方便）。誰教你是師範生中的刻苦一族。大抵說來我和老翁基本上安之若素，很少抱怨這些不自在。慢慢的我們在同儕中找到兩位知己，一位是老字輩的張連康，湖北孝感人，畢業於政治作戰學校、受過軍官外語訓練。文質彬彬、氣宇軒昂，不必要時不說話的人（聖之清者）。另一位是雄中畢業的沈鴻南，應屆菜鳥只能算「阿字輩」（男生專用），人呼阿南，老翁口中的「阿捏」（諧閩南語「安呢」）。英俊挺拔，個性外向，常哼著流行的英文歌曲，熱心班務，在男女生間穿梭，類似外交部長（聖之任

者)。本班同學在大一時就有分群的趨向,女生比男生明顯。比如說近十個北一女畢業生,至少分成三群,前兩群的分野是省籍,第三群也許不存在,也許是孤鳥搭配中山女中或臺南女中之類的,也有一兩個是獨行俠。建中男生才一位,在地臺北人、阿字輩,老成持重,會踢足球,亦樂善好施,常帶一本《易經》在閱讀。中南部來的菜鳥多一人一校,女生亦如此。介於老字輩與阿字輩的中間階層,至少六位教過三年小學的回鍋師範生,他們人情練達,知書達理,屬於老大哥姐型,與老字輩(還有三位是國專科轉進來)殊無二致,其中男生二位(一位是金門人)、女生四位,他們讀書態度認真,筆記做得好,考試常拿高分。也有扮意見領袖者。另有十三名僑生,來自東北亞到東南亞,年齡亦有參差。還有一位來自日本千葉市的留學生深澤俊彥,大二就會寫中文小說。

三 書中自有黃金屋、書中自有顏如玉

細讀老翁自傳式「家譜」,看到他生命的轉捩點是民國四十九年初「軍團部的新春徵文」,以〈創勝利曙光〉一文意外獲得散文組第一名。從此生命透出一線曙光!積極參與軍中的高中輔導課程、以微薄的薪水去購買中外文學名著,他寫道:

> 大凡稍有名氣的中外文學書籍,我都多所涉獵,這時候的我,對文藝的喜愛正如古人所說的:我已和「書中自有顏如玉」深深的癡戀了。只要一有空暇,總是一卷在手,無分日夜,駸駸然已到了「廢寢忘食」的地步。

接著進行「塗塗鴉」、「退稿激盪」、終獲老編青睞,一年數篇見報,又入選聯合報專欄徵文(54.2.19),這不正是我們何以能在國文

系相逢的理由嗎？進入師大，正是翁老師學術生命的飢渴期，他寫道：「大一期間，除上課外，全在圖書館閱覽文史哲有關書籍，藉此以奠定這方面有關基礎。」就印象所及，他頗留心「書法」，所以大二又選修一年。大二的「新文藝及習作」表現不俗，獲得謝冰瑩老師的激賞，也入選為謝師編選的習作集《青青文集》（臺灣文源書局發行，民國五十六年十一月初版）（插圖二）的編輯委員之一。乙班的秦貴修（師大噴泉詩社的創始人）擔任總編輯。集中以應屆同學作品為主，每人以三篇為限，也酌收前幾屆學長如王紘久（王拓）、黃春貴、江聰平、鍾鐵民等人的作品。老翁以筆名「一塵」發表的散文〈渡假散記〉寫得流暢而世故。是大二暑假他應邀到我斗南農家作客的抒懷。其中「臺灣話的惆悵」一段，寫出跨族群世代語言溝通的現實，但人們是可以跨越或克服的。文中有佳餚、與我家人的應對、與重光國小（我的母校）老師的對話、晨昏的即景，把握時間節奏，是充滿溫馨的浮世繪。一個浪跡海嶠的外省中年郎深入臺灣農村，被一群不會講「國語」的莊稼漢和嬸嬸婆娘所圍觀，又聽不懂他們的語言，尤其在餐桌上。老翁這樣寫我爸：「他的豪邁的性格就沒把我當客人看待，而是當作一個久別重逢的故友一樣。」這種結

插圖二　青青文集

緣延續到五年後，一九七〇年他與廖蓮珠的婚禮和蜜月旅行，他們彷彿成為我們家人一部分，認真招待安排。一九七二年某日，翁家的老大翁宸九在彰化出生後，我父獲知後主動帶了家中兩隻活的土雞，搭火車由斗南北上彰化去為他們做月子，這是事後我才知道的。人不親土親，北一女出身的蓮珠嫂，祖籍還是雲林西螺廖家。

據我側面瞭解，老翁當年勵志的主軸，先擁有顏如玉，再購黃金屋。所以每個暑假，他常鼓勵男同學組團去拜訪班上女同學。有志竟成，在四年級時，他終於塵埃落定。兩人建立甜蜜家庭之後，轉任彰化高中服務十九年，作育英才，夫人則任職員林國中等中小學教師二十載。除了有公家宿舍住外，又在彰化市區構築新巢，八十八年退休前後也在新北中和市區購得新居，作為退休居所。這也印證了天道酬勤，書中自有黃金屋的鐵律。

四　青青子衿，吟詠三十載，完成「教學手札」五書（插圖三）

說老翁為人處世的百分之百，是因為他完成一切成功教師的所有條件。家譜記載：『我於民國五十九年畢業，和現在的妻，一起分發到南投魚池國中擔任實習教師，五十九年元月與愛妻結縭，六十年調任省立彰化高中，一直到八十八年屆齡退休，青青子衿，吟詠三十載寒暑，於退休前三年時光，前後完成了「教學手札」一系列的五本書的出版，依序為（一）《國字辨識》獲八十六年教育廳著作優等獎。（二）《誰來愛我》——古文賞析與學生習作評介。（三）《巧笑倩兮話修辭》，獲教育廳教育著作佳作獎。（四）《藝術化的中國字》。（五）《文辭之精品——語詞》。以上拙作皆是我三十年來教學上心得的回饋，也是我一生值得回憶最快樂的時光。』

插圖三　翁以倫「教學手札」

可見寫作是快樂的，結合教學的寫作更快樂。其中「國字辨識」原為彰化高中國文教學研究會編製的專欄，「每一週以一字組方式，劃分為五個單位，於民國六十九年度新學期該始，公布於「文化走廊」，作為學生學習「國字」的園地，已歷有多年。」由擔任國文教學研究會主席的翁老師親自以工筆書法制表。其中也有該研究會的成果及學生的迴響，才有累篇成書的打算。該書自序之後有四個附表，可一睹作者匠心獨運的專欄風貌。例如「表一」分三欄：

　　上右為「古今字辨識」：古：譌〔謬言也〕‧今：訛或（吪）。說明（略）。

　　上左為「正誤字辨識」：正：譌字‧誤：偽字。說明：譌字，謬誤之字也，唯譌偽形近（古文通用），常為人混而為一也。

　　下欄為「形近音異義異辨識」以偽、譌兩字音、形、義並列對

照。形義分析均依說文，附加辨識說明。

全書凡得一百二十六組，每一組或含一二形聲主諧字。以第十組為例：

古今：气──氣；正誤：枴──拐；音同：扁──匾；形近：偏──徧、編──篇；義同：徧──遍。看似隨機組合，我認為是一種國字辨識的立體綜合模式。

這一系列五本書，循序漸進，（二）、（三）兩書由古文賞析、評介到修辭，均以高中國文名篇為例，讓學生沉浸其中，活學活用。故能兩度獲教育廳著作獎。（四）、（五）兩書則為對漢字的全體大用的鑽研，對中文詞彙掌故的深造，皆能推陳出新。允為國粹的代言人。《國字辨識》獲得師大名師艾弘毅教授作序，忝為同班同學，我有幸續貂。以下四本則分別由李豐楙（中研院新科院士）、王開府教授（國文系前系主任）、師大國學名師劉正浩教授（八十八年五月）、楊仁志老師（員林高中主任教師）等作序，展示了國文系師生情誼（我們都修過艾師的教學實習與劉正浩師的《左傳》）及我們五八級三班的珍貴情誼（李豐懋、楊仁志乙班，王開府丙班）。民國九十六年三月三十一日臺師大國文學系同學會在王開府系主任主持下舉行成立大會，並由王開府主任擔任首屆理事長，同學會與我們三班同學的積極參與推動有很大的關係，老翁從籌備委員到第一屆理事，全力以赴。

五　從《沿根討葉集》到「翠柏長春」的班遊至樂行

由於老翁的急公好義，民國五十八年結業分發後，同學間的聯繫聚會，只要他一聲令下，我們阿字輩不敢不分頭開始聯絡，各分責任區，再敲定聚會時地，有市內聚餐，有外阜旅遊（通常一日行居多），也累積了班費，同學會竟維持了二十年如一日，彰化翁家成為永遠會址，老翁成為名符其實的總召。民國七十八年八月十三日我們

邀請精神導師艾弘毅老師一家（含女兒艾久一家）一起攜家帶眷在彰化縣農會東勢林場農推中心舉行二十周年的同學會，彷彿回到二十年前的畢業旅行，可大不同：昔別君未婚，兒女忽成行（插圖五）

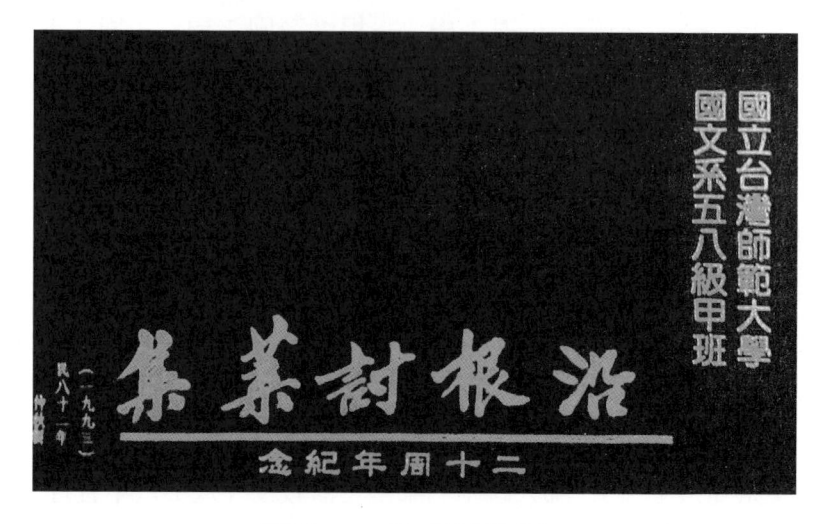

插圖四　《沿根討葉集》

插圖五　二十周年同學會全體與會人員合攝於東勢林場

林場夜話，餘音裊繞，撐不住的就先回自家小木屋。這樣的三代同堂：艾老師、師母算第一代，杜勝雄的兒女算第三代（老杜在我們畢業第五年就歸道山？），杜嫂張玉雪女士次日帶了涵清和逸嶸姐弟出席聚會，備感溫馨。實際上當日出席的子女群，以林漢仕家的老二林真慧小姐（廿一歲）最大，我們家三歲的小女姚景純最小。這是根據當日的簽名單核對班刊《沿根討葉集》上的子女資料考定出來。說到這本印刷精美的同學錄，書名語出《文心雕龍‧體性篇》。從設計表格、寄發通知、催回「愛之船」（包括「我的小史」與「我的家人」等多欄），不知道花掉老翁多少心血與氣力，再經過全家通力合作的編輯，他卻甘之如飴。這就成就了一個里程碑，有此一卷在手，彷彿全班都領到臺師大國文系五八級國四甲最新戶口名簿。從此親上加親，每一次的聚會都怕錯過，還得在出發前，先回味各家的全家福照。

　　這樣又擺盪了二十年，終於到了畢業四十年的宜蘭太平山之旅，那是九十八年的六月四、五日。這次鮮少攜家帶眷，就是老冤家兩個一房。行程第一站位於五結鄉的傳統藝術中心，從從上午十一點逛到午後二點整，在臺式點心專區的臨水街，我與翁家夫婦及張連康賢伉儷，加上他的小姨子安小妹妹，一邊品味著本土臺菜，一邊閒話家常，真是得其所哉！對於傳統藝術中心提供的精神食糧，也讚不絕口。雨水嘩啦嘩啦下個不停，遊覽內的歌聲激越，車隨蘭陽溪蜿蜒迤邐而上，二小時後車抵「太平山國家公園」入口處，山勢愈高，雨勢也愈大。五點鐘左右我們安抵海拔二千三百多公尺的太平山會館，下榻的地方——「扁柏館」，是所謂霧帶區。晚餐前的森林步道的考驗，木階隨山勢拾級而上⋯⋯大夥兒漫步顛跛，雙雙對對，手相拉拔，接受雨滴的洗禮。想像著入夜的圍爐夜話。相較於二十周年，少了赴美的艾老師一家，卻多了由美國專程返臺出席盛會的張連康伉儷（我們習慣稱他張大班，因為他是大四的班長）。這次的團聚先成立五人的籌備小組，老翁當為召集人，呂榮華為執行長人。最關鍵的人

物出動了:「這次畢業四十周年太平山之旅,新加入遠自嘉義來的阿坦夫婦倆,他還是籌備小組的成員之一員!蓋因阿坦的太太李貴英老師是道地的宜蘭人,還有他的妹妹李小姐,以及妹夫葉老師,在宜蘭地區的旅遊界是頗享盛名的帶隊夫妻檔。此行全程的規劃全仗他們老馬識途,精心策劃。我們真是遇到貴人,才能平安美滿。」這兩天一夜的宜蘭風情,老翁用了十頁篇幅的長文做了實錄,題曰:通訊——太平山之旅拾錦(民九十八年八月一日),情文並茂,酣暢淋漓,老驥伏櫪,豈太史公再世,寄籍我們五八級國四甲乎?實錄中有一段似為「記功碑」,先錄於此,以昭告天下:

> 晚上八時正,假「扁柏館」客廳舉辦「四十年回顧」座談會。阿華執行長準備了豐富的的零嘴和飲料,還備兩瓶高粱酒助興。……女同學們集體坐一座緊伴著沙發狀似屏風的櫃臺上,男同學除少數站立外,全部緊併著坐在兩張沙發椅裡。〔按實到的男同學有張連康、王振東等七位(插圖六),女同學有黃瓊華、陳碧蓮等八位(插圖七),其餘均為家屬〕,唯一湊巧的,大學時期四年的班長,像有默契似的,全都到齊了:如一年級姚榮松、二年級黃瓊華、三年級陳春坦、四年級張連康,象徵著國文系五八級甲班精神凝結情誼上,永遠長春。

最後要補充說明的是,我班畢業後精神領袖就是老翁,理由是他們一家有兩位國四甲的成員,(蓮珠嫂原在臺北工專念了一年,重考後加入我班的資優生,好像是上天的安排)又撫育出三位文武全才的精英:老大翁宸九,清大核工畢業,任職紐約電子業。老二翁其羽,臺大電機系碩士高材生,曾在竹科園區任工程師,後轉攻生態學博士,發展未可限量。老三翁乃忻靜宜中文畢業,赴美獲電腦碩士,任職臺師大國際處督導多年。

插圖六　四十周年回顧座談會男生合影

插圖七　四十周年回顧座談會女生合影

插圖八　四十周年同學會－太平山翠峰湖

子女均承家學淵源，自幼穎悟多藝，又在父母親的長年淬鍊下，三人皆寫得一手好作文，保留在《誰來愛我（教學手札之二）中的學生佳作評介就有九篇是三兄妹的作品，其中翁宸久的〈韓文公曰：「古之君子，其責己也重以周，其待人也輕以約」試申其義〉、翁其羽的〈書與人〉、翁乃忻的〈椰林別懷〉三文均為擲地有聲之作，再經文評家的老翁點評一番，對子女的鼓舞有多大的力道！而老翁留給我們班最後的贈品，就是從九十一年九月一日開始為班上各次聚會所撰發的通訊稿，總共有二十七份之多。其中泰半為歷次的遊記報導，情文並茂，像一位守護時間的長者，諄諄叮嚀，孟子曰：「大人者不失其赤子之心者也。」老翁永遠是這個角色。

　　一〇三年九月二日，老翁在信中交給我一個任務，信這樣開頭：

　　　『阿松：我自「召集人」退休後，很少為文塗「雅」了，但每天還是寫日記，希望記一些雜事，不使自己留白而已。只是近年來……覺得自己的「筆」已生鏽了，常懷念自己往日下筆自有「神」的情景。

這兩天把自己寫的「通訊」「報導」重新又讀了一遍，覺得這些「文稿」也頗有值得懷念的日子，再把它重新整理、彙集裝訂成冊，倒也令人思思幽幽「懷舊」的氛圍存焉！我已把整理好共有廿七件文稿，我用數字1、2、3以時間先後排列。……請你綜合這些文稿，定一個響亮的「書」名。（臨時想到「翠柏長春」四字）有勞你為這本「紀錄」寫一篇編後語。』

稿子在我手上一擱就快七年，老翁也許意識到他的這個心願遙遙無期，也從不催我，直到撰述此文，我始覺得罪孽深重，竟然對情如手足的畢生好友的託付置若罔聞，難怪有一天蓮珠嫂希望把稿子要回去，我當然要信守這個承諾，堅持要在一年內出版。

六　含飴弄子孫，人間有至樂

老翁的福壽全歸，可以從他留下的紀事詩，窺其從得長子到賀諸孫誕生的愉悅情懷。僅擇數首，以饗讀者。

一、壬子孟冬（民61年）宸兒百日闔家照一幀寄郴縣吾兄希元資念

　　三人小小家，脾氣小最大。若是惹發了，天王也要哇。
　　若問如何好，母親抱寶寶。相依笑融融，惟愛才知道。
　　依稀在問天，妙處未言穿。默默細觀察，將來訪大圓。

二、賀長孫女雨婷誕生（民90年8月24日）（二～五見插圖九）

　　雨後展新晴，婷然聞囀鶯。好音天下愛，姝麗何盈盈。

三、賀長孫雨翔誕生（民92年11月13日）

時雨普施遍地春，鴻翔天外傳佳音。神龍原在沈潛後，一飛蒼穹乃見真。

四、賀次孫光栩誕生（民95年3月24日）

春光明媚天賜麟，喜事栩然歲華新。他日飛鷹動天地，且看豎子揚清芬。

五、賀次孫宇澍誕生（民101年3月6日）

春雷初動傳佳音，器宇軒昂多遂心。喜雨澍澤滋萬物，友于綺麗踏歌吟。

六、寄語外孫——（民100年12月24日）賀外孫恩齊彌月之禧（六～七見插圖十）

劉家兒女好模樣，姊弟二人各擅場。沛蓁開明又靈巧，恩齊典雅斯文揚。英雄自古出年少，史冊篇篇有賢良。寄語子孫勤努力，強身勉學不可忘。

七、今年三月與去（民100）年十一月我媳我女各產下麟兒同喜。今我倆老擁有六位天真爛漫的孫輩，天佑我家何其有幸耶！並賦其詩曰：

年老娛孫歡樂多，春迎華翠欣欲歌。人生還是晚晴好，曉月繁星任詠哦。

書於民一〇一年（壬辰）彰中恬之居

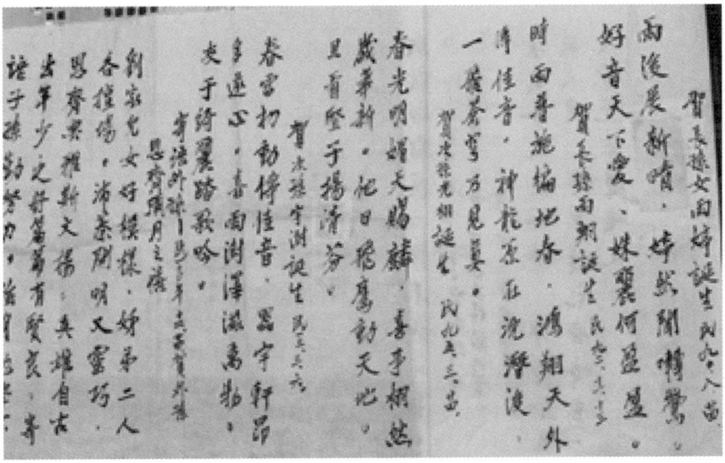

插圖九　墨寶一

插圖十　墨寶二

（作者為國立臺灣師範大學臺灣語文學系退休教授）
──原刊於《中國語文》八〇五期（2024年7月），頁44-61。

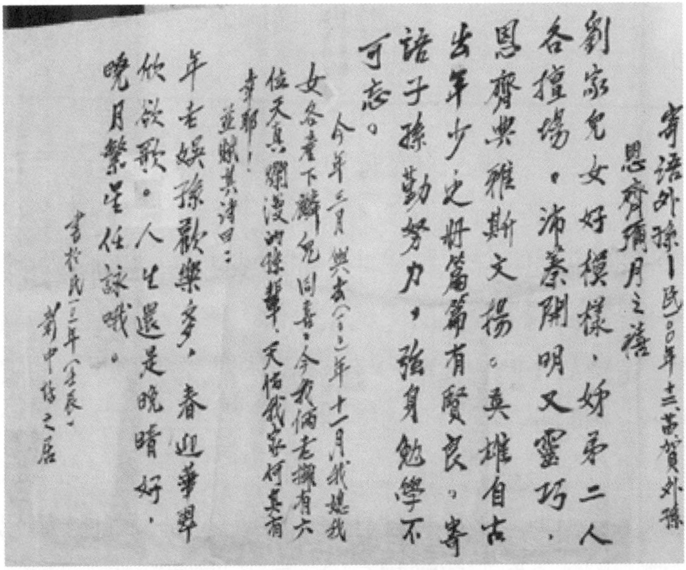

暖意

姚榮松

他們都回家了，暖和的陽光灑透冷清的校庭，卻有陰影在我心底。又要過年了。

我躑躅在碎石路的小徑，傾聽冬意殘存的北風和自己輕輕的腳步聲，四周的花草已綠意盎然。猛然發覺平日窄小擁擠的校園，空曠而且死寂，一個人影也沒有，我細碎的跫音像空谷的絕響，難得這種遺世的靜和初晴的冬陽，使我驚喜，卻無暖意，造物主總是留點殘缺。

我是無所謂殘缺了，過年徒增一些惆悵罷了。走到教官室前面的椰子樹下，抬頭猛然察覺麻雀的啁啾，卻使我無意地心跳。牠們是在呼晴，抑或議論我這不歸的遊子？

過年的訊息似比往年來得早些，都該感謝寢室裏那七隻麻雀的賜與，他們都是從農村裡飛來的，純潔得像白鴿，樸實誠懇的談吐和都市孩子的刁滑截然不同，從他們稚氣的面孔，我發現早春的陽光。這些日子來，他們的心早已飛回去準備過年，不時用臺灣話怡悅地交談各人過年的風俗，我雖然不懂他們談話內容，卻像偷聽頭上這群麻雀底細語一樣喜愛，他們臉上那股喜悅，就像孩子們過年誇耀他們的新衣和玩具槍一般，不時擴散到我心中，我為他們的幸福喜悅。小羊總要對我神秘地傻笑說：「你笑什麼？我們正在說你的壞話哩！」我的確為這些小淘氣給陶醉了，實際上「小麻雀們」都是廿來歲的大孩子，還是大學生呢！

總是忘不掉江南水澤的秀麗故鄉，童年時過年的熱鬧景象，每年這個時候要在心裡翻騰一次，這裡都差得遠呢。也總忘不掉剛離家那幾年春節，想起魚米之鄉的老家，想自己槍都提不動就夾在軍伍中，動輒淚雨不止，時間就像慈母的手，撫平了一顆創痛的心。都過而立之年了，也習慣於「四海為家處處家」的日子，一齊出來的朋友多半成家立業，兒女成群，每逢年節，讓那些姪子們拉著手，喊幾聲大叔就如同回到了家，我也真需要有個歸宿，雖不一定作落地生根的打算，總不該辜負前年老母輾轉寄來的期望。沒想到跟這群土生土長，不知天高地厚的孩子們住在一起，好像就是一個家，有著倍常的溫馨，我也年輕了好幾歲，他們的喜怒哀樂就是我的，鼓勵他們把握年輕，及時努力，他們唯唯諾諾時，我就會高興得一夜沒有睡著。

　　做夢也沒有想到退伍後，竟能擠進大學，做教育下一代的準備。總想這十幾年來，多虧苦難中的國家給我養大，在部隊裡混一天算一天，好像總欠國家一筆債，如果能對下一代像愛這群暫別的小麻雀一樣，我的歉疚也許可以減輕。

　　麻雀們是這兩天陸續飛走的，每走掉一個，我心裡的隙縫就加大，昨夜最後的松走後，突然有空茫茫的感覺。可能我這幾天沉鬱的表情他們看出來了，松在我抽屜裏放一張紙條，寫著：「小別勝新婚，再聚已新春。祝您有快樂加上智慧的一萬立方。」真是感激。現在他們都繞在雙親的膝下了吧！小淘氣們！祝福你們永遠永遠幸福。

　　秦[1]從小徑那邊走過來，也是躡著腳步，怕驚擾這靜的世界。他好像哼和著鳥音，卻沒有注意到我，等到我們面面相對，才彼此綻起微笑，禮貌地互相恭喜。恭喜什麼？恭喜我們都活得很像樣嗎？同樣的心境，誰也不願意打破這片沉寂，我想我們都相信，過幾天校庭又

---

[1] 編者按：文中的「秦」指秦貴修學長（1929-2010），五八級國四乙的大老。其人其事，詳下文之作者簡歷。

會充滿生氣的,那群麻雀會帶一堆禮物回來團聚,那時春天已來了。

　　我們並肩走到宿舍樓梯口,陽光非常暖和。秦說:「春天就到了。」我們彼此投以信心的微笑,然後各自回到自己的世界,有一股暖意自我心底昇起。

　　　　——原刊於師大《文苑》新一卷三期（1967年3月29日）

青青文集編後

秦貴修（總編輯）

「這次『文學名著讀後』的習作，寫得很好，甲班同學建議彙集優美的作品，出版專集，你們班上有甚麼高見？」

有一次上新文藝習作時，謝老師提出了這個問題。教室裏，鴉雀無聲。同學們，你看看我，我望望你，無人作答。

「班長哪！請你發表意見？」

過了一會兒，謝老師把視線移在我的臉上。我站起來，迎著同學投過來的奇異的眼光，把蘊藏在心裏已久的構想說了出來。

同學們有的在喁喁私語，有的在比手畫腳。稍事安靜之後，謝老師興奮地說：「構想很遠大；但要達到完美的成功的境地，還得經過一段艱苦的歷程。希望你與甲、丙兩班的班長，多多策畫，共同努力！」

這就是醞釀出版**青青文集**的開始。

如今，我們誠惶誠恐地，終於把**青青文集**呈現在讀者的面前了。正如老師所說，我們是經過一段艱苦的歷程的。

青青文集的作品，是按照作者姓氏筆畫的多寡而依次編排的。每篇作品，都是作者生活的一部分；對您來說，也許是已發生，或未發生，或正在發生的事。但那都不關緊要；問題是：您只要能在其中摘取些微喜悅，或者些微淒清，那就是值得我們欣慰的。

另外，韓國留華同學梁東淑，日籍留華同學深澤俊彥，僅在師大國文系攻讀了兩年，對我國文字的運用就能如此純熟，實在是一件難能可貴的事！

容納了將近五十萬字的**青青文集**，謝老師在酷熱的暑假哩，還逐字逐句地審閱，甚至連一個標點符號也不輕易放過。當然，我們可以說除此之外，如果不是謝老師予以各方面的指導和鼓勵的話，青青文集是不可能出版的。這的確使我們感激不盡，永遠銘記在心的。

　　現任小說創作和人間副刊藝術設計的名畫家沈鎧先生，在百忙中欣然地為我們設計封面和插畫；文源書局趙守仁先生和黃祖修先生慨然應允為我們出版；這都是我們萬分感激的。在此特敬致誠摯的謝意。

　　青青文集的出版，是一種大膽的嘗試，對我們來說，「青青」是多麼地美啊！但，這究竟是我們的習作；缺點，是所在難免的。因此，我們懇切地期盼著文壇先進及愛好文藝的青年朋友們多多指正。

民五十六年光復節
於師大一○二八室

青青文集編輯委員會
總　編　輯：秦貴修
副總編輯：李豐楙、姚榮松、翁以倫
編輯委員：王開府、朱新雲、林秀燕、姚嫩娜、高惠宇、陳心玲、
　　　　　黃癸楠、黃瓊華、鄒文薰、鄺侃元

　　──原刊於謝冰瑩編選《青青文集》（臺北市：文源書局，1967年11月初版），頁707-709。

作者簡介

　　秦貴修（1929-2010），筆名秦獄，河南修武縣人。一九四八年隨軍隊來臺。先後駐紮過桃園、高雄鳳山、宜蘭、金門、臺東等地一九五三年受覃子豪與王牧之的中華文藝函校詩歌班啟蒙，開始寫作投稿。一九七年在臺東曾組「東海詩社」，出版《東海詩刊》。一九六〇年退伍，進入花蓮師訓班就讀，與後山詩人總組「海鷗詩社」。一九六五年保送進入國立臺灣師範大學國文系就讀。期間與校內詩友同仁，共組「噴泉詩社」，同（乙）班有李弦（豐楙）、林秀燕、古添紅、黃葵楠，而外系有陳慧樺（鵬翔）、藍影（梁建廷），也創立《噴泉》詩刊，該社成立於一九六八年元旦，秦獄任社長，成為臺師大詩學的標竿。

　　一九六九年自師大畢業後，曾任教於花蓮海星女中、臺北華興中學、臺中明道中學、臺中女中等校。一九九五年屆齡退休。期間曾主編《明道文藝》、《中市青年》等刊物。

　　秦獄是一位多產詩人，也是散文家。曾出版詩集《夏日‧幻想節的佳期》、《井的傳統》、《臉譜》等詩集及散文集多種。曾獲「中國語文獎章」、「中興文藝獎章新詩獎」。二〇一〇年四月病故，享壽八十一。

附錄
翁以倫學長暨賢伉儷三次造訪斗南溫厝角及出席晚輩婚禮照片集

一　民國五十六年暑假應榮松之邀至斗南農村度假

手上抱著及腳下圍繞的，都是我的堂弟妹。
造訪地點：我的母校重光國民小學（牆上有衛生十大信條）

二　民國五十九年元月三日新婚蜜月之旅

──前度翁郎今又來，這次是攜眷來訪，可我們都長大三歲了。

──在溫厝姚家三合院的廳堂前與長輩及侄兒合影
立者：右起五叔、父親。左起：二嬸婆、母親、大堂妹

三　民國六十七年雙十節，國恩家慶，榮松、麗月於臺北喜宴後返回斗南溫厝角老家宴請在地親友，並邀宴中南部友人。

前排左起：廖蓮珠、翁乃忻、翁宸九、麗月、榮松、翁其羽等。
後排左起：盧清山、翁以倫、沈鴻南、王如賢伉儷；李振興、
李亞菁伉儷；秦貴修、吳仁懋、楊新元、楊仁志。

四　民國一百年元月三十一日舍弟姚火力之長男文騰、典妮賢侄於士林完婚，老翁親臨喜宴致意，並與諸侄男女重逢。

前排坐者：姚淑芬、翁以倫
後排左起：姚俊旭、姚素鳳、姚素雲、姚美秀

文化生活叢書 1300019

翠柏長春集
——臺師大五八級國四甲通訊二十八帖

撰　　述	翁以倫	
主　　編	姚榮松	
責任編輯	丁筱婷	

發 行 人	林慶彰	
總 經 理	梁錦興	
總 編 輯	張晏瑞	
編 輯 所	萬卷樓圖書股份有限公司	
排　　版	林曉敏	
封面設計	吳華蓉	
印　　刷	百通科技股份有限公司	

發　　行　萬卷樓圖書股份有限公司
　　臺北市羅斯福路二段 41 號 6 樓之 3
　　電話 (02)23216565
　　傳真 (02)23218698
　　電郵 SERVICE@WANJUAN.COM.TW
香港經銷　香港聯合書刊物流有限公司
　　電話 (852)21502100
　　傳真 (852)23560735

ISBN 978-626-386-275-3
2025 年 9 月初版
定價：新臺幣 760 元

如何購買本書：

1. 轉帳購書，請透過以下帳戶
　合作金庫銀行　古亭分行
　戶名：萬卷樓圖書股份有限公司
　帳號：0877717092596
2. 網路購書，請透過萬卷樓網站
　網址 WWW.WANJUAN.COM.TW

大量購書，請直接聯繫我們，將有專人為您服務。客服：(02)23216565 分機 610

如有缺頁、破損或裝訂錯誤，請寄回更換

版權所有·翻印必究

Copyright©2025 by WanJuanLou Books CO., Ltd.
All Rights Reserved　　　　Printed in Taiwan

國家圖書館出版品預行編目資料

翠柏長春集：臺師大五八級國四甲通訊二十八帖/翁以倫等撰述；姚榮松主編.-- 初版.--
臺北市：萬卷樓圖書股份有限公司, 2025.09
　面；　公分. -- (文化生活叢書；1300019)
ISBN 978-626-386-275-3(平裝)

863.55　　　　　　　　　　　114007199